山乡巨变与文学书写

宁夏回族自治区文学艺术界联合会 ◎ 编

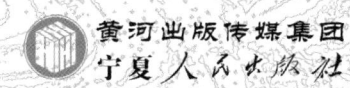

郎伟 白草 ◎ 主编

黄河出版传媒集团
宁夏人民出版社

图书在版编目（CIP）数据

山乡巨变与文学书写 / 宁夏回族自治区文学艺术界联合会编；郎伟，白草主编. -- 银川：宁夏人民出版社，2024.9. -- ISBN 978-7-227-08034-3

Ⅰ.Ⅰ206.7-53

中国国家版本馆CIP数据核字第2024ZK8096号

山乡巨变与文学书写

宁夏回族自治区文学艺术界联合会　编
郎　伟　白　草　主编

责任编辑　陈　浪
责任校对　陈　晶
封面设计　方　勇
责任印制　侯　俊

黄河出版传媒集团
宁夏人民出版社　出版发行

出 版 人　薛文斌
地　　址　宁夏银川市北京东路139号出版大厦（750001）
网　　址　http://www.yrpubm.com
网上书店　http://www.hh-book.com
电子信箱　nxrmcbs@126.com
邮购电话　0951-5052104　5052106
经　　销　全国新华书店
印刷装订　宁夏报业传媒集团印刷有限公司
印刷委托书号　（宁）0030730

开　　本　720 mm×1000 mm　1/16
印　　张　24
字　　数　286千字
版　　次　2024年9月第1版
印　　次　2024年9月第1次
书　　号　ISBN 978-7-227-08034-3
定　　价　48.00元

版权所有　翻印必究

《山乡巨变与文学书写》编委会

主　任　黄明旭

副主任　魏邦荣　王佐红

主　编　郎　伟　白　草

副主编　王晓静

编　委　郎　伟　白　草　闵生裕

　　　　火会亮　闫宏伟　武淑莲

　　　　王晓静　张富宝　许　峰

前言

  宁夏文学作为西部文学的一支重要力量，自新时期以来获得了长足的发展，是颇为活跃与富有成绩的，从"两张一戈"到"三棵树""新三棵树"，再到文学林的成长与壮大，显得蔚为壮观，特别是在文学"大树"张贤亮先生的引领和影响下，宁夏文学在全国也逐渐拥有一定的影响与地位，形成了具有鲜明辨识度的审美品格。长期以来，与西部文学的发展相一致，宁夏文学是以乡土文学为主要创作领域与基本流向的，是以苦难升华、虔诚坚韧、诗意奔腾、宁静闲远等为集中审美特质的，其成绩也是于此彰显而出的。近年来，随着宁夏山乡发生的巨大变迁，作家们的文学书写紧跟时代步伐，感受时代脉搏，描绘变迁纹理，用一批新的精品力作表达见证了这样的进步。"新时代山乡巨变创作计划"是中国作协推动新时代文学高质量发展的重要决策，也是一次面向全社会的文学号召。中国作协十代会上，鲜明提出了"新时代文学"，明确了推动新时代文学高质量发展的一系列目标任务，"新时代山乡巨变创作计划"是其中具有标志性和开题破局意义的重要举措，是综合分析当前文学书写的形势与任务、潜力与际遇而推动的创作实践。山乡巨变这个概念更多地属于政治学、经济学、社会学等范畴，在中国作协的推动下，如今也成了重要的文学概念。这个文学实践行动的内质、意义和宁夏文学书写的主旨与优势是高度契合的。

宁夏，特别是西海固地区，是中国山乡巨变的缩影与代表。新时期以来，特别是进入新时代以来，这里的各项事业取得了巨大的历史成就，基础设施不断完善，城乡居民收入不断提高，脱贫攻坚取得重大历史性成就，生态与人居环境越来越美，各族群众幸福指数越来越高，综合实力显著增强。这些都是宁夏文学书写的直接源泉与现实经验。

宁夏文学，特别是西海固文学在全国范围内有一定的影响力。西海固处于宁夏南部山区，是宁夏经济发展的欠发达地区，却是宁夏文学的深水港，不断承载与出入着更大吨位的宁夏文学精品。同西部文学在全国开始产生影响的节奏相一致，新时期以来，宁夏文学开始有大的发展和建树。张贤亮、昌耀、路遥、陈忠实、贾平凹等西部作家在全国文坛冲击成波时，宁夏文学也在发展、进步。西海固文学正是在这一格局中培育并丰满起来的，从而占据了宁夏文学的半壁江山。20世纪90年代中后期，"西海固文学""西海固乡土文学""西海固现代乡土文学"等概念相继出现。西海固文学不是一种思潮，也不是一个流派，而是一种繁茂丰富的文学现象。

西海固地处陕西、甘肃、宁夏交会处，是我国历史上重要的交通枢纽、军事重镇，是关中通往河西走廊的"咽喉"要道，是古代丝绸之路的重要组成部分，具有厚重的文化积淀。新中国成立特别是改革开放以来，在党和政府的关心支持下，经济社会文化等各方面发展驶上快车道，是全国发展变化巨大的地区之一。在历史文化深厚的地方，在浓郁、绵长的文化气息的熏陶下，在现代化速度较快的背景下，作家的批量生成和文学的繁荣成为必然。

包括西海固文学在内的宁夏文学的丰富与发展，必然引起评论者的关注与言说，从现有的评论文章来看，区内外对宁夏文学进行的分析与评论是较为充分的，全国范围内的评论家有广泛的参与，对主要作家作品的讨论也是充分到位的。评论的发展对宁夏文学的促进和推动是重要而深刻的，文学评论旨在评价文学作品的优劣得失、指导、修正、批评作家的创作，给读者提供阅读的帮助与参考等。一方面推动作家的创作；另一方面提升读者的审美素养，消弭语言表达的遮掩和解读障碍。关于宁夏文学的评论和具体作家作品的评论，确实起到了重要的作用和意义。所以，对全国范围内评论宁夏文学特别是西海固文学的文章以"山乡巨变与文学书写"为主题进行选集，旨在总结宁夏文学关于山乡巨变的写作成果与存在的不足，深化这方面的写作经验，开启新的写作方向与未来，可以说恰在其时，是一件十分有意义的事情。

文学的发展是永无止境的，评论的发展当然更是如此。文学评论不光从历史中探寻规律，从现实中找到答案，还应该对未来有所构想。包括西海固文学在内的宁夏文学应该是一个流水不腐的发展过程，包括西海固在内的宁夏各地，正在推进加快建设黄河流域生态保护和高质量发展先行区、乡村全面振兴样板区、铸牢中华民族共同体意识示范区"三区建设"。所以宁夏文学更是一个面向未来的概念，关于宁夏山乡巨变的文学书写必然向着未来奔涌前行，对它的评论更具有不断衍生与开拓创新的空间，也必将伴随着宁夏山乡巨变书写的走向深入而奔向更为广阔辽远的明天。

未来的路，是更加向好的路。希望区内外的文学评论家们继续关注宁夏文学，做宁夏山乡巨变文学书写最好的阐释者、鼓励者、陪伴者、推动者和见证者。

序

中国文学的"宁夏现象"

■ 郎 伟

2018年是中国社会和中国人民走上改革开放伟大征程40周年，也是宁夏回族自治区成立60周年。在这样一个值得纪念的历史时刻，回顾宁夏文学所走过的艰难奋进之路，总结几代作家所创造的不平凡业绩，既是一种责任，也是宁夏文学研究者必须要完成的一项学术工作。

1958年，在祖国开发和建设大西北的热潮当中，宁夏回族自治区宣告成立。崭新的思想与时代的激情，为宁夏的经济和社会文化发展带来了前所未有的生机与活力。在宁夏这片古老而神奇的土地上，各族人民感受着只争朝夕奋发有为的强劲时代脉搏，开始了改天换地的新壮举。六十年过去了，当我们回首已经逝去的峥嵘岁月，回顾宁夏由祖国西北地区一个偏远的不被人注意的小省区，发

郎伟，宁夏大学原副校长、教授、博士生导师，宁夏文艺评论家协会名誉主席。

展变化成为今天名闻遐迩的"塞上明珠",不禁会感慨万端。应该说,宁夏由昔日的偏远落后地区一跃而成为如今引人注目之地,与党中央和国务院对宁夏人民的亲切关怀和对宁夏工作一以贯之的支持是分不开的,也与宁夏各级领导和人民几十年如一日的埋头苦干、负重拼搏、开拓进取、创新前行密切相关。宁夏文学,作为宁夏整个社会主义现代化事业的一个不可缺少的重要组成部分,六十年来,尤其是改革开放四十年来,一直在担当着书写时代、讴歌人民、鼓舞人心、憧憬未来的光荣职责。宁夏的文学创作家们,在自治区党委和政府的热情关怀之下,在宁夏文联和宁夏作协的积极领导和组织之下,几十年来,创作了大量的思想性和艺术性俱佳的优秀作品。这些优秀的文学作品描写宁夏各族人民的生活和命运,发现时代潮流汹涌澎湃的历史和现实依据,挖掘并充分展示存在于人民生活当中的源远流长的真善美的情愫,讴歌我国社会主义现代化事业的最新进展。简而言之,宁夏文学创作家们以一支绚丽的彩笔,充满深情地描画了宁夏人民负重前行、奋斗拼搏的历史画卷以及宁夏人民在新的社会时代背景下的心灵图景。可以毫不夸张地说,在改革开放以来的宁夏社会主义革命和建设事业当中,宁夏的文学艺术家们的表现是相当优异的。他们的卓越创作不仅集中体现了作家们对时代潮流的深切感知,对宁夏各族人民生存命运的审美把握,对中国特色社会主义伟大事业发自内心的赞叹和歌颂。更重要的是,由于作家们的杰出创作,宁夏文学如今已经成为对外宣传宁夏的一个最好的窗口,一张备受世人关注的文化名片。为了更好地推进宁夏文学事业的大发展大繁荣,我们有必要对1978年到2018年四十年间尤其是党的十八大以来,宁夏文学的发展情况和所取得的重要业绩,做一简单的梳理和回顾。

一、宁夏文学发展的三个高潮期

改革开放四十年来，宁夏文学由昔日的相对沉寂弱小而走向了今天的繁盛与强大，经历了漫长而艰辛的行进和探寻之路。在这不算短暂的四十年间，可以明显看到宁夏文学发展中的三个高潮期。

第一个高潮期出现于改革开放初期到 20 世纪 80 年代中期。这一时期，感应着祖国和时代命运的激荡起伏，以张贤亮为主要代表的宁夏优秀作家以"音色"鲜明的"歌喉"，唱出了震撼人心的浑厚苍凉之声，因而引起了全国数以十万、百万计读者和国内文学权威话语的特别关注。在 20 世纪 80 年代的宁夏作家队伍中，一直有"两张一戈"（张贤亮、张武、戈悟觉）的说法。张贤亮基于个人忧患、民族痛史的慷慨悲歌和对社会人生的锐利穿透，张武的深耕乡土与针砭时弊，戈悟觉的运笔轻灵和对苦难历史的超越，皆在中国文坛形成良好口碑。除此之外，小说创作领域的哈宽贵、路展、程造之、马知遥、翟承恩、杨仁山、王洲贵、蒋振邦、南台、李唯、郑柯、马治中、查舜、那守箴、张冀雪、吴善珍，诗歌创作领域的高深、吴淮生、肖川、刘国尧、秦中吟、马乐群、杨少青、万里鹏，散文创作领域的张涧、刘和芳、吴音、冯剑华、余光慧、都沛、王庆同等作家也都创作出了不少精品力作，形成了宁夏文学创作的一时之盛。

第二个高潮期出现在 20 世纪 90 年代中期到本世纪初期。这一历史时期，经过此前七八年间的创作沉潜和力量积聚，"宁夏青年作家群"终于崛起，形成了中国文学夜空中又一个耀眼"星群"。与第一个高潮期相比，这一阶段的宁夏文学呈现出整体创作水准相当超凡的特质。以活跃于这一历史时期的"三棵树""新三棵树"等作家为例，就足以使我们真切地感受到宁夏文坛创作风格的丰富性。石舒清的体验之深与描写之精细，陈继明的敏锐、多思和尖刻，金瓯的反讽、冷嘲与先锋性，漠月的静谧和诗情，季栋梁扑向现实时的激情和冷峻的穿透，李进祥的忧伤和沉郁，郭文斌的温柔敦厚，张学东对20世纪中国社会"伤害"主题的发现和书写，莫不以逼人的思想和艺术力量冲击着我们的心灵。简言之，以"三棵树"和"新三棵树"以及杨梓、郎伟、白草、火会亮、杨森君、梦也、王怀凌、韩银梅、了一容、单永珍、牛学智、阿舍、曹海英、木妮、哈泠等为代表的宁夏60后和70后作家，用具有被西北风沙雕刻过的粗粝厚重品质和弥漫着东方古典情韵的作品，以对人的命运的关注和对人性的信心，征服了广大读者，因而又一次赢得了中国文坛对宁夏文学的格外敬意和掌声。

第三个高潮期出现在党的十八大后的十余年间。在党的十八大精神的鼓舞下，在习近平总书记文艺工作座谈会上的重要讲话精神指引下，近年来，宁夏文学取得了长足的进步，获得了突出的成就。马金莲的长篇小说《马兰花开》和季栋梁的长篇小说《上庄记》同时获得"五个一工程"作品奖（第十三届精神文明建设"五个一工程"评选，2014年），马金莲获得鲁迅文学奖（第七届，2018年）、全国少数民族文学创作骏马奖（第十一届，2016年），赵华获得全国优秀儿童文学奖（第十届，2017年），漠月、张学东、马悦、阿舍等作家获得《十月》文学奖、《小说选刊》奖和《民族文学》奖等重要奖项，并多人次荣登中国小说学会年度选本和排行榜。李进祥、刘汉斌、乌兰其木格、田鑫等作家的作品集入选"21世纪文学之星丛书""中国少数民族文学之星丛书"，四十多部宁夏作家的作品入选中国作协重点作品扶持项目。显而易见，宁夏文学再一次以成规模的"方阵"形式走上中国文学的前台，形成令人刮目相看的"宁夏现象"。

二、"宁夏现象"的内涵

我个人理解，中国文学的"宁夏现象"应该包括以下几个方面的内涵：

第一，宁夏的中短篇小说创作经过几代作家的不懈努力，已经形成鲜明的思想和艺术特色，在中国文坛具有相当高的知名度和美誉度。在短篇小说创作领域，几十年来，宁夏文坛一直是名家辈出、代有传人。从张贤亮、张武、戈悟觉、马知遥、李唯、张冀雪，到新世纪前后崛起于中国文坛的"三棵树"和"新三棵树"，再到近年获得国家级文学大奖的郭文斌、李进祥、马金莲等，宁夏文学界一直在为当代中国文学提供杰出的短篇小说作家。截至2018年，鲁迅文学奖颁发了七届，短篇小说获奖者三十五人，宁夏占有三人，还有几位作家获得过提名和入围奖；在迄今为止的十一届全国少数民族文学创作骏马奖评选中，宁夏作家共二十二人次获奖，获奖的作品主要也还是短篇小说。这样的持续不衰的短篇小说创作业绩，成为一种特殊的"文学现象"，构成了中国文学美丽山河的独特景观之一。

第二，宁夏这片热土既是草根作家茁壮成长的沃土，也是"文学照亮生活"的安心福地。据统计，宁夏有近三千名基层作家，这些草根作家的创作不仅带着泥土的芬芳，而且带着生活的激情和向往，温暖与眷恋。正因为宁夏各市县对文学事业高度重视，基层作家人数多、创作活跃，西吉县被中国作协中华文学基金会郑重命名为中国第一个"文学之乡"，同心县、固原市原州区被中国作协中国诗歌学会授予"中国诗歌之乡"。也因此，2016年5月，中国作协将"文学照亮生活"全民公益大讲堂的首课放在了西吉县，并由铁凝主席主讲。铁凝主席在大讲堂上这样说，文学不仅是西吉这片土地上生长得最好的庄稼，西吉也应该是中国文学最宝贵的一个粮仓。粗粗梳理一下新时期以来的宁夏文学发展史，无论是第一个高潮期的"两张一戈"、还是第二个高潮期的"六棵树"，一直到最近几年创作风头强劲的马金莲以及"拇指作家"马慧娟、英年早逝的"的哥"作家保剑君、打工作家彦妮等，莫不是从乡土和城市的基层生活走出，带着乡间的泥土味、青草味和城市街道的烟火味走上文坛。来自基层的写作者们痴情文学、热爱写作，是因为文学已经成为他们日常生活中不可或缺的内容和元素，文学不仅是困苦生命艰辛岁月当中的心灵寄托，更是照亮生存暗影的一盏格外耀眼的理想之灯。

第三，宁夏文学的生长和壮大，既是写作者勤奋耕耘的结果，更是本地文学刊物编辑们无私奉献的明证。在宁夏，作家与编辑之间，从来都是鱼水深情。宁夏三种声名远播的文学杂志《朔方》《黄河文学》《六盘山》和各市县二十多份内部文学刊物的编辑们几十年如一日，满怀一腔热情，奉献此生心血，兢兢业业，沙里淘金，扶持和帮助着宁夏作家一步步从乡村走向城市，从宁夏走向全国。以2018年获得鲁迅文学奖短篇小说奖的马金莲为例，她的成长就印证着宁夏编辑与作家间的鱼水之情。从冯剑华主编开始，经过哈若蕙主编，再到漠月主编，十年间，《朔方》三任主编仿佛在跑一场接力赛，无形中传递的是不遗余力地培养和呵护宁夏本土作家的信念和责任担当。在这十年里，《朔方》一共发表了马金莲的小说和散文作品共二十四篇，另外还发表了三篇有关马金莲创作的访谈和评论。《六盘山》杂志是马金莲文学起步之地，诸多编辑的无私付出对马金莲的成长起到了不可或缺的作用。马金莲曾经在一篇文章中提道，当年她在固原民族师范学校读书的时候，是朱世忠先生在一次全校大会上特别转述的一句话（《朔方》杂志编辑说："马金莲的写作就是和一般同学不一样，大有潜力！"），成为她往后几年努力的动力之一。所以，马金莲曾经有言："作者与刊物的关系，就如一棵小苗与一片沃土的关系。"应该说，没有文学编辑们坚韧的付出，就不会有宁夏文学的辉煌成就，宁夏文学编辑的勤苦敬业精神和"燃烧自己，照亮作家"的蜡烛精神，是"宁夏现象"的第三重内涵。

三、宁夏文学的创作特色

经过几代作家几十年的探索与创作实践，宁夏文学已经形成了自己的创作特色。这种具有区分度的创作精神底色，主要包括以下几个方面：

第一，始终坚持现实主义的创作道路。几十年来，无论风云如何变幻，宁夏文学界的主流作家们始终坚守着文学关注时代命运、关注天下苍生的创作意识和观念，他们的创作一直聚焦于西北大地上的社会与人生，与这片土地上的季节轮换、人世沧桑和泥土滋味气息相通、血脉相连。在他们的心目中，文学从来都是对生活和现实的勇敢面对，是对包围着我们身体和意识的社会人生问题的真切感知和认真发现，而非不食人间烟火不接地气的凌空蹈虚、穿越玄幻，更不是个人私生活尤其是隐私的铺张性书写。这种敢于直面人生，又注意挖掘生活美丽诗意的现实主义文学品格，构成了宁夏文学坚实的精神底色。

第二，始终将创作之根深扎于中华大地，扎入中华优秀传统文化之中。宁夏作家队伍中的大多数成员来自乡村或者有长期的乡土生活经验，受中国传统文化和西北农耕社会影响很深。因此，宁夏作家普遍具有家园意识和乡恋情结。他们乐于也善于把自己的创作之根深深扎进黄土地里，从中国本土生活深厚而丰富的地层中汲取无尽的创作源泉——说中国故事、唱西北歌谣。同时，他们也把弘扬中华优秀传统文化、传播中华民族共同体意识作为创作追求的核心目标之一。他们以多彩的笔触书写着西北土地上的历史生活和现实行进，赞美和高扬古老的道义原则和高贵的人类精神价值。在宁夏作家笔下，生活从来都是欢乐与悲伤的相互缠绕，是人的生存命运的深情而真挚的描绘，是漫长而五味杂陈的劳作、生育、死亡、忍受、哭泣和歌唱。

第三，坚持以人民为中心的创作导向，坚持文艺创作鼓舞人心的创作追求。宁夏作家始终把创作焦点对准底层、对准人民，始终把文学当作是指引国民精神前进的灯火。他们是生活美和人性美的歌唱者。当许多中国作家对人性的善良和世界的温暖表示怀疑，在作品中一味展示人间的阴暗与生活的罪恶之时，在宁夏作家的作品当中，仁爱、温暖、善良却是贯穿始终的主旋律。在他们所构筑的文学天地当中，尽管有着生活的不幸、沮丧、坎坷和艰难，但创作者始终以一支储满深情的彩笔，书写着人类生活本身所具有的美丽和仁善，并把这种美和善当作照亮人类前行道路的不灭灯火。我们读他们的作品，内心常常会被温暖的潮水所淹没。

第四，坚持洋为中用、开拓创新。宁夏作家的创作视野是开放的，也是开阔的。他们在坚守"中国化"的同时，也虚心学习借鉴国外优秀文化，从不盲目跟风，也不轻率地声言"反叛"和"颠覆"。他们始终坚守文学阅读和创作所必需的宁静和沉思品质，老老实实地啃中外文学大师的经典之作，细心而扎实地揣摩学习，以汲取最完美深厚的文学营养，丰富和开拓自己的艺术思维和心灵，从而写出动人心魄的佳作。正因为既具有鲜明的中国特色，又具有开阔的创作胸襟，所以宁夏作家的很多作品都被翻译成英、法、俄、日、德、希腊等多种文字，在全世界三十多个国家出版发行。

四、宁夏文学取得成功的原因

宁夏的文学事业何以能够在不被看好的局面下异军突起，并且呈现欣欣向荣的景象，原因可以归纳为以下几个方面：

第一，宁夏文学艺术创作的大环境非常好。一个地区的社会氛围与精神环境的好与差，会直接影响到作家和艺术家的创作。虽然，作家艺术家的创作通常都是个体性的行为，但社会各界对其是否真心关注和欣赏，确实会对创作者的心理和情感产生深刻而微妙的影响。改革开放以来，宁夏的文艺事业呈现出喜人局面，原因之一是宁夏能够精心营造有利于作家艺术家从事创作的良好的社会气氛和精神环境。具体来说，一是自治区党委宣传部历届领导都对全区的文学艺术创作极为重视，并采取许多有力措施积极推进宁夏的文艺工作。二是宁夏文联和各艺术家协会精心策划、认真组织，以"出作品"和"出人才"作为事业前进和发展的标志。三是宁夏的文学艺术创作一直是宁夏舆论关注的焦点之一，宁夏作家和艺术家的地位相对比较高。由于领导关心，专业家协会工作扎实，新闻媒介积极宣传，所以宁夏作家和艺术家的创作在宁夏一直受到热情的鼓励和全社会的关注。作家艺术家的辛勤劳动能够得到相当程度的认可和关注，这保证了宁夏作家艺术家能够在一种受激励被尊重的良好的精神环境中从事创作。

第二，宁夏自古以来就是多民族人民聚居和生活的地方，宁夏文化一直呈现多元和杂合的特点。这种文化的相通共融状态对文学艺术创作而言，是一笔丰厚的精神资源。北方的刚健厚重与南方的轻灵秀美共同构成了宁夏文学艺术生长发育的精神土壤。宁夏回族自治区地处祖国的西北部，历史上这里就是一个多民族聚居的地区，也是一个多种文化形态相通共融的地区。秦汉以后，以儒家思想作为核心内容的中原农耕文化就在这片土地上扎根；明、清时代的宁夏，是中央政府用心经营的地方，大批中原人和江南人以移民或"流放者"的身份进入宁夏。明代洪武年间，一批江南知识分子曾经被驱赶到宁夏，由此带来了江南文化清新的"水汽"。客观地说，由于地理环境和历史进程的特殊性，古代的宁夏社会和宁夏文化一直具有多元和杂合的特点。然而，像祖国其他少数民族聚居地区一样，由于和谐观念的深入人心，在漫长而复杂的历史进程中，生活在这里的各族人民和生长于这片土地上的文化，却并没有形成尖锐的冲突和无法调和的矛盾；相反，由于秉承着中华文化的和谐理念，这里的人民和睦相处，这里的文化因来源广泛而呈现着南北交融、刚柔相济，既有北方之厚重又得南方之轻灵秀美的鲜明特色。而这独特的文化无疑为以后的宁夏社会和宁夏文化奠定了基本的精神底色，同时，也为宁夏的文学艺术创作提供了极其深厚的精神资源。

第三，从宁夏文学的成长历程来看，文学领军人物的出现，往往是带动一种创作风气的"原能力"，从而造成某一个创作门类的繁盛状态。从文学史上的一些著名事例来看，某一地区浓厚的文学艺术创作风气的培养和创作家队伍的形成往往需要某些领军人物的适时出现。这些领军人物一般自身都具有相当杰出的创作才能，在文坛有非常大的号召力。经由他们，一些地区的创作空气会突然间变得充满活力。时隔不久，这个地区的总体创作水平忽然得到有力提升，一批实力不俗的年轻创作者开始走向前台。回顾宁夏文学的成长过程，可以看到开风气之先的领军人物的出现，对宁夏文学事业的成长和进步具有多么重大的意义。20世纪50年代末，张贤亮以戴罪之身来到银川。从个人角度而言，是大不幸。然而对宁夏文学事业而言，张贤亮的到来实在是一个难得的馈赠。事实上，张贤亮复出之后能够倾情"歌唱"，既标志着他个人命运的特殊转折，也是宁夏文学走向全国的重大契机。自20世纪80年代张贤亮在中国文坛取得优势地位以后，宁夏文学就开始在中国文学界具有了品牌效应。而这种品牌效应的最大功能在于，它使中国文坛不再会对宁夏文学产生忽视心理，同时，它也使张贤亮之后的宁夏作家有了足够的创作自信心。有了张贤亮这个文学巨匠，宁夏年轻一代的作家就有了艺术学习的榜样和走向中国文坛的充足底气。因为，正是在朔方这片古老而神奇的土地上，张贤亮取得了令人惊喜的成功。显而易见，文学领军人物的适时出现，从小处说，可以带动一个地区的活跃的创作状态，从长远看，则会促使一种精神气候的形成，而这种精神气候一旦形成，则会对文学创作的整体运行构成激励和保护机制。

第四，对本土化的坚守构成了宁夏文学的创作之魂，也构成了宁夏文学独步中国文坛的优势所在。宁夏地处西部，又是民族聚居之地，应该说这里特殊的自然地理环境和特异的社会人文景观共同构成了宁夏文学艺术家得天独厚的创作资源。从新时期以来宁夏获得全国大奖的文学作品看，正是因为创作家们抓住了"西部"特色和中华民族共同体意识，才使得他们的创作在与众多的作家和作品竞争时显现出了特殊的艺术面貌和格外新鲜的情调。因此，在西部和多民族同胞聚居的土地上"打一口深井"，从本土生活深厚而丰富的地层中汲取创作源泉，就成为宁夏文学事业走向全国的成功经验之一。

第五，对文学创作事业的敬畏和虔诚之心保证了文学精品的产生。在宁夏，文学创作从来都是关乎灵魂的事业。它可能是照亮国民精神的灯火，也可能是人类美好精神和情怀的诗意表达，它从来就不是与人类命运无关的个人的消遣和病态发泄。这么多年以来，宁夏作家从事创作的态度是极其严肃和认真的。甚至可以说，他们是完全抱着一种神圣感来从事创作的。在他们的心目中"文学创作"是一个圣洁的字眼，文艺天然地具有社会责任感和人生使命感，容不得半点怀疑和亵渎。他们将自己的生命融入文学，把自己的心血和智慧奉献给文学，他们愿意成为文学的殉道者，而不去关心文学能够给予个人什么样的回报。正是因为对所从事的文学艺术事业的认真持守和倾情奉献，宁夏的文学艺术家们才可能在不长的时期之内登上文学和艺术的高原，并赢得人民群众对他们的尊重。

目录

历史与总体

宁夏当代文学的历史传统／郎　伟　许　瀚 …………………003

高原上壮观的文学树林

——宁夏文学创作管窥／蔡家园 ………………………………018

宁夏小说印象／张存学 …………………………………………024

宁夏文学的地域创作特色／王琳琳 ……………………………029

黄河文化与宁夏文学／牛学智 …………………………………047

新时期以来宁夏文学现象透视／赵会喜 ………………………064

现象与焦点

在新时代新起点上，实现宁夏文学新突破新跨越

——"中国文学的宁夏现象"研讨会纪要 ……………………075

他真正写出这片土地上人们创造新历史的力量

——《西海固笔记》四人谈／胡　平　白　烨　陈福民　梁鸿鹰 …085

季栋梁《上庄记》带给我们的思考和启示 / 费　祎等 …………091
文学书写与时代变迁同样壮阔、多维与精彩
　　——宁夏脱贫攻坚文学作品举隅与评析 / 王佐红 ……………108
《山海情》笔谈 / 郝天石　柳向荣 ………………………………124

文学西海固

西海固文学及其释义 / 钟正平 ……………………………………145
西海固文学何以可能 / 赵炳鑫 ……………………………………152
新时期以来西海固文学取得的成就与提供的艺术经验 / 马晓雁 …158
新时代以来西海固文学的传承与创新 / 许　峰 …………………170
西海固文学的问题、局限及解决路径 / 张富宝 …………………195
西海固作家创作倾向研究
　　——以石舒清、郭文斌、火会亮、古原的小说个案为例 / 武淑莲 …210
地椒花开满山坡
　　——西海固女作家创作综述 / 高丽君 …………………………216
西海固诗歌刍议 / 杨　梓 …………………………………………229
固原市文学批评与理论研究的现状与问题 / 倪万军 ……………237

乡土与书写

石舒清的文学境界
　　——长篇小说《地动》读后感 / 杨玉梅 ………………………251
郭文斌论 / 任淑媛　许　峰 ………………………………………265
对个体与家国历史的双重拷问
　　——评陈继明《七步镇》/ 刘　平 ……………………………284

马金莲小说中一代少女形象 / 白　草 ·················· 300

壮美·激情·传奇

——浅论火仲舫长篇小说《花旦》的文本建构 / 于永森 ·················· 311

张嵩：用文学构建精神家园 / 王武军 ·················· 321

心游万仞，情逸笔端

——田鑫散文创作漫谈 / 闵生裕 ·················· 333

泥土里开出的鲜花

——谈马慧娟的散文创作 / 李进祥 ·················· 340

充满刚健气息的另一种苦难叙事

——读宁夏青年作家马骏散文集《青白石阶》/ 石彦伟 ·················· 345

塞上诗坛四十年回眸 / 张树仁 ·················· 350

后记 ·················· 359

历史与总体

宁夏当代文学的历史传统

郎 伟 许 瀛

宁夏回族自治区是我国五个自治区之一，地处祖国大西北腹地，历史相当古老悠久。早在三万年前，这里就有了人类活动的痕迹。位于银川市黄河东岸的水洞沟古人类文化遗址，是我国境内最早发掘的旧石器时代的古人类文化遗址。公元前3世纪，秦始皇统一中国后，派兵在宁夏屯垦，境内修筑了闻名世界的秦长城，还兴修了便于耕种的秦渠，开创了宁夏平原引黄河水灌溉农田的历史。到了汉代，这里的农耕经济已相当发达，汉武帝两次巡视宁夏，向该地区移民七十万人，以发展农业，巩固边防。唐代，宁夏南部的固原等地是连贯中西交通贸易的陆上丝绸之路的重要通道之一，也是佛教传入关中及中原地区的重要通道之一。由于当时的宁夏平原农业

郎伟，宁夏大学文学院教授、博士生导师；许瀛，宁夏大学文学院博士研究生。

兴旺，百姓安居乐业，所以唐代诗人韦蟾在一首诗中咏叹道："贺兰山下果园成，塞北江南旧有名。水木万家朱户暗，弓刀千队铁衣鸣。"（《送卢蟠尚书之灵武》）11世纪中叶，在这片土地上曾经诞生过一个由党项人建立的强悍的西夏政权，他们的军队在与宋朝军队作战时，经常是胜多负少，最后迫使软弱的宋朝只好以输送金银细软来息事宁人。差不多二百年后，西夏最终被更为强悍的蒙古大军所攻灭。

元、明、清三朝，宁夏成为中央政府用心经营的地方。在明代，有大量的内地读书人以官员或者是被流放者的身份进入宁夏。这些"知识移民"的到来给宁夏的社会生活面貌带来了可称新鲜的变化。据《嘉靖宁夏新志》记载，截至明嘉靖年间，历任宁夏最高行政长官的四十二人当中，有四十一人来自江苏、浙江、江西、湖北、河南、河北、山西、山东这些地区。虽然，这些官员在宁夏的生活时间都不算漫长，但在主政期间，他们大力倡导中原先进文化、兴办学校、传播儒学，通过个人影响和行政措施，为处于祖国边陲地区的宁夏培养读书风气，树立士人风采。清代以后，随着国内各民族之间政治、经济、文化融合趋势的进一步扩大与加强，宁夏地区可以说已经会聚了天下"五湖四海"之人。以至于民间有这样的说法："宁夏有天下人，而天下无宁夏人。"

中华人民共和国成立之后，1958年宁夏回族自治区成立。在"开发大西北"的国家战略的实施当中，宁夏又成为得到祖国东部沿海发达地区支援最多的一个民族地区，大量随工厂搬迁的工业移民和风华正茂的南方知识青年分批进入宁夏。1958年到1959年间，仅浙江和上海两地的知识青年，就有超过十万人响应党和政府"建设大西北"的号召，进入宁夏山川当工人和农民。在大量的江南人来到宁夏的时候，饱含着清新温润之气的江南文化也在不经意当中逐渐地在西北这片土地上生根、发芽，并使宁夏文化的内涵当中增添了轻灵与秀丽的因素。

客观而言，由于地理环境和历史进程的特殊性，从悠远时空中走来的宁夏社会和宁夏文化一直具有多元和杂糅的特点。像祖国其他各民族聚居地区一样，由于"和谐"观念的深入人心，在漫长而丰富的历史进程中，生活在这里的各族人民和生长于这片土地上的文化，没有形成尖锐的冲突和无法调和的矛盾。相反，由于秉承着中华民族共同体意识和中华文化"和为贵"思想，这里的人民长时期和睦相处、守望相助，这里的文化因来源多元而呈现着南北交融、刚柔相济，既有北方之厚重又得南方之轻灵秀美的鲜明特色。而这独特的文化积累与沉淀无疑为以后的宁夏社会和宁夏文化奠定了基本的精神底色。

宁夏的历史文化独特而充满魅力，宁夏的现实发展同样令人欢欣鼓舞。宁夏回族自治区成立65周年以来，特别是进入中国特色社会主义新时代以来，在以习近平同志为核心的党中央的亲切关怀下，在宁夏回族自治区党委和政府的坚强领导下，宁夏的各项事业都取得了突出的成就。宁夏社会呈现出经济发展强劲，各民族兄弟相亲相爱，百姓安居乐业，各行各业奋发进取、只争朝夕的喜人局面。

显而易见，宁夏悠久丰富的历史，各民族和谐相处、文化融合的社会局面以及当代宁夏人为改变宁夏经济社会面貌而埋头苦干、奋力拼搏的现实图景，为宁夏的文学艺术创作提供了取之不尽的巨大精神资源。换句话说，在宁夏这片虽然地处偏远，但与伟大祖国和中华民族共同体血脉相连，与时代脉搏同频共振的土地上，可以挖掘的历史故事和每天都在上演的现实传奇数不胜数。事实上，宁夏回族自治区成立65周年以来，宁夏的文学艺术工作者已经通过艰辛的努力，为我们奉献了相当多的来源于宁夏大地的历史与现实、深情演绎"宁夏故事"和细致刻画"宁夏形象"的优秀作品。20世纪70年代末到80年代初期，经历过人生大磨难的作家张贤亮以其饱经沧桑忧患之后的慷慨悲歌征服了大江南北，他创作的小说《灵与肉》《肖尔布拉克》和《绿化树》三获全国优秀中、短篇小说奖[①]。张贤亮的作品不仅叙述特殊年代里我国知识分子所遭受的身心磨难，更让人难以忘怀的是，作家深刻动人地写出了非常岁月当中知识分子的爱国之情、报国之志以及充溢于底层劳动人民内心深处强大的正义情怀和人道情怀。宁夏的三位鲁迅文学奖短篇小说获得者石舒清（《清水里的刀子》）、郭文斌（《吉祥如意》）和马金莲（《1987年的浆水和酸菜》）[②]是从宁夏南部西海固的黄土地成长起来的作家。西海固地区因人与自然生态关系失衡，"十年九旱"，过去一直以"土地不养人""苦瘠甲天下"而闻名于世。改革开放以来，在党和国家"脱贫致富奔小康"政策的光辉照耀下，在宁夏各级干部和群众的不间断努力和奋力拼搏之下，西海固人民终于在中国特色社会主义新时代摆脱了压在心头多年的绝对贫困梦魇，走上了小康社会的光荣之路。在来自西海固的三位作家的作品当中，我们看到，他们分别以各自的生活和艺术视角描写了往昔年代西北地区普通百姓所遭遇的物质生活的匮乏和命运的不幸。然而，更多地流淌于作家们笔下的是苦难岁月当中的不屈信念和自尊自强的进取精神，是人间社会里永世长存的诚实、善良、仁爱、重情重义等等精神品格所带来的抚慰人心的力量。于是，在石舒清、郭文斌和马金莲所构筑的文学天地当中，尽管有着生活和岁月所带来的伤痛、悲哀、沮丧、坎坷与磨难，但作家们始终以丰沛的激情，书写着人类生活本身所具有的美丽和仁善品格，并把这种"美"和"善"当作照亮生存暗影的不灭的灯火。我们阅读这些作品，心灵的天空常常会被浩荡而温暖的巨浪使劲拍打。

回顾和总结宁夏回族自治区成立65周年，特别是改革开放四十多年以来宁夏的文学创作经验，可以发现，经过几代作家的艰辛求索和不懈奋斗，宁夏文学界不仅为当代中国文坛奉献了一批具有全国影响力的作家以及品质一流的作品，同时，在岁月的转换和时代的变迁当中，宁夏当代文学也悄然而坚定地沉淀了一些创作思维和创作气质，这些创作思维和创作气质天然地带有某种独特性，已经鲜明地构成了宁夏文学的历史传统。作为长时期关注和研究宁夏文学的学者，我们把宁夏当代文学的历史传统总结和归纳为以下四个方面。

一、始终牢记文艺为人民的责任担当，坚守现实主义的创作精神和艺术品格

"民惟邦本"的思想认知和"为人民"的文学使命意识是近代以来持续激荡于中国启蒙思想家灵魂深处的核心思想之一，也是五四以来以鲁迅为代表的杰出的新文学作家们始终追寻的文学初心。作为一种绵延不绝的文学伟大传统和精神性遗传密码，它们已经深深植根于五四以后任何一代中国作家的心灵最深处和最柔软处。宁夏当代作家绝大多数都是从西北的黄土风沙和底层人民中间走出来的，有着与广大人民共同的命运遭际和心灵波动。几十年来，人民经受生活的坎坷、奋斗不止的历程、热切的盼望与期待，作家们几乎烂熟于心。因此，对宁夏作家而言，扎根生我养我的西北黄土地，书写生活的艰难与进步、百姓的悲伤与喜悦，不仅是一种内心情感表达的需要，更是始终萦绕于心的中国写作者天然的使命与责任。翻阅宁夏作家的文学文本，无论是移民作家张贤亮讲述"落难者"人生命运起伏波荡的作品，还是石舒清、郭文斌、季栋梁、李进祥、火会亮、马金莲等土生土长的作家叙述的西海固普通农民的生活悲苦与日常烦恼，莫不是西北人民真实生存图景的再现，也表达着作家对于人民生活困苦的忧虑、对于生活进步的喜悦和欢欣。

历史与总体

中国现当代文学的创作实践表明,"为人民"和"为人生"的创作追求,总是容易与现实主义的创作精神和艺术品格构成逻辑对应关系。当代宁夏作家的创作实践,也恰好对这一逻辑对应关系做了相当充分的证明。我们以为,现实主义的创作精神就是一种愿意最大限度地拥抱时代和现实生活、愿意情感饱满地书写真实而复杂的社会人生的创作精神。拥有现实主义主体创作精神的作家,一方面,通常会用乐观明朗的笔调来歌颂现实的光明面和人间社会的真善美;另一方面,现实主义作家又是人类社会美好理想的坚定追求者和人间世界公平正义原则自始至终的捍卫者和维护者。他们怀着滚烫的爱国心和民族情,敢于描写社会生活当中不能令人满意的存在,他们会用严厉峻切的笔调鞭挞人间的不公不义,批判人性当中的假恶丑。现实主义这一"感时忧国"的层面,实际上反映的是五四以来鲁迅等优秀作家所反复提倡的文学责任意识和使命担当——文学是"为人生"的,并且要"改良这人生"。几十年来,宁夏作家始终坚守着文学"关注时代命运""关注人民疾苦"的创作意识和观念,他们的创作一直与共和国的伟大时代和人民血脉相连,与西北大地的风沙和泥土息息相关。在他们的心目中,文学既是对复杂生活的锐利穿透,也是对生活诗意的认真发现和观照。20世纪70年代末以来,几代宁夏作家都是现实主义精神品格和创作手法的信奉者、实践者,无论是新时期早期的"两张一戈"(张贤亮、张武、戈悟觉),还是20世纪90年代以后崛起的"宁夏六棵树"(陈继明、石舒清、金瓯、漠月、季栋梁、张学东),都在以对中国现实问题的敏感、对国家和民族命运的深切关注、对百姓生命疾苦的同情,书写着一个又一个"宁夏故事"。宁夏作家艺术家这种既敢于直面人生,又注意挖掘生活美丽诗意的现实主义艺术品格,构成了宁夏当代文学坚实的精神底色。

可以简单回顾一下改革开放四十多年来宁夏小说的创作史,看看一些具有全国知名度的宁夏作家是如何以现实主义的创作激情而精心描画风云翻卷的时代大潮和跌宕起伏的中国人的人生命运的。当中国社会走入拨乱反正的社会主义新时期的历史时刻，经历了二十余年底层生活的张贤亮以个人往昔的生命浮沉为触发点，开始了他的堪称辉煌的新时期文学之旅。张贤亮的文学贡献在于，他不仅以深沉的现实主义笔法，异常真实地描绘出特殊年代中国知识分子和西北农民的悲剧性命运，更令人震撼的是，他以解剖刀般锋利的笔触深入受难的知识分子的灵魂世界，刻写出处于人生磨难和生死困境当中的知识分子灵魂的沉沦和试图获得自我拯救时的挣扎与困扰。他的《灵与肉》《绿化树》和《烦恼就是智慧》等作品，为我们留下了非正常年代里当代中国知识分子最真实无伪的灵魂画像。另外，张贤亮对于底层农民形象的精彩刻画也颇令人难忘。他对寂寞的邢老汉的刻画（《邢老汉和狗的故事》），他对底层农民马缨花、海喜喜的描画（《绿化树》），尤其是在《河的子孙》这部中篇小说中，他对乡村基层干部魏天贵（人称"半个鬼"）形象的倾尽心力的塑造，不仅证明着现实主义创作笔力的深刻性和惊人的穿透力，也使张贤亮成为新时期早期文坛中国农民形象最出色的刻画家之一。张贤亮之外，张武发表于1979年的短篇小说《看"点"日记》对高级干部身上存在的形式主义、官僚主义作风的尖锐发现与批评，陈继明、石舒清、李进祥、季栋梁等摹写社会转型时期农村生活变迁和普通农民命运沉浮的《粉刷工吉祥》《选举》《换水》《上庄记》等作品，戈悟觉、漠月、马金莲对平淡庸常生活当中美丽诗意的捕捉与动人呈现（《夏天的经历》《湖道》《1987年的浆水和酸菜》），都从不同的侧面，丰富着宁夏当代文学创作的面貌，显现着现实主义创作干预生活、逼视现实、塑造理想的超强艺术能力。

二、热爱家园、痴恋乡土的创作情怀

在相当漫长的历史阶段，宁夏地区一直处于以农牧业生活为主要生活内容的前现代时空当中。1958年，宁夏回族自治区成立，数十万五湖四海的新移民来到宁夏，现代生活气息开始在这片黄土地上慢慢生成，但并不足以撼动宁夏社会农牧业生活为主的原有时空和固有文化格局。直到改革开放之后一直到进入中国特色社会主义新时代，在时代浪潮的反复冲击和带动下，宁夏社会才逐渐汇入中国社会现代化和城市化的大潮之中，拥有了高速和全面发展的现实以及与现代文明对话的豪情与底气。

由于前现代社会的漫长性和历史空间农耕文化的持久性、弥漫性，宁夏当代作家队伍中的大多数成员均来自乡村或者有长期的乡土生活经验，对乡土的记忆与情感强烈而炽热。张贤亮人生早年生长于富裕之家，与中国社会底层是隔膜的。受时代风潮的影响，1957年之后他被迫进入西北广袤的田野和风沙扑面的生存之中。在二十二年（1957—1979年）的艰难岁月中，他与宁夏平原的乡村生活和农民有了贴身接触，深刻感受到了与少年时代曾经接触过的"精致生活"趣味完全相左的西北乡土文化。与底层的零距离接触和不断接受底层人民的善意与温情，使张贤亮这个曾经的"富人的儿子"对宁夏的乡村和农民产生了强烈而深厚的情感，也使他作品中所构筑的"荒村家园"和农民形象格外动人。而在"宁夏青年作家群"这一庞大的创作群体当中，除了金瓯、韩银梅、平原、曹海英、张九鹏等极少数的几个作家少年时代生活和成长于西北不发达的城市，陈继明、石舒清、郭文斌、季栋梁、漠月、李进祥、火会亮、张学东、马金莲、梦也、马占祥等人，皆来自农村，而且多来自长期贫困的西海固地区。来自乡土的作家，自小与黄土沟壑、草木菽粟、牛羊马驼为伴，日日目睹西北农民于贫瘠的荒山沟壑间广种薄收的辛苦劳作，在父老乡亲的汗水和泪水的哺育中长大成人。生活的艰辛困顿和父辈的教诲培养了他们的感恩意识和怀旧惜物思想，深刻地塑造和决定了他们的精神价值取向和审美情怀，也构建了宁夏作家普遍而深厚的"家园意识"和乡恋情感。因此，他们乐于也善于把自己的创作之"根"深深扎进中国西北的黄土地里，从宁夏这片土地上"生活的丰饶"和人的命运的多姿多彩中汲取创作不竭的动力和源泉——说宁夏故事、唱中国歌谣。同时，他们也把弘扬中华优秀传统文化、传播中华民族共同体意识作为创作追求的核心目标之一。他们以富于力度的笔触书写着宁夏这片土地上的历史生活和各族人民血浓于水的同胞之情，赞美和高扬古老的道义原则和高贵的人类精神价值。在宁夏当代作家笔下，没有戏说和历史虚无主义，生活从来都是乡土和家园中欢乐与悲伤的相互缠绕，是人的生存命运的深情而真挚的描绘，是漫长而五味杂陈的劳作、生育、死亡、忍受、哭泣和歌唱。

三、深厚而充沛的人文性

宁夏当代文学创作一直以深厚而充沛的人文性而感动万千读者。这种深厚而充沛的人文性首先表现为对于人的生命（包括动物生命）与价值的肯定和对人的不幸命运的关注与同情。

在张贤亮创作于新时期早期的小说当中，对生命价值的肯定和对人的不幸命运的深刻怜悯是重要的文学主题。他同情荒屋当中孤苦的邢老汉（《邢老汉和狗的故事》），为邢老汉惨淡的人生命运深深叹息；他叙述沦落于民间的读书人许灵均（《灵与肉》）在寒冷的秋夜睡在马槽当中，因身世飘零而抱着马头痛哭失声，所刻写的人与马相拥而泣的画面几乎令读者终生难以忘怀。陈勇发表于1986年的短篇小说《靳老头的丧事》，叙述机关锅炉工靳老头突然离世之前的若干故事，既凸显了底层普通劳动者善良而高洁的灵魂，也对一个小人物欢寡愁殷的孤苦一生唏嘘不已。石舒清以讲述生活于西海固地区人们的命运遭际而闻名文坛。在他的笔下，无论是充满母性光辉的残疾人赫丽彻（《一个女人的断记》），还是身为十几个孩子的母亲，却因燎牛头时燎坏了一块而遭到毒打的小个子女人（《牛头》），石舒清写来痛切于心，其情也哀。季栋梁的小说《军马祭》叙述部队的一匹军马因骑兵团解散而流落乡间的故事。这匹身姿挺拔、训练有素的军马只在进入相对开阔的野地时才迸发生命的激情与活力，它的奔跑与跳跃既是"千里马"的本能使然，也极大地震惊了所有乡野之民。然而，就是这么一匹骏马，最终却"辱于奴隶人之手"[3]。在经过了漫长而激烈的抗争之后，军马终于被硬生生改造成了耕田之马——它的庄重、傲慢的个性完全失去，脏兮兮地混在一群牲口当中。季栋梁是在讲述马的故事，但是，细细读来，这匹军马的生命遭际又何尝不是一个人的命运！

宁夏当代文学深厚而充沛的人文性的第二个表现是：对古老的道义原则和高贵的人类精神价值原则的坚守与弘扬。

客观而言，人类的生存发展史既是一部充满生命的欢欣与喜悦的历史，也是一部布满命运的不测与生命血泪的历史。千百年来，正是因为人类矢志不移地坚守着仁爱之心和光明正义力量，我们才穿越了一次又一次死亡、灾难和伤痛而走向更加美好的明天。文学艺术作为人类意识形态之一种，它的天然责任之一便是守护和弘扬人类的道义原则和高贵精神，以美和善的光芒，照亮生存的暗影和常常被世俗烟尘所蒙蔽的人类的灵魂。宁夏的文学创作从新时期早期开始，就强烈地意识到对"仁爱"之心和古老的道义原则的坚守与弘扬、对埋头苦干与拼命硬干的"中国精神"的歌颂与弘扬，从来都是照亮作品的灵魂之灯。张贤亮获得1983年全国优秀短篇小说奖的《肖尔布拉克》叙述一名西部司机的故事。这名长年奔波于千里长途的河南籍司机，历经生活的诸多磨难，也获得生活给予的意外馈赠。小说最打动我们的是司机内心深处始终充盈着的神圣而古老的价值情怀，那种不计荣辱得失、救人于水火的道义担当，既是"人之为人"的价值持守，也是感动读者的审美所在。在宁夏的另外一位小说家的笔下，人与动物的深情不仅成为书写的对象，也成为人类道义精神的彰显之地。漠月的短篇小说《父亲与驼》讲述父亲视一匹老骆驼为亲子的故事。一匹曾经当过头驼并且为国家立过功的老骆驼因年老体衰而忽然失踪，忧心如焚的父亲无视沙漠中的酷暑追踪了一个夏天，终无所获，他自己却几乎瘦脱了形。在父亲的意识当中，一个有过"军功"的骆驼不能不明不白地失踪了，人一定要管它的死活和归宿。《父亲与驼》实际上弘扬的是人类高贵的道义原则，是人类生命原则对另外一种生命个体的投射和迁移。

  在宁夏当代作家创作的短篇小说当中，温柔贤淑、勤劳隐忍、具有奉献和牺牲精神的妇女形象的塑造成为一道格外动人的文学风景。从20世纪80年代张贤亮笔下的李秀芝（《灵与肉》）、戈悟觉笔下的梅青（《夏天的经历》），到石舒清笔下的环环媳妇（《节日》）、李进祥笔下的阿依舍（《女人的河》）、漠月笔下的大嫂（《锁阳》），一直到马金莲在小说中塑造的荞花（《荞花的月亮》）、阿舍（《鲜花与蛇》）等，虽然作家们写作的时代背景和创作心情各有差异，但对善良优美女性的发自内心的喜爱和倾情塑造却是一以贯之的。熟知文化史者都知道，女性在人类文化史上一直担当着"地母"的形象，她们代表着温润、善良、宽厚、包容、忠贞、奉献等美好的人文价值的永恒拥有和坚定持守。宁夏作家痴情于塑造优美善良的女性形象，一方面，显示着他们对女性命运深切关注的人道主义的情怀；另一方面，他们也是想借女性这一文化符码，赞扬与呼唤千百年来人类社会曾经拥有的那些美好的人文精神和价值情怀。学者贺绍俊这样评价宁夏小说创作当中的人文性特质："宁夏作家群体精准地表达出建立在'前现代社会'基础上的人类积累的精神价值，它是由伦理道德、信仰、理想、人与自然之间的生态关系、人与人之间的情感交流等构成的。这是中国式现代化建设不可缺少的精神资源，同时也提升和丰富了当下文学的精神内涵。"④诚哉斯言！

四、艺术视野上的开阔胸襟和创作中精益求精的工匠精神

从新时期早期开始，宁夏作家的创作视野和创作胸襟就显现出开放和开阔的特质。众所周知，宁夏当代文学的第一批"拓荒者"，是1958年宁夏回族自治区成立之后来自祖国各地的新移民，他们大多数人在江南和中原地区长大，接受过良好的早期教育，拥有不俗的文化品位和文学眼光。宁夏当代第一家文学刊物《群众文艺》（《朔方》的前身）和《宁夏日报》的文学副刊《六盘山》栏目⑤的创办者皆为新移民，宁夏文坛在国内产生重要文学影响的第一批作家也是移民作家⑥。因此，宁夏当代文学在其发轫期和新时期初期，由于参加者身份的独特性和文化趣味的尚雅性，其起点相当高。张贤亮于1979年在文坛复出，1980年即以短篇小说《灵与肉》而蟾宫折桂，当时文坛内外许多人异常惊讶，是因为他们不知道20世纪80年代的宁夏文坛是新移民作家独领风骚的年代。以后，随着国家政治、经济、文化形势的强劲发展，从20世纪90年代到新时代，陈继明、石舒清、金瓯、郭文斌、季栋梁、漠月、李进祥、火会亮、张学东、阿舍、马金莲等年轻一代本土作家茁壮成长，并逐渐生长成为宁夏文学的"一片林"。这一批更为年轻的作家生活于中国社会的改革开放年代，虽自小多在乡村长大，但成年之后大都有过大学学习经历和城市生活经历，也经受过全球化、信息化时代的观念洗礼和资讯冲击，因此他们的文学观念和创作胸襟是处于开放状态的，创作的心态平稳而执着，精益求精的工匠精神和打造精品的创作追求始终如一。

我们可以在张贤亮的创作当中深刻感受他的开阔胸襟和工匠精神。当我们谈及张贤亮和他的文学创作，"宽阔"两个字是首先进入我们脑海中的关键词。张贤亮是那种生活于风云变幻年代、人生经历堪称传奇的作家。时代的大开大阖和个人命运的剧烈动荡浮沉，造就了张贤亮创作视野的宽阔性，使得他的创作虽大多注目于"劳改生涯"，但底色和蕴含却远远超出所描述的具体生活本身。他的"宽阔"是时代所赋予的，也是他砥砺奋进、不断上下求索的艺术胸襟所带来的。张贤亮又是一个在创作上始终追求完美和精致风格的作家。阅读他创作的那些文学精品，从《灵与肉》《河的子孙》《绿化树》《初吻》《男人的一半是女人》《习惯死亡》《普贤寺》到《一亿六》，可以发现，他总是在每一次写作出发之前，在百转千回的思虑之后，力图以崭新的审美眼光、方式和语言手段，再度潜入社会历史与人性之河的河床，经历一番艰苦细致的寻觅、挖掘，将被新鲜化和"陌生化"的社会人生与人物形象重新奉献于我们面前，让读者在震惊炫目之后陷入对社会存在和人的命运的深长思索当中。"读者们的心中能够留存许灵均、章永璘、马缨花、李秀芝、海喜喜等文学人物形象，恰恰是因为那是张贤亮在内心沉淀多年、思索多年、孕育多年的来自广阔的黄土地上的人物形象。这些人物曾经与他的生命相交集，与他的命运同生死，甚至是与他在西北荒村的一盘土炕上共同打过滚。"⑦所以，这些文学形象是从张贤亮心灵柔软处流淌出来的文学形象，是他苦心孤诣、精雕细刻之后而生发光芒的文学形象。

在20世纪90年代崛起的"宁夏青年作家群"（"三棵树"是其代表）创作的小说精品和新时代最为活跃的宁夏作家作品当中，很少能够看到狭窄封闭的创作视野和粗劣的艺术笔墨。更多的时候，读者们感受到的是宁夏作家对于文学事业的虔诚之心和创作时"与每一个字摔跤搏斗"（加西亚·马尔克斯语）的写作姿态。《清水里

015

的刀子》《吉祥如意》《1987年的浆水和酸菜》《上庄记》等获得国家级文学奖的作品，其思想艺术水准自然令人叹服，陈继明的《骨头》《蝴蝶》《北京和尚》，漠月的《锁阳》《湖道》，金瓯的《前面的路》，李进祥的《口弦子奶奶》，张学东的《送一个人上路》，阿舍的《阿娜河畔》等作品，可以毫无愧色地说，不仅是宁夏近二十年来最为优秀的小说，也是中国文坛新世纪以来最美的收获之物。

宁夏几代作家的创作实践已经证明了这样一个文学规律：艺术视野的开阔性和精益求精的工匠精神是成就一个杰出作家的必由之路。在百舸争流、千帆竞发的新时代，宁夏的新晋作家们只有在坚守"中国化"的同时，也虚心学习借鉴国外优秀文化；在始终坚守文学阅读和艺术创作所必需的宁静和沉思品质，老老实实地"啃"中外文艺大师的经典之作的基础上，既注目于脚底下的西北黄土地，也时常仰望遥远灿烂的星空，并能像心态平和、手段高超的玉器行的工匠一样不惜时间和体力地打磨自己手中的作品，我们才可能创作出无愧于伟大时代和伟大人民的精品佳作。

注释

①张贤亮的短篇小说《灵与肉》《肖尔布拉克》分别获得1980年和1983年全国优秀短篇小说奖，中篇小说《绿化树》获得1983—1984年度全国优秀中篇小说奖。

②石舒清以短篇小说《清水里的刀子》获得第二届鲁迅文学奖，郭文斌以短篇小说《吉祥如意》获得第四届鲁迅文学奖，马金莲以短篇小说《1987年的浆水和酸菜》获得第七届鲁迅文学奖。

③见韩愈《杂说四》，原文是这样几句："千里马常有，而伯乐不常有。故虽有名马，只辱于奴隶人之手，骈死于槽枥之间，不以千里称也。"

④贺绍俊《宁静安详 纯净透明——宁夏作家群体创作印象》，中国作家网2016年3月26日。

⑤20世纪60—80年代，该副刊栏目是宁夏当代作家和业余作者发表文学作品的重要园地，也是培养宁夏作家的重要阵地。

⑥中国当代文学史上，在国内文坛产生重要影响的第一批宁夏作家有哈宽贵、张贤亮、张武、戈悟觉、高深、路展、高嵩、程造之、吴淮生、刘和芳、马知遥等。上述作家的原籍有江苏、上海、浙江、安徽、湖北、辽宁、河北、甘肃等省。1958年宁夏回族自治区成立之后，他们由原籍或者工作地京津沪等城市来到宁夏，成为宁夏当代文学的拓荒者。

⑦郎伟《忧郁的灵魂怎样抵达迷蒙的远方》，《朔方》2014年第11期。

原载《中国当代文学研究》2024年第2期

高原上壮观的文学树林
——宁夏文学创作管窥

蔡家园

宁夏文学是黄土高原上一个独特的存在，新时期以来由"一棵树"（张贤亮）发展到"三棵树"，再到"新三棵树"，如今已是郁郁葱葱一片壮观的文学树林。像石舒清、郭文斌、陈继明、金瓯、漠月、张学东、季栋梁、李进祥、马金莲的作品，都给我留下了较深的印象。宁夏文学已成为一种"现象"，对于讲好中国故事、弘扬中国精神提供了独特的经验。

一、宁夏文学存在的独特性分析

我想用三个"清"来简单概括一下我对宁夏文学作品的阅读印

蔡家园，湖北省作家协会党组成员、副主席，兼任湖北省文艺评论家协会副主席，《长江文艺》主编。

象：清苦的生存状态、清安的人生态度、清洁的精神追求。

（一）清苦的生存状态

宁夏自然条件恶劣，经济相对落后，像西海固有"苦瘠甲天下"之称。宁夏作家关于乡土的描写中弥漫着干旱、饥饿、贫穷、苦难，呈现出清苦的生存状态。像石舒清的"疙瘩山"、陈继明的"高沙窝"、李进祥的"清水河"等故事始发地，都逼真而细腻地记录了原生态的生活。记得石舒清有部小说集叫《苦土》，这个题目具有象征性，道出了宁夏作家普遍具有的"苦土"情结。陈继明说："生活在西部的作家，距离土地和苦难更切近，因而写得更多……对于他们来说，这样的情形更是命运，而非策略。"他们对于"清苦"生存状态的表现，不是猎奇性的展览、消费性的噱头，而是与心灵、与生命感受直接关联，因此这种贫困、苦难书写别具动人心弦的力量。除了表现现实层面的苦难生活，还有精神层面的苦难。像李进祥的《孤独成双》，把人们的命运和心路历程置于苦难大地的怀抱中进行演绎，生发出对人们命运"孤独成双"的慨叹，内含的清苦更耐人咀嚼。

（二）清安的人生态度

宁夏作家虽然大量书写苦难生活，但是他们笔下的人物总是把苦难视为人的生存常态，"苦而不痛，难而不畏"，能够与苦难坦然相处，进而超越苦难，表现出一种清安的人生态度。郭文斌说："对于西海固，大多数人只抓住了它'尖锐'的一面、'苦'和'烈'的一面，却没有认识到西海固的'寓言'性，没有看到它深藏不露的'微笑'。当然也就不能表达它的博大、神秘、宁静和安详。培育了西海固连同西海固文学的，不是'尖锐'，也不是'苦'和'烈'，而是一种动态的宁静和安详。"作家们总是用平和的心态去感受和体味，努力在生活的苦难、困厄中发掘美好和温情，在物质的贫乏、窘迫中寻觅真爱和诗意。郭文斌还说过："贫穷就是贫穷，它不可爱，但也不可怕，人们可以而且能够像享受富足一样享受贫穷。贫穷作为一种生存状态，人们只能接受它，歌颂与诅咒都无济于事。"这句话更是道出了宁夏作家对贫穷、苦难的独特理解，以及他们温暖平和、超越此在的心态。这种人生观明显受到儒家的中庸之道等的影响，应该还受到释家的以苦修来获得"来世"的幸福，道家的修身养性、追求天人合一的和谐等观念的影响。儒、释、道等多种文化共同塑造了宁夏地区人们特有的地域性格和民族心理，突出地表现为隐忍、旷达、平和。这种人生态度在石舒清、郭文斌、张学东、漠月、马金莲等的作品中清晰可见。像郭文斌的《水随天去》中，禅宗的顿悟使"父亲"抛弃了所谓的"现实之有"而进入"精神之无"；这种弃世行为，既是一种生命自适的体现，也是一种返璞归真、追求精神自由的体现，暗含了道家不为物役、率性顺道、叩问本真的意义诉求。当"父亲"的生命哲学与人生观念游走于儒释道文化之间，世界就成了人心安详如意的镜像。像马金莲的《长河》，则表达了纯净高尚的"死亡关怀"。像李进祥曾说，他会"写一些艰难的、苦涩的、不可言说的疼痛的东西"。李建军说宁夏文学有一种"宁静与内省的气质"，我想与这种超越性的人生态度是有关的。

（三）清洁的精神追求

宁夏文学的精神性特征非常突出，作家们不约而同地将苦难审美化，表现出对"清洁之美"的崇高追求。"清洁之美"中包含着神性色彩，在消费主义浪潮的冲击下，固有的价值观分崩离析，人类的自我拯救只能寄望于神性的力量来完成。宁夏作家对清洁精神的追求，往往是通过日常化的书写来实现。像石舒清《清洁的日子》中描写百姓家庭的"扫院"，看似平常普通，作家却深入细致地发掘出日常生活中的诗意和温情，进而上升为一种精神信仰。从小说平静甚至平淡的描写中，我们了解了什么是真正的苦难和贫穷，同时也理解了这种生活能够维持下去的奥秘——真正的清洁精神就在这种朴素的生活中彰显。像了一容的《挂在月光中的铜汤瓶》中，月亮是一种充满诗意的浪漫想象，代表母性的慈爱。这篇小说从人生的卑微来写心灵的高贵，表现了主人公对于人生信念的坚守和对精神圆满的追求。

二、宁夏文学对于当代中国文学的意义

（一）对文学地域性的坚守，为讲述中国故事提供了独特经验

在信息化时代，"二手经验"泛滥，文学写作表现出趋同化、模式化，独特的故事、独特的体验、独特的发现越来越稀少。宁夏作家回到中国化的具体历史语境与话语场中，扎根现实土壤，扎根民族生活，虔诚地描写这片土地上的人们在苦难中的挣扎和走向新生途中的困惑，生动而逼真地表现出了乡土的"地方色彩"和"异域情调"，取得了有目共睹的成就。宁夏作家直面现实和处理现实的能力、品格在当下文坛独树一帜，为我们如何讲述中国故事提供了有益借鉴。

（二）对文学精神高地的坚守，提升了中国当代文学的精神含量

在这个商品化、物欲化的时代，宁夏作家始终保有对文学的敬畏，将文学视为精神的高地，他们的许多文字甚至带有神性，这与京沪作家、南方作家截然不同。他们继承了新文学"为人生"的优秀传统，表现出历史责任感和使命担当精神。贺绍俊在《宁夏的意义》中说，"宁夏的文学肖像精准地表达出建立在前现代社会基础上的人类积累的精神价值"。相对于流行的欲望写作、黑暗写作，宁夏文学努力超越苦难和世俗，对神圣、纯净精神的孜孜追求，对于重建当代价值理想具有启发意义。

三、关于宁夏文学未来发展的思考与建议

（一）对主体精神的再发现与坚守

1.重视启蒙传统。百年来中国社会发展有一条清晰的主线，那就是对现代性的追求，这也是人类社会发展的潮流和趋势，离开现代性来谈"文学性"是不可能的。当下时代的一个突出特点是前现代、现代、后现代相互缠绕、彼此冲突，恰好为文学提供了创新的机遇。在这样的时代语境中，启蒙思想仍然没有过时。康德说过："从迷信中解放出来唤作启蒙。"启蒙的要义正是"重新认识你自己"，在这个意义上说，宁夏作家对人的主体性的发现和坚守，比对于理想、信仰的坚守显得更加重要。在宁夏作家中，漠月给我的感觉是，他似乎更加注重知识分子的主体意识和主体情怀。这应该与他的经历有关。漠月远离了自己的故乡，因此故乡才成了他比照现实社会、关注生命状态的精神家园。像他的《赶羊》中，女人放羊的行为不是原初意义上的饲养，而是一种精神存在方式，放牧的并不是羊群，而是自己的心灵，羊群之于女人是一种温暖的符号。他试图在小说中建构一种自足和谐的世界，当然这个世界还是被破坏了。像陈继明的《北京和尚》，他思考的是怎样从"知识—权力对人的奴役"中寻求精神突围，而不是考虑如何从古老的农耕文明获得心灵的安栖之地。他们的思考和表达都体现出一种强烈的主体意识，在重新认识自己的过程中，对生活、对历史、对生命、对人性有新的观照与发现。

2.避免同质化。宁夏部分作家自我重复和模仿他人的现象比较明显。同质化的根源之一就在于作家主体意识较弱，缺乏更加开阔的视野和更为独特的体验，缺乏洞察力和思想力。作家只有自觉地"打开"了自我之后，才有可能"打开"眼前的世界——宁夏大地上除了清苦的乡土，还有丰美的"塞上江南"，还有转型中的城镇，

还有现代性都市生活；只有具备了更加开放、现代的理念，才可能在与传统文化的碰撞中激发出思想的活力，在与流行观念的交锋中焕发出思想的力量。

（二）建立总体性的观照视野

很多时候，人们容易陷入简单的二元对立思维，在这种思维的主导下，乡村、贫穷、苦难往往会变成消费性景观，从而消解了它们应有的审美价值、思想价值。城、乡虽是不同的"场域"，但是异质的表象背后存在共有的时代精神，这就需要作家去开掘、发现和整合。写作者只有抛弃了简单的城乡二元对立思维，在现代性的立场上自觉追求自然生命、精神生命的融合，才有可能重构人类的精神家园。尤其是关于底层生活的书写中，要特别警惕纯粹的道德批判，因为道德不是唯一的、更不是最高的尺度。简单援用人道主义，很容易限制作家对于"人类社会发展与进步"的深入而全面的思考。要避免成为马尔库塞说的"单向度的人"。作家应该拥有一种总体性的眼光，在宏阔的人类视野和历史视野之中，全面、深入地理解全球化、市场化和高科技共同作用于当下而带来的深刻的社会结构性变化，以及人类心灵遭遇的巨大危机，去准确捕捉作为镜像的"真实生活"，而不至于被碎片化的、表象化的感受所遮蔽。不能只是瞩目"过去的乡村"，还要观照"现在的生活"；不能认为描写乡村，只要熟悉乡土就够了，还要理解城市化的进程。倘若忽略了社会生活的全面性和有机联系性，忽略了生活的历史感，必然会影响作品的思想深度。恩格斯说过，作品的思想深度不是纯粹思辨的产物，而是来自作家对他所反映的"历史内容"的深刻认识和把握，因而需要一种总体性视野，将外向的探索、观察与内向的感受、反思统一起来，将个人经验与公共经验整合起来，在边缘与中心的双向互动中，去探索、抵达广阔而深邃的真实存在。

原载《宁夏文艺评论》2018年卷

宁夏小说印象

张存学

说起宁夏的小说，还是要从20世纪80年代说起。从20世纪80年代开始，宁夏就出现了在全国有影响的作家。80年代的宁夏小说是奠基性的，它对宁夏文学的影响无疑是巨大的。之后，从20世纪90年代到现在，宁夏出现了一批又一批有分量的小说作家。这一批又一批的小说作家逐渐在中国文坛上占有了一席之地，从而进入更多读者和评论家的视野。今天，评论宁夏的作家仍然以话题性来作为起点，但与过去不同的是，关于宁夏作家的话题已经沉淀为较理性的话题了，曾经现象性的推演逐渐被认知作家真实性、个体性的要求所代替，应该说，这是还原到文学本来面目的一种形态，其中，它也包含了时间的力量。

张存学，中国作家协会会员，文学创作一级，曾任甘肃省文联文艺理论研究室主任、甘肃省文艺评论家协会常务副主席。

宁夏小说曾以"三棵树"和"新三棵树"来进行集群性推介，无疑，这种推介是极有效果的，它是造势，也通过信息最大化将推介对象的形象最大化了。"三棵树"中的陈继明、石舒清、金瓯和"新三棵树"中的季栋梁、漠月、张学东在很短的时间内相继亮相，他们密集地将宁夏地域性的文学推向了全国，这种形态让人会想起更早时期陕西小说的"陕军东征"。当时，陕西几部重要的小说同时出现，这一称谓使得陕西的这几部小说的显现具有集团作战的气势，这种气势给人以深刻印象。同样，"三棵树"和"新三棵树"的命名也以集体阵势来显现其力量。不同的是，"陕军东征"有种与东部对接的和强烈被承认的意向，不管这种意象是外加的还是自我呈现的，而"树"的意象更多的是在原地生长，当它们枝繁叶茂时渴望被承认、被看到。两者虽然呈现的方式不同，但它们有一个共同点，那就是，都有造势的特点，而"树"的造势更具有主动性。那么，通过以上情况可以说以造势的形式和注重媒介点的行为，在一定程度上会有利于一个地方文学的发展。当一个地方的文学被关注时，它就会被激发出更加活跃的力量，同时，也就会有更多与外部世界交流的机会。创作的氛围浓厚了，与外部交流的机会多了，文学创作的队伍就会处于良性循环的状态中。无疑，宁夏在这方面是成功的。

但还是应该更深刻地看到宁夏文学在新时期初期所进行的奠基和引领作用，这就不得不说张贤亮了。张贤亮在西北的写作是流寓性的写作，这种写作在西北呈现着极其独特的异质性，像这类写作者还有王蒙、周涛、昌耀、章德益、老乡等。这类写作者在身份上是他者，是从别处迁徙或者被流放到西部的，他们从他者的角度看西北，就有着非同一般的透彻性，而且，他们自己所积淀的文化也是深厚的，他者的身份和深厚的文化积淀使得他们能够在非同一般的苦难历程中深入地思考一切，包括思考政治和人的终极走向，基于这样的出发，他们的文学创作就有着切入时代的深刻性。张贤亮的创作一贯地坚持着思考和探索的深度，加上他对自身边界的不断扩展，使得他的作品具有了巨大的张力。这样一个作家生活在宁夏，他是活生生的榜样，他散发的气息无疑会影响到周围的人们。对于西部偏远的人们来说，身边这样作家的存在会激励起爱好创作者的信心和勇气。今天，当我们回过头看时，西部各省区几乎都有像张贤亮这样流寓性的作家或诗人，像新疆的王蒙、周涛、章德益，像青海的昌耀，像甘肃的老乡等，这些作家和诗人本身是新时期文学的参与者和创造者，同时也带动着他们所在地域的文学创作，无疑，张贤亮对于宁夏的文学创作来说他的影响绝对是巨大的。以上判断其实也在说明一个常识，即所有文学创作都是踩在前人和同时代优秀者肩膀上前行的，而宁夏幸运的是有了张贤亮这样一个优秀的作家。

流寓性作家在西北的存在是特定历史时期的现象，这个现象必然要过去；而作为流寓性作家对西北文学创作的影响也是阶段性的，他们营造的文学氛围，他们给予西北文学土壤的养分，他们独特的视角以及他们磨难之后巨大的勇气都给了西北文学很好的馈赠。与此同时，本土作家在其成长的过程中必然要长期面对自己在这块土地上的生命与存在，必然要切入到生活的本真中去。在宁夏，有两种文学现象的呈现能说明宁夏人与土地、人与自身的关系，一是宁夏文学中呈现的民族文化融合的特质，二是贫瘠土地上人的生命状态。前者是民族作家文学叙述中所呈现的，后者是西海固作家文学叙述中所呈现的。将两种现象提出来说，是要说明宁夏作家所具有的特定创作资源。另一方面，宁夏本土作家也是从这些资源中来之所来的，他们与流徙作家不同的是他们从民族的生生不息中而来，从土地蓬勃与疼痛中而来，民族与土地是他们的命运性背景，是他们挥之不去的潜在情愫。

可以说，宁夏特定的文化与人的生存状态在一定程度上也促成了宁夏作家们的创作。宁夏作家一方面受文学前行者的激励，另一方面，他们的生存土壤也促使他们必须将他们的命运感显现出来。在这个意义上说，他们是大地的承受者，也是大地的诉说者，他们命定性要在西海固的土地上发出声音。那么，文化资源与土地性资源也就是宁夏作家们能够取得成就的另一种重要原因。

以上是对宁夏文学面貌性的判断。但要真正理解一个地域的文学，还是应该深入理解每一个写作者，写作者都是个体，在同一块土地上，一棵树和一棵树的生长是不一样的，甚至可以这么说，一棵树就是一个世界。因此，对于一个作家来说，他的写作是他自己生命中的事，他是他生命的立法者，从艺术角度讲，他是他艺术创作的立法者。生命和艺术不可复制，也不可能雷同。在谈宁夏文学时，首先应该从关注作家的角度关注他们的作品。因工作关系，笔者是从20世纪90年代初关注宁夏小说的。下面就笔者有限的阅读来谈一下对几个作家的印象。

陈继明是一个有着深厚功力的作家，在他的小说中，内蕴有着多角度的发散性。注重小说内在的力量，注重小说艺术性的感染力是他小说的特质。可以说，陈继明是一个既关注当下又不断地回望历史的人，他在这两种生活的相接处让小说呈现出尖锐的指向，而在这种呈现中他超越小说本身的限定使小说有了另外的可能性。无疑，陈继明在小说创作上有他自己的路径，并有他自己的思考。

石舒清具有与生俱来的叙述才能，阅读他的小说能深切地感觉到他与他生活的那片土地浑然一体，而作为人是土地上的生成者，言说和叙述就带有强烈破土而出的绽放感，这种绽放是自然喷发的，是自然流动出来的。在此过程中，石舒清一直试图去理解他所处的土地和土地上的人们，理解他们的生活和他们的内心。理解世界，并以忧郁的眼神看待他周围的一切，如此写小说赋予了小说一种质感的生动，它将读者带入并在艺术的叙述中让读者触摸到人物，触摸到平常之物，甚至触摸到一些细节。石舒清还有一类小说是写人的精神走向和精神困惑的,他试图以某种理性的思索来对应他对小说的另一种要求。事实上,这类小说对于石舒清来说是一种挑战,也是一种考验。从小说写作转换路径的角度说,这类小说显现了石舒清艺术追求的另一种能力。

季栋梁的小说是另一种叙述。小说中生活的底盘极其厚实。在这里,拥有生活的信息量在季栋梁身上体现为显著的优势,拥有这种优势后,季栋梁决不含糊地挥洒自如,并将小说内容拿捏得游刃有余。季栋梁是看重小说本身的艺术表现力的,他尽可能地在设置的情节内调动他最好的艺术表现手法,并使人物和情节都饱满起来。读季栋梁的小说有一种着力打造的优雅与粗粝感,并能在文字背后感觉到季栋梁那种善意的诙谐与幽默。无疑,季栋梁是一个叙述天分很高的小说家,他在他的天地里张弛自如。

与季栋梁同为"新三棵树"的漠月和张学东都是宁夏有分量的作家。漠月的乡村叙述和张学东的城市叙述各自成为风景。之后的郭文斌以近乎执着的细腻笔触深入到了被遗忘或者被忽略的人和事中,在其中,郭文斌将遗落的乡村诗意重新放置在人们面前,或者,他以此来照应他自己在生活幽秘处的惊悸与颤动。郭文斌的小说是一条悠长而缓慢的河,它留住人们并让人们不断地回头。

宁夏作家以各自的姿态立在中国文学的长廊中。他们的独特性,他们持久的耐力,以及他们为后续写作者给予的力量都令人尊敬。从20世纪90年代到现在,宁夏的小说作家不断涌现,李进祥、阿舍、马金莲等一批作家不断地呈现着宁夏地域上的人的个体精神和个体存在,他们为丰富宁夏的文学做出了卓越的贡献。

原载《宁夏文艺评论》2018年卷

宁夏文学的地域创作特色

王琳琳

在中国文学的发展历程中,文学与地理的关联一直很紧密。《楚辞》是由楚地而得名,《诗经》中"国风"便是以国域分类,而风、雅、颂也是以地理区域特色为编撰标准。鲁迅说,"中国的人们,不但南北,每省也有些不同的","我还能看出浙西人和浙东人的不同"。[①]1933年10月,沈从文在天津《大公报》副刊发文,批评上海一群半职业性作家"玩票白相""附庸风雅",掀起了"海派"与"京派"的地域之争。20世纪的中国文学,在复杂的地域文学生态场域里,曲折争流、分合流动。20世纪80年代初期,冯骥才的"津门系列"、贾平凹的"商州系列"等地域特色的文学创作,在碰撞、衍变和重组中,展示出文学蓬勃而复杂的生命历程。新世纪以来,文学现代化、全球化已成为不可阻遏的时代潮流,从塞外到水乡,

---

王琳琳,宁夏作家协会主席团委员,宁夏大学文学院教授。

从平原到南疆，中国文学作品记录并述说着各个地域内创作者们参与全球化、现代化进程的百味感慨，凡具有一定独特文化的地域之中就有相应的地域文学。

"宁夏文学是中国文学大家庭中的一员，有着自己的优长和特色。"②追踪宁夏当代文学地域创作特色，探察从分散走向整体的历时态渐变过程，以及其开放包容的情感流动姿态，可以在回溯、审美和眷恋的情感态度中，整理出宁夏当代作家作品呈现的具有时代特色的话语样式。"宁夏地处祖国西北，以经济的发展来衡量，属于我国的欠发达地区"，宁夏文学的独特性也正来源于此，"大西北则是前现代的大本营，但这恰恰是中国走一条更具独特性的、更为健康的现代化道路的重要条件。中国的前现代不仅构成历史，而且仍是强大的现实存在，直接嵌入了中国的现代化进程。宁夏的这种独特性，使得宁夏作家能够以一种正面而积极的心态，吸收前现代文化的精华，延续文学传统，创作具有现代性的文学作品"③。宁夏地域的现实面貌及其"选择性"变迁，是宁夏文学在"常"与"变"张力结构中构建的审美价值，即守成与创新的，具有代际相传的交融与突变。人类现代化进程中，是以不断毁灭人类有价值的东西为代价的。宁夏文学的主体特征是守成，守成并非落后和退步的代名词，而是自然地理、人文环境等各种外部要素语境中，宁夏当代作家群体对中国文学传统的坚守，是"前现代文化的精华"；同时宁夏文学在充分尊重历史与传统的前提下，又进行了有限度和渐进式的创新，是于世界中更具地域传承特色的创作理想实践。因而，宁夏文学根源性的诗意话语特质，结合开放且流动的文学发展研究，历史延展性特色与内在审美精神的联结与发展，显现出了独特的多元地域传承话语风格。

宁夏文学相对守成的话语特征，首先可通过宁夏文学的媒介记忆考证，揭示其历史背景和空间语境的这一特性。"历史中的新的、现实的、鲜活的东西都是通过与'死亡的'、归入档案的、旧的东西的对比而确定的。"④宁夏文学刊物和报纸的深层媒介空间，是由时代背景、文学观念和语言形式等合力构建的一个具有背景共识的地域文化场所，即宁夏的文学机制。"人们在自己生活的社会生产中发生一定的、必然的、不以他们的意志为转移的关系，即同他们的物质生产力的一定发展阶段相适应的生产关系。"⑤那么，在宁夏文学机制现代化进程中创办的刊物和报纸，就是宁夏社会化进程文学资源配置的显现，是与物质生产力相适应的文学生产。洪子诚先生在中国当代文学研究中提出"文学体制与文学生产"对文学、对作家创作的影响研究，其中深蕴的是文学研究中社会历史背景，以及出版与传播、教育与创作等多方面复杂关系，这就是文学研究中颇为重要的媒介记忆。媒介记忆中的历时语境，即生产活动走向现代化进程时文学机制呈现出的诸多因素，如"进步"与"现代性"的问题，中国文学的"现代性则是指中国通过现代化进程而在生存方式、价值体系、心理结构、知识范型、语言和艺术等文化层面所获得的属于现代的性质"⑥。宁夏文学的现代性问题就是媒介记忆中尤其需要重视的问题。宁夏文学的现代范式转变，更多地保留中华优秀传统人文价值话语的传承，倾向于在多元冲突中找到"进步"之处，而非反客为主地将所有新型话语变为权威，极大程度地规避工具理性带来的现代性危机，媒介记忆呈现出了"前现代文化"的守成话语。

宁夏虽是小省区，"19世纪中下半叶新学开办以前宁夏和今固原地区，据不完全统计，有儒学11所，其中府学1所、州学2所、厅学2所、县学6所"。宁夏建省后"中等学校发展到6所"，"完全小学和初级小学共有237所"。⑦这个不太理想却存在着的星星之火，积聚着文学的火种。遍布全区的新学在宁夏文学的土地上留存下了文学的种子，可见向内迁入创办新学新刊，与向外迁徙离开"关中之屏障，河陇之嗓喉"的两种宁夏历史移民的变迁，形成了双向作用：为宁夏文学创新成长、作家多元话语风格的形成提供了可能，但同时也埋下了文化守成主义的种子。

宁夏拥有丰富的文学杂志和报纸媒介资源，这些媒介资源是宁夏文学现代化进程的重要组成因素之一。"宁夏地区具有现代宣传和新闻媒介手段，大体上起于冯玉祥西北军进驻以后"；"中山日报社由绥远迁来宁夏继续开办"；"1929年吉鸿昌接任省主席时期，也创办过《宁夏醒报》，为四开型活字印刷"；"《宁夏民国日报》大约创办于马鸿宾再回宁夏主持省政后的1930年。这一时期，《大公报》也一度在宁夏设立过分馆。另外，宁夏留平学生会还在北平创办过《银光》《曙光》《华声》月刊"。[⑧]直至宁夏解放前陆续创刊十余种并由当时宁夏银川书局、银川书店、报社印刷厂、省政府印刷厂等单位印刷出版了大批书籍。可见，1959年《群众文艺》(《朔方》前身)杂志顺利创刊，不是偶然形成的，而是多方的合力促成。宁夏另外两大刊物《六盘山》和《黄河文学》，分别创刊于1982年和1992年。"日常的文学生活是以期刊为中心开展的。"[⑨]在宁夏建省之后，这些刊物作为一种媒介，连接文学的外部环境与内在世界，将作家、读者、编者聚合起来，为宁夏文学的创作者提供生存之所，为他们营造相对自由的精神空间，并不断培养宁夏文学的创作者和欣赏者，也形成了职业化的作家群和知识化的读者群体。同时，以其办刊理念介入文学潮流，助推文学流派的生长和文学创作风格的形成。宁夏当代作家多得益于文学刊物的推介，诸如作家张贤亮在《朔方》刊发的《灵与肉》荣获全国优秀短篇小说奖，石舒清在《朔方》刊发的《清水里的刀子》荣获鲁迅文学奖。《黄河文学》的"特别推荐"刊发的彭学明长篇散文《娘》，斩获"2011年度华文最佳散文奖"等奖项。随着时代发展，宁夏刊物刊发的作品陆续被《新华文摘》《小说选刊》《小说月报》《中华文学选刊》《散文海外版》《散文选刊》《诗刊》《诗选刊》等全国性的选刊转载,并入选各种版本的年度小说、诗歌、散文选本,可谓是居于西部文学期刊之首列,在全国文学界和出版界的影响日益扩大。与文学刊物基本同时期的宁夏两个影响文学创作的报纸是《宁夏日报》和《固原日报》。报纸作为新闻媒介对于信息的传递更为快速及时,但同时报纸的发展史也就是社会对之影响的历史,报纸的板块及办刊理念也反映了社会变化及地域氛围的历史。《宁夏日报》是宁夏回族自治区党委机关报,于1958年8月1日创刊,其中文艺副刊《六盘山》每周一期,以散文、诗歌、杂文、微型小说、文艺批评为主。《宁夏日报》历史上曾有过更早的创刊历史,1949年9月23日,中国人民解放军解放了宁夏省会银川市,11月11日《宁夏日报》创刊,成为宁夏省委的机关报。12月21日,毛泽东同志亲笔书写《宁夏日报》报头,该报头沿用至今。1954年8月,甘肃、宁夏两省合并,宁夏省建制撤销,8月31日《宁夏日报》停刊。《固原日报》是固原市委机关报,前身为1957年《固原州报》,1984年更名为《固原报》,1995年更名为《固原日报》,其文艺副刊一直针对时评、散文非常重视,设有《口弦》《我与西海固》《六盘随笔》等栏目。这两个报纸在宁夏成长起来的作家心目中有着与文学刊物同等的分量,在他们的成长中,刊发在报纸上的铅文即是对文学创作的认可与鼓励。同时,在两个报纸担任编辑的文学创作者也颇多,在《宁夏日报》《固原日报》担任编辑的秦中吟、季栋梁、张强、陈继明、石舒清、火会亮、古原、张慈丽、杨建虎等,也都成了宁夏颇具声望的文学创作者。

"文学期刊在文学传播中一直处于核心地位。没有经过期刊检验的作者很难进入出版社的视野,文学期刊的评价更是作家确立文学史地位的重要标杆。"⑩宁夏的文学刊物给地域文学创作带来的优渥环境,一方面促进了宁夏文学的繁荣,培育了宁夏这片土地上生长出的文学，在物质欲望充斥的世界里不断繁荣着宁夏的文学世界，创造出独具时代魅力的沉静而执着的文学创作环境；另一方面，在宁夏文学刊物和报纸的环境中可以看到，大量的文学刊物的办刊理念决定和制约了文学创作的土壤。宁夏境内九个市辖区、两个县级市、十一个县，合计二十二个县级区划，创办的文学刊物就有二十种之多，且各类各级文学奖项也从不同程度形成一种独特的选拔机制，为宁夏当代作家的创作提供了颇为良性上升的文学创作环境，培养了大批文学创作人才，各个县市杂志的主编首先成为这片土壤的受益者，诸如杨森翔、赵炳庭、陈勇、马占祥、西野、马悦等一批从编辑到创作的人才，他们在文学活动中不断成长，走入文学创作并取得了一定的成绩。同时，编辑的创作理念与文学观念也较为稳定地形成一种延续传承的场域，由于报纸刊物风格限制，进一步促成了相对一致的宁夏文学话语特色。

其次，借用"第三维耦合"和"胡焕庸线"的理论，将宁夏文学放置于人文地理环境系统的背景中，亦可于研究中探索宁夏当代作家的话语传承特色，探寻宁夏当代作家对传统文化的认同，以及形成其创作力量的群体意识和话语形成过程。在地域文学的研究中，杨义提出了"第三维耦合"[⑪]，是指使人文之化成、文学之审美与地理元素互动、互补、互释，从而使精神的成果落到人类活动的大地上。由此，在宁夏当代作家话语嬗变特色的具体文本分析时，就以宁夏当代作家生存的人文地理环境作为研究基础，借助媒介记忆、媒介符号和媒介交融三个层面的宁夏当代作家话语评价标准，在具体创作特色的研究中，从地理与人文的耦合中梳理宁夏当代作家的代际性传承特质，考据其"前现代文化"形成的独特性。

宁夏解放后曾经历撤省及辖区范围的变动，地域群体的移民特征颇为明显，形成了文化交融的地域特色。1958年10月25日宁夏回族自治区成立，银川专区、吴忠、西海固及泾源、隆德二县等原属甘肃省的辖区划归宁夏，但曾隶属宁夏的阿拉善左旗等地依旧辖属内蒙古。地处黄土高原与内蒙古高原过渡地带的宁夏回族自治区，历史上形成的农耕文化与草原游牧文化的多元交融，至今并未改变。同时，宁夏地形南北狭长，南北相距四百五十六千米，东西相距约二百五十千米，地势从西南向东北逐渐倾斜，因其处于西北部的黄河中上游地区，黄河自宁夏中卫入境，经石嘴山出境，流水侵蚀的黄土地貌上储存着源远流长的黄河文化，也一直滋养着宁夏文学。史学家陈育宁认为，"宁夏黄河灌区发展的历史事实表明，在被认为干旱贫瘠的北方地区，在被沙漠包围的地区，也可以创造出环境、土地、人口较好协调发展的区域，创造出一片充满生机的绿洲，'胡焕庸线'局部突破不是不可能的。宁夏黄河灌区之所以被誉为塞北江南，比喻成'胡焕庸线'以东的景象，就说明了这一点"[12]。宁夏文学内部也存在"胡焕庸线"的突破，具体可由外部地域变动而产生的移民流动，以及区内由山区向川区的生态移民政策等因素来看，宁夏文学版图呈现出由南向北的侵袭与交融。

　　宁夏建区后大量移民进入这片土地，迁徙而来的知识青年为宁夏地域文学积聚力量。"人才"成了宁夏文学得以现代化的有力保障，"从1961年开始，到1978年年底，宁夏城镇知识青年上山下乡共达49100人，加上接受来自北京、天津、杭州等地的8300名下乡知识青年，实际安置的共计为57400人"[13]。迁徙而来的知识青年丰富了宁夏文化，形成"五方杂错，风俗不纯，人地和谐，融合更新"[14]的宁夏特色移民样态，并让文化在交融中不断扩大范围，各种文化不断冲击与融合的历史让宁夏文学汇集了多民族文化传统，推进了宁夏文学的成长，不断孕育更多的人才是宁夏这一地域文学得以生长的重要因素。中华人民共和国成立以后，宁夏的移民类型有"支宁移民、吊庄移民、易地搬迁移民、扬黄扶贫移民、生态移民和宁夏中南部地区生态移民工程"[15]。在黄河文化语境里，移民文化的多元交融，使得宁夏文学从产生之初就有着极大的包容性与多元性，从而也形成了较为突出的整体性特色。

学界一直认为宁夏的地域文学创作独特性并不显著，不同于陕西文学具有自带的根性的兼容性。陕西文学呈现由乔山和秦岭所分隔的三大地理板块的创作。陕北沟壑纵横，干旱少雨，色彩单调的地貌特征，赋予了陕北文学苍凉悲壮、风格较为单一的特色；关中文学则以深邃厚重、质朴为主；陕南文学则多"水"性，以清丽飘逸见长。学者徐琳将陕西文学的地理基因呈现的文化传承概括为，"苦难与崇高并存的陕北高原文化、饱受儒学浸染的关中平原文化、兼具秦楚之风的陕南山地文化"[16]。陕西极具特色的三大地域文化及其特有的人文风情铸就了陕西作家独特的创作风格。甘肃与宁夏有着更紧密联系，宁夏建区之前曾并入甘肃，另外宁夏颇具影响力的作家如张武、陈继明等，他们的祖籍是甘肃，太多的相似性让宁夏文学与甘肃文学的差别微乎其微。甘肃学者张继红和郭文元将甘肃文学的地域特色又具体划分为"河西走廊与大漠文学、黄河文化与城市文学、陇东家族历史文学、甘南藏族宗教文学、陇中黄土情结与苦难叙事和陇右诗人群与精致格局"[18]，并总结甘肃文学特色为，特殊的地理环境造就了甘肃独特的历史文化形态，孕育了甘肃文学复杂的地域文化内核；由于人类的过度开掘以及发动的战争，甘肃失去了往日的辉煌与繁荣，甚至成为中国贫穷落后地区的象征，文学亦随之而变。很显然，这些评价似乎也可放到宁夏文学地域性特质的分析中，宁夏文学与甘肃文学无差异处较多，相似的文化交融特质，如农耕文明与游牧文明的交融；可以相互替换的文学表达，如荒凉苦难、强悍坚韧和贫穷落后等，且这些地域文学独特性又比宁夏文学的创作风格突出。

那么，宁夏文学的独特性又在哪里？宁夏自然地理的变迁以及移民群体的流动性，呈现出地域性融合、创作样态的"前现代性"。

"所以对宁夏始名之前，统称为具有地域空间意义的'塞上'，就是要阐明这一区域的复杂性、开放性和包容性。"⑰即在与现代性交融中，更为守成地保留了中华优秀文化的传承，具有同一性，而非陕西和甘肃的各个地理分区的创作差异性。著名文学评论家雷达在谈到甘肃乡土小说的不足时，特别从三个层面分析，"一是抽离了地域性的乡土小说是没有生命力的；二是荒凉苦难、强悍坚韧、愚昧落后不是西部文学的专利或全部，更不是甘肃乡土文学的全部，将苦难崇高化，将农耕文明和游牧文明诗意化，在某种意义上，有违于历史发展的逻辑；三是作家首先要超越现实生存，用现代性来审视甘肃那片土地的历史和现实，把甘肃的今天放在地球村落中，放在历史的长河中来考察，而不一定站在甘肃本土执著坚守。否则，只能使甘肃的某些乡土小说停滞在生存层面，只能进行一些浅表层的叙述和思索"⑲。宁夏独特的地域文化融合的创作特色反而规避了这些甘肃乡土话语风格的某些问题。宁夏文学的乡土话语从开始就不是简单的地域方言土语、社会风尚及民间传说的特色，是抒写农耕与游牧生活的多元创作，是以"生态"为题材，展示人与自然的关系，表达流寓者内心，眷恋传统文明，流露出对于人性的深层思考。同时在荒凉苦难、强悍坚韧、愚昧落后的表象背后，诗意话语色彩不是简单地对于现实生存感性的描绘，而是在中华优秀传统文化浸润中，宁夏当代作家群体用现代性审视、坚守与传承的姿态，进行的有限度创新。

具体来看，宁夏的川区和山区自然地理的富足与贫困，并未影响到宁夏文学的创作数量及质量，而是交融统一，共同构筑宁夏文学话语风格。宁夏的山区和川区划分依据主要是宁夏全区分为北部川区和南部山区两部分。宁夏北部川区即引黄灌区，由卫宁平原和银川平原组成；与北部川区相对应的南部山区，从广义上看包括中部干旱区和山区。山区七县一区可以说县县有作家，"全地区在各种报刊公开发表各类作品的作者逾200人，骨干作者80人，在国家级刊物上发表作品的作家近20人次，获得国家级和省区级文学大奖的不下10人次"[20]。这还是十几年前的数据。2011年，中华文学基金会授予西吉县"文学之乡"称号。2021年西吉文学馆开馆，承接并延续着一脉文气。川区的文学创作亦如此，宁夏改革开放以前的支宁移民，大多分散安置在宁夏北部各县，川区的文化因此更具包容性，石嘴山市的《贺兰山》创刊于1982年，其工业特色题材的文学作品和散文诗体裁至今成为宁夏文学的一道风景。《平罗文艺》创刊更早，1972年5月创办，1983年停办，2005年又以《塞上》为名，内部发行文艺作品，等等。文学创作凸显了宁夏古今文化积淀深厚的地域文化色彩，并呈现多元发展趋势。改革开放以后，国家为了改善生态环境，因地制宜，吊庄、扶贫和生态移民相对集中。"十二五"期间，宁夏回族自治区启动了生态移民工程，易地安家、易地创业、易地致富，实现了脱贫攻坚的全面胜利，区域性整体贫困得到解决，也进一步促进并实现了山区到川区的文化交融。红寺堡区就是具有代表性的移民城镇，1998年开发建设，2009年经国务院批复设立为吴忠市市辖区，是全国最大的易地生态移民扬黄扶贫集中安置区。闽宁镇是银川市永宁县下辖的一个乡镇级行政单位，前身是1990年10月，从宁夏南部山区西吉、海原两县搬迁到永宁县境内的一千多户百姓，建立的玉泉营、玉海经济开发区。二十多年里闽宁镇接纳了西海固六个国家级贫困县的四万多名移民。伴随宁夏的扶贫政策以及生态移民工程，居民搬迁，山区刊物和报纸的编辑也随之大量迁徙到川区，宁夏文学创作风格的融合进一步形成。新世纪以来，宁夏提出的生态文学、城市文学、乡土文学等多种文学创作风格，并交融统一，探索宁夏新时代文学创作的发展路径，呈现出对于中华优秀传统文化传承价值同一性的特质，即宁夏当代文学创作的独特性。宁夏文学中深蕴着中华优秀传统文化的精神价值,"它是由伦理道德、信念、理想、人与自然之间的生态关系、人与人之间的情感交流等构成的"[21],这些特质在宁夏当代作家作品的话语中具体呈现,因而基于宁夏作家地域特征的研究成果,需在具体作家作品的文本话语特色的分析中,强调文本话语的偶然性,于断裂中找寻文本话语的同一特色。

宁夏的评论学者们也对此多有评价,如评论家白草认为,"强烈的祖国意识,对优秀传统文化的信念以及对苦难的书写,正是张贤亮贡献给当代宁夏文学的一笔珍宝","深沉的家国情怀,对优秀传统文化的坚守,苦难中积极向上的力量,多少可标示出宁夏文学的基本风格,而因身处僻远地理空间,宁夏作家因之更亲近了包括人性在内的自然,那种不期而至的、对内在生命的倾诉,不吐不快,似无暇修饰,沛然而出。文学与生命一体,这又是宁夏文学的另一面"[22]。评论家牛学智认为,"宁夏文学的确保持着很好的传统,坚守住了黄河文化重视现实、积极入世和强调伦理道德的思想;也具有吸收异质文化、开放包容、兼容并蓄的胸怀和视野;更具有直面苦难、关注民生的忧患意识"[23]。总体而言,宁夏文学在中华优秀文化的包容性中形成了相对多元的创作样态,地域差异性中形成了一种创作合力,"文学与生命的生态""乡土""传统文化的坚守"等高频词,构筑出了独具的话语特色,最终凸显出宁夏文学创作多元统一的话语传承特色。

宁夏文学的"第三维耦合"研究需要从时间线索、地理分布等方面梳理作家创作特色,从具体文本细读到宁夏文学总体特性的研究,宁夏文学具有地域整体且带有传统文化的群体意识,在文学地理形态变迁中,宁夏文学"胡焕庸线"局部突破的案例,就是"西海固文学"。这是宁夏文学地理交融现象的重要案例。

西海固是宁夏的西吉、海原和固原三县名字的首字,最初归属于甘肃。1953年,我国在甘肃平凉专区设立了西海固回族自治区,下辖西吉、海原、固原三县。1955年11月，该自治区被更名为固原回族自治州。此后，随着宁夏回族自治区的成立，固原回族自治州划归宁夏。西海固地区有着新石器时代的"马家窑""半山""马厂"等文化足迹，又是古丝绸之路与西域文化、边陲文化交融之地，中国古长城遗迹，中国工农红军将台堡胜利会师等悠久而辉煌的历史文化之地。西海固是中国特困地区的代名词，但无愧于宁夏文学的创作高地，他们的创作产生了极大的影响力。1997年，由《朔方》负责召开的振兴宁夏文学讨论会上，很多固原地区作家在讨论固原地区的文学创作时，就提到"西海固文学"。1998年，《六盘山》杂志刊发"西海固文学散文专号"；6月11日，《文学报》头版报道了"西海固文学现象"；8月，中国作协创研部主任、著名评论家雷达为《六盘山》杂志题词："西海固，神秘的土地，承受过太多的苦难和贫穷，创造过绚烂的历史文明，它必将创造更加美丽而宏伟的文学！"[24] "西海固文学"的概念被正式提出，成为西海固地区出生的作家创作现象的唯一代名词，在西海固这片贫瘠的土地上有着百分之七十的文学爱好者与创作者，这是一个不可低估的数量，宁夏的面积只有六点六四万平方公里，人口七百二十万人，但这样的小省区在西海固地区，就孕育出了极其丰富的文学创作资源。石舒清、郭文斌、马金莲三位鲁迅文学奖获得者分别来自海原、西吉，同时这里还走出了宁夏颇具声望的作家，如火仲舫、古原、南台、梦也、单永珍、陈继明、火会亮、了一容等，这些作家的创作力及影响力最终波及了整个宁夏文学的创作。新世纪以来，西海固的创作人数并未减少，文学作品的成绩斐然，也正是由于西海固文学创作群体自然地理环境的迁移，进一步促成了宁夏文学交融现象的独特性。

宁夏生态移民工程以及城市化进程促使文学创作者从西海固走出，到了固原市、银川市等地生活。诸如西海固著名作家郭文斌、石舒清、火会亮、了一容等，目前都在银川工作或生活，其创作环境发生了巨大改变，创作题材和主题也随之发生变化，在"出走"的乡土意识和叙述模式中展现人的冲动，他们反观西海固，描述那些试图改变自身命运，进而改变家乡贫穷落后面貌的强烈渴望。在个体生命走向成熟的探索中，作家们相对"守成"的坚守，又影响了整个宁夏文学的创作语境，多元因素的融合促使宁夏当代作家的话语，形成了地域创作的整体交融性特色。"耦合"是指宁夏文学研究中两个或两个以上的体系或两种运动形式间通过相互作用而彼此影响，"耦合"还应指宁夏当代作家的老、中、青三代话语的传承。在宁夏文学研究中，老中青作家话语的代际性特质，首先是相对守成的话语特色，即在人与自然和谐、中庸，不极端的生态语境中继承诗意传统，探索人性深层价值，呈现出"多元共生"的话语共性特色，诸如认同话语、乡土话语、意识流话语及成长话语等。其次，宁夏老中青三代话语语境符号的深层意蕴，又显露出每位作家话语创新的独特性，诸如白描、人物志、引譬连类、身份认知、网络民间性、狂欢化、意识流、家庭伦理观念等话语特征。传统是时空绵延涌动的过程，相对守成的具有普遍性的自然地域特色，是宁夏文学的真实发展势态，但宁夏创作群体中每位作家个体的创新与探索又是文学不断前行的动力。

具体来看，季栋梁的长篇报告文学《西海固笔记》是宁夏作家记录西海固脱贫攻坚、乡村振兴的故事。这部具有史料意义的优秀作品，是生活在银川市的作家，回溯西海固的历史，运用游历者回访这片土地的方式书写而成的。《西海固笔记》全书共十九章，一章聚焦一个西海固的问题，从"楔子"开始拉开了西海固诗画图像的描绘，层层递进，环环相扣，将西海固农民在经济上摆脱贫困和精神上得到洗礼的巨大变化与重大历史事件结合叙述，从历史与现实的对比中展示了西海固人民脱贫致富，"脱胎换骨"地追求幸福生活的时代乐章，表达了作家对西海固历史孕育的美好赋予的深沉爱意。这部长篇报告文学的溯洄景观书写，影响了宁夏文学的创作者。如阿舍回溯新疆农场的生活，曹海英回溯石嘴山煤矿的生活，等等，宁夏文学以其独特的话语传承特色而著称，作家们离开故土，在新时代文学创作中，通过笔触回溯生存景观，将西海固文学的书写力量传递到更广泛的层面上，展现了其独特魅力。

再如，50后于秀兰、60后郭文斌和80后马慧娟，三位西海固作家，或因求学、工作后到了银川生活，或因移民到红寺堡居住，他们的散文保留着浓郁的乡土话语特色。宁夏老生代作家于秀兰在其散文集《兰亭心雨》中书写了"乡土深情"，表达了作家对于西海固的眷恋。从家庭生活的回顾开端，作家将叙述空间向外延展，最终构型了中国传统文化的诗意语境。于秀兰散文中彰显出的中国传统文化中人与自然、人与人、人与花鸟鱼虫的生态关系，呈现出其散文所独具的话语魅力。作家将这样的创作观念传承并存留在宁夏文学的创作观念中，因而，新时代宁夏文学中生态文学创作观念的提出，并非偶然。宁夏文学的研究，需更全面地分析老生代作家作品中文学话语的乡土诠释，以及这些创作理念的影响研究。中生代作家郭文斌的散文是于乡土话语中建构价值，作家运用精妙的话语修辞建立并巩固一种乡土认知范式，引领读者进入中华传统审美价值的传承话语体系，理解文字，感悟生命。新生代作家马慧娟的散文创作主要产生于田间，对于乡土农耕生活的口语化叙事与抒情贯穿于创作始终，其散文更具民间性及口语化特质。于秀兰、郭文斌等作家皆是离开农村后，书写对于故乡的想象。而马慧娟的文字就是她真实生存空间的记录，表达的是农妇从事农耕生活的切身感受；其散文中还记录了生态移民、脱贫致富的真实历史事件，抒发了变革中普通人的情感，更具民族志特色。宁夏老中青三代作家作品松散且看似随意的话语传承，展现出宁夏文学与众不同的乡土价值。三位西海固作家的创作也充分展示了西海固文学在迁移中对宁夏文学创作的持续探索和影响。

宁夏当代作家作品中成长者形象颇多，在叙事中形成成长话语特色。宁夏作家作品中的成长者形象多为青少年的成长，在社会文化语境中他们不断自我成熟，认知地域以外世界的变革，并不断引发自我主体精神的成长，从而形成一种成长者的话语叙事特色。宁夏作家采用不同形式的"声音"分别表达叙事的态度和观点，既有中国传统"说话"里营造的情境，展露出作品中叙事者的成长样态，也尝试现代叙述视角的创新应用。宁夏老生代作家路展、刘和芳、吴音等儿童文学创作者，直接运用儿童话语及视角讲述成长中的心理变迁，或透过小动物、小植物的成长视角表达优良品质与道德品格的重要。中生代作家赵华的童话和科幻小说创作更是从亲情、友情等角度讲述成长中面临的问题并赞扬美好品德；金瓯、张学东、曹海英等作家笔下也多有青少年面临生活波折时反思成长问题的作品，作家多深入种种社会问题探讨人生价值并描绘生命的顽强等。新生代80后的西海固作家马金莲从《1987年的浆水和酸菜》到《马兰花开》《孤独树》的创作，都是西海固的故事。作家于创作中反思，塑造了一系列成长者形象，诸如小说《孤独树》，塑造了一个西海固乡村家庭里的故事。故事运用哲布这一人物的成长者视角，以农时为时间线索，在中国传统家庭叙述空间里，聚焦西海固祖辈、父辈和孙辈的生存故事，刻画了这片土地上生活的人们承受着农耕生活丧失的痛苦，表达了城市与乡村的矛盾冲突中，现代化变革的阵痛。作家将祖辈、父辈与孙辈的命运进行了鲜明的对照描写，呈现出了孙辈留守儿童的孤独心理、父辈的生活不易，以及祖辈留守等，最终唱响了一曲在现代化进程中乡土遗失的孤独之歌。包容而多元的宁夏文学语境，生长着各种类型的成长者形象。在新时代文学书写的理念里，宁夏当代作家继承中国传统叙事特色，思考儿童叙述视角，探索成长者创作心理，适时调整并抒写中国新时代的文学作品，构型出了一种成长者反思的独特叙事。那么这种成长者叙述视角的研究也将成为宁夏文学对于中国文学的成长思考。

当然，在西海固作家群中还有一位不可忽略的作家：石舒清。这位沉浸于文学创作世界的作家，来到银川市生活后，他的作品立足西海固这片土地的民风民俗，探索传统笔记体笔法，反观苦难生活的人情世故，并于现代文明困境中反思故土。汪曾祺说："凡是不以情节胜，比较简短，文字淡雅而有意境的小说，不妨都称之为笔记体小说。"⑤新世纪以来，中国当代很多著名作家都开始更新其文学观念，并开始批量创作具有传统中国文学资源给养的作品。石舒清的小说集《底片》《九案》，以及散见的一些中短篇小说，通过更加广阔的创作视野，对故土进行反思，回溯中国传统文化的地域风格。他或以西海固生活中的小物件为引，细致入微地描绘记录文化；或截取历史片段，简笔勾勒，淡薄简略地将杂感融于其中，抒写地域变迁。作家在民间和传统中思考文学的创作，新时代的文学创作更是于探索中前行，结合其话语创作的视角变化与白描等笔法，不断尝试传统文学创作方式的当代转化，渐趋形成新时代文学创作观，这必将成为宁夏文学创作再度引发高潮的潜在力量，推动并促使宁夏文学不断出新。这样的作家还有很多，他们离开了西海固，却未离开宁夏文学的创作群体，他们对自己生存地的回顾，以及中国传统文化的热切向往，促使他们在交融与发展的创作思考中，呈现出对于宁夏文学地域性文化性格的超越。

任何地域创作的多重影响因素都将成为作家风格形成的外因，正是宁夏地域书写的共性特质，让作家在外来影响侵入时，更多地从中国文学的传统精神价值角度进行创作思考，形成中华优秀传统文化的传承。宁夏文学传统展现出了时空的绵延涌动，媒介记忆存留的档案涵盖了宁夏文学现代化进程中，无数创新、反创新和不创新的现象及结果，于其中追踪宁夏文学的真实发展势态，守成与创新的交融是宁夏文学创作者的话语风格。向内与向外的移民历史，生态移民的内部迁徙，促使宁夏文学创作群体思维具有更为坚实的谱系传承及多元共生的发展理念。在与传统、西部、中国以及世界的交融碰撞中，宁夏文学"前现代性"的守成主义创作风格，激发出了每位创作者承继传统的创新自变量，形成了宁夏当代作家的话语特色，赋予了宁夏文学地域独特性。

注释

①鲁迅.致萧军、萧红（1935年3月13日）[M]//鲁迅全集：第13卷.北京：人民文学出版社，1981：79.

②③贺绍俊.序：从实际出发的文学史叙述[M]//杨梓.宁夏文学史.银川：阳光出版社，2020：2.

④鲍里斯·格罗伊斯.揣测与媒介：媒介现象学[M].张芸，刘振英，译.南京：南京大学出版社，2014：3.

⑤马克思.《政治经济学》序言[M]//马克思恩格斯选集：第2卷.北京：人民出版社，1972：82.

⑥王一川.汉语形象美学引论[M].广州：广东人民出版社，1999：5.

⑦⑧陈育宁.宁夏通史[M].银川：宁夏人民出版社，2008：517-518，536.

⑨本雅明.发达资本主义时代的抒情诗人[M].张旭东，魏文生，译.北京：生活·读书·新知三联书店，2014：49.

⑩黄发有.论文学期刊与中国当代文学思潮的互动关系[J].文艺研究，2020（10）：86.

⑪杨义.文学地理学的渊源与视境[J].文学评论，2012（04）：73.

⑫陈育宁.黄河文化高质量发展研究[M].银川：宁夏人民出版社，

⑬刘天明，王晓华，张哲.移民大开发与宁夏历史文化［M］.银川：宁夏人民出版社，2008：121.

⑭⑮杨森翔.宁夏移民历史与文化［M］.香港：华夏文史出版社，2021：58，294-295.

⑯徐琳.当代陕西文学的地理基因与文化传承［J］.陕西文学研究，2019（02）：188-189.

⑰杨梓.宁夏文学史［M］.银川：阳光出版社，2020：600.

⑱张继红，郭文元.文学地理视域下的甘肃作家群与地域文化关系：甘肃文学的一种观察视角［J］.唐都学刊，2015（05）：89-95.

⑲雷达，张继红.近三十年甘肃乡土小说的繁荣与缺失：雷达访谈录［J］.文艺争鸣，2013（03）：115-119.

⑳㉔钟正平.文学的触须［M］.银川：阳光出版社，2016：9-10，9.

㉑贺绍俊.序：从实际出发的文学史叙述［M］//杨梓.宁夏文学史.银川：阳光出版社，2020：3.

㉒白草.宁夏文学：家国情怀、传统文化与生命倾诉［N］.文艺报，2018-07-20.

㉓牛学智.黄河文化与宁夏文学［J］.大西北文学与文化研究，2020（02）：76.

㉕汪曾祺.捡石子儿：《汪曾祺选集》代序［M］//汪曾祺全集：第10卷.北京：人民文学出版社，2019：169.

黄河文化与宁夏文学

牛学智

"母亲""母亲河"乃至"中华民族",是我们的人文话语论述黄河时的一个常见喻体,黄河、黄土地、黄皮肤、中国龙乃至根祖,也因此超越本义而成了一个文化符号。由此可见,"黄河"与"文化"一旦结合,我们免不了被二次、三次甚至更多次的象征意义所包裹,很容易疏忽黄河的本来面目,这对今天发展文学的地域性价值并不是件好事。本着下文论述的具体性,这里有必要重新梳理一下黄河的来龙去脉。

黄河的源头是三条小河。北支叫扎西,西支为古宗列曲,西南支是卡日曲。黄河的正源正是西南支的卡日曲。它源自青海巴颜喀拉山脉各姿各雅山麓,向东流经四川入甘肃,过宁夏入内蒙古,穿

牛学智,中国文艺评论家协会会员,宁夏文艺评论家协会主席团委员,宁夏社会科学院文化研究所所长、研究员。

行过陕西、山西、河南，由山东北部而入渤海，途经九省（区），沿途汇集渭水、泾水、清水、汾水、涑水、伊水、洛水、漳水等大小百条河流，形成浩瀚阔大的水体。千万年间，这股水系奔腾澎湃、浩浩荡荡，劈崇山峻岭，冲层层谷嶂，一路千回百折却又势如破竹，横切积石山、祁连山、贺兰山、阴山、吕梁山、太行山等苍茫巍峨的群山，突围黄土高原及华北平原，终于完成五千四百六十四公里的长途奔袭，成为仅次于长江的中国第二长河。黄河分为三段，内蒙古自治区托克托县河口镇以上为上游，河口至河南孟津为中游，孟津以下为下游。三曲汇为一道东流入星宿海。据统计，中国的黄土地带面积可达一百万平方公里，主要由黄河中游的黄土高原和黄河中下游的华北平原组成。因此，黄土高原是风成的，由西北方沙漠和戈壁地区吹来的沙土堆积而成；华北平原则是水成的，它本来是一个大海湾，在缓慢的地质年代里，由黄河冲积而成。黄河从中游裹挟下来的泥沙、黄土，决定了这个大冲积扇和中游黄土高原有着大体相同的土质。黄土的特质、黄河的血液，使这个广袤的大河流具备了人类文化最早发育滋长的先决条件。

一、宁夏的黄河文化渊源

有学者指出，黄河文化经历了五个历史发展阶段。[①] 第一阶段是原始发展时期，是黄河文化的起源阶段。黄河文化经历了从磁山、裴李岗到仰韶、河南龙山文化的发展序列。第二阶段以夏、商、周三代文字的产生为标志，是黄河文化独立文化系统的形成时期。一是在文字创造方面所达到的成就，二是在国家建设上的成就，三是青铜文化的繁荣。第三阶段从春秋战国时期到宋代，是黄河文化的鼎盛时期。一是黄河文化不断吸收异质文化，二是黄河文化的伦理属性，三是隶属于黄河文化内的儒学塑造了刚健有为、自强不息的古代知识分子。第四阶段从元至清，是迟滞与衰落时期。

一是自汉唐以来水利工程圮毁殆尽；二是宋明理学成为官方意识形态之后，"存天理，灭人欲"，"三纲五常"成了全社会必须遵守的唯一准则，知识分子沉迷于空谈义理，陈陈相因，农业文化的基本精神便被推向了极端；三是文化传统的定型及其僵化，削弱了文化的创造能力和应变能力。第五阶段是鸦片战争后至今，是黄河文化的挑战与再生。一方面以现代工业、现代农业和现代科学技术的发展作为它坚实的基础；另一方面又保持着古老的黄河文化传统的精髓和其中一切有益的成分，维护国家安定统一思想，刚健有为、自强不息，关心社会、关心他人、以天下为己任，入世务实、正心修身、宽容大度、兼容并蓄。

与长江文化相比，黄河文化除了起源早、成熟快外，其不同发展阶段还体现出以下鲜明的重要特征。

首先是鲜明的政治色彩。从前面的分期可以看出，学界虽然对黄河文化的概念界定很多，但都不如把它界定为旱地农业型文化准确。正因为它是旱地农业文化，那么，以农为本，以水为生，就是黄河文化得以繁衍发展繁荣的基础。水利灌溉事业是农业的命脉，而水利设施的修建、水患的治理，都不是任何一个氏族部落，更不是单个的小农家庭所能胜任的。因此，这种经济特点，共同的生存利益、治水斗争，将人们紧紧联系在一起。这就要求人们共同关心、治理与自身的生存需要休戚与共的水利问题，它养成了人们关心共同社会问题的文化心理；同时，治水斗争和水利灌溉事业，也要求形成集中的社会权力，从而提出国家产生的客观要求。所以，由旱地农业文化到政治文化，再由政治文化到具体而微的孝悌伦理文化，构成了黄河文化的核心。

其次是强大的同化能力。强大的同化能力，是黄河文化区别于其他文化传统的突出特点。历史上至少有两次重大考验可以说明这一点。一是春秋战国时期，二是魏晋南北朝时期。在这两段长达数百年的时间里，黄河文化一方面受到中国北方游牧文化的冲击，另一方面又面临来自南方长江文化圈的挑战。无论冲突如何激烈，但黄河文化这一文化传统因有着强大同化力，其文化统绪都未曾发生过根本动摇。

最后是强烈的忧患意识。以农为本，以水为生，势必首先要面对惨烈的水灾问题，这是黄河文化最直观最物质的一层生存忧患。当这种具体生存之忧扩大而成治国之忧，乃至上升为"民为邦本"的民本思想时，就被建构成了一种抽象的哲学层面的忧患意识。小到个体，大到民族国家，充满着道德内修与精神自省的气质，这无疑是黄河文化滋养起来的中华民族共克时艰、居安思危的宝贵民族精神。徐复观说，"忧患"是要以己力突破困难而尚未突破时的心理状态，乃人类精神开始直接对事物发生责任感的表现，亦即精神上开始有了人的自觉的表现。只有自己担当起问题的责任时，才有忧患意识。这种忧患意识，实际是蕴蓄着一种坚强的意志和奋发的精神。在忧患意识跃动之下，人的信心的根据，逐渐由神而转移向自己本身行为的谨慎与努力。徐氏指出，这种谨慎与努力，在周初是表现在敬天、敬德、明德等观念里面的。尤其是一个敬字，实贯穿于周初人的一切生活之中，这是直承忧患意识的警惕性而来的精神敛抑、集中，以及对事务的谨慎、认真的心理状态。这里的"敬"与宗教的虔敬、恐惧不同，是人的精神，由散漫而集中，并消解自己的官能欲望于自己所负的责任之前，凸显出自己主体的积极性与理性作用，是主动的、自觉的、反省的心理状态。以此照察、指导自己的行为，对自己的行为负责。这种人文精神自始即带有道德的性格。徐氏认为，中国人文主义与西方不同，它是立足于道德之上而不是才智之上的。[②]因之所谓忧患意识，作为中国知识分子的一种文化潜意识，给中国思想史打上了深深的烙印。

地理版图上，宁夏位于黄河中游的河谷地带，由南部黄土高原和北部宁夏平原构成。③无论政治、经济还是文化，黄河与宁夏都有着深远的渊源。

其一，黄河与南部黄土高原泾水的关系。泾水为黄河上游的两条支流之一，分布在仰韶文化、马家窑文化和齐家文化区，说明在黄河文化的起源时期，已经产生了宁夏南部黄土高原文化。秦汉时期是黄河文化的鼎盛阶段，宁夏南部黄土高原已经建有乌氏倮县、朝那县以及安定郡。城的出现，标志着这个地方曾经的繁华。同样，从宁夏固原境内出土的齐家红褐彩陶、橙黄陶，已经烙有深深的黄土高原地域色彩，进一步说明新石器晚期宁夏固原的先民也开始有了精神文化生活诉求，这是与整个黄河文化的起源时期基本一致的。

其二，黄河与清水河的关系。清水河是南部黄土高原黄河的另一支流，发源于六盘山东麓，向北流经固原、海原、同心、中宁等县，在中卫的泉眼山西侧注入黄河。清水河两岸是土著人和北方少数民族文化交融、耕作、游牧的地方，其河谷谷地为古丝绸之路东段北道必经之地，史称汉唐萧关古道，也属典型的黄土高原农业文化。

其三，黄河与宁夏平原的关系。宁夏平原的形成得益于黄河，自甘肃兰州以下，两侧皆险峰耸立、壁立万仞，途经黑山峡和青铜峡进入宁夏境内。出青铜峡后遭遇鄂尔多斯台地突折北上，遂形成了南北走向的宁夏平原和河套平原，至此两平原以犄角之势而矗立。宁夏平原是卫宁平原和银川平原的统称，其中，黄河出黑山峡后，形成了卫宁平原；出青铜峡后，形成了银川平原。虽然"天下黄河富宁夏"流行于明代，但从宁夏平原的水利建设不难看出，早在秦汉时期宁夏平原的农业及农业文化已相当发达和繁荣了。先是秦渠，再是汉延渠、唐徕渠，其中唐徕渠一直保持至今天，南北横穿银川城，是凤城银川的一道亮丽风景。宁夏平原是农业文化的属性定位，当推水洞沟遗址的发现。20世纪20年代发现的距今八千年的宁夏水洞沟文化遗址，位于宁夏银川市滨河新区103省道旁，南距灵武市三十公里，西距首府银川十九公里，距河东机场十一公里，北依绵绵明长城与内蒙古鄂托克前旗相接，东西长约六公里，南北宽约两公里，占地面积七点八平方公里，是我国最早发现的旧石器时代遗址。水洞沟村是一个古老的半地穴式的聚集村落遗址。在古老的水洞沟村里，保留着北方先民们创造的窑洞式和半地穴式的居室。具体做法是在黄土坡上先挖出一定深度的地穴，然后在地穴四周边缘上用土坯垒起矮墙，使之高出地面，再以桁条、木椽搭顶，覆以柴草，于柴草上糊以泥巴，以防漏水。这种居室建筑产生于生产力极不发达的远古时代，然而这种传统却存续了相当长时期，直到20世纪60年代才逐渐淡出人们的生活。水洞沟遗址的发现表明，宁夏平原仍然是农业文化，先民们的生活方式基本与宁夏南部黄土高原相似。

通过以上大略梳理可知，宁夏的历史几乎完整贯穿了黄河文化的几个阶段，也典型地表征了黄河文化的重要特征。由南向北，是黄河文化同化游牧文化并创造农耕文化的历史；由北向南，是农耕文化包容游牧文化并生成多元文化的印证。即是说，在宁夏文化的容器里，不单只有旱地农业文化衍生的政治色彩极强的儒家伦理文化基因，也有多民族繁衍生息、兼容并蓄的多民族异质文化基因。

另外，作为边远的、弱势的和底层的存在，宁夏先民们不只要有面对来自自然环境而生的基本生存方面的忧患意识，也由于远离中心，其家园常常成为兵家必争之地的缘故，使他们更多了一份来自社会环境的忧患意识，这是更深一层的感时忧伤意识。所以，反映到宁夏这个具体空间，除了前文所提共性特征外，黄河文化也体现出了它在这里的个性特征：注重内修因而必然不断丰富自我精神世界的道德情怀，以及这情怀与猝不及防闯入的现代化之间的冲突；注重人与人之间和合亲睦的传统伦理文化秩序，及这秩序与传统农耕文化行将消失之间的矛盾；有求得安宁求得稳定的和谐文化、家国情怀，及这些诉求与城镇化而生的流行小市民自私自利个人主义文化之间的错位感。

二、黄河文化孕育下的宁夏文学

（一）叙写传统秩序与现代自我冲突的宁夏小说

在当代宁夏小说家中，张贤亮是享誉全国、在国外也很有影响力的一位小说家，也是被多种中国当代文学史重点论述的老一代宁夏小说家。自发表作品以来，他从未满足于只做一个为艺术而艺术的小说家，而是把文学当成参与社会变革的一项活动；他以自己的创作实绩证明了不改革，便没有当代中国文学的繁荣的事实。他塑造了许灵均、李秀芝、章永璘、马缨花、海喜喜、黄香久等一系列当代文学人物画廊中闪烁着奇异光彩的形象，他们参与、见证了"伤痕""反思""改革"等新时期文学几乎全部重要思想命题进程。强烈的祖国认同意识，以及对优秀传统文化的坚定信念和对苦难的书写，是张贤亮贡献给当代宁夏文学的一笔珍贵财富。老一代小说家中，还有写过长篇小说《一朝县令》的南台，他延续了张贤亮作品中的改革主题，小说叙写宁夏南部地区一个闭塞、落后、沉闷的小县城，依稀感受到了源自京华的改革大潮，死水微澜，其下是改革与保守势力的较量。马知遥的长篇小说《亚瑟爷和他的家族》用写实和幽默风格叙述了一个家族数百年间的苦难史，以之为载体，寄寓了一种紧迫的变革意识，他用嘶哑的声音执着地诉说着、吟唱着爱国主题。查舜中篇小说《月照梨花湾》中，留城还是回乡，两种观念交织于那个即将毕业的农村大学生的脑中，他最终迈出艰难而坚定的一步，在月光明朗、梨花如雪的夜晚走向默默支持了他四年的乡间女友，无意中印证了传统美德的力量。

张贤亮、南台、马知遥等老一代作家，共同构建了当代宁夏文学的格局，年轻一代的作家因此而受惠并且能够顺利成长起来。与老一代作家们普遍的现实关怀、忧患意识等有所区别的是，作为宁夏当代小说主体的年轻作家更加注重个体生命体验与古老黄河文化等文化的契合，因此多民族相亲共融的共同体意识，皆为他们文学取材的对象。

宁夏作为一个相对独立的地域文化单元，其地域文化特征相对自觉地进入小说视野，是与全国"重写文学史"思潮或者所谓"一体化"意识形态遭到彻底质疑开始的。这个强有力普遍化批评研究思潮所导致的一个直接后果是，文学多元化局面的真正打开。再加上差不多同时被翻译、引进的解构主义批评理念、方法，包括附带价值取向的运用，文学创作为确保差异性，为获取具体而微的个体化经验，传统文化精神、地域知识、民间民俗文化价值秩序等，便成了知青文学之后既衔接知青文学又区别于该文学的显著文学特点而行世。不同在于，他们不再像当年的知青文学那样，是高于、优于底层民间社会并审视、反思底层民间社会的姿态，而是平行于、对等于甚至低于地域知识、地域文化及民间民俗文化的视角。这样一个思想背景，意味着宁夏地域文化小说，一般只发生在宁夏中青年小说家的小说世界里。当然，当宁夏地域文化小说形成某种群体力量，乃至小说创作构成某种具有明显辨识度的叙事风格，其走过的路，至今算来，恐怕有二十多年了，始于20世纪80年代后期至90年代初期之间。那时候他们的小说好像一般发表在宁夏区内或其他省办的几家文学刊物及相关报纸上，比如《朔方》《飞天》《青海湖》《延河》《黄河文学》《六盘山》及《宁夏日报》《银川晚报》《固原日报》等，选载率当然也就比较低，也没有引起外界过多的关注。不过，像拜学英、陈继明、石舒清、季栋梁、漠月、升玄、李进祥、古原、火会亮、郭文斌、陈勇、莫叹、马存贤、吴志明、刘健彷、韩银梅等人，他们那时候的写作，就题材而言，似乎已经有了基本方向。大体来说，是传统乡村生活与初见端倪的城市趣味的碰撞，二元对峙的味道比较浓。在自己感知或受其他文学文本影响从而认可的乡村优于城市精神生活的价值取向中，传统乡土文化秩序总是占有审美上的绝对比例。所谓"欲望"的城市生活，在他们义无反顾的情感笔调下，也一般总是由进城漂泊的年轻女性的失足或堕落来承载。而且这批特殊人群，一旦重返乡村，乡村的宁静也总是被搅得鸡犬不宁。这时候，他们的小说创作，其实还谈不上有什么叙事倾向，充其量，不过是社会转型期的一种问题表征、意识观念冲突。

到了20世纪90年代末至21世纪初，有了"三棵树"（石舒清、陈继明、金瓯）和"新三棵树"（季栋梁、漠月、张学东）这样一个经由大牌作家、评论家张贤亮、李敬泽相继命名的声音发出，再加上1998年年仅三十岁的石舒清的短篇小说《清水里的刀子》获得第二届鲁迅文学奖，一下子，宁夏短篇小说以其独特的审美品格，在全国引起了批评家和读者的特殊注目。紧接着，重要原创刊物《人民文学》《上海文学》《中国作家》《民族文学》《当代》《收获》《清明》等，以及《小说选刊》《小说月报》《新华文摘》等选刊也开始对宁夏文学另眼相看，尤其2003年《十月》开设《文学宁夏》专栏以来，"宁夏小说家林"业已成形。除了50后的查舜、莫叹、王佩飞、陈勇、李万成等仍在稳扎稳打、平稳推进外，60后的陈继明、石舒清、郭文斌、季栋梁、漠月、升玄、梦也、火会亮、古越、李方、李继林等已不再零敲碎打了，他们几乎不约而同地形成了某种专事短篇的精粹创作队伍，才情之网悄然间撒向了几乎所有全国性重要文学期刊，《北京文学》《上海文学》《作家》《天涯》《山花》《钟山》《雨花》《江南》等，以及以某某省为名的文学刊物的重要小说版面，都留下了他们的身影。与此同时，在这些年份里，70后虽然算是初入江湖，可势头生猛，庶几集合齐备，张学东、了一容、张九鹏、阿舍、平原、曹海英、杨军民、鲁兴华、董永红、孙艳蓉、李义、李继林等，不仅是一些文学大刊文学奖项的候选人，更重要的是几乎每个人在中短篇小说创作之余，还积累了不薄的长篇小说创作经验，大有"革前几代作家命"的架势。

与全国其他省份相比，宁夏80后小说作者，无论人数，还是作品质量的整齐度，似乎都要逊色许多。但如马金莲、许艺、田鑫等小说新秀，一出手好像就有了那么点不凡才华，独特的面目一望而可知。

这样一个阵容，在价值论层面，好像才集中突出了属于宁夏特有的黄河文化选择。简而言之，是对传统秩序与觉醒的现代自我冲突交织、融合后经验体验的铭记。经验在其中，局限亦在其中。

（二）呈现地域知识与个人经验融合的宁夏诗歌

宁夏黄河文化诗歌的中坚力量，主要由宁夏中青年诗人来担纲。他们继承传统感时忧伤精神，注重观照现实人生疑难问题，强调对黄河历史文化精髓的浪漫抒情，突出对都市日常生活的审美化处理，这是其总体特征。

从诗歌地理学认同的角度，宁夏中青年诗人大致可以分为两大类：宁夏南部黄土高原文化圈的西海固诗群和宁夏平原诗群。

西海固诗群是围绕六盘山和黄土高原这一区域进行创作的诗人群体，他们相对独立地行走于六盘山的周围，坚持本土化的写作立场，弘扬民族文化，继承了中国古典诗词特别是《诗经·国风》的优秀传统，并对西方现代主义和魔幻现实主义的创作手法有所借鉴，写出了大量既有较深思想内涵又有较高艺术价值的诗作。这在全球化经济浪潮的冲击之下，显得更有特点和意义。概括来说，西海固的诗歌呈现出以黄土高原农耕文化、多民族融合文化为内质，以西方现代诗歌修辞、技巧为形式的特点。代表性诗人有虎西山、梦也、冯雄、王怀凌、单永珍、张铎、张嵩、牛红旗、雪舟、周彦虎、李耀斌、杨建虎、谢瑞、刘乐牛、林一木等。他们在诗艺上虽然各具个性，但在价值期许和文化底色上却有着共性特征。有对稳定传统农耕价值秩序、儒家伦理文化行将消失的缅怀和凭吊，有对欲望都市及其衍生的小市民流行文化劣根性的批判与抵制。无论对过去的挽歌、缅怀，还是对今天的伤感、忧患，都渗透着浓重的人文主义关照情怀，也状写了社会现代转型给西北边远地区乡村世界带来的巨大创伤。

宁夏平原诗群是围绕贺兰山和宁夏平原这一区域进行创作的诗人群体，他们敢于打破经营多年的创作模式，打破业已形成的风格，对西方现代主义和后现代主义创作手法有所借鉴，似乎一直在寻找一条最适合自己的创作之道。代表性诗人有杨梓、段庆林、杨森君、贾羽、杨云才、洪立、米雍衷、潘春生、李壮萍、陈晓燕、阿康、岳昌鸿、何武东、阿尔、查文瑾等，他们视野较为开阔，接受新生事物较为容易，敢于尝试新的创作方式。其诗相对于西海固诗歌所特有的焦虑在慢慢减少，显得恬静了许多，这是与宁夏平原更早更快城镇化现实基本相符的，已经接近现代性审美了。

当然，除了地理、历史的类别以外，宁夏中青年诗人中，还有为数不少的诗人倾向于都市日常人生和个体心灵的细微波动上。对日常人生的关注，从审美风格上来看带有后现代文化色彩，诗句轻逸而灵动，需要以审丑、审恶、审假的思维来读，因此大的方面可看作对现代都市病的表征。但这一类诗歌有时会流于琐碎与无聊，其诗歌有点"失去象征的世界"（耿占春语）的不足。对个体心灵抒写主要集中于一些新晋的中青年女诗人，她们注重直觉呈示，诗句也多婉约哀伤，在日常生活的缝隙表达诗人脱俗的理想追求，在如梦如幻的理想世界中又多夹带流俗的现实议程。与全国前沿女性主义诗歌表达相比，宁夏中青年女诗人的女性意识并不欠缺，但缺乏的是观照、审视当下现实的视野。

（三）铭记文化乡土与小市民流行文化趣味的宁夏散文

与宁夏小说、诗歌相同，宁夏散文的主体，也主要在宁夏中青年散文家的散文创作上。同样，与小说、诗歌相比较，宁夏散文创作，好像稍微要弱一些。一是散文家队伍出出进进，不稳定；二是专事散文创作的作家很少，一般是主创诗歌或小说，间或写写散文。这样一来，宁夏散文创作，实际上呈现出某种散乱状态，审美也就显得不很稳定。

不过，若限定在中青年这个范围，宁夏散文的确也形成了一定的简史。分三个时间段来说的话，第一阶段是20世纪80年代中期至整个90年代。张贤亮、吴淮生、刘国尧、张涧、王庆同、余光慧、于秀兰、邢魁学、马青、陈继明、杨森林、薛正昌、马河、冯剑华、高耀山、牛撒捺、季栋梁、韩聆、左侧统、石舒清、梦也、郭文斌、杨天林、高明泉、张光全、拜学英、莫叹、李耀宗、尤屹峰、薛青峰、魏锦等是代表性散文作家。这一阶段的散文作品，主要以散见于《朔方》《六盘山》《黄河文学》《散文》《散文天地》《散文选刊》《中华文学选刊》《新华文摘》等原创刊物和选刊的单篇作品为主。各人有各人的创作倾向，但共性是怀念往事、记忆乡土、借古论今、借寓言讽喻当世、谈论城市人生体悟等。这一审美取向，自然也多烙有那个时代普遍的散文情调和趣味。在"寻根文学"的尾巴上，延续着生命伤怀和生活哲理。比之"寻根文学"，文化的挖掘似乎浅了点；但比之"反思文学"，趣味却更广了些，因此也就显得更轻松了一点。总而言之，结合宁夏特有的地域民俗风情、经济状况和现实条件，经过对当时全国各路风格、风潮的消化处理，这一批散文家的创作，基本奠定了新时期以来，适合宁夏文学读者口味和被普遍认可的散文化日常生活基调的散文话语方式，宁夏散文的一般审美形态也有了初步的集体铭写。第二阶段是20世纪90年代末至21世纪第一个十年，除了第一阶段的散文作家绝大多数出版散文作品集，继续夯实宁夏散文的基础之外，新添的散文作家有朱世忠、赵炳庭、赵炳鑫、虎西山、闵生裕、邹慧萍、俞雪峰、岳昌鸿、张毅静、徐向红、张韧芳、陈莉莉等。这批新晋散文作家，大多跻身在教育行业，或其他行政事业单位，因此作品风格显得比较一致，价值诉求也很相似，再加上这一阶段正是社会转型、改革深化的关键时刻，他们的作品不约而同地以人性剧烈异化为切口，展开了对文化乡土的挽歌式凭吊，对新型城镇化而生的小市民文化趣味也进行了深入批判。不过，其中有些作家也表现出了文化传统主义倾向，身在城邑，心念农耕。截至这一时期，宁夏散文集的出版达到了很高的比例，据不完全统计，有近百部。宁夏散文的多元化格局，大概也就在这个阶段打开。特别是年轻女性散文作家的加入，大大推进了散文话语对现代城市生活的微观透视，以个体的名义，勾勒出了新型城市市民在经济社会捍卫内在性生活的不易，也比较集中地表达了宁夏作为内陆经济欠发达地区，底层社会人群普遍的焦虑、无助和迷茫状态。尽管视野或大或小、思想或高或低，但无一例外，几乎都是现阶段宁夏人普遍的精神生活和意义生活不甚饱满甚至还很欠缺的文学表征。从另一侧面看，这一阶段的宁夏散文，其社会学价值也许要高于文学意义。第三阶段是2010年至今这一短短几年时间。众多70后、80后散文作者开始慢慢成熟并引起关注，王正儒、林一木、李敏、高丽君、殷桂珍、李晓园、马晓雁、田鑫、刘汉斌、崔锦霞等即为代表。由于女性较多的缘故，再加之发表园地一般为报纸，因此这个阶段的宁夏散文，实际上呈现出两个突出特点：其一，篇幅短小，言情咏物，多有"晚报味"和小家庭氛围、自我游历体验等；其二，审美价值上，以个人具体的现实生活经验为书写主体，也便多沾染上了些许于丹式的

"幸福哲学"。即便像刘汉斌这样的男性作者，无论写植物还是叙述城市生活遭际，文学价值观似乎也少有撑破类似人生哲学的，不同只在于，他或许多了些底层情感，社会性内容也就有所加强。社会分层而导致社会各阶层利益诉求互不关联的个体化写作，即只围绕个人经验、唯个人经验是求的局面，一定程度上，致使宁夏散文进入了认知的瓶颈，写作水平也就普遍比较低。究其原因恐怕不外乎两点：第一，投合报章对主导政治经济意识形态的理解，主张有一说一，乃至喜欢通过切身经历的小事生发生活感悟，描绘所谓幸福人生、享受生活一类一般小市民趣味，久而久之，一时之感，反而成了某种文学神经。第二，所谓改革深水区的说法，反映到人们的日常生活上来，所制造的城市病之一便是，投其所好、只争朝夕的自私自利的功利主义、消费主义的形成，读书写字舞文弄墨者，当然有条件最先把这种东西反映出来，而散文随笔又最便捷最合适，再加上发表容易，一种散文的集体无意识画面便趋于清晰了。

整体来说，宁夏散文创作好像仍然是文化乡土与小市民趣味之间磨合、纠结与不可调和的旷日持久拉锯，具有成熟现代文化自觉意识，且特别大气、大格局的散文作品较少。

三、宁夏文学亟须文化现代性转型

目前为止，宁夏文学的确保持着很好的传统，坚守住了黄河文化重视现实、积极入世和强调伦理道德的思想，也具有吸收异质文化、开放包容、兼容并蓄的胸怀和视野，更具有直面苦难、关注民生的忧患意识。但当社会全面进入新型城镇化建设阶段，单纯的缅怀、凭吊、感伤，以及建立在此审美框架内的一般意义的批判、怀疑、拒绝等二元对立题材显然不够了，亟须引入文化现代性思想，才能从更高层面书写宁夏文学的文化自觉。

（一）亟须用文化现代性思想打量题材

文化现代性思想关注的核心问题是文化自觉。"自觉"者，按照通常的论述，好像讲的是存在的即是合理的，以及凡主体选择的便是有道理的这样一种所谓的"多元化"。其实不尽然，无论是英国社会人类学家泰勒的《原始文化》，法国哲学人类学家列维-布留尔的《原始思维》，还是法国哲学家乔治·巴塔耶的《内在性体验》等经典论著所反复指出，"主客互渗""主客不分"仅仅是较低层次意义上人对客观外界的感知与体验，特别是当人对客观外物产生神秘感时，表明的是人作为主体性的不自觉，并非人的主动选择、人的文化自觉，它们均属于人类认知局限所导致的混蒙状态。目前的宁夏小说家、诗人、散文家，特别是新晋的大多数文学从业者，只把文化现代性当作了某种形式花样和点缀元素来利用，并没有在这一思想视野来整体打量所写对象，因此很容易以传统农耕社会形成的道德伦理具体方式方法来评价一切，很少自觉考虑水涨船高的经济社会影响，制约人们合理欲求、诉求的背后究竟缺失什么一类根本性问题。引入文化现代性思想，就是希望宁夏文学摆脱对宗法宗族文化程式的依赖，从更自觉的层面反观、审视传统农耕文化，整体审视文化传统的惰性、劣根性，从审美模式、情感结构、形象体系推进人的现代化转型。

（二）亟须用文化现代性视角调整写法

我们很难具体而微地区别文化现代性思想与文化现代性视角，因为视角是该思想下的方法，方法又内在于该思想视野。尽管如此，两者毕竟有观察对象上的侧重点。具体来说，文化现代性思想，侧重在宏观把握题材内涵，指向叙事结果；文化现代性视角，则是实现该思想的方法技巧，更加注重情节、细节的叙述纹理，是使老故事旧故事现代化的过程，由此读者体验到既有观念模式的被冲击，从而产生心灵阵痛乃至于促使新观念的萌发。

宁夏中青年作家的确有关注民生疾苦的人文情怀，但视点相对都比较小，与张贤亮相比，他们的情节、细节、故事多数仅仅属于个人所独有，很难上升到时代的高度。因此，只有把文学写作认同为一种知识分子的公共参与行为，内化为一种特殊形式的思想言说，才能从主体性本身避免把悲悯情怀技术化，也就能够免除现时代流行价值对"底层"乃至对"苦难"的消费主义做法。

（三）亟须用文化现代性价值打破二元思维

作为一种价值期许，文化现代性自然产生自高度完善的现代社会和高度成熟的现代文化秩序，并且由精英知识分子所率先感知到。艰难诉说、顽强植入、毁誉参半，是它的生存常态。任何状态的现代社会，人们都不可能认同文化现代性一种价值，通常情况是古典主义、传统主义、现代主义、现代性以及后现代性你中有我、我中有你。这也正是文化现代性价值传播、接受、认同过程中最为艰难的地方，特别是社会分层加剧的时下，更加如此。因为文化现代性价值的根本诉求在于，强调个体的普遍性共识，而不是阶层或更小的共同体共识。如此，这种价值理念，其终极关怀只能是而且必定是现代社会机制的建立。在此背景下，呈现人的内在性也罢，叙述不发展个体化也罢，才具有现代性审美张力。否则，无论修辞多么讲究、话语多么圆润、故事多么新奇、细节多么乖巧，其价值理念都不能说是自觉的和自信的，也就不是富有现代性文化含量的。

之所以宁夏文学多含二元思维模式，是因为它们只是在农耕文化内部看待农耕文化，在城镇文化内部看待城镇文化，或者以传统农耕文化看待新型城镇文化、以新型城镇文化看待传统农耕文化，在价值取向上尚未走出非此即彼的循环惯性。引入文化现代性价值，是希望宁夏文学从根本上扭转这种审美惯性，以整体的成熟现代文化来看待整体的传统农耕文化，从而建构文化现代性的新型宁夏文学，实现文学创作的创新性突破，这也是以变革的眼光继承黄河文化精神，黄河文化的根脉才能得到真正意义上的延续与发展。

注释

①李振宏，周雁.黄河文化论纲［J］.史学月刊，1997（6）.

②徐复观.中国知识分子精神［M］.上海：华东师范大学出版社，2004：60-62.

③薛正昌.黄河文化与宁夏农业文明［J］.渭南师范学院学报，2004（4）.

原载《黄河流域生态保护和高质量发展报告（2020）》，社会科学文献出版社2020年版

新时期以来宁夏文学现象透视

赵会喜

新时期以来，宁夏文联、作协以西部笔会、青年作家作品研讨会、文艺研修班为契机，倾力打造文艺人才推介工程，青年作家迅速崛起，为当代文学发展注入新的活力。同时，随着中国首个"文学之乡"落地西吉县、"中国诗歌之乡"相继落地同心县和原州区，尤其是2018年，在宁夏回族自治区成立60周年之际，由中国作家协会和宁夏回族自治区党委宣传部主办的"中国文学的宁夏现象"研讨会的召开，将宁夏文学提升到中国文学现象的层面，这是对宁夏文学发展的新表述，是宁夏文学由"高原"迈向"高峰"的重要举措，宁夏文学也以独特的地域性、积极的多样性和鲜明的时代性呈现于当代文坛。以下，笔者从四个维度对新时期以来宁夏文学展开

赵会喜，中国文艺评论家协会会员，河北省评协职业道德委员会委员。

艺术分析。

一、从脱贫攻坚的政治维度透视宁夏文学现象：作家以饱满的激情为人民抒写，为时代讴歌

二十多年，习近平总书记先后五次走进宁夏。从闽宁两省区对口扶贫对接到政策落实，从产业落地生根、全面建成小康社会到新质生产力，都时刻牵动着习近平总书记的心。在决战脱贫攻坚的过程中，习近平总书记提出的有关西部扶贫的重要论述，应该从多维度深刻地阐释其核心理念，不仅应指向自然、经济、社会等建设，同样也指向文化、文艺的政治生态构建。在本质上，与有关文艺重要论述，尤其是"两创"方略是相通的、互为促进的和共同繁荣发展的。因为其宗旨都是以人民至上，以人民为中心，归根结底都要为人民服务，为中华民族伟大复兴服务。

坚持以人民为中心的创作导向，是社会主义文艺发展的本质要求。当下，现实主义创作逐渐成为主流，关注现实生活，关注社会民生，无疑为作家注入新的活力和新的血液。近年来西部文学创作，尤其是宁夏文学创作表现得尤为突出。实际上，这与宁夏这些年在脱贫攻坚战中经济发展取得的令人瞩目的成就有着直接关系，作家的职责就是要讲述与时代发展相匹配的精彩故事，就是要为人民抒写，为时代讴歌。当人民日益增长的美好生活需要和不平衡不充分的发展之间产生矛盾时，就"要把满足人民精神文化需求作为文艺和文艺工作的出发点和落脚点"[①]，唯有如此，作家的使命与担当才能够彰显出来。

新时代呼唤属于人民的作家，与人民同呼吸、共命运。2024年8月，宁夏首个中国作家"深入生活、扎根人民"新时代文学实践点落户于中国"文学之乡"西吉，这无疑是中国作协推动基层文艺创作繁荣发展的重要机制和战略举措。同时，宁夏文学新现象以较

为密集的、独特的优秀作品在全国凸显，郭文斌的《中国之美》、阿舍的《阿娜河畔》、马金莲的《亲爱的人们》和马慧娟《飞起来的村庄》等优秀作品研讨会在京召开，季栋梁作品入选"新时代山乡巨变创作计划"，阿舍、马金莲作品入选"新时代文学攀登计划"。这些都说明了宁夏在新时代语境之下扎实推进文艺工作所取得的实效。新时代山乡巨变，需要作家"深入生活、扎根人民"，为乡村全面振兴赋能，为中国式现代化建设的伟大征程呈现出时代的壮丽画卷。

二、从新时期以来宁夏文学发展的维度透视宁夏文学现象：呈现出异军突起与全面开花的新态势

新时期以来，宁夏文学以张贤亮为发轫。我曾在《在接受首届"明月杯"文学评论奖上的致辞》中说："在80年代，张贤亮就有三部作品获全国优秀小说奖，随之出现了短暂的宁夏文学断流，但文学的根基依然在孕育，文学的根系依然在勃发。尤其是近十年来，宁夏文学呈现出异军突起与全面开花的态势，在全国屡次斩获重大奖项。"这仅是当时我粗浅的看法，在表述上还不够客观准确。实际上，宁夏文学从未停止过发展的脚步，宁夏作家们依然在反思中沉潜自我、提升自我，在激荡中创新发展。

从20世纪80年代，以张贤亮为代表的宁夏作家"一棵树"到90年代以陈继明、石舒清、金瓯为代表的"三棵树"，再到本世纪初以季栋梁、漠月、张学东为代表的"新三棵树"的崛起，及至老、中、青三代作家形成的"文学林"，这是新时期以来，宁夏文学具有标志性的现象。在当下仍然需要提及张贤亮，他的《灵与肉》《绿化树》等经典作品已成为一代人的精神食粮，其中《灵与肉》在1982年改编为电影《牧马人》，曾风靡全国；2018年《灵与肉》又改编为同名电视剧在央视八套播出，之后不断重播，更是引起一代人的共鸣和历史记忆。同时，在新时期宁夏文学应该关注西海固，石舒清、郭文斌、马金莲等都是从西海固走出来的属于这个时代的优秀作家，都是先后获得鲁迅文学奖的作家。在西海固，应该关注有首个中国"文学之乡"之称的西吉。这些年来，在西吉涌现出一大批草根作家，他们将文学的种子播撒在脚下这片黄土，是饱含着深情热泪的，将"苦难多于欢乐的生活"诉诸美好的文学愿景，展示着他们内心丰沛的精神世界。在笔者看来，也许正是从这个意义上来理解"文学林"更接近它的时代性和本质意义。在市县这一基层文学组织，它们各自自觉地形成了文学群体，如"西海固作家群""石嘴山作家群""银川市作家群""中卫市作家群""吴忠市作家群"等，也正是这些基层作家的创作，才有力地支撑了"文学林"的繁茂成长，尤其是西海固，现在又推出了以王秀玲、单小花、曹兵为代表的农民作家"三颗星"。固原市作家协会主席李兴民说，农民作家"三颗星"文学现象的出现，是固原深厚的历史文化积淀、西海固文学发展演进、新时代乡村振兴、作家个人勤奋创作等因素综合作用的结果。

　　我们知道，在宁夏，尤其是西海固地区，过去主要由于历史地理环境、水土资源因素等限制了当地经济社会的发展，人们的生活曾长期地处在艰困之中，而恰是这种苦难的历程，才让世代生活在这里的人们更具坚韧、悲悯和奋发精神。石舒清的《地动》和季栋梁的《海原书》等，以海原大地震为背景，并置放于百年历史中进行考察和叙事，不仅讲述了苦难的历史和心灵的阵痛，也是对世代生活在这片土地上的人民的致敬。同样在脱贫攻坚和乡村振兴题材的书写方面出现了一批精品力作，呈现了时代的变迁、社会的繁荣发展和人民对幸福美好生活的追求。季栋梁的《西海固笔记》、马金莲的《亲爱的人们》、郭文斌的《中国之美》和樊前锋的《闽宁镇记事》等，都是从大历史视野、大跨度、大文学观意义上的创作，具有时代意义上的新阐释、新表述。笔者认为这样的文学创作还将继续深入，在与现代性的思维碰撞之下，人性、苦难、抗争与审美价值和社会价值将以新的表述形式呈现。

除了上述所说的张贤亮有三部作品获全国优秀小说奖，石舒清、郭文斌、马金莲获鲁迅文学奖之外，据统计，宁夏作家获骏马奖的就有二十二次。2024年9月，阿舍的《阿娜河畔》、柳客行的《青白石阶》获第十三届全国少数民族文学创作骏马奖。一般认为宁夏文学的成就主要在于小说，实际上，近年来诗歌类的创作成果也颇为显著，在骏马奖的作者中就有六位诗人。马占祥的诗集《西北辞》获第十二届少数民族文学创作骏马奖，这是继高深、王世兴、沙新、杨云才、杨少青之后，以诗歌类获奖的第六位宁夏诗人。马占祥诗歌的获奖无疑为读者对宁夏文学的再认识打开了另一种解读方式。马占祥说："诗歌是有难度的写作，生活也是有难度的，但是都有着美好的意味，让人身处其中乐此不疲，觉得还要坚持走下去，只为心中那波澜壮阔的山河，也为心中那烟火不熄的人间。"其次杨继国、郎伟获得过文学评论类骏马奖，这也是宁夏文艺批评发展的有力见证。

此外，还要关注基层作家，要对作家个案展开研究，这样有利于深层理解基层作家文艺创作的内部机制。马金莲、马慧娟和单小花三位有代表性的基层作家，在她们身上呈现出不同的写作形态和文学意义，同时通过对她们的个案研究，有助于我们寻找到解决乡土写作、民间写作的困境与症结的方法。马金莲是从西吉走出来的作家，是新生代代表性作家，她一直围绕着乡村题材写作，在中长篇小说创作中取得了令人瞩目的成绩。她在题为《乡土写作要深入到乡村生活现场和内部去》的创作谈中谈道："我们应该回到生活的现场和内部，秉守生活本身的逻辑，沉浸在生活的水面之下，长久地蛰伏，深入地挖掘，用心地书写。"农民作家马慧娟已出版了六部散文、小说著作。2018年当选为全国人大代表，她在接受央视新闻频道《面对面》栏目记者采访时说："既然去不了远方，就先写下眼前，想给自己一个交代。生命中值得记录的东西都想记下，我至少觉得有过痕迹。"她关注农村文化建设，主要让群众通过读书表达对生活的认知，通过写作表达对人生的重新思考，让我们见证了源自基层文化的力量。单小花的草根写作，在西吉有一定的普遍意义，她说："生活中有许多意想不到的困难，尤其是生活在黄土高原上的妇女，生活赋予了她们太多压力，然而她们承受了，但苦难并没有磨平她们对生活的热爱。"②她们的作品并不着意追求诗性的表达，而是侧重于对生活经验、历史及个体化的民间抒写，有着鲜明的地域性和时代性，以西部独有的艺术方式，展现出文学突围的意义和社会价值。

通过研究西海固作家群体的形成与流变、写作困境与突围、人才培养机制与作家的北移等，我们就能够深层理解宁夏文学现象形成的内在本质，这不仅是作家个体的自我追求，更是"一方面由于长期浸淫于西部的人文气候和特殊的历史文化环境，另一方面本着对传统文学资源的信仰和坚守"（崔晓华语）使然，同时也是时代发展的必然要求。

三、从宁夏文学出版的维度透视宁夏文学现象：在困境中自我突围

新时期以来，宁夏文学的出版事业蓬勃发展，初步形成了"自治区、市、县"三级出版典藏、丛书的框架体系，工程浩大，成就瞩目。这在整个西部省区来说是位于前列的，也远大于中、东部的某些省份，这充分说明出版业是文学生产、发展的助推器。在新时代，唯有文艺的繁荣发展，才能够不断地满足人民日益增长的美好生活需要。在此，仅列举近年来宁夏文学出版的有代表性的一些著述。

宁夏文联、宁夏作协为扶持本土重点长篇小说创作项目,策划了"金骆驼丛书"。截至2008年,已出版五辑共十六部长篇。该丛书为推动长篇小说创作、推介及人才的培养等方面都起到了不可估量的作用。2015年,宁夏人民教育出版社出版的《文学固原丛书》(共十四种),"是固原的文艺工作者共同铸就的全景式的心灵读本,其文化价值和社会价值显而易见"(王正儒语),同时也是固原老、中、青三代西海固作家群体的创作成果的集中展示。2017年宁夏人民出版社出版的《中国首个"文学之乡"典藏》(共七种),多维度展示了西吉这片吉祥之地上人民群众创造的灿烂文化,同时西吉县委、政府"将此项工作形成长效机制,一以贯之,使该项目成为西吉,乃至宁夏文艺界的一个响亮品牌",这无疑是对宁夏文学出版事业又一次有力的助推。2018年,作家出版社出版的《"文学宁夏"丛书》(共二十种),这既是"宁夏中青年作家的又一次集体亮相,也是对宁夏文学成就的进一步展示,旨在精要地反映宁夏文学的优秀成果"。实际上,这是在为宁夏作家群体建立档案史,同时也是个人史和精神史,是给社会与历史留存的最为宝贵的精神财富。另外,有关文学理论著作出版成果也甚为可观。杨继国、郎伟、李生滨、白草、牛学智、许峰等一批有代表性的文艺批评家都出版了学术著作,无疑成为新时期宁夏文学创作的理论上的支撑以及批评意义上的媒介传播。

其次,新时期以来关于宁夏文艺史类著作出版成果也较为可观,部分著作、编著还填补了宁夏史类著作的空白。张进海主编的"宁夏历史文化地理丛书"(共九种),是从历史文化及大文学观念上充分展示宁夏的优秀文明成果,为人们全面了解宁夏古今提供了重要的文化载体。杨梓主编的宁夏文学史类著作有三种:一是《宁夏诗歌史》,这也是迄今为止第一部完整意义的宁夏诗歌史专著;二是

《宁夏文学史》和《宁夏艺术史》，这两部著作被评为2022年度国家出版基金优秀项目。以上作品构成了新时期以来宁夏文学创作和理论批评的整体框架，足以震撼我们的心灵，足以反映出这些年来宁夏以及西部文学研究的动态发展情况。

通过对这些书目体系的梳理、研究，能够让我们真切地感受到西部经济快速发展对文学艺术的强力助推，同时也为西部文学带来了社会效益和市场效益，真正实现了文学的社会价值和审美价值的双重效应。

四、从文艺批评话语建构的维度透视宁夏文学现象：突破批评的难度和藩篱

在这文艺的春天，宁夏文艺批评家已取得了一系列优秀成果，如上面提到的杨继国、郎伟、白草、王岩森、李生滨、牛学智等有代表性的批评家在各自的批评领域的论著、编著的出版与获奖，都是宁夏文艺批评实力的展现，他们在各艺术门类都有较为独特的艺术研究与探索。但在文艺批评话语建构方面，宁夏的文艺批评与文学创作，确实二者是不平衡的，文艺批评相对滞后于文学创作。张富宝在《宁夏文学六十年：历史、现状与问题》一书中也指出文艺批评存在着同样的问题，"面对六十多年的文学遗产与生动蓬勃的文学现实，宁夏文学尚未建构起一套自己的理论话语……这在一定程度上似乎难以与宁夏文学的成就匹配"[③]。首先，这就要求文艺批评敢于突破文艺批评的难度，突破批评在历史文化困境中不应存在的藩篱，要以马克思主义文艺理论为指导，以习近平总书记有关文艺重要讲话、论述为指针，坚持以人民为中心的创作导向，为作品褒优贬劣，为时代激浊扬清。其次，文艺批评家要关注本土作家，尤其是基层作家，通过对作家作品的研讨、推介，最大限度地激发他们文艺创作的热情。很显然，这需要文艺批评家打磨好文艺批评的"利器",力避批评的套路化、圈子化、功利化和市场化,要为文艺的繁荣发展发声。

近年来,宁夏文艺批评异军突起,批评视野在面向当代文学整体的同时,更进一步加强了本土文学的批评与理论研究,尤其是在面向基层文艺创作研究方面提升了文本批评意识和文学现象探究,如当前开展的西海固作家群体研究、文艺理论研究及作家个体个案研究等,以及宁夏文联以银川市新华书店为依托的"评论家会客厅"作品研讨会和"文学照亮生活"公益大讲堂等文艺举措的实施,都有力地推动了宁夏文艺创作、文艺批评的互动合作和双向共赢。这不仅在于他们对现实主义创作传统思想的坚守,对社会现实中人的价值的发现与重视,使文学参与社会、干预公共事务的作用得以充分发挥,而文艺批评的繁荣不能仅囿于自由争鸣、探究与理论话语,客观上讲,更在于文艺评论人才机制的构建,这又是当前文艺工作领域的新课题,都值得文艺工作者展开研究。

注释

①中共中央宣传部.习近平总书记在文艺工作座谈会上的重要讲话学习读本[M].北京:学习出版社,2015:15.

②单小花.苔花如米[M].银川:阳光出版社,2014:175.

③张富宝.宁夏文学六十年:历史、现状与问题[J].朔方.2019(10).

现象与焦点

在新时代新起点上
实现宁夏文学新突破新跨越
——"中国文学的宁夏现象"研讨会纪要

宁夏文学在中国当代文学版图上占据着独特位置。从"绿化树"到"三棵树"再到"文学林",呈现出万木同春、花开满园的可喜局面。近期,《宁夏文学丛书》(二十卷)由作家出版社隆重推出,集中呈现了宁夏中青年作家的创作风貌。2018年12月20日,由中国作家协会和宁夏回族自治区党委宣传部主办,中国作协创研部、宁夏文联承办的"中国文学的宁夏现象"研讨会在北京召开。中国作协副主席李敬泽,宁夏回族自治区党委常委、秘书长、宣传部部长赵永清,宁夏文联党组书记、副主席崔晓华出席会议并讲话。叶梅、包明德、梁鸿鹰、李一鸣、李建军、刘方、扈文建、李朝全、李少君、杨晓升、孔令燕、刘大先、邢春等评论家,以及石舒清等二十位宁夏作家与会研讨。郭文斌、马金莲、李进祥代表宁夏作家发言。研讨会由中国作协创研部主任何向阳主持。

李敬泽在讲话中代表中国作协主席铁凝、党组书记钱小芊对研

现象与焦点

讨会的召开表示祝贺，并向宁夏作家致以诚挚的问候。他说，召开此次研讨会意义非凡，宁夏是我国多民族文学中独具特色的、生机勃勃的一支力量，总结与梳理宁夏文学六十年来繁荣发展的经验很有必要。站在新的历史起点上，宁夏文学应该如何发展，宁夏作家如何进一步成长，都非常值得探讨。希望宁夏作家在新时代有更大的心胸，在立足宁夏的同时，心怀社会的蓬勃发展，塑造体现时代发展方向的新人形象，努力写出能够真正反映社会现实、体现时代风貌的文学作品。

赵永清在讲话中回顾了改革开放四十年来宁夏不同时段的文学现场，总结了四十年来宁夏文学从寂静到芬芳所经历的艰辛与取得的成绩。他说，宁夏作家群是在贫瘠的土地上长出的好庄稼。宁夏各级党委、政府重视文学，社会各界支持文学，人民群众喜爱文学，宁夏作家倾心文学。宁夏作家的创作一直与时代共同进步，与人民血脉相连，与大地息息相关。许多作家都来自基层，他们用自己敏锐的身心感知着时代的发展变化，在他们心目中，文学既是对生活的锐利穿透，也是对生活的诗意表达。"苦难产生的文学就像苦菜花一样，根是苦的，花是香的，是甜的，它带给人们的是明亮，是希望，是感动。"

李敬泽、赵永清代表宁夏文学界向中国现代文学馆和鲁迅文学院赠送了《宁夏文学丛书》。该丛书包括石舒清小说集《眼欢喜》、郭文斌小说集《我们心中的雪》、季栋梁小说集《行行重行行》、漠月小说集《父亲与驼》、金瓯小说集《一条鱼的战争》、李进祥小说集《换骨》、张学东小说集《蛇吻》、了一容小说集《嘉依娜》、马金莲小说集《头戴刺玫花的男人》、阿舍小说集《核桃里的歌声》、赵华小说集《稻草人》、杨梓诗集《塔海之望》、杨森君诗集《西域诗篇》、单永珍诗集《篝火人间》、马占祥诗集《山歌行》、梦也散文集《在一座大山的下面》、白草理论专著《张贤亮的文学世界》、郎伟评论集《守护风沙中的一盏灯》、钟正平评论集《知秋集》、牛学智评论集《话语建构与现象批判》。

以下是评论家们的发言摘要。

叶　梅（中国作协主席团委员、中国少数民族作家学会常务副会长）：听了宁夏文学的介绍，有一种特别亲切、特别厚重的感觉。山不在高，有仙则名；地不在大，有文化则名。宁夏这个地方正因为有了这样一批优秀的作家和作品，使这片高地变得特别有灵气，特别有风景。这么多年跟宁夏作家们的接触，包括阅读他们的作品，我一直有特别清晰的心理印象，就是宁夏文学是当今中国文坛万千气象中的一股清流，是一条涓涓不断的长河，但它不是孤零零的，它有着深厚的土壤和根基，也有着使这条清流发源、奔腾的气候和环境。首先是这条清流的特质，它给中国文坛带来别具风格、独具地域特色的品质，以及一片独有的风景，这是不能替代，也是不能复制的。这股清流在我的阅读中，将我深深地吸引和感动。从"绿化树"到"三棵树"到"新三棵树"，再到新一代的作家，石舒清的作品我是读得特别多的，他的《清水里的刀子》让我的人生观、生命观受到很大震撼。我们从这样的作品里面，感觉到应该怎么样看待生命、看待未来。我是土家族，这个民族对生死也是很达观的，认为死亡不过是一道门槛进入了另外一道门槛，所以亡人上路是载歌载舞的，不是悲泣，表达了这个民族的豁达。我读了石舒清的《圈黄》，这个小说的名字让我眼前一亮，也特别费解，这个词是什么意思？后来才知道表达的是卵生动物的生存过程。他的作品是如此奇妙，更因为他的作品有着对生活和时代的真挚。宁夏作家有一种共同的特质，就是对生活的真挚和冷静。所以我说这股清流不是孤零零的，有土壤的培育，它才能成为清流。还有气候，当然包括我们这个时代的大环境。没有时代的熏陶和濡染，作家也写不出好作品。宁夏作家还有一个特点，就是特别低调，特别谦恭。

我们有一位藏族作家次仁罗布，任何时候都尊称他人为老师，他是发自内心的，因为他的信念和修养，以及心怀感恩的态度。李进祥在鲁迅文学院学习，当时，作为联系人的他让所有的学员站起来，向老师鞠躬。这就是宁夏的作家，谦恭，虔诚，沉毅。马金莲的中篇小说《长河》投给《民族文学》，我欣喜若狂，用评论家王干的话说，《民族文学》因为有了《长河》这样的作品，变成了伟大的刊物。他这个话有一点夸张，但他的心情我非常理解。我后来给《民族文学》写的卷首语，就叫《等待马金莲》。等待的是什么？等待的是对生活的真挚态度，等待的是对人性良善的书写和呼唤。对于苦难我们怎么认识，怎么书写？是作家比较困惑的一个问题。中国改革开放四十年，那么艰难的路程，哪里没有苦难？我们经历了太多的磨难、太多的拼搏。问题是怎么看待苦难，仅仅是展示放大，还是在苦难中呼唤良善、呼唤温暖？文学带给那些在苦难中拼搏的人更多的是慰藉。宁夏文学在艰苦的生存环境里，对于温暖、对于和善、对于追求坚韧不拔地进行书写，当然还有对于大自然的纯美的书写。宁夏作家不粗制滥造，他们非常精细，神圣地对待文学。包括马金莲，我去宁夏的时候，曾经到她家里看了一下，小桌子上摆着一个小砧板，上面是土豆片。她已经是两个孩子的母亲，那是我第一次见到她，她很安静。她一边做饭，一边写作。宁夏文学现象给中国文坛带来的不仅是喜悦，更多的是启示，我受益匪浅。

包明德（中国社会科学院文学研究所研究员、中国少数民族作家学会副会长）：宁夏文学确实是中国文坛的一个非常特殊而突出的现象，值得进一步研讨。在座的宁夏作家，很多是我熟悉的，主要是熟悉他们的作品。郭文斌的长篇小说《农历》入围茅盾文学奖前十名，公示之后排到第七名。作为评委我是一直力挺的，最后没有进入前五名，我觉得很遗憾。我依然关注郭文斌的作品，据悉

《农历》翻译到二十多个国家,《寻找安详》重印了二十多次。什么叫中国文学的宁夏现象？郭文斌就是一种现象，大定、大静，他有深远的思想情怀，也是一股悠长的清流。包括他参与的纪录片《记住乡愁》，产生了那么广泛的社会影响。我今天的发言，主要是谈一谈郭文斌的乡愁。有人把乡愁比喻为一枚邮票，有人把乡愁描述为回不了的家，有人把乡愁形容为迷路的故乡。这些乡愁都程度不同地充溢着伤感、哀愁、忧患，乃至怀旧。郭文斌的乡愁，主要是童年的记忆，是永不迷失的梦想，是乡亲们的勤劳善良，是对大自然的礼敬和尊重，是没有污染的心灵，是保护环境的强烈意识。他的乡愁是不受时尚左右，是永驻心田的记忆，是古朴、诚实和干净的守护。贾平凹给中国的农村留下一份档案，郭文斌也要留下一份档案。贾平凹的档案呈现的可能是中国农村落后的或者狭隘的自私的一面。比如说《高兴》里面有一个细节，有个老乡在野外大便了，他一时捡不回去，也怕别人把他的大便捡走，便拿一块石头把它砸碎。贾平凹写这个细节，符合他的创作逻辑，符合他一贯的艺术构想。郭文斌的《农历》《寻找安详》，都有他中华优秀传统文化的积累、童年时期在农村生活的经验，以及对风俗民俗的深入理解。比如《农历》讲的一个细节，对"肝肠寸断"就有新的诠释，就有震撼力：有个人把乳鸽打死吃了，不久在门口发现母鸽死在他门口，他将母鸽开膛破肚后，令人震惊地发现母鸽的肠子断成了几截。还有一个叫六月的孩子爬树掀鸟窝，五月就说你家的房子被掀了，你怎么想？就这样制止了六月的行为。在郭文斌作品中，催人泪下的细节非常多。他把童年的穷苦、自在、本真、天然，看成是大纯净、大富有、大善大美。郭文斌的乡愁就是为了讲述在记忆中重现的日子，源于故乡，连接地气，内化于心，外化于作品。郭文斌的乡愁，象征着一种精神，承载着一种使命。他的乡愁纯粹而恒久，是对中国传统文化的守望，是他坚定不移地对美好的追求。文学审美是终身的追求和修养。有一句话说,言天下之事,形四方之风,谓之雅。雅者,正也。郭文斌的作品能够广泛传播,因为讲的是美好的中国故事。我以后要进一步研读《文学宁夏丛书》。

梁鸿鹰(《文艺报》总编辑):我认为文学是宁夏真正的软实力,或者说文学是宁夏软实力最重要的部分。我们很难设想,如果没有以张贤亮为代表的宁夏作家及其作品,宁夏的软实力肯定是要大打折扣的。文学最不嫌贫爱富,文学甚至偏爱生活在贫瘠土地上的孤独的人、内心安静的人,跟喧嚣没有太大关系。在相对偏远滞后的宁夏,作家确实把文学当成自己的信仰,当成自己的生命,当成自己跟这个世界联系的最好方式。宁夏文学有很高的辨识度,与当代社会,尤其与我们的西部紧密相连,并且如此丰富多彩,这是大家所认可的。另外,就是浓郁的现实主义特色,扎根土地,塑造人物,构成独特的风格。宁夏作家对自己的要求是严格的,他们没有把写作看得很轻易,给自己设的门槛比较高。有一句话说,点亮别人的时候,先要把自己点亮。这句话非常重要。牛马羊和人有同等价值和地位,而不是把人放在主宰的位置,这也是宁夏文学辨识度中非常重要的一点。石舒清《清水里的刀子》,传达了非常好的观念,就是灵魂的净化更重要,对我们有很深刻的启发。宁夏文学大部分书写自己邮票大小的地方,家长里短,父母、土地和牛羊,能否与社会进程联系得更紧密一些,我觉得这是一个很重要的课题。文学是心灵史,是命运史,是灵魂史。希望宁夏作家的格局更大一些,境界更高一些,跟外部世界的联系更密切一些,这样才会有更加丰硕的收获。

李一鸣(中国作协办公厅主任):宁夏是文学的金矿,文学是宁夏的GDP,宁夏文学现象体现的是一种文化气象。宁夏文学有它独特的地域特征、审美特征,以及宁夏作家成长的特征。宁夏的山川景物、风土人情,成为宁夏作家写作的指向和内容。宁夏作家通过描写特定地域和人民的生活、生命、精神和灵魂，表达对人类生活、生存、生命的理解。特别是我们看到面对生与死、苦与乐，宁夏作家表现出一种普遍的人文价值和精神品格，是纯正的现实主义创作。宁夏作家的成长，留给人们的印象是像埋头泥土、耕耘劳作的农人，背负沉重的生活，却以坚韧不拔的精神奋力地跋涉着。相信宁夏的文学气象，必将在中国当代文学史上留下独特的影响。

杨晓升（《北京文学》执行主编）：从面积、人口、经济状况讲，宁夏是一个小省区，但是文学格局却不小，在全国引起关注，并且产生了非常好的影响。为什么有这么大的反差？其实印证了一句话：苦难造就作家。文学创作是个体色彩非常强的精神劳动，作家需要有独特的真切的体验，甚至是刻骨铭心的体验。越是困难的时候，越是艰苦的地方，越能够形成这种体验。尤其是改革开放四十年的历程中，宁夏文学确实取得了非常大的成绩，从新时期的张贤亮到石舒清、郭文斌，再到目前的马金莲。作为《北京文学》的主编，我本人跟宁夏作家保持着密切的联系。我也去过宁夏，包括西海固。从宁夏成长起来的作家，有的已经离开宁夏。譬如戈悟觉，将近八十岁了，依然在创作，近几年在《北京文学》上发表了不少作品，而且保持着对时代的敏感，对现实生活的敏感，还很时尚。还有李唯，虽然这些年从事影视创作，却依然保持着非常好的小说家的气质，《看着我的眼睛》《1979年的爱情》获得广泛好评。《北京文学》有两本刊物，一本选刊，一本原创。石舒清、季栋梁、漠月、马金莲等宁夏作家都在《北京文学》上发表过不少作品；选刊转载宁夏作家的作品就更多了，而且他们多次获奖。关于宁夏作家的创作特点，我做一个补充：第一，宁夏作家的创作是深深植根于大地的，是从宁夏这片沃土上自然生长起来的树，结出的果实朴素而又鲜活，散发着浓郁的生活气息和泥土芬芳。第二，不浮躁，不跟风，不媚俗，不故弄玄虚，不矫揉造作，沉静扎实，丰富饱满。第三，直面苦难，不绝望，揭示真善美，坚韧而宽容，传达人性的温暖。第四，人物心理刻画细腻生动，人物性格和形象鲜明。宁夏作家比较安静，这么多年都在踏踏实实地写作，都是传统的现实主义的，以后要多出去走一走，换一种视角关注自己生活的这片土地，寻找新的灵感。必须借鉴经典作品的创作方法，写什么很重要，怎么写其实更重要。说到宁夏作家的实力，突出的是短篇小说，我认为中篇小说也不弱。季栋梁的中篇小说就很好，他的中篇小说有实力获鲁迅文学奖。作家都希望获奖，但获奖还有一些运气在里面。宁夏作家的作品在文本上变化不多，这是弱点。不论是作家还是管理部门，都不要把获奖作为唯一的目标。作家不应该是为了获奖而写作。相关的管理部门更要重视对潜力作家的发现和扶持。宁夏文学之所以能够取得这么大的成就，良好的创作氛围很重要。

李建军（中国社会科学院文学研究所研究员）：我比较了解西北作家，我还写过文章，宁夏文学谈得比较多一些。整个宁夏的文学写作，大家讲到了安静、安详。问题是，21世纪的写作如何突破这种固化的模式？再就是地方性与世界性的关系。西部作家的作品中传统的地方性的东西太多，真正世界性的东西并不充分。郭文斌的作品，大家比较熟悉，我认为很有价值，但是文学还要充满创造力地建构新的东西出来。中国文学缺乏托尔斯泰这样一个作家，能够整体性地改变一个时代的文学气质。没有托尔斯泰，整个俄罗斯文学就不是这个样子。而普希金又以一种崭新的气质，完全改变了俄罗斯作家先前的写作模式。普希金的文学创作来自两个经验：一个是英国经验，莎士比亚和拜伦，另外一个是政治经验，来自法国，对他的影响非常大。他把这些东西整合，形成一种全新的文学气质。宁夏文学如果没有突破，还是这种风格和套路，再过十年，依然止步不前。张贤亮的文学写作，就是宁夏文学乃至中国文学的活性因子，他那种知识分子化的、个人化的、多变的风格，非常值得借鉴。但是从人文主义的角度看,张贤亮还没有上升到普希金那样的高度。包括宁夏作家在内,如何突破传统性的固有的框架,如何在地方性和世界性之间建立关联,如何突破过于静态化的写作模式,把一种全新的活力融入进去,充满激情,甚至充满冲突感地进行写作,必须进行深入思考。

李少君(《诗刊》副主编):宁夏文学是一股清流。宁夏的诗歌也是这样,具有正雅之道。生活的温暖、东方的精神,把一种基本的中国诗歌的东西保留住了。这种正雅之道,是通过诗歌的抒情性表达的。这次入选丛书的宁夏几位诗人,在这方面表现得很突出。杨梓的诗在两个方面做得比较好,一方面是抒情史诗,这是非常难得的。因为用抒情的方式书写史诗,显得开放、大气、雄浑。另外,他也擅长写精致的短小的诗歌,非常唯美,有情感的大量积累在里面。杨森君的诗比较空灵。西部诗人写诗,一般会写得比较沉重。杨森君采取的是减法,把人文色彩尽量淡化,突出生命本身的呈现。比如在古长城上面,他叫了一声,一只鹰就出现了,非常短小,但是这个叫喊是生命的尽情抒发,或者是本能展示。单永珍的诗与现实结合得比较好,他写当下和日常生活,有一种韵味。马占祥的诗在修辞上、在形式感方面是比较强的。宁夏的诗歌一直走在正道上,是主流之道。但是也有一些需要注意的问题。王国维说过,文学要入乎其内还要出乎其外。也就是说,你进得去,你还要出得来。宁夏诗歌必须超越本身的人文地域色彩,突出独特性的同时,还要有世界性的意义。

孔令燕(《当代》主编):宁夏文学保留了非常坚定的文学传统、非常独特的文学风情。一个是宁夏文学典型的现实主义传承。从张贤亮先生开始,《当代》就与宁夏的几代作家保持着非常友好的关系。《当代》刚刚发表了张学东的中篇小说《阿基米德定律》,并且产生一定影响。现在还有李唯的长篇小说和马金莲的长篇小说，正在审阅之中。所谓深入生活、扎根人民，对于宁夏作家就是他们基本的生活状态。第二个是宁夏文学呈现出来的苦难和沉重，或者琐碎的日常生活，却从来没有放弃哲学性思考，以及对神性的探索。石舒清有一个短篇小说叫《灰袍子》，对我触动很大，让我感觉到神性和人们的日常生活是交合在一起的，感受到在苦难之下还有往上生长希望的那部分隐秘空间，这在当下的文学创作中是非常独特的一个存在。第三个是诗意，宁夏作家无论写的是什么，都让读者感觉到一种美好的诗意，这是对中国古典文学的传承。

刘大先（中国社会科学院少数民族文学研究所研究员）：一个区域性或者地方性文学现象或者群体，怎么衡量它？其实就是看它有没有树立起鲜明的形象。从这个意义上说，文学宁夏取得的成绩有目共睹。想到西海固，想到清洁的精神，想到坚忍的力量，想到雅正和宁静，构成宁夏文学现象的共通性。其实它的内部也有差异性。譬如石舒清、李进祥、马金莲这三位作家之间，既有明显的共通性，也有明显的差异性。正是这种差异性，保持了文学书写的潜能和活力。如果给宁夏文学提意见，我的一个直观感受是看到太多的乡土题材或者农村题材作品，希望看到更多书写动态变化的城镇题材的作品。李进祥写了这样的一些作品。问题其实不在于是不是书写某种题材，更多的是一个观念问题。怎么样在既有的已经取得成就的书写传统当中，突破固有的思维模式，进入更加广阔和繁复的写作空间。也就是说，更进一步的宁夏文学应该是开放的，而不是封闭的；眼光可以向后，观念应该朝前；既立足于地方，也要放眼世界。

原载《朔方》2019 年第 1 期

他真正写出这片土地上人们创造新历史的力量
——《西海固笔记》四人谈

胡 平 白 烨 陈福民 梁鸿鹰

胡平："他不是依靠采访，他真是在日常生活中行走"

西海固曾是经济的低谷、文学的高地。文学作品写富人的富时是不容易让人感动的，但写穷人的穷时不一样。今天的西海固已经发生了翻天覆地的变化，但仍然有西海固作家来写西海固，这是一个考验。季栋梁经受住了这个考验，他的这部作品可以象征西海固经济、社会、文化协调发展的新局面，意义非常丰富。

胡平，中国作家协会小说委员会原副主任、创研部原主任；白烨，中国当代文学研究会会长，中国社会科学院文学研究所研究员；陈福民，中国当代文学研究会副会长，中国社会科学院文学研究所研究员；梁鸿鹰，《文艺报》原总编辑。

现象与焦点

　　这部作品之所以能够写得这么好，首先是由于季栋梁在这个题材上积累的感情太深。《西海固笔记》中的许多内容，都是出自作家实地采访和儿时留下的记忆。在回忆中，只要花钱买的，西海固人都嫌贵，一盒两分钱的火柴都不用，靠火草续火。有的家庭里只有一个碗，爷爷先吃，吃完男人吃，然后两个小孩吃，再是女人吃，那里的人们就是在这样的困境中艰难生存的。而且季栋梁的采访是用另一种方式、另一种情绪，他从2018年开始重走西海固，往返了三四十趟，慢慢走，细细看，理解人间的沧桑巨变。在这个过程中，一个老西海固人于故乡重新审视自己的经历，其中的百感交集自然难以形容。

　　季栋梁创作出了和一般采访式的报告文学不一样的作品，它的文体风格非常一致，特别像长篇散记，大量保持现场性和直观性，读起来像散文一样自然。书中写到原福建省对口帮扶宁夏办公室主任林月婵，她在宁夏家喻户晓。作者有天来到固原街头一家羊杂碎小店吃饭，见店里女人不断倚门往外张望，一问才知，她觉得好像刚才在街上看到了已退休的"林妈妈"经过，就想不能错过请她进店用餐的机会。她的厨师丈夫后来也说，当年两人正是在林月婵组织下到福建打工并结识的，攒下点钱后又在林月婵帮扶下回来开了这个馆子。季栋梁便把这个故事写了出来，这不是采访可以做到的。他这么一写，我们都相信了，相信了当地人都把林月婵叫"林妈妈"。他不是依靠采访，他真是在日常生活中行走。

　　而且作者也规避了对小说文体的模仿，排除过于细腻的描写，保持叙述的通畅。他在文体上写出了自己的特点，非常之成熟。

白烨："这本书是关于西海固的《史记》，是西海固的百科全书"

　　说起季栋梁笔下的西海固，我十年前曾去过，从银川到固原，一路上看不见绿色，看不见水，尘土飞扬。但是固原发生的一件事

他真正写出这片土地上人们创造新历史的力量

给我印象特别深,当时我们参加一个关于文学写作和六盘山精神的研讨会,我印象中到场的文学界人有几个,并不是很多,但政府机构的人到了很多。我问坐在身边的一位副书记,一个文学的研讨会,怎么政府有这么多人参加?她说,在我们这里,文学的事就是大家的事,就是最重要的事。西海固这个地方确实很穷困,但它又是一片文学的沃土,出了很多著名作家。

首先,这部作品从文体上看非常独特,你说它是报告文学不合适,说是散文也不合适,它是报告文学和散文的合集,内容丰富又厚重。这本书不能单纯地从脱贫攻坚的角度去看,它所包含的内涵已远超这个范围。在某种意义上,这本书是关于西海固的《史记》,是西海固的百科全书,它写到了西海固的历史沿革、人口构成、行政区划、人文地理、自然风貌、民俗风情,以及人们的生活方式等等。

当然,它有很大一部分在写新中国成立前的穷和新中国成立后如何从脱贫致富的路上走过来。脱贫在别的地方可能是几十年的事,在西海固便是永远的事。西海固那个地方很特殊,季栋梁讲那个地方的人民有一种生活精神,一种坚韧不屈和苦中作乐的生活精神。西海固曾被联合国世界粮食计划署定为最不适宜人类生存的地区之一,那么,它是如何一步步地变成现在这个样子,西海固作为贫困地区如何脱困的典型,不仅在中国,在世界范围内也是有重大意义的。

其次,季栋梁将自己的生活经验和生活积累调动起来,这部作品是一次"在场"的写作。季栋梁把自己的经历带进来,让你有一种现场感,甚至是一种比较,过去多么自卑,现在多么自豪,这种情感变化会把读者代入进去。作者在《西海固笔记》的创作中很投入,里面有情感,有很多对西海固的热爱,过去的哀其不幸,以及现在对它的自豪。整个作品具有很高的文学性,它没有很多的数字、材料，一切都是细节、故事，是作家的亲历亲见，加上他的观察与思考。这部作品是一个有"我"的写作，是有故事有情节的写作，这点非常重要。

陈福民："它是兼顾历史深度和现实广度且充满文学性的好作品"

这是一部大作品，在同类题材当中，当下写作和主题出版是很重要的文化活动和出版工作。季栋梁的这本书在同类作品当中有非常鲜明的特色，也在同类作品中取得了超乎其上的成就。

我非常同意孟繁华老师的说法，这本书叫《西海固传》更好，因为作者的写法本身兼顾了很多方面。季栋梁首先兼顾历史的深度问题，他仔细研究了西海固的历史，"西海固"其实是一个比较晚的提法，它最早叫固原，曾是九边的固原镇。在九边之前，《史记》中写匈奴打入萧关，李广第一次打仗，就是从固原下来的。唐代的时候，唐高宗设置的六胡州就设在固原与西吉之间。固原出土的墓群，也都是安姓和史姓的墓，所以固原这个地方很有历史深度，如果我们不了解的话，或许以为它只是一个贫瘠之地，但其实它在历史上非常有名。作者完全兼顾了这个历史深度，他写到水土被破坏，写到牧民与农民不同的生存方式，写到这里的战乱，西海固是历史上兵家必争之地，他写到了西海固贫困的来源，它的治理之难，凸显了中国共产党在脱贫攻坚伟业中投入的力量。

如果简单地把它当成一本主题书，把它当成一部单纯的脱贫攻坚作品来讨论，是不恰当的。当然它也不是纯粹的历史著作，而是兼顾历史深度和现实广度且充满文学性的好作品，给未来的写作者带来了良好的启示。

梁鸿鹰："他真正写出了这片土地上人们创造新历史的力量"

我很羡慕季栋梁这样的作家。这么多年以来，他的创作没有离开西海固这块土地。虽然他后来去到了银川,但他的创作、他的根依然留在自己的土地上,正是基于作家这样的创作追求,写出来的作品才有分量。

这部作品表现出我们国家脱贫减贫的历史纵深感,把当今西海固的变化放在两千多年以来的历史当中去看。西海固的历史很长,贫困如影随形,从新中国成立以来,特别是改革开放和新时代以来,一代又一代人接力创造新的历史。作者正是把这样一种纵深感表现了出来。

西海固在我们印象中就是西吉、海原和固原,但作家写出了脱贫减贫的地域宽度,把整个宁夏乃至整个西部的脱贫减贫的现实性变化都写出来,写出了在这样一个广大的历史宽度中,人民所创造的历史。

对于西海固的人文地理风俗,季栋梁所提供的信息量也是巨大的,不但引用历史文献、书面记载,更源于自己的探访和自己接触到的这些人,这是任何外来作家都无法取代的。他真正写出了这片土地上人们创造新历史的力量,他笔下的人非常有代表性,也非常具有感染力。比如他曾写到在路上碰到一个唱花儿的老汉,多少年以来,花儿在人们的记忆中都是唱男欢女爱,都是唱日常生活,但是在新时代唱花儿的人唱出了新的内容,"昨儿者才发了低保,今儿又发敬老了"等这样的内容。西海固人对历史变化的自豪感、创造感、幸福感、获得感,通过这些普通人的变化表现了出来。

书里写到从复旦大学来支教的冯艾,还有失去双腿但通过植树创造新的历史让自己真正站立起来的李志远,甚至养鱼的、种蘑菇的、打水井的等,这些人身上焕发出来的力量既源于党和政府的关怀扶持,同时也是发自内心地从创造历史的时代氛围当中焕发出来的,季栋梁写出了这种历史必然性。

与此同时,季栋梁也写到了脱贫减贫事业中的一些新模式,比如金融如何在脱贫事业当中发挥作用,"滩羊银行""扶贫保"等等。作家真正地走到生活当中,所以他才能够把握到现实的温度和人民的力量。这部作品对当今的启示其实也非常多,包括作家如何走进生活,如何把有温度的生活化为有温度的文字等等。

季栋梁《上庄记》带给我们的思考和启示

费 祎等

编者按：季栋梁中篇小说《上庄记》在《山花》2011年第4期发表，《小说选刊》2011年第6期选载，入选中国当代文学最新作品排行榜（2011年），荣获第五届《北京文学·中篇小说月报》奖。《北京文学》授奖词是：对农村"空巢"现象带来的问题和贫瘠现状的揭示，让人触目惊心。第一人称"我"的视角，提供了观照农村现实的一个恰切角度，既不过分渲染，又不无动于衷，体现了饱满的现实主义情怀。浓郁的田园意味，舒缓的诗意表达。既不将田园当成桃花源，也不将乡村苦难作为表达愤怒的载体，体现出一种敦厚温润的风格。

季栋梁在中篇小说《上庄记》的基础上，创作了长篇小说《上庄记》，于2014年5月由北京十月文艺出版社出版。

这部长篇小说，里面的故事情节并不复杂，写的是一位下乡扶贫干部如何与老村长里应外合，频频出招，解决农村教育问题乃至贫穷问题的故事。在那些故事的讲述中，我们显然能感受到一种所谓的"正能量"，但是，作者呈现出来的问题却依然触目惊心。表面上看，通过找朋友、求老板，扶贫干部似乎解决了村里的问题，老村长也感激不尽，很是满意，但实际上却隐含着更大的问题：谁该成为解决这些问题的真正主体？而正是在这一层面，小说体现出了现实主义文学的某种冷峻。

季栋梁说："倘若按照常规的小说写作，写一个或几个人、一家或几家人的命运纠葛，就无法反映目前整个农村恍惚、焦虑、困惑的现状……因此，我选择了原生态的写作。"所谓原生态写作就是不借助虚构，不凭借想象，原原本本，客观摹写。也许，在残酷的现实面前，虚构已是对现实世界的亵渎。当越来越多的文学成为"美声唱法"时，原生态写作就显出了它的生猛和力量。

2015年4月23日，由中国图书评论学会与中央电视台科教频道联合举办的"2014中国好书"盛典活动在央视一套和科教频道播出，季栋梁的长篇小说《上庄记》以底气、地气、正气做胆，以冷峻克制的笔触，艺术传真的方式和饱满的现实主义情怀，深情关注留守儿童教育之痛，全景式揭示了当下西部农村实际的生存状态，摘得文学艺术类大奖。

《上庄记》先后荣获第十三届精神文明建设"五个一工程"入选图书；2014年度"大众喜爱的50种图书"；2014年度京版"十大好书"；中国出版协会2014年度三十本好书；《中国教育报》2014年度教师喜爱的一百本书；新华网·新华读书2014年9月"十大好书"；中国图书评论学会大众好书榜；第二届中国读友读品节特别推荐书单——给官员推荐的十本书；《中国新闻出版报》2014年度好书等诸多奖项荣誉。并先后被中央国家机关和陕西、河北等省推荐为"强素质·作表率"读书活动2015年推荐书目和全民阅读推荐书目。

季栋梁《上庄记》带给我们的思考和启示

为了让读者全面深入了解这部作品，我们特摘编一组评介文章。

费　祎：《上庄记》读来让人十分伤感，正如作者季栋梁所感慨的那般，"《上庄记》是客观的、真实的，正由于此，写得很痛苦、很无奈"。读者的读后感能与作者的创作心理相接近，怎么说，也是小说的成功之处。《上庄记》写一个扶贫干部"我"到一个山村"上庄"扶贫即教书的一系列经历。在看似平淡安详的叙述语气下，老村长、李谷、盼香、朱小文……朴实、执拗、憨厚而生命力顽强的这些山里人一个个呈现在读者眼前，他们的过往，现在尤其是将来，深深揪动了读者的心。小说写出了中国山村不为人知的困境，也写出了山村人真实的生存状态和精神面貌。成功的小说，一面在于让读者沉浸，一面也同时让读者深思。在这一点上，我认为《上庄记》是一篇非常好的作品。

纳　杨：季栋梁的《上庄记》反映了乡村空巢的教育问题。到上庄扶贫的"我"本来以为自己不会给这里带来实质性的帮助，因为上庄一没资源二没劳动力，想要脱贫非常困难。但当"我"真正面对上庄的贫困，面对精壮劳力都进城打工后留下的空地、空家，还是深受震撼。当"我"了解到希望以教育改变上庄命运的老村长的一片苦心，看到在艰苦条件下仍坚持学习的孩子们，欣然接受了老村长的安排，在村学校里认真地做起了教师。小说带有某种调研报告的色彩，所涉及的问题非常多。

张艳梅：为季栋梁的《上庄记》所感动。小说描写一个贫困村的村长为孩子上学所付出的努力，还有下去扶贫的干部、大学生在乡村的所见所感，以及乡村孩子的处境和命运。大山里的上庄，贫穷落后，年轻人多半进城打工了，留下老幼孤寡。背叛、抛弃、换亲、出走，感情世界的凉薄和挣扎，触动人心；简陋、破败、萧条、冷清，生活世界的艰难和守望，引人深思。唯有孩子朝气蓬勃，这是老村长眼里的希望，也是老村长心中的重担。小学校也是一样的荒芜，没有老师，没有写字的本子，没有水，甚至没有足够的取暖设施。干旱、寒冷，包围着努力求学的孩子，包围着他们的家园。

老村长是乡村的守护者；李谷、长武、盼香等人是时刻渴望告别乡村的叛逃者；朱小文、马鹏程和马万里兄弟、顾小军这些孩子身上有着乡村世界与城市文化的双重投影。而"我"作为乡村的外来者，不可能真正融入其中，只是在客居、思考和行动中，试图以外力改变乡村的命运，也带出了知识分子对自身以及对时代生活和社会体制的反省。

小说没有贯穿始终的故事，片断的印象，更像一次走访的散记，弥散在挡山的猫蹄蹄花迫人的香气之中。开学典礼、六一表彰大会、摘枸杞、打水窖，是日常生活的白描，也是精神世界的折射。父辈的命运、孩子的道路，缠绕在一起，有沉重的压抑感和疼痛感，又得以在猎猎山风中获得一种升华。还是那句话，爱有多难，就有多强大。

筱 青：一边听着音乐，一边看《小说选刊》上季栋梁的中篇小说《上庄记》，写的是作者下乡扶贫见到的山区留守儿童的教育现状。没有过多的如此这般的所谓描写，没有刻意的跌宕起伏的情节，我喜欢这种平淡朴实的文字，给人的感觉就像是有一个人在你对面诉说，一切都是不经意间，一切都是淡淡的。

在创作谈里，作者说到"恍惚、焦虑、困惑"这样的话。尤其是作者帮村里的孩子往省城里转学，一个电话就解决了，而这对于深山老林里的人们来说遥不可及，更是难以想象的。这么多年了，扶贫、结对子，真正解决了多少实际问题？倒不如一个普通教师上一年的课，给几个孩子解决进城就读来得实在。但那毕竟只是解决了几个孩子而已，又有多少个这样幸运的孩子？而谁又会脚踏实地去做实事呢？也许作者正是出于这种无奈，才用文字诉说自己的情怀。

雅各教育：看季栋梁的中篇小说《上庄记》，几次三番流下眼泪。可以说，小说带给我的，除了对苦难叙事的深切的同情和理解，更多则是因着作者描述的精准，比如说对善与恶冲突的揭示，就带有作者温润的笔触。

《上庄记》是一部农村题材的小说，反映一名作为制度化的下乡扶贫干部在一个名叫上庄的贫困山村的所见所闻、所做所思的小说。该小说通过农村教育，农村孩子的上学为主线串起了所有的情节，包括上庄的经济、文化、婚姻等，因着这些内容介绍的丰满，我觉得自己的阅读其实就是在接受提醒，作者提醒我们这些所谓的做教育研究的学者，面向农村的教育、农村教育中出现的问题及其解决之道的教育政策，如何才能更加符合当地老百姓的最真切的需求。我们这些所谓的研究者，如果闭门造车，如果仅仅是画画图纸还好，如果车真的造出来，跑到路上了，不仅不能跑得快、跑得好，或许真的成为幸福生活的一大隐患。

教育研究领域，多年来一直提倡"跨学科研究"。现在的我，越来越感觉到，真正的跨学科研究，最好的载体应该是小说。可惜，我所接触到的所有教育研究学者，几乎没有一个人以这种文体来承载他对教育的观察与思考。

通 川：或许每个人都对贫穷的无数种面貌做过这样那样的想象，但是，相信在我们读过了季栋梁的中篇小说《上庄记》后，会对上庄那令人痛心的落后与贫穷感同身受。

上庄穷，然而，这里有着一群像全天下所有的孩子一样朝气蓬勃的留守儿童，这是老村长眼里的希望，也是老村长心中的重担。所幸，上庄还有这位古道热肠的老者，他煞费苦心，软磨硬泡，终于被他想出了解决没有老师上课问题的办法：扶贫干部留在上庄当一年教师就算是完成本单位的扶贫任务。这是没有办法的办法，也是眼下最奏效的办法，因为，恶劣的条件根本留不住正儿八经的教师。就这样，"我"在这里的扶贫变成了支教。其实，仔细想来，这段情节颇具隐喻意味：老村长选择让孩子受教育来代替物资援助的扶贫方式，正是由于他是一位高瞻远瞩的智者，他深深地懂得精神的贫穷才是真正的贫穷。唯有教育的春风化雨才能在心灵的荒漠中孕育出最美的绿洲，输血容易造血难，对教育的支持无疑是最务实的扶贫。开学典礼和六一儿童节的"盛况"都是小村精神财富匮乏的侧面写照。当然，也体现出人们对教育最虔诚的崇尚。

上庄的贫穷让人倍感震撼，有了"我"这样一个城里人的见证，交通闭塞、缺水干旱、靠天吃饭、缺医少药……更加显得深重，令人窒息。上庄百姓朴实、善良、热情，然而在恶劣条件的逼迫下，越来越多的人到城里打工，桑巧、周长春背叛了当初对婚姻的承诺；李谷、盼香等人选择逃离，追求更舒适、有更多机会的城市生活。然而，老村长是最坚定执着的守望者，带领人们同自然或人为的困境进行着艰苦卓绝的斗争，斗争的成果显而易见，孩子上学没老师问题得到了解决，而且这方法貌似效果不错，有学生年年获奖。

然而这样的教育，还是有不容忽视的隐忧，令我们揪着的一颗心难以释怀，人们并不把受教育作为掌握文化知识、提高个人素质的途径，而是把它当作走出上庄、进城生活和出人头地的唯一选择。这种理解无疑带有浓厚的封建记忆色彩，把念书和"中状元"联系在一起毕竟是对现代教育的狭隘认知，面临各种阻力，这样的教育还能在上庄被争取多少次？而对教育这样的错误认知在广大的农村的普遍存在不得不让我们更加担忧。归根结底，造成这种局面的罪魁无非就是让人难以再忍受的落后与贫穷。生活在这些地区的儿童怎能不令我们同情？这样地区的教育问题怎能不令我们忧虑？这样地区的人们在恶劣生存状态下的顽强挣扎怎能不令我们动容？

"百年大计，教育为本。""教育的不公平是最大的不公平。""再穷不能穷教育，再苦不能苦孩子。"从这里我们由衷地感觉到，如果这些铿锵有力的口号只是嘴上喊喊，那便多么苍白！

读罢作品，内心的感动还会随我们对故事的记忆留存许久，我们该好好感谢作者季栋梁，因为，早已习惯了灯红酒绿的城市生活的我们，太需要这种最原生态的感动来柔软我们日渐物质的心灵了。季栋梁的这篇小说更像是他本人真实生活的写照，他不仅深入偏远山区支教，还从事很多捐助活动。我们应该感谢作者季栋梁以其悲悯的情怀和行动来为我们进行最深刻的精神洗礼。作为一名教育工作者，我强烈推荐我的学生都能品读这篇作品，也让他们和我一起体会这令人痛心的感动。深切希望我们身边那些从小生活在城镇衣食无忧的孩子能学会好好珍惜学习机会，学会感恩。同时，也呼吁我们大家多多关注关心贫困山区儿童受教育问题，更衷心祝愿我们国家的教育政策越来越完善，越来越先进，让所有的孩子都能享受教育雨露的滋润，让他们健康快乐地成长。

疏延祥：季栋梁的《上庄记》反映的是乡村教育问题。"我"被分配到上庄扶贫，还没有到任，上庄的刘老村长就带着一只宰后的羊来了，"我"以为老村长这样做，是希望获得扶贫款，到了上庄后，才知老村长这样急着找"我"，盼着"我"来，是要"我"做四十几个孩子的老师。

随着乡村人口增长的缓慢以及一些学生随父母进入城市读书，农村中小学撤校并校的现象越来越多，上庄小学就在这种潮流中面临撤校的命运。新的庙台小学离上庄远，一二三年级的学生太小，走不了那么多路，老村长就多方活动，保留了上庄小学。但上面派不来教师，这大山沟也没有人愿意来，老村长只好利用上级每年都要来人扶贫的机会，让扶贫的公务人员教一年孩子。这些扶贫的人都有大学文化，而且来自城市，一旦被老村长和村民的热情所感动，都能全身心地投入对孩子的教学事业之中，因此上庄这几年的教学很有成效，孩子们屡获佳绩。

上庄和全国的农村基本一样，对教育很重视。家长都希望孩子将来能考上大学，不重复自己的老路。上庄小学每年开学都要开大会、升旗。一学年结束了，三年级就算毕业了，还要开毕业典礼，表彰优秀学生。开会时，老村长要在主席台就座、讲话，教师和学生代表也要发言，留在农村的男女老少都要来看。在村民和小学生看来，这不是形式主义，有表决心、鼓舞人心、促学习劲头之效。

上庄的这种做法好，我的朋友姚文学说："《上庄记》中，学校召开大会的情节，我看了倍感亲切。我在读小学时，我的那个母校正是这样。至今还记得，一年几次大会的隆重场景，我作为学生代表曾经对着学校的那个包着红布的麦克风发过言，第一次非常紧张，后来锻炼锻炼，就自然多了。"我也记得，刚粉碎"四人帮"时，我就读的农村中学也有这样类似的会议，全校学生集中在外面的操场上。公社负责文教的干事要来讲话，校长和老师、同学的代表发言，说的都是好好学习的事儿。这么多年过去了，想起来还非常温馨。

上庄是贫穷的，完全靠天吃饭，要是老天赏脸，还能糊个肚圆；要是雨水少，连吃饭都困难。《上庄记》一方面揭示了上庄人对教育的渴望，一方面又反映了他们惊人的贫困。"我"在这一年的扶贫过程中，与孩子、村民结下了深厚的情感。"我"在单位的旅游款和孩子们摘枸杞的钱最终化成两个水窖，"我"动用在城市的关系，把两个孩子转到城里上学，这些描写都是可信的。正如《小说选刊》的编者所说，当人们读到《上庄记》中的"土桌子，土台子，里面坐着一群土孩子"，还有一个一心读书一个放学后就砍柴、做活的马家兄弟以及顾小军父子，在夏季的时候都在城市拾瓶子，我们不能不沉重。

读《上庄记》，我一方面为村民重视教育的行为而感动，一方面又为此担心。在村民眼里，教育不是人格的养成和知识的获得，而是如科举一般，走出乡村，上大学，在城里找一份好工作。教育和生养他们的土地没有任何关系，它不能让受教育者在家乡的土地上发现自己，培养出热爱家乡、建设家乡的情感。这样的教育是悬空的，甚至是危险的。家乡是草木和庄稼的生长，是天空的飞鸟和热闹庄严的民风民俗，我们的中小学教育有多少这方面的内容？

赵　勇：长篇小说《上庄记》故事情节并不复杂。作为下乡的扶贫干部，"我"一到上庄就被那里的贫困与落后惊呆了。学校里有四十多个学生，却没有一个教师，扶贫干部也就理所当然地成了教师。一些孩子不断地随打工的父母进城，上庄的教育就更没人重视，已有名存实亡之虞。于是，老村长和"我"便里应外合，频频出招，试图从教育问题入手，由此扩而大之，进一步解决上庄的贫穷问题。然而，对于一个扶贫干部来说，"我"能使用的招数又是极为有限的，因为"我"从自己的那个文化单位要不来钱，便只好不断找关系、求老板，通过自己的人脉资源解决问题。比如，"我"为了让盼香的两个儿子去省城读书，动用了省教育厅同学的关系；为了让村里的几个特困户脱贫，"我"又与人合伙给功老板"下套"，让老板把二十多万元的红包送到了乡下。这位扶贫干部下乡一年，好像已成为解决问题的专家。表面上他是解决了问题，但同时，这种解决本身已让人感到辛酸和无奈。因为，这种解决方式只治标不治本，问题看似得到了解决，但背后却隐含着更严峻的问题——面对穷山恶水，面对由老弱病残苦苦支撑的村庄，如何才能让他们彻底走出贫困呢？村民希望所寄托者，是一个人脉广、关系多的扶贫干部，且这位干部恰恰又能被贫穷震撼出同情之心。倘若扶贫干部没什么能耐，问题又该如何解决呢？这便是这部小说的吊诡之处，而恰恰是这种吊诡，显示出现实主义精神的某种力度。因为表面上看，作者已用种种"歪门邪道"解决了问题，但实际上，这似乎也是他提出更大问题的一种策略和技巧。我想，一个作家，或者一个无权无势的扶贫干部，当问题已远远超出他的解决能力时，他所能做的也就是这些了。

除了这种现实主义的冷峻之外，我还在小说中看到了一种理想主义的温情。小说中有一个细节："我"当记者时曾写过一篇文章，名为《一根烟》，那是在写另一个上庄的贫困。"我"进村之后，向村民一根根地散烟。在这些人中，有个名叫朱光耀的村民，他虽然接了烟，却并不抽，而是架到自己的耳朵上。起初，"我"以为这是一个爱占便宜、怕吃亏的男人，后来才得知，原来老朱是个孝子，他拿这根烟是为了回去孝敬老娘。不管弄到什么东西，让老娘先尝已成为朱光耀的下意识行为。于是，"我"被震惊了。"我"的老板功全泰读了这篇文章，内心受到了感动，于是主动联系了这名扶贫干部。也正是这样，才有了后面的故事："我"给他"下套"，功老板也借坡下驴，主动"上套"。我把这处细节看作一道理想主义的微光，它一方面依然让文学（《一根烟》那个真实朴素的故事）具有了撼动人心的力量，另一方面也在很大程度上改写了老板的形象。《上庄记》为我们呈现了一个读了文学作品还能热泪盈眶的老板，一个为了寻到扶贫干部、"我"打了五十八个电话的老板。现实中，这样的老板究竟占多大比例，无从统计，但小说中的这个功老板却有慈悲之心，尚慈善之道。他不但让"我"渡过了难关，而且还为小说注入了一股暖意。

在小说《上庄记》中，能够体现现实主义冷峻和理想主义温情的还有老村长这一人物形象。在"我"的眼中，老村长是"狡黠精明"的，他懂得与扶贫干部搞好关系，于是便有了小说开头老村长拎着蛇皮口袋给"我"送羊腿的那一幕。然而，随着小说故事的逐渐展开，我们才看到这种"精明"背后，深藏不露的是他对上庄这

季栋梁《上庄记》带给我们的思考和启示

块土地的大爱之情。因为老村长不可能接近上层,他便只能用自己朴实的言行亲自打开底层社会这幅世态人心的画卷,默默地传递爱的能量,并用这种能量潜移默化地感动扶贫干部,让后者不得不去为上庄奔走呼号。他既是乡村世界这架机器能够正常运转的润滑剂,又是让扶贫工作能够落实到位的发动机。他的苦苦支撑让人感到了某种悲壮,他的不屈不挠又让人感受到一种温暖。可以说,正是这样的人支撑着底层的民间社会,让人们看到了希望。

与此同时,季栋梁在小说《上庄记》中,凭借着对老村长这一人物形象的塑造,既让他有了赵树理笔下"中间人物"的文学光彩,同时又为他注入了当今时代丰厚的道德伦理内涵。这样,老村长也就成了一位典型人物,成了老黑格尔所谓的"这一个"。也正是因此,这个特殊的人物形象丰富了当代文学的人物画廊。

李建军:季栋梁的长篇小说《上庄记》,通过真实而细致的叙事,讲述了农村的学校教育所面临的严峻问题,讲述了一个西北偏远村庄所面临的艰难境遇。

上庄是落后的,现代生活的基本条件全都不具备。没有电,没有水,也没有人了——年轻人都外出打工了,只有年老、年幼的留在村里。学校面临撤并,上学成为留守儿童的奢望。面对生活的艰难和困苦,作者的叙事态度,镇定而温暖,充满深深的爱意。在作者的眼里,这里的人虽然贫穷,但是可爱的;土地虽然贫瘠,却是美丽的。从作品的字里行间,我们可以看到作者对乡土文明的深情眷恋,对高原自然风光的赞美。他爱村庄里的人们,爱那里的民歌和生活情调,爱那里的一草一木,显示出像泥土一样朴实而宽厚的情怀,他能从乡野的土地上,发现那些极易被忽略的美。他通过对一花一草的描写,来象征性地赞美那里的人,赞美人的坚韧的生活态度和美好的情感世界。

当然,这不是一部仅仅满足于从外部展开叙事的轻飘飘的浪漫

101

主义作品，而是一部深入生活的内部展开叙事的沉甸甸的现实主义作品。从叙事方式来看，作者追求一种朴实、扎实、厚实的叙事效果，有时甚至显示出学者的严谨和缜密来。就此而言，我们甚至可以将他这部小说赞扬性地命名为"报告小说"。作者让自己的想象服从真实性的制约，将描写的客观性置于想象的主观性之上。他不仅在叙事中"追踪蹑迹"地追寻事实，"如其所是"地描写细节，而且还通过注释的方式，弥补小说叙事之不足，给读者提供更多的阅读信息，提供了很多理解作品叙事内容的重要数据。例如，叙写到农村学校的关停情节的时候，作者就"撤点并校"一事做了详细解释，有了这样的客观信息，小说中扶贫教师"我"的所思所想和所作所为，才显示出重要的道德意味和迫切的现实意义。

在这部作品里，作者用生动而丰富的细节，呈现了农村留守人群艰难的生活现状，显示出一个现实主义作家关注现实和民生的写作自觉。而作者对自然村落面临的转型危机的隐忧，对往昔生活日渐式微的感伤，也给读者留下了深刻的印象。作者的隐忧和感伤，不是杞人忧天的自寻烦恼，不是见月伤心的自作多情，而是来自他对严峻现状的了解。他在小说的一条注释里，详细地介绍了他所掌握的数据："根据民政部的统计数字，我国自然村落10年前有360万个，现在只剩下270万个，过去10年总共消失了90万个自然村，每天都有80至100个村落消失。"所以，在小说的情节事象里，作者也写到了乡村生活的温馨和浪漫，小说里的人物，能在闹社火的时候，张口就来地"说仪程"；会在祭奠亡灵的时候，唱祈福驱邪的"转九曲"；会用悦耳动听的民歌，表达自己的喜怒哀乐，表达自己对美好生活的向往。

"为什么我的眼里常含泪水？因为我对这土地爱得深沉……"由于深爱着自己笔下的人物，而且深深地理解他们的疼痛和欣悦，所以，季栋梁往往能够贴近生活，深入人物的内心世界，来写他们的情感和性格，从而塑造了一个个栩栩如生的人物形象。作者有自觉的文体意识，语言干净而准确，文笔细腻而不乏诗意，显示出一种成熟的修辞能力。总之，《上庄记》是乡土文学写作的重要收获，是近年来不多见的厚重之作，是一部值得人们认真阅读的忧患之作。

牛学智：上庄在生态移民中问题丛生，最棘手的显然不单单是教育问题，更包括那些可能永远无条件城镇化的农村在整个城镇化中如何处置的问题等等，其中的悲情、悲剧、悲哀，实际上一度被幸福故事、快乐叙述和"好心态"的处世哲学所遮蔽。在此层面上再来审视一系列思想文化问题，我个人觉得，它们的"热"意味着人文知识分子甚至普通大众，对理性的回归、对讲道理的热爱和对基本良知的呼唤——当幸福、快乐故事和"好心态"哲学弥漫之时，这些人性的基本方面其实是被忽略甚至有意回避的，尽管它们或许并没有彻底消失。

至少有三点启示，需要重点强调。

一是文学能力说到底是对世界真相的独到感知。《上庄记》中对西北偏远农村世界现状的感知，严格来说早已出现在众多社会学和经济学调研报告中了，只不过那些致力于城镇化建设的方法和措施，其结构体例的确没有把农村内部人的命运和遭际纳入进去。而季栋梁的发现和感知，正好指向了不能或无条件城镇化的农村社会到底该怎么办的问题。他的这个感知和发现，正与年前两会当中个别代表委员的描述有深层的一致性，即"什么时候中国人办事不求人了"，"什么时候中国的青年人不感到迷茫无助了"，就说明中国真的进步了。西北农村流行着凡办事就一定得求人的观念，同时，不要说青年人无助迷茫，就连"空巢"的老人和学龄孩子，照样被无处不在的焦虑所裹挟。这些问题当然并非《上庄记》首次叙述，只不过它们过去经常隐没在数据后面罢了。没有切身体验和感知，数据就只是一个中性的媒介，它不会深入人的命运皱褶里去，也就不可能看到数据背后的真相。

二是文学价值之所以备受关注，不是因为文学好玩，而在于文学能于众多价值中发现核心价值。说到目前中国的农村社会，我们习惯于一种二元思维，什么城乡对立、价值失衡、自我迷失、贫富差距等等。应该说这些问题都是目前的重要社会问题，可惜的是，这些问题在一般的文学表达和社会学调查中，都是通过层层分解的方法提出来的，即最终以个体的名义提交的。如此一来，核心问题、核心价值实际上一直处于被消解的境地。《上庄记》里提出的核心问题和核心价值是什么呢？是农民作为农村社会主体性的问题。种地、收割、上学、致富、造屋、办事乃至谋求发展等等，能否由农民作主呢？在我们的一些宏大规划中，答案好像是否定的。而这些能作主却偏偏作不了主的大小事情，实际成了农民本人日复一日变得颓唐、无助、迷茫的根本原因。他们无法确切地感受到改革开放所带来的红利，也无法确切地体验到几乎所有惠民、富民政策的实惠。他们还要继续为本来正常的开支，譬如因基本的医疗、教育、住房的不公平而付出高昂的代价，乃至花尽半生或一辈子所积攒的全部积蓄。包括《上庄记》在内，《平凡的世界》《中国在梁庄》《出梁庄记》《涂自强的个人悲伤》等等，它们不约而同，几乎都通过文学的发现眼光，于众多问题和价值中，发现并叙述出了当前中国农村社会的核心问题和急需的核心价值。

三是通过个人故事的普遍化，讲述了时代突出的阶层故事、民族故事和中国故事。人们喜欢读这一类型的作品，是因为他们在文本中产生了共鸣、达成了共识的内容，实乃与自身经历、体验、经验和感知十分相似。正因相似，说明内容所告知的、叙事所显示的和思想所触及的，是一个普遍而异常尖锐的现象。对共同现象的持续思索，特别是集体无意识思考，表明该现象或问题已经是或至少是此时此刻中国某一阶层的普遍关切，围绕其中的才是具体道德伦理问题、价值期许问题和文化认同问题。如此来看，如果没上升到这个高度，不管何种读物，要成为全民阅读的热点都会很困难。

而正是在这个层面，前面所提到的这些作品正需要有个正确导向，引导读者正确理解其内在意图。比如《平凡的世界》，孙氏兄弟为生存本能所驱使的奋力拼搏，就不宜放大为"励志故事"，否则会曲解作家路遥的真正意图。路遥所希望的仅仅是孙氏兄弟赖以生存生活的环境能有个好的社会机制支持罢了。《上庄记》有些读者可能会读成诗意乡村的挽歌，总愿意在搞笑诙谐的语言中逗留，而至于把"上庄"世界看作一个小品一般的娱乐对象，如此做，作者的意图和苦苦思索不但被消解了，还可能被披上文化传统主义的审美外衣，思索于是终止于哈哈一笑。同理，读《涂自强的个人悲伤》，如果只无止无休地埋怨那个总是碰壁总是失败总是办事不顺的倒霉蛋涂自强，那么，方方想要通过涂自强个人悲伤出示的涂自强所跻身的这一阶层的集体悲剧和社会现实遭遇，就不可能被正视，社会的不公将如何得到起码的干预和改善呢？读《中国在梁庄》《出梁庄记》更是如此，思维不能老停留在乡村诗意不诗意、谁怎么没有富起来、谁又怎么如此窝囊等低层次水平。需要追问造成形形色色底层群体如此命运的社会机制根源，因为这些作品中的几乎每一个成员，都生活得比我们更艰辛、更努力。

如此等等，如果不用这样一个基本语境来看待这些作品的"热"，如果不在近乎集体无意识的大众阅读选择中，来理解这些作品的关注点，我们就可能只是在消费这些印刷品，而不是思索这些作品所郑重宣示的时代思想诉求。

尤屹峰：《上庄记》是我近年读到的难得的好小说。作家以现实主义的责任担当，将一双睿智的眼睛紧盯在社会最底层，将一颗滚烫而又富有良知的心紧贴在那片极为贫穷、落后、残破而又濒临消失的传统村落之上，直面我国城市化进程中城乡较为尖锐的各种复杂现实矛盾。

《上庄记》用文学艺术形式，简洁而形象地为我们展现了"上庄"这一典型民间历史文化生态"博物馆"的真实面貌和濒临的衰败现状。这些千百年保持着先民居住遗风的院落和村落及其形成的独特文化，在经济大潮的冲击下，在城乡"二元"融合的进程中，遭遇着萧条、衰败甚至消亡的厄运。作家在客观的叙写中，不无浓浓的痛惜和无奈之情——这些千百年一直承袭延续的民族先民居住文化将要这样悄无声息地衰落甚至消亡，一座座民间历史文化生态"博物馆"将会这样坍塌，怎不叫生长于斯熟悉于斯的作者生出揪心的痛惜之情！一个普通的文学工作者，没有能力改变上庄的命运，无法更无力阻挡这漫漶荡涤的大潮，只能用质朴的语言真挚地描绘出上庄居住文化的图像，保存一点许多年后能够忆起的痕迹。"城市还没有做好接受他们的准备——农村却已经萧条衰败了。"（《上庄记》292页）

上庄独具"老庄子"历史和地域特色的婚丧嫁娶文化、节俗文化、饮食文化、编织和刺绣文化，内容丰富、品种繁多的民间文学，充满童趣的民间游戏，保持传统礼俗、坚守尊老敬师礼数等，展示了老庄子丰富的文化底蕴。《上庄记》最大的文化价值之一是使用了鲜活的乡土语言，保存了最有质感的民间语言标本。这些鲜活的方言土语，具有研究民族学、民俗学、文化心理学等多重意义和价值。但随着影视、广播等官方普通话的"渗透"，随着"99部队"的渐次逝去，尤其随着上庄年轻人毅然决然地离开村子进城被城市语言同化，民间语言同样面临着消亡的命运。

文化是一个民族赖以生存与发展的血脉和精神支柱，优秀的传统文化是这个民族文化的精华和宝贵财富。不管一个民族的物质文化多么发达，而这个民族的传统文化一旦开始衰落与消亡，意味着这个民族将失去民族之魂与根基。作家季栋梁以历史的责任感和文化人的担当，创作了《上庄记》，借"我"这个人物形象，为传统文化唱出一曲忧伤之歌，他用"我"为上庄子优秀传统文化做强行的记录和存档工作而召唤人们的文化良知的觉醒，为我们当下在加快城乡一体化建设，建设小康社会中如何既做好现代物质文明发展，又做好中华优秀传统文化保护提出了亟待解决的问题。

文学书写与时代变迁
同样壮阔、多维与精彩
——宁夏脱贫攻坚文学作品举隅与评析

王佐红

引言

宁夏作为全国脱贫攻坚的主战场之一，在全国脱贫攻坚工作的大力实施下，近年来上演了改天换地、重塑人间的宏伟变迁。特别是西海固地区，山川焕颜，大地重生，过去随处可见的"秃头山"变成了硕果累累的花果山，曾经无人问津的贫瘠区变成了游人络绎不绝的风景区。同时，西海固是一个文学昌盛的地方。西海固短短几十年间发生的这些宏伟的变迁，文学对它的书写与表现不可能缺席。纵观起来，已出版的几十部作品可谓是全方位多角度地细密地纵横地进行了展现表达，各方面的书写力量从各个角度对其进行了

王佐红，中国作家协会会员，中国文艺评论家协会会员，宁夏文艺评论家协会副主席。

呈现，各有其价值与意义。本文择有代表性的几部著作简要评述如下。

《诗在远方——"闽宁经验"纪事》：外来名家眼中的巨大惊异

《诗在远方——"闽宁经验"纪事》由著名报告文学作家何建明创作，可以说是大作家用大手笔把握了大题材。2020年8月，《诗在远方——"闽宁经验"纪事》部分章节在《人民文学》2020年第8期头条刊载，《人民文学》在卷首语中评价："报告文学《诗在远方》将目光放在了史称'苦瘠甲天下'的宁夏西海固，以尽量控制着激情的语调，讲述了'闽宁经验'的形成、展开与成功的历程，从中可以读出脱贫攻坚战中所体现的中国智慧、人间真情，读出百姓的获得感、民族复兴的方向感，读出为中国的脱贫事业对世界减贫史做出了伟大贡献的自豪感。"评价是准确、形象且到位的。对宁夏西海固脱贫攻坚的书写，何建明采用的是宏观视角，是全面把握党的奋斗历程与扶贫脱贫工作历史，是从党的性质宗旨的方向出发对中国扶贫战略意义的升华，是从战略高度诠释闽宁协作机制的价值，是对中国特色社会主义制度优越性的文学彰显与阐释。这本书主要写的是国家东西部扶贫协作战略中具有典型性和样板性的"闽宁经验"，作品通过纪实的笔法生动书写了宁夏各族人民群众的奋斗历程和福建各行各业干部群众的帮扶关爱以及之间结下深厚情谊的感人故事。作品的价值主要在于及时关注时代变迁，忠诚礼赞时代精神，客观记录火热现实，细腻展现生活现场，彰显了人民坚定不移跟党走、携手共圆小康梦的奋进品质，升华了上下同心、攻克贫困堡垒的闽宁友谊。何建明在宏观层面深刻把握了实现全面建成小康社会的共同奋斗目标，精确定位了脱贫攻坚的样本载体——闽宁对口扶贫协作，精心塑造了像谢兴昌（即电视剧《山海情》马得福的原型）等宁夏奋斗者和林小辉等福建企业家、技术专家、援宁干部等帮扶者。何建明与宁夏作家依靠自我体验与记忆、今昔个体感受对比的写法有明显不同，作为区外的著名作家，他显得有更宽的视野、更高的站位，因而能概括地准确采撷出红寺堡这样全国最大的移民安置区，闽宁镇、烂泥滩村（今涵江村）这样非常典型的脱贫样本。脱贫攻坚是时代的重大主题，也是文学创作的重大主题，《诗在远方——"闽宁经验"纪事》无疑是其中的重要作品之一，是当前聚焦"脱贫攻坚"的一部很具视野与高度的作品。

《西海固笔记》：全面立体纵深有味的西海固变迁书写

《西海固笔记》的价值与意义，主要在于写作的深厚度、深广度、全面典型度与细致新颖度上比同类作品都更超出一些，它写出了更纵深的西海固、更立体的西海固、更广义的西海固与更新颖的西海固。作为一名成熟作家，季栋梁对西海固的书写特别着意于对其历史文化的书写，这一方面是情怀，另一方面是深意。全书第三章《西海固是个大地方》用一章介绍西海固的历史，从远古文化起源的摇篮之一，从居于战略要地而彰显独特地位、价值与光辉历史的秦汉唐时期，到宋元明清时期的边关岁月、征战讨伐、辗转经略、农牧交替，到民国时期的兵患匪祸、天灾，再到中国共产党成立以来的红色足迹、六盘山上高峰与如今的旗帜领航、百万移民、东西协作、脱胎换骨，这本书不光在写近年来的扶贫，它更写出了西海固的历史之大、之深、之要、之风云激荡、之绵延悠长，讲明了西海固的前世今生、文化底蕴、雄厚实力与精神气质，写出了西海固的历史自信、浮沉命运、贫困之因与勃发之姿。那是贫困小概念背后大雄壮的西海固、大深刻的西海固与气象万千的西海固。季栋梁是一个很懂西海固历史与现实的作家，在写贫困的同时，他还写出了西海固人民不服命运、博大雄强、艰苦执着的奋斗精神。那是未来西海固会变得更好的历史依凭与精神内蕴。本书第八章《咬定青山》之《志远弥坚》一节中那个连爬带挪义务植树二十四年，植树十万余株，绿化荒山三百五十亩，"感天地，泣鬼神"的身残志坚的奋斗者李志远就是脱贫群众与脱贫精神最典型的代表。那个说出"扶贫干部最不能换手机号码，扶贫工作大多数时间走村串户，留个号码方便群众找我"的干部，就是扶贫干部与扶贫精神的最典型代表。西海固作为不小的一片区域，庞大纵深，包罗万象，悠悠致远，对它的书写面对的是一个庞杂庞大的整体，如何切入、如何更到位地表现，是一个书写者必然面对的初始问题与总体难题。季栋梁在自信与做足功课的基础上，选择的是正面的全面立体的表达，他用了十九个章标题与八十七个节标题，皇皇三十几万言，概括了西海固历史现实社会文化生活变迁中内内外外各方面有代表的点，这些点组成一张张生动的面，这些面再组成为一个丰繁的总体，从而写出了西海固曾经、现在与未来各个领域、空间的价值和意义，纲举目张地写出了西海固的结构与意蕴。在写作西海固脱贫变迁历史的作家中，目前没有谁有这么大的架构与这么全面细化的设计。季栋梁发挥他曾在宁夏的媒体与政府工作时间较长，对宁夏的脱贫攻坚历史进程颇为熟悉的优势，在本书中详细介绍了扶贫的具体举措与成效，和几十年间不同时间几次与采访对象相遇比对中发现的变化，仅此可以见出他的功力。西海固最初为宁夏南部山区西吉、海原、固原的合称，1953—1955年，这片地域曾短暂设立过"西海固回族自治区"。此后随着行政区划的变化，西海固所指的范围也几经变迁，逐渐成为宁夏中南部九个贫困县区的代称，约等于宁夏南部山区的概念。而在如今的宁夏，海原县、同心县、盐池县、红寺堡区，包括中宁县南部的部分地区，并不在固原市的行政区划中，因而在一些人狭义的理解与实践中，是并不将以上地方列入西海固的。而其实，西海固如今早已成了一个富含多维内涵的代名词，在全国甚至全球的文学书写中，西海固不应是一个行政区域，而是一个地理区域、文化区域与社会区域。季栋梁的《西海固笔记》中，书写的就是地理、文化与社会学意义上的西海固，宁夏南部山区、中部干旱带的贫困地方是尽皆入内的，甚至笔触偶尔延伸到了周边的甘肃陕西的一些地方，其实是与西海固有差不多的情况的。他写的是那一片地域，而不是那几个县。从这个意义上说，他其实不是在单写西海固，而是在写陕甘宁老少边穷地区，写整个黄土高原上的历史现实与脱贫变迁。这是一种大域的宽度眼光与务实的求真态度，是书写西海固脱贫变迁应有的开放、恰当与对称的文学选择。今天的西海固已经站在新的历史起点上了，它的各方面几乎都可以说是新的，用季栋梁的话说是"脱胎换骨"。但如何把这种新表现得更好，是需要眼光与考量的。《西海固笔记》精心选样选点详述了西海固大地上许多的新事物，比如叫作"闽宁草"的菌菇，金融创新方面的"蔡川模式""母牛银行""滩羊银行""扶贫保"，焕然一新的文旅大道"国家风景道"，改换村名为"涵江村"的烂泥滩村，走出家门创业成功的妇女们的"婆姨一条街"，如许多的新变化与新事物，是旧西海固未有过的，是在党和政府领导下、扶贫体制机制作用发挥下干部与群众创新创造的结果，它们代言着新的西海固，启示着西海固更开阔的新未来。这部报告文学作品最后一章也正是落点在了新变化、新希望与新出发，内容从"唯有读书高"的认识变革，到"汪家塬的高度"的文化出路与底气；从"广厦千万间"的住房改变，写到"暖暖远人村"的农村道路与村居环境的改变；从"新时代农民"精神气质与气度风格的改变，写到"龙王坝的底气"的产业与经济形态的改变与壮大。作者着意与落脚的是要写出向新向好的与全国同步开启新征程的西海固形象与这种事实已然成立与未来必定成立的深刻理由。

《百万大移民》：聚焦精准，把握深刻，视野高远

《百万大移民》主要在三个方面有突出的价值与特点：一是把握住了移民搬迁这一宁夏脱贫攻坚工作中的最伟大创举与最成功密钥，对宁夏西海固贫困之因与解困之策有清晰深刻的理论认知和书写把握。二是高站位大眼光与高精准的央媒视角体现出更总体更高位更典型的观察视角与呈现效果。三是作品展现出了作者对历史、现实与未来更具前瞻性、开阔性的认识与思考。在宁夏的脱贫攻坚实践中，移民搬迁，可以说是最大的亮点、最有效的举措、最成功的经验。从1983年的第一批"吊庄"移民，到"十二五"生态移民，短短几十年间，宁夏由政府组织先后完成了一百二十多万人的移民搬迁任务，全部实现"搬得出，稳得住，能致富"的目标，快速地消除了绝对贫困，这在全国乃至全球都是罕见的成功与伟大实践，雄强地体现出了社会主义制度的优越性与巨大能量。作为中央党报的记者，该书作者王建宏很到位、很准确地认识到了这一点，并对西海固贫困之因与解困之策有着比其他书写者更清晰深刻的理论认知和书写把握，所以他的写作不涉及宁夏其他的脱贫事业，而专门聚焦于移民搬迁这一主题，以此为凭讲透讲好这个中国故事素材。作者写西海固贫困之因时写道："西海固贫困的根源，在于'人'与'水''土'等自然资源的错配。而移民的实质，则是将错配的资源重新组合、优化配置。"同时，借在媒体工作之利，作者非常熟悉这段移民历史与宏观政策出台的背景，所以作者以"百万大移民"——这一解决"人""水""土"的错配矛盾的伟大举措为中心书写宁夏的脱贫攻坚与时代变迁，把握住了西海固之所以能短期内实现脱贫背后的逻辑力量与根本，其实也可以说是把握住了宁夏脱贫攻坚与乡村振兴的主动脉，于此可见作者的敏锐与识见。作为央媒的记者，王建宏书写宁夏的脱贫攻坚，显得站位很高，把握

很准,选点也很有代表性,既能看到历史成因,也能看到现实亮点,还能看到清晰未来。本书多处生动而丰富地讲述了西海固的贫困状况,描写了搬迁后的移民新的奋斗与收获,特别的亮点是把握住了黄河对宁夏的福泽,用了一大章《黄河水甜》书写黄河与宁夏脱贫的关系,实际上这是宁夏大移民搬迁成立的基础条件,这一点是目前其他同类文学作品没有特别重视与倾注书写的。王建宏于此看得很高远,也很准确,意义独特,讲出了"天下黄河富宁夏"的新时代故事的续篇。作者对于红寺堡教育理念的特别书写很见眼光,同样其他作品述及不深,"在开发建设之初,红寺堡就树立了一种理念:越是贫困,越要把教育作为拔穷根的重要手段,改变命运,掌握未来。"并总结出了红寺堡在教育方面特有的状况:一是学校布局,二是师资结构,三是苦读苦教,四是不惜投入,五是教育正在从"最好的建筑是学校"向内涵式发展。书中着重书写了宁夏两所著名的高中——宁夏六盘山高级中学与宁夏育才中学及其学子们的故事,它们在宁夏的脱贫攻坚工作中发挥出了突出、独特而深远的作用。这种总结、把握与选材,能见出央媒视角的独特、精准与深远。

本书还体现出作者更前瞻宽博的认识、思考与志向。特别写到了移民文化融合与认同的过程,通过《他乡故乡》一章来阐述这个问题:"通过近40年时间,在大战场镇、闽宁镇、红寺堡区等地,形成一种全新的移民文化。移民融入的过程,是从物理空间的位移到精神园地的完整重构,其背后,不只是不断更新迭代的住房,更是精神家园的重建——此心安处是吾乡。"这是目前我读到的关于宁夏脱贫攻坚书写作品中对移民精神家园叙写最重视的文本。更欣喜的是,作者还总结提炼出了"移民精神"的内涵:"相似的苦难与奋斗历程在移民内心产生了共鸣和情感认同,移民精神渗透到更多人心里,甚至开始代际传递。正是这种敢为天下先的勇气构成了移民文化的刚性特征。"可谓准确深刻,意义重要而致远。另一方面,作者更是将眼光放到了中国乡村的未来,着眼于共同富裕这个我们党的新的伟大任务,作者由西海固而出,要写出中国西部乡村的未来方向。"不论是当下的乡村振兴,还是未来实现共同富裕,我将继续追踪记录'百万移民',以期从123万个故事中,读出西北、西部乃至中国乡村的未来。"作者宣示出了自己不息的志向,前路更壮阔,还需要不断地书写。

《翻越最后一座"高山"——固原脱贫攻坚纪事》：本位的工作心得与扶贫感发

《翻越最后一座"高山"——固原脱贫攻坚纪事》的亮点首先是可靠的生活。作者王永玮最为宝贵的一点是始终在现场,他是基层干部。别人写扶贫还要体验,还要采访,还要调研,王永玮把自己的工作日常截图拎出来就够了。他的笔下有真实的故事、精准的数据、细致的用心、敏锐的观察、深刻的思考、独到的领悟,可以说王永玮这样的作者的写作才是真正的"扶贫写作"。第一现场、第一时间、一手资料、直接的责任情怀、切己的工作考量、父老乡亲的生活生计,这些非常珍贵的优势,非直接亲历者可为,其书写要比外在的写作者更到位深刻一些,更"真材实料""鲜活生动"一些,更"实际情况""原汁原味"一些。那篇《辣椒红了》写道:"张兰花刚从工地上回来,左手拿着一个白面馒头,右手拿着一个西红柿,乏塌塌地靠在房门上,好像在吃又好像在睡觉。"不细心观察,不联系张兰花的苦累生活,不是看过许多个这样的劳动妇女,不与描写对象的身心疲惫共鸣,是写不出这么真实而生动的细节来的。其次是恰当地参与扶贫工作的方式。在脱贫攻坚工作中,对于作家来说,忠诚记录、凝聚力量、鼓劲加油、理性阐释、积极讲述等,就是作家们参与推动社会进步与参与脱贫攻坚的独特担当与恰当而有效的方式之一。王永玮虽以干部身份长期从事扶贫工作，但"文性""文心"使然，他特别关注文化甚至直接就是文学的因素，《另一种庄稼》等写西海固文学优势的文章，也收录书中。所以他是干部里面最适合写扶贫的干部之一，也是作家里面最适合写扶贫的作家之一。再次是对"脱贫攻坚"精准的文学表达。扶贫工作有个"精准扶贫"的问题，文学对它的表现也应该有。一些外来者容易看到的往往是概念化的西海固，甚至是妖魔化的。本地普通干部与老百姓对脱贫扶贫是很有感受的，但表达不好，不能生动。当然有些老百姓的话语也很精彩，但那需要作家文人的采撷与提炼。离开家乡重回西海固观察的许多作家容易表达一种亲切意义上的忧伤、欣慰与自得，是"隔"与"离"，是"浅表安放"与"诗意升腾"，这些里面会有好的作品，但要看作家的"脚力"与"功力"。只有王永玮这样既贴着基层实际又有文学情怀与能力的人才能进入扶贫工作的"质"与"实"，才能够讲好西海固的扶贫故事，才会让我们读到生动鲜活的，有体温、有汗味儿的脱贫攻坚故事。作者在后记里写道，自己从事了林业和水利工作、乡镇工作、包村工作，后来调到宣传部，陪同各级媒体记者走遍了固原的山山水水、塬梁沟峁。"行走即读书。"这样的有"里程数"的作家写出的作品是让人比较放心的，对关注扶贫的读者而言是解渴的、过瘾的，特别是准确的。

《清凉山驻村笔记》：独特身份视角与经历的记述

《清凉山驻村笔记》引我称赞的主要有这么几点：一是对脱贫攻坚书写的绝对真实真诚性，二是珍贵的完整总体的扶贫经历与一线体验及生动鲜活的细节，三是作者对自己工作生活特别珍视后不小的文学收获。

先谈真实与真诚性。这部作品读完，我既没有看到作者段治东

文学书写与时代变迁同样壮阔、多维与精彩

不顾个别疾苦的总体概括性赞颂，也没有读出夸大个体苦难特例的意思，而是基本等同于现场真实与绝大多数人的感受真实，所记录的情况既是事实的真实，也是作者感受的真实，持有完全客观态度的作者代表了大多数人。记录实践的写作中，倾向是一种危险因素，如果作者不够客观偏于一面，就会出现有事实的真实但只是部分的事实，会让读者的感受不完全真实，或者会是代表个别人的感受的真实而不符合总体事实。因为我也在宁夏同心县韦州镇驻村扶贫过两年，《清凉山驻村笔记》里的那些场景和我经历的一模一样，特别是作者在写到一些农村人物的面貌与语言时，我几乎能想象出他那个传神的样子就在眼前，是我见过的某个人。对于脱贫攻坚的书写，能深入扶贫肌理、把握到质与实还是需要一定时间段且亲自参与过具体实际工作的人，作者段治东的体会是本位的，是深刻的，是可靠的，是直接经验，也是复杂经验。同时，作者的写作态度是客观的，不是一味赞颂，也不是专挑人们生活中的垃圾堆看，而是既写到了干部与群众积极光明的大多数与基本的正向前进方向，也写到了他们的不完美处与他们中个别人的褊狭、矛盾与龃龉，因为真实、真诚而有了足够的力量。主题作品的写作一定不能为了高大宏正而虚假，我们表达好本来就行，我们有这个自信，我们的社会与时代的真实与逻辑基本面是不需要粉饰的。但片面似乎是我们的通病，要么高大假空，拒绝观众；要么唯否定，不符合实际。本身老百姓认为干部的工作得了九十分，很优秀了，但我们很多时候的宣传不要这样，非得弄成一百分不可，这就与老百姓的真实认识和感受有了偏差，偏差就是变形、夸饰与脱离，这种小偏差甚至让老百姓怀疑那假的就不仅仅是十分了，冲击到了九十分优秀分的真实，结果适得其反。《清凉山驻村笔记》在这方面做了很好的实践，至少，我作为读者读后确实相信他这是真笔记，里面的人物是真人物，他干的事是真干了，党的政策真的是好，群众也很可爱,干部是真努力了,可以以小见大,中国的脱贫攻坚事业是真的在短期内取得了巨大的成就,但也确实是经历了艰难奋斗。

　　再说完整总体的扶贫经历与一线体验及生动鲜活细节。作者段治东在隆德县清凉村驻村三年多,完整经历了从入户调研、慰问、分析贫困原因、酝酿产业扶贫思路、设计项目、考察调研、筹钱选址、立项到运作起来见到效益的完整的扶贫工作环节,所有的酸甜苦辣、忧愁欢喜都是他的亲身经历,关系到他的考核评价。他的许多体验深刻而独到,难得而珍贵,比如煤烟中毒后,"庆幸自己还能醒来,忙下地去开门,有点头重脚轻"。比如"农村工作,有很多活情况,随时变,一时和一时的情况又不一样,让你难把握。""各种表格中的名字五花八门、随心所欲。一回和一回还错得不一样,真叫人头疼。"再比如所谓的某项目部王总说要给他们经费支持,却又让他帮着给"领导"孩子销售价格不低的金银邮册,"我们两个人面面相觑,似乎觉得传说中的利益交换、以小博大的潜规则就摆在眼前。咱也不能不识趣、也不敢不接招。"以上这些经历,都是独一无二的,是实际情况,是切己问题,非深入无法获得,作者不避讳地把它们如实地写出来,就很有说服力与证明性,很有感染人的力量。同时,他对群众语言的采撷十分精彩,比如:"你把铁锨朝我头上来。""你拿笔就像攥着个铁锨把一样,要把个笔吃了。""真是鸡屁股里掏蛋——一个接不上一个。""任何捐赠都是止疼片——止疼一阵子,过了原样子。"这些语言就是西海固老乡们的日常语言,话糙理不糙,富含智慧和民间哲学,表意独特而准确,而且特别能展现他们的精神气质与心理实际,引用两句人物形象立马就活起来了,表达的独特意义一下子就凸显出来了。段治东的扶贫笔记写作是纪实写作,写的是此时此刻,是时代步伐,是现实烟火,是大家许多人的故事,是为真时代真负责的存真,这是读者喜欢看的原因。

再说对工作与生活的珍视出文学。其实，就宁夏来说，在西海固地区有过扶贫经历的干部成千上万，具有文学写作能力的人也不在少数，也包括一些作家，却较少有人写像《清凉山驻村笔记》这样的作品。实际上还是我们对曾经的这段经历重视与珍视程度不够，觉得自己太平凡，这样扶贫的干部又多，扶贫工作又鸡毛蒜皮地不具有太大的文学价值与意义，自己的成绩并不大怕人笑话，等等。《清凉山驻村笔记》写的都是琐事，慰问了、抬杠了、开会了、扯皮了、吃饭了、骂仗了、喝酒了、坐大巴被臭脚熏了、合作社牌子办下来了、受到上级表扬了等，作者珍视这些琐事细节，并把它们当回事地去仔细书写，把小事情小人物当唯一的重要的对象去写时，就写出了精彩，写出了文学意义上的那个典型的对象。

《走出黑眼湾》：来自脱贫致富主体的原味声音

《走出黑眼湾》的价值意义，一是作者马慧娟以移民的身份现身说法，讲自己与村邻的故事，现场感、真实性与说服力是其他作品难以企及的。二是马慧娟不是用外来的或者居高临下的片面视角，而是以主体性的视角既写出了国家扶贫移民政策的力度，更写出了脱贫群众的不懈个人奋斗。三是马慧娟是改革开放的同龄人，也是中国扶贫史的同龄人，她以自己的成长见闻以小见大、细致完整地书写了中国扶贫变迁与脱贫致富的历史。四是马慧娟对文化教育的独特钟情与关注书写，展现了她虽农民出身但具有珍贵的文化情怀与开阔长远的眼光。下面就作家作品方面，详而述之。

一是作家的独特身份优势。马慧娟如今成了全国人大代表、中国作家协会会员，还有其他的一些身份，但她原先是一个农民，也是一个移民，至今继续生活在农村。对脱贫攻坚的书写，她的身份是独特的，也是珍贵而难得的，她较好的文学修养使得她能代表脱贫群众讲好属于自己的本色故事，她笔下的故事是从一线生长出来的，是从群众心里生长出来的，是带着泥巴的清香与露水的晶莹，有着绝无二致的可靠性、可感性。《从黄土地到人民大会堂的路》是她讲自己的故事，现身说法讲这些年变迁的发生，"作为从黑眼湾搬迁之后变化最大的一个人，我又是黑眼湾搬迁群体中绕不过去的一个人，我的变化，是国家改革开放四十年，脱贫工作三十多年的一个缩影；我的故事，是对社会主义制度的优越性和国家大政方针正确性的最好诠释。"这样的书写角度与情感深度，不是其他作家所具有的，是最有力、最珍贵的主体性作证，意义和价值都不言而喻。

二是与外来作家注重写感受上的变化与扶贫干部注重写脱贫工作之艰不一样，马慧娟写出了时代变迁之大与国家力量之巨的同时，没有忽略脱贫群众的主观奋斗与拼搏，十四个主人公包括她自己，都是在不同的道路上竭力奋斗着，这是在书写西海固脱贫攻坚中被书写不够的一大方面。无论是最早走出黑眼湾、买上拖拉机的高万仓，跑过新疆后来干工程致富了的马万成，读书没成后来移民脱贫的马慧宁，身体患强直性脊柱炎而残疾却不躺平以打工为生的咸金仁，把儿子都培养成大学生的打工女冯小兰，还是马慧娟自己，都曾沾了国家扶贫政策与移民措施的巨大的光，但他们同时也在各自为自己的生活奋斗不息，没有谁一刻不在奋斗、不在努力向前、不在追求改变、不在竭尽全力，甚至咸金宝家的老三与老六为了改变生活都付出了生命的代价。这是马慧娟的脱贫书写中我最欣赏的一点，她深入地写出了脱贫群众的主动脱贫意识、艰苦奋斗精神与感恩国家与时代的心态，如此，国家的扶贫工作才显示出更充分的必要性与之所以胜利完成的必然性，中国的脱贫攻坚伟业短时期内成为现实才更有了理据。

三是以小见大、细致完整地书写了脱贫历史。中国实行改革开放后，紧接着就开展了规模较大的扶贫工作，宁夏的易地搬迁是结合宁夏实际实施的扶贫政策。马慧娟是改革开放的同龄人，也是脱贫攻坚的同龄人，黑眼湾1983年、2000年、2011年的三次搬迁也正好印证了这段历史。她从童年记忆的艰辛写起，上学难、人口增长快、婚嫁难、出行难、通电难，初次搬迁到芦草洼时人的思想斗争、吃的非凡的苦，第二次搬迁红寺堡时老年一代与年轻一代的冲突，以及思想轨迹转变的履痕，第三次搬迁之前黑眼湾面临的新问题与搬迁的迫切需要，以及在黑眼湾生活与搬迁中各种故事的发生，都被她文直事赅、不虚美不隐恶，实录般地写了下来。那个村庄里人与事的方方面面，人们心理层面与现实生活层面的变迁过程就被有代表性地全面写到了，它是一个村庄一群人的故事，更是一个时代的故事，也是脱贫路上所有人的故事。作家的诚恳态度，真实呈现、自然表达、质朴文风，全面、立体而生动的讲述，为这段脱贫攻坚历史提供了优质的文学档案与主人公证言。

四是对文化教育的钟情与寄予显现情怀与眼光。马慧娟作为一名初中毕业后回到农村嫁为人妇的农民，后来成为一名作家与名人，是知识与文化改变了她的命运，所以她特别深知读书、教育与文化的重要性。本书的最后一节，她起的题目叫作《漫步新时代》，"在芦草洼，在红寺堡，在狼皮子梁，建设得最好的设施就是学校。在每一个清晨，当琅琅的读书声洒满校园的每一个角落时，也正是太阳冉冉升起的时候，有了第一批大学生，就会有第二批、第三批……而希望与未来，也在绵延不绝、生生不息。"这样的表达，体现了作者感恩时代、满足拥有更寄希望于未来的眼光，也表现出浓浓的文化情怀与清晰的未来发展思路。脱贫是阶段性的，致富需要知识与文化，站在新的起点上，脱贫移民只有在教育与文化上与先发群众赶齐差距，才能在以后的发展中不再落后，实现共同富裕。在此方面，马慧娟是有一定的远见的，作为农民作家，她内生地写出了这种见识，也给予着更多的希望，是很有启示意义的。

存在的不足与展望

整体来看，中国的脱贫攻坚事业是重大历史与重大现实题材，影响也是深远悠长的，并没有休止也不可能被忽略，文学对它的书写还在继续。从历史眼光看去，其实都还在初级阶段，真正的大作经典之作还未出现，因为它一定需要时间沉淀、心灵消化与深加工呈现。纵观当前所有书写宁夏脱贫攻坚的文学作品，缺点与不足也是显而易见的，主要体现在三个方面：一是所有关于宁夏脱贫攻坚的作品，在对脱贫群众的精神转化轨迹的表现方面是浅表甚至是无意的。作家们还是带着欣喜的心情急于表达西海固发生的翻天覆地的物质变化，表达看得见摸得着的东西，对物质脱贫后人们面临的精神与文化平衡、适配与安顿方面的新状况、新问题等还述及不深，大多数作品中未见思考努力与思考性成果的表达与体现。二是大多数脱贫攻坚作品的背后缺少时代全局，缺少国家总体，缺少人民群像，也没有塑造出立得起的很成功的新西海固人物形象。西海固的脱贫不仅仅是物质上的，精神上脱贫才是最终的完成，体现在文学中，应该有新的美好自信勃发的系列西海固人物的新形象立得起来，这才叫作完全脱贫致富。这当然需要一个过程。今天的西海固人身上确实发生了许多的新变化，需要用文学提炼塑造出一批传得开的新形象。三是西海固其他名家的参与不够深。西海固是宁夏文学的重镇与福地，产生了宁夏过半的作家、诗人与评论家，诞生了宁夏文学过半的作品，收揽了宁夏文学过半的荣誉。西海固作家创作出了不少优秀作品，但还不足以穷尽西海固的文学富矿，不足以承载西海固的博大深邃、神性与神秘，不足以把西海固文化与精神带向深入与升华，没有史诗品格的作品诞生。西海固未来的这个大作品，一定避不开近些年来脱贫攻坚发生的巨大变迁与深远影响，所以特别需要西海固作家们都倾心于西海固深远的历史与丰富的现实，倾心于当代精神的有力感召与西海固人民的热烈现实实践，深入西海固人民内在的驳杂精神、坚韧灵魂与向新状态中，竞相写出更多更好更有力量感的作品。

原载《朔方》2024年第1期

《山海情》笔谈

郝天石　柳向荣

一、以高标准打造落地有声的优秀扶贫题材连续剧

脱贫攻坚题材是现实题材影视创作的重点，扶贫题材连续剧一直处于精品稀缺状态，在一些作品中故事空洞干瘪，人物形象千人一面，全景化叙事虎头蛇尾，对话语言不够生活化，标语口号代替台词等问题屡见不鲜，原因是多方面的，创作时间不足，故事架构宏大、时间轴长，在对庞大的故事内容进行压缩时适应影视剧单集长度，易造成结构失衡和细节表述不足。

（一）《山海情》大获成功的共性原因

2021年1月登录各大卫视和国内主流视频网络平台的扶贫题材

郝天石，天津市艺术研究所副研究员；柳向荣，宁夏作家协会会员，宁夏文艺评论家协会会员。

连续剧《山海情》以真实为根基，故事生动完整，演员表演出色，人物性格多面化，语言、情感描摹、渲染到位，讲述事件充分铺垫，通过对话、叙事的加速，实现了节奏的张弛有度。该剧在总体创作思路和具体操作细节有新探索，它没有把扶贫题材剧单纯当作粗糙的快餐式作品来对待，而是以观众需要作为创作导向，按照商业连续剧的高标准、精品化创作模式处理。当今的连续剧创作已经不是随机性的创作，而是采用系统化模式进行，它由内部和外部两个环境组成，内部环境也包含人和作品本身等多个元素，元素之间形成了互相匹配的生态圈，包括优秀的脚本、知名创作团队（机构）、偶像级演技派演员的强大阵容、包容度高的故事，循序渐进矛盾频出的叙事推进方式，充满生活感接地气的话语，真实生活场景的艺术再现，高亮的主要人物匹配人物群像，精致的镜头语言、取景和画面调色。外部环境因素包括市场档期的安排技巧、投放平台影响力、受众接受力等等因素。一部剧只有外部和内部环境实现最优配置才有可能成为爆款剧。

　　《山海情》囊括了优秀剧集所应包含的内部和外部环境中的全部元素，人的因素主要是编剧、创作机构、演员等。本剧在创作阵容安排方面采取的是集体出击的方式，创作机构由曾经出品过《琅琊榜》的正午阳光承担，挑选主创、演员，知名创作机构良好的口碑能够获得来自政府与民间雄厚的资金支持，在资金和口碑的共同作用下，能吸纳大量优秀编导和演员，从而打造出优秀的作品，形成良性循环的业态，好人才—好作品—好收益—好作品，《山海情》的成功再次说明口碑化创作循环系统的正确性与广泛适用性，优秀编剧、演员和知名创作机构合作，不仅可以获得较高的经济与社会效益，在艺术上也可以继续提高。本剧剧本由高满堂领衔的团队完成。高满堂是农村题材电视剧创作的高手，剧本没有按照时间轴将需要表现的内容平铺直叙地托出，背景渲染就要占好几集的长度，他从作品开始就以一种悬疑片的节奏为全剧的叙事提速，一下子就抓住了观众的注意力点。导演孔笙和孙墨龙都是近几年远近闻名的导演，曾经合作执导《琅琊榜》《欢乐颂》等现象级作品，深谙商业连续剧的艺术效果和市场效益双赢的诀窍。有了多位顶级人物的加盟，《山海情》的整体艺术水平自然就有了保障，受到广泛关注也在情理之中，拉开与普通扶贫剧之间的距离。演员阵容强大也是该剧能够成为现象级成功大剧的硬件保障。众所周知，互联网时代的影视艺术是互联网注意力经济的一部分，有无明星担当重要角色、明星是否能够圈粉、圈粉力有多强、覆盖面是否广泛，都是剧作能否成为口碑级现象级作品的必要条件。本剧集中了一大批中青年实力派与青春系演员，特别是有西部地区背景的演员，可谓一部标准的明星剧，中年观众喜爱的张嘉益、尤勇智，近些年广受青年观众好评的黄轩、郭京飞、热依扎等等，这样的演员配置说明编导和创作机构很好地掌握了受众群体分布的广泛性，不定位于某个单一类型，配合播出平台的台网联动，让观剧人数达到最大化，使这部年度重大题材连续剧能在最广大群体中产生出有影响力的话题，充分利用互联网资讯和网络评论等软性方式进行推广，选择2021年初剧集空白档期投放，上述综合因素都让该剧有机会成为现象级大剧。

网台联动保证传播效果：本剧采用网台联动的全方位播出模式来加强传播效应，它在腾讯、爱奇艺、优酷三个平台上同时播出，也安排在多个卫视的黄金强档，说明该剧题材重大，也说明制作方传播策略的高明和雄厚的实力，播出平台的多样化和全覆盖也和剧集的类型、观众定位一致，只求能最大限度地吸引更多的观众。

（二）《山海情》于共性中与众不同

在标准模式之外，《山海情》的自身特色也非常独特。首先，片名的设计就很有创意。《山海情》的剧名含蓄且富于诗意，一个是面朝大海的东部发达省份,一个是地处高原的西部极贫地区,由于脱贫攻坚使两个遥远地域的人心凝结到一起,也让相隔千里的山和海走到了一起。福建对口支持的扶贫干部怀着对贫困地区人民的深厚感情积极投身到帮助西海固脱贫的艰苦历程中,西海固地区的村干部和纯朴的村民怀着感恩之情奋发图强,将贫瘠的干沙滩变成了脱贫奔小康的"金沙滩",因此"情"字道出了在脱贫攻坚伟大战役中不同地区、民族之间互帮互助的真情与凝聚力。

其次,创作者为作品树立了核心关键词——未来,包含深刻的含义。上级许诺将没水没电的玉泉营建成现代化的"塞上江南"的愿景能否实现,老乡们每个人心中不同的未来能否与大愿景共同实现,其中要经历怎样的途径、克服哪些困难,这些悬念引领着观众以探秘的心态去观看全剧,这也是国内外许多优秀作品擅长使用的手法,未来的含义不仅是用语言表达,而是使用完整的故事和鲜活的人物去表现。主人公马得福首次亮相时就被搬迁的老乡告知"未来怎么好,但未来还是没有来么",可见西海固老乡们对于未来的期盼是那样热切,没有新的扶贫政策就不会有脱贫攻坚的成功。在帮扶双方共同合作努力与创业下,未来不再遥远。故事从一开始就暗示给观众,脱贫之路必然有坎坷,这些坎坷形成的矛盾就是不断推动故事向前发展的动力,为全剧故事的铺开埋下了伏笔。

再次,本剧是使用宁夏方言配音的剧作,由此可以看出创作者要摆脱扶贫剧中标语口号化语言所带来的生硬与僵化,使用方言的优点在于可以瞬间将观众带入故事发生地的环境中,从而理解剧中人物的性格举止。方言语汇生动活泼,浓缩了丰富哲理,多诙谐幽默的歇后语、口头语,不同的语言习惯、口音、词汇甚至口头禅,寥寥几笔就将人物的年龄、性格、社会地位进行区分,这样的处理便于塑造鲜明的人物形象,一改扶贫题材主旋律剧中千人一面的状况。

（三）《山海情》中体现出的主旋律电视剧创作规律

《山海情》以宁夏西海固地区脱贫事迹为主题，彰显影视创作贴近生活、反映时代最强音的能力。拍摄主旋律剧强调政治意义和现实感，也强调审美价值，宏大主题也要通过精致的艺术表现才能吸引和感染观众，脱贫攻坚过程中的艰难险阻和物质、精神生活的改变导致内心的变化等要通过细节的心理和语言上的描绘来传达。该剧在艺术手法和传播方式上代表了当今主旋律连续剧创作的潮流，为重大现实题材影视的创作积累了经验，具有普遍性规律。

1. 精准地选择题材与内容。《山海情》的成功经验说明，要完成好重大现实题材作品的创作任务，平时就要重视对原创资源的收集和筛选，从中选择出最适合的内容进行创编，在最大范围内集合优质资源，从而完成一部精品。

2. 撷取真实事件为剧本创作提供新的来源。《山海情》不是文学改编剧，但使得扶贫剧的现实意义被凸显得更强，在网络文学盛行的年代，连续剧的创作依赖成熟的文本来源，强调其完整化、文学化，但往往忽略时代感。文学改编固然会吸引大量原作的读者自动生成为观众，但时常出现情节雷同、失实等问题，况且网络作家较少愿意触及重大现实题材，但在实现全面脱贫伟大目标中有太多可歌可泣的事迹和故事亟待表现，期待出现表现扶贫主题的文学巨制，但在缺少文学脚本或者不够强时也可以考虑其他路径来加以弥补。尤其是重大历史或现实题材往往带有时间节点，临时寻找或者创作完整的文学作品时间上不允许，质量上也难有保障，用真实事件加以改编便捷且有实际意义，有利于实现创作速度与质量的双赢，因此要在带有时效性的现实题材创作上取得突破，就要抓住其中有代表性的故事抑或是相关新闻中的热点内容，深加工成为脚本。

3. 高质量影音提升品质。《山海情》借助于数字高清影音为作品增光添彩,用电影级的画面拍出西北山川的壮阔,也拍出从贫瘠到富裕的巨大变化,本剧的色调偏于中暖色,符合黄土高原的地理特征,偏暖色的基调也给人以朴实厚重之感,与故事非常匹配,同期录音效果临场感极强。

4. 真实性让剧作精神入脑入心。对事件真实性的信服是让观众产生共鸣的重要因素之一,真实事迹比任何文学虚构都更感天动地。福建扶贫干部对口支援扶助宁夏极贫地区坚持多年,毅力坚韧,思想崇高,前赴后继从未中断。如果了解这些背景,观众会被剧中情节和无私奉献的情感触动,对扶贫干部的坚持和贫困地区自强不息的人民产生敬意,观众入脑入心,作品自然容易立住。

《山海情》在题材、人、平台等方面选择了正确的路径,不仅是一部极具观赏性的年度力作,也是致敬平凡英雄的一份精神厚礼。

二、现实主义的艺术关怀

电视剧《山海情》作为2021年的开年大戏,在各大卫视频道和网络平台播出后,好评如潮,豆瓣得分九点四分,稳居热播榜前四位。这是一个意想不到的好成绩,作为庆祝中国共产党成立一百周年展播的优秀电视剧不虚其名。热播热评充分说明,人民需要正能量的艺术作品。艺术的最大关怀是现实。现实主义的全部意义也是"现实"。也许在同一个时代里,在同一类文艺作品中,还没有一部艺术作品让人如此强烈地感受到"现实"的力量。如果谈论"现实与虚构"的话题时,我们强调的是"虚构"的话,那么在电视剧《山海情》的面前,我们谈论"现实与艺术"的话题,将无一例外地强调"现实"。这是一部具有时代新风格新特征的现实主义精品力作。

(一)决战贫困是时代主题的"燃点"

鲜明的时代主题,是文艺书写的必然现实。"主题先行"也许会使故事结构趋于单一，人物性格脸谱化；"主题后移"也许可以把故事演绎得曲折多变，人物形象扑朔迷离。前者也许会取得山清水秀、春光无限的效果，后者也许可以取得山重水复、柳暗花明的效果，但这两种情况都是作者的主观臆断。相反，主题同位，贯穿故事、人物始终，与情节共生，和形象同框，就会形成一个明确的方向，凝聚一股同向的力量，树立起文艺表现的主心骨，就会成就一部伟大的艺术作品。

现实主义作品体现主题，都是具有史诗的气魄和视野的。所谓的"史诗视角"，就是指在纵向的时间轴上，艺术家始终是尊重历史、忠实现实、面向未来的历史主义者；在横向的空间轴上，艺术家始终具有胸怀天下、仰望星空、寄情山水的诗人情怀。《山海情》是一部没有原著可供改编的新剧，它应运而生，生逢其时。从这个意义上说，它是时代的骄子。

如果硬要给"文艺时代"划分一个时间段的话，这个"时"可长可短，短则几年十几年，长则几十年几百年。"事"可大可小，大则扭转乾坤、岁月峥嵘；小则家长里短、街头巷尾。一段时事也许可以做个切割，划分出段落来。但这不是问题的关键，问题的关键是在文艺的时代里，真正的主旋律是"人间正道"。我们透过"故事"感受的不只是时代的风云变幻，更重要的是人间的真情荡气回肠。书写时代，就是要凝聚时代的正能量，追赶时代的新浪潮，书写时代的主旋律。这就是文艺的史诗视角。

电视剧《山海情》的故事起点于1991年涌泉村的吊庄移民，故事结构是按照吊庄移民、闽宁协作、整村搬迁、脱贫攻坚分章节布局的。空间跨度最大的是福建和宁夏，相距二千三百多公里，最小的是海吉县的涌泉村和宁安县的闽宁村，相距四百多公里。剧情反映的是扶贫开发的时代主题，聚焦的是闽宁对口帮扶的扶贫方略。这个时代主题是立体的，既有全面的大时代，也有焦点的小时代。

时代之大是因为从20世纪80年代之初开始，扶贫开发就是和改革开放同步的国家大战略。如果说，改革开放是一个波澜壮阔的伟大时代，那么脱贫攻坚就是一个攻坚拔寨的主战场。尤其是东西部对口帮扶，更是一面鲜艳的战旗。相比较而言，改革文学的兴起，淡化了扶贫文学。即便有，也只是把贫困作为虚构的对象，在想象中完成，并没有深入现实里开发。电视剧《山海情》不是第一部反映脱贫攻坚的文艺作品，它只是从闽宁对口帮扶的角度切入，只是整个扶贫开发时代的小切口。但在文艺的视野里，仍然具有拓荒者的光环，让人眼前一亮。因为时代之大还包括从吊庄移民到整村搬迁的宁夏扶贫的小时代，也包括经过二十多年的奋斗，闽宁村发展成为闽宁镇的闽宁对口帮扶的小时代。除了这些客观的时代层面，还有参与到扶贫开发的各级扶贫干部、科技专家和移民搬迁的老百姓的小时代。

他们每一个人都是有故事的人，他们把自己的小故事带入大时代里。比如马李两家的渊源故事和百家宴的习俗、李老支书只参与了二十天长征的故事、马得福和李水花青梅竹马的故事、马得福姑姑精神失常的前因后果、白崇礼老师痛失爱妻等等。这些发生在移民搬迁之外的故事，倒像是无意间的"众人拾柴"，拉深了历史的时空，增加了时代的厚重，推高了决战贫困的火焰。

（二）中心站位是党员形象的"痛点"

前文说过，《山海情》是一部没有原著可以改编的剧本，它的这种原创精神，回答了一个伟大时代的课题，那就是奋战在扶贫一线的各级党组织和每个党员的党性锻造。"以人民为中心"的基本原则，不仅是检视各级党组织保持先进性的基本原则，也是检视每个党员保持合格性的基本原则。《山海情》就是通过检视的手法，成功地塑造了一批奋战在扶贫一线的党员形象，赋予每个党员形象的时代新内涵新特征。

现象与焦点

　　政绩观的正确与否，是检验每一名党员干部的硬性标准。在这部电视剧里，有身居要职的地委杨书记和福建驻宁扶贫的吴主任，她们可以把空运蘑菇的事情拿下来。当然也有海吉县的县委王书记和麻副县长，他们急功近利，好大喜功，把奉迎领导视为仕途的"高速路"，把听报告当作下基层调研，坐在会议室里拍板决策等等。但是，这部电视剧没有按照正反两面的套路结构故事，而是把每一个党员形象，都放进决战贫困的一线去检视，放进移民群众的生活中去检视。主创人员成功地运用自我剖析和自我检讨的方式，精心刻画着每一个共产党员的形象。

　　马得福这个党员形象着墨最多，也最为饱满。在马得福的成长中，如果有进有退的话，父亲马喊水就是马得福退守的底线。相比较而言，马喊水是替儿子马得福排忧解难的，他做的一切都是为了儿子的前途。在劝返李大有等七户"逃兵"问题上，如果没有儿子马得福的加入，马喊水是不会倾尽全力的，甚至还会站到李大有那一边。在金滩村通电的问题上，马喊水明确表示，再不通电他就没脸劝返那些想跑回去的移民了。最终他找了个借口，带着精神失常的妹妹先回了涌泉村。他给马得福留下一句话说"我没有坚持住"，说明他没有忘记自己还是一个共产党员。但在精神防线上，马喊水是不会失守的。当马得福回到涌泉村搞整村搬迁时，已经身为镇长的他，竟然认为不愿意搬迁的村民是"刁民"。马喊水抢过马得福的饭碗砸到地上，指着马得福的鼻子训斥他，要轰走他。因为做人要知恩图报，不能忘本。有一个细节，就是不管儿子做多大的官，马喊水都要求儿子步行进村。马喊水替儿子守住了这条底线，让马得福保持住了群众本色。

　　马得福是一个贯穿全剧的一号人物。他跳出了"农门"但又回到农村。这个党员的形象与战争时期、建设时期和改革开放时期的党员形象都有所不同，是因为新时代里共产党员的形象有了新特色。在这部电视剧里，这种特色可以概括为"走进生活，融入群众"。这样，就有一个走进和融入的渐进过程，马得福必须走好人生的关键几步。

马得福走好人生关键几步的第一步，是陈金山副县长和张树成主任帮他完成的。他和这两位顶头上司亦师亦友，相互激励，共同进步。陈金山是福建的帮扶干部，他能够事事为移民着想，切实解决了移民的产业问题、外出务工人员的交通问题，他的工作很出色。就连凌一农教授从一开始以为他只是为了自己的前途，最后也不得不承认他干了不少工作。可是，陈金山不居功自傲，反而认为是大家相互刺激的结果。张树成是剧情一开始就进场的扶贫办主任，后来又以县纪委书记的身份临危受命，兼任闽宁镇的党委书记。他是马得福生命中的"贵人"，他慧眼识英雄，一直培养和推荐马得福。当他再次回到金滩村检查工作的时候，金滩村的现任支书李扬三迟到了，请求张书记批评他，张书记说："我不批评你，你自我批评一下自己。"这句台词实际上点出了张树成一贯的工作作风，就是善于自我检讨、自我剖析、相互激励。在他还是扶贫办主任的时候，组织上要他去区党校学习，他推荐马得福代理金滩村的支部书记。他坦言自己对扶贫工作的认识是有一个过程的，从一开始的被动接受到现在的主动融入，也有过不理解，有过迷茫和失落。但是坚持下来了，才发现那个经常挂在他嘴边的"未来"真的来了，他是越干越有劲头。他的工作作风深深影响了马得福，让马得福也在工作中学会了不断检视自己的习惯。他是唯一一个牺牲在扶贫一线的党员形象。

马得福走好人生关键几步的第二步，是凌一农教授和白崇礼老师促他完成的。凌一农教授的形象很饱满。一开始的不情愿，是因为他相信科学；到最后的心甘情愿，是因为他不能辜负群众的信任。他是一位有情怀、有担当的科学家形象。他为了菇农的利益，不仅垫资，还勇敢地站出来跟黑心商贩斗争，直至被打致伤。凌教授为移民的真心付出更自觉、更勇敢，这深深教育了马得福。而当遇到麻副县长的恩威并施、软磨硬泡，马得福在"独木桥"和"高速路"的交叉路口迷茫了。这时候，是白崇礼老师帮他找到了答案。这个答案的核心就是"中心站位"。马得福找到了自己的中心站位，在以后的工作中，他再也没有偏离这个"中心"。

马得福走好人生关键几步的第三步，是移民群众逼他完成的。在为金滩村移民的麦田淌水的问题上，青铜峡水管所为了县上的现场会改水了。移民们知道了实情后愤怒地要毁闸放水。这时候，马得福挺身而出护住了闸口。这在马得福看来，他阻止了移民们违法行为，这是一种英雄行为。但是，移民们说出了一句"你是公家人，你跟我们不一样"时，可以说"一语惊醒梦中人"。只有这时，马得福才意识到，自己并没有真正融入群众中去。原来自己所努力的一切，都是为了工作、为了任务。说到底，是为了自己。可是，在啥时候、啥情况下，不都是一口一句地为了人民群众吗？为什么一到事关自己前途的时候，就不能为老百姓着想呢？为自己还是为百姓，对于一个党员干部来说，这本来不是一对矛盾。可就是因为有些党员干部高高在上，以领导自居，不能真正地融入群众中去，才始终走不出自我。只有到这个时候，共产党员的形象，才被诠释出完全不一样的时代意义。

（三）战胜自我是移民形象的"痛点"

贫穷是涌泉村人面对的严酷现实，脱贫致富是涌泉村人的集体梦想。《山海情》确定了这个时代主题，就必须抒写涌泉村群众这个主体。对于涌泉村人来说，摆脱贫困、实现梦想的唯一选择就是走出去。围绕"走出去"的主旋律，《山海情》注定不是苦情戏，而是创业史。

不像现代主义所宣扬的那样，纯艺术要脱离现实，回归自我。

相比较而言，《山海情》之所以具有如此巨大的正能量，就是主创团队紧紧抓住了移民群众这个主体，通过抒写他们每个人的"小悲欢"，汇聚成整个时代的"大情怀"。在这部电视剧里，我们找不到创作者的影子，看到的只是一个个鲜活的移民形象。这种"真实"强烈地击中了人们的"泪点"。让观众震撼的是，文艺的虚构不见了，只有生活的真实。这种"真实"是有现实可以印证的，是在时代中可以确认的。讲述者、亲历者和感受者三位一体，成为共同的体验者。

人是文艺的最大现实。如何把握人，把人物的"小悲欢"融入时代的"主旋律"，找到大时代和小时代的"痛点"是关键。《山海情》中的人物各有各的"痛点"。马得福的痛点可以概括为爱之不得、求之不得，马得宝的痛点是跑不出去、找不回来、赶不上，马喊水的痛点是公私不能兼顾，李大有的痛点是受不了苦却放不下希望的不甘，李水花的痛点是对爱情的"望"和生活的"守"，白老师有守不住学生、顾不上家人的痛点，白麦苗也会遇到找不到自己的迷失和恐慌。还有挂职副县长陈金山遇到语言不通、环境不适的问题，凌教授技术攻关、蘑菇滞销、菇民不信任的问题等等。

但对于移民群众来说，这些"痛点"主要表现的是他们的自我觉醒和战胜自我。在涌泉村有爷爷辈的、叔伯辈的，年轻一辈的还有已经谈婚论嫁如李水花的，有刚走出校门像马得宝的，还有正在学校读书如马得花的。面对移民问题，是走出去还是留下来，是守故土还是建新家，他们各有各的想法，各有各的行动。有时候矛盾冲突很激烈，情感纠结不亚于矛盾冲突。这组群像中最有特色的三组。一组是李大有和白崇礼，一组是李水花，一组是马得宝和白麦苗。这三组人物形象相对比较均衡、比较饱满，也是剧中的主体形象。

尤勇智饰演的村民李大有具有一定的典型性，这种形象在很多文艺作品中都有所表现，但李大有不是那种惯常手法所塑造的反面人物，而是见多识广、能说会道、精于算计的农村能人。他有很多馊主意，但没有多少大主见；他机敏狡诈，但又怕吃亏；他有特别暖心的一面，也有特别难缠的一面。李大有第二次移民到金滩村，是让当支书的老父亲逼出来的。他不愿意吃苦，更不愿意让儿子水旺继续受穷。不种蘑菇的他，倾家荡产地种上了蘑菇，赶上的却是蘑菇大跌价。水旺负气到福建打工去了，伤心绝望的李大有一把火烧了自家的蘑菇棚，跌坐成一摊扶不上墙的烂泥。这个细节意味着他对未来的绝望。他是那种必须要看到希望，给个未来才能站起来的人。他自负，但他不自信。地委杨书记在现场会上做出良心承诺，让他看到了希望。在金滩村的枸杞要不要熏硫黄的事情上，他站出来坚决反对。他终于战胜了自我，从个人的"小悲欢"里走了出来。

白崇礼老师是一个平民英雄。他冒着生命危险拦住了外出打工的客运班车，就因为车上有不够十六岁就辍学打工的学生。他坚信教育的力量、知识的力量，才是脱贫攻坚的持久力量。他以"教人务本"为信念，呵护着农村的社会良知。但他人微言轻，没有人会认真对待他的理想、他的意见，反而认为他难缠、固执、自私。他能做的就是，让孩子能多上一天学就多上一天学。可是，就连马得福也劝他放弃自己的坚守。没有人能理解他，他终于愤怒了，他把马得福轰了出去。这个细节意味着他彻底绝望了，因为他发现各级领导干部，还有很多贫困群众都热衷于追求短期效应，急于解决眼前的贫困，根本无暇顾及长远，不愿让孩子们上学。所以他说马得福和"他们"都是"同伙"，他卖了福建企业捐赠的扶贫电脑，给学生换了新校服，修了新操场。他决定不再坚守了，他要退休了。他看不到孩子们的"春天"了，但他想让所有的人都知道，孩子们渴望"春天"。他决定利用退休前的最后一次机会，勇敢地站出来，用孩子们合唱的舞台，喊出他的心声。

热依扎饰演的李水花，跟李大有不一样，她是一个永远向着希望和未来的人。她敢于追求自己的幸福，但是她不愿自己亲近的人受害受累。为了马得福，她选择了离开；为了父亲，她选择了出嫁；为了生活，她用一辆板车拉着一家三口人，走了几百里路来到了金滩村。她是没有移民指标的，但她愿意走出大山。在李水花的背后，意味着甩不掉过去，但必须抓住现在，勇敢地面向未来。笑着生活，是她走出大山的决心和意愿。

马得宝和白麦苗是新一代移民的形象代表。他们俩是一对青梅竹马的恋人。跟马得福与李水花不一样的是，他们是幸运的，最终走到了一起。这是他们遇上了好时代，有了能够战胜自我的好时机。马得宝自己跑出去闯社会，两次都失败了，他决定留下来，跟凌一农教授学种蘑菇，结果成功了，攫取了他人生的第一桶金，并成功地转型为一个农民企业家。白麦苗跟着马得宝第一次跑出去谋出路，失败了，但她选择了第二次独立走出去，在福建打工。她克服重重困难，也终于获得成功，并代表厂方回到闽宁村投资建厂。两个有情人终成眷属。

这些形象给人的感觉既特别熟悉，又有些陌生。我们能感受到不一样的"鲜活"，就是他们既有时代的"大情怀"，也有个人的"小悲欢"。

（四）真诚平实是审美观照的"看点"

审美观照是打开文艺之窗的"天眼"。打开天眼有两件法宝：一个是创作态度要真诚，一个是创作方法要平实。

真诚的态度是对时代的精准把握。如何精准把握移民的时代？这个问题集中体现在整村搬迁的矛盾里。当上镇长的马得福，在被停职接受调查的情况下，回到涌泉村开展整村搬迁工作。村民们普遍接受吊庄，消极抵抗整村搬迁，而且一开始就出现了马家愿意搬，李家的老人们都不愿意搬的情形。能不能处理好这个问题，考验着马得福父子俩的工作能力和智慧。在双方进入冷战的关键时刻，马得花用村部的高音喇叭说出了小一辈的心里话，激起了全村人内心的波澜。但是马喊水觉得只有找到问题的症结，才能解开拧死的疙瘩。而问题的症结就在"根"上。对于李姓来说，涌泉村是"根"；而对于马姓来说，涌泉村就是个落脚的"点"。矛盾一度激化到李老太爷服毒自杀，当然是未遂。发生了太多的事情，促使马得福在村头的泉水边思考了一夜。他终于找到"根"上了，当他在高音喇叭上说出"人有两头根"的移民理念时，憋在全村人心里的疙瘩全部被解开了。这种理念表达了故土难离的不舍，也表达了重建家园的决心。一个尊重历史的民族，更加向往未来。正是这种新理念的植入，才能把生态移民的时代大变迁，植入一个更加宏大的历史背景中去，才能表达出一种史诗般的艺术魅力。从移民政策到移民文化的推进，不能不说《山海情》用心至深、用情至重、用功至实。

　　当然，真诚是以真实为本色的。也就是说，文艺作品中的"人"跟现实生活中的"人"，或者说，"艺术形象"和"生活原型"应该是一体的、相互的、平等的。如果说文艺高于生活，也必须是平视的，而不是高高在上的。只有蹲下来和融进去，才能发现生活的真实，才能发现生活的美。文艺不是生活的代言人，而是生活的审美观照。"生活真实"不是零碎的，"艺术真实"也不是完美的。它们是一体的，从来就没有分开过。只有真诚地对待生活，才能透过现象看到本质，找到艺术的真实。过分强调虚构的文艺，必然会相信艺术天赋和灵感，必然会忽视"美是被发现的"的事实。只有真实的艺术，才是有生命的艺术。文艺不需要谎言，也不需要设局。电视剧《山海情》再一次说明了这一点，创业史也需要情感戏。这些发生在每一个人身上的小悲欢，都与时代的大背景正相关，是那种有着切肤之痛的关联，而不是水火不容的反相关或者不疼不痒的伪关联。

我之所以强调人物与时代必须是正相关，指向的是故事的现实性，不是那种所谓的"艺术真实"。"剧中人"的主体只有是"人民"，才会让我们感受到"剧作者"的主体也是"人民"。反过来也是。

平实的方法是对细节的精准拿捏。细节是审美观照的显微镜。真实需要细节，细节是真实的现实。没有细节，就没有真实。用细节说话，是现实主义的本色。与新写实主义表现生活的原生态，塑造人物的原型化倾向不同，这部电视剧在细节拿捏上有很大创新。它以开放的视角，将人物放置在环境中生活、成长、修正、完善。人物的性格不是预先被设计了，没有被脸谱化，也没有被概念化。没有一个定型的人物形象，有的只是在各种矛盾冲突和情感纠结中，自我发现、自我反省、相互求证、相互完善的"鲜活的人物"。

在白崇礼老师的剧情里，有一个细节很值得玩味。教育局局长送给他一个地球仪教具，让他重视一下教育厅组织的合唱比赛。白老师本不打算组织学生参加这些形式主义的活动，但他一路上端详着这个教具，突然决定组织学生参加。这是一个冷幽默，讽刺那些整天把"胸怀天下"挂在嘴上，心里却盘算着自己的小九九的人。但是，这种讽刺不是无情的，而是无奈的。反讽的细节更真实。

还有一个细节不能放过，就是教育扶贫和因学致贫的问题。在这部电视剧里，尕娃出走之后，马得福和马得宝兄弟俩打了一架。从马得宝的嘴里说出了一个事实：因为供养马得福上学，马家贫困了，马得宝辍学了。也就是说，在贫困面前，对于一个农民家庭，教育机会是不均等的。正是这种机会的难得，教育才显得尤为重要，白老师的坚守才显得难能可贵。一部好的文艺作品，在处理现实素材上，就要有这种着眼于长远的历史担当和使命。

插曲的精准拿捏也是一个不容忽视的细节。有一首王洛宾先生

现象与焦点

整理的西北花儿《眼泪的花儿把心淹了》，歌中唱道："走咧走咧走远咧，心中的惆怅就种下了，眼泪的花儿把心淹了。"这首歌唱出了西北人出门走西口的苍凉与悲壮，用在这部电视剧里有了新感觉。比如在李水花用板车拉着一家人风餐露宿地来到移民村的时候，在李水花和白麦苗面对面谈论与马家兄弟的感情问题的时候，在白麦苗和一百个女工离开金滩村前往福建打工的时候……这首歌就自画面中响起。不能不说这首花儿被用得恰到好处，有了执着与顽强的力量，起到了画龙点睛的作用。让人强烈地感受到，移民走出大山的情感是真切的，也是厚重的。

插图的精准拿捏也值得一说。开篇的插图是天蓝色和金黄色为主调的画面，有一种印象派画风的感觉。片尾的画面取意青山绿水，画风颇具农民画的乡土风格，意味着新农村祥和安康。还有剧中出现的地名都是真实的，如银川、固原、青铜峡、玉泉营、闽宁镇等，人物的名字也以喊水、水花、水旺、得福、得宝、麦苗、大有者居多，即使虚构的"海吉县涌泉村"，也只是海原、西吉两县各取一字，实指西海固贫苦地区的一个贫困县、贫困村。这些细节的拿捏，都为剧情的真实加分，都为人物的亲和加分。

总而言之，之所以把文艺的关怀指向现实主义，就是要把作为创作方法的现实主义中的"现实"提取出来，重新审视它的现实意义，让它回归到本源现实的根位。如果"燃点"是结构时代和文艺的现实关系，"痛点"是结构生活原型和文艺形象的现实关系，"看点"是结构创作和鉴赏的现实关系，那么，就有一个指向中心的"原点"。原点无他，就是现实的人，就是"以人民为中心"。

文艺是经国大业，是人民的事业。无论在什么时期，也不管是哪个阶级，文艺最终都要回答哲学的终极三问：我是谁？我从哪里来？我到哪里去？历史唯物主义者的答案是，人的最大现实是社会。生活的本质也是社会。人的社会活动和社会关系结构着人的一切。生活是文艺的源泉，文艺源于生活，应当忠于生活、服务于人民。

在现实主义文艺的高原上，永远飘扬着"人民"的旗帜。

原载《宁夏文艺评论》2021年卷、2022年卷

文学西海固

西海固文学及其释义

钟正平

"西海固文学"源于20世纪80年代初,但作为一种文学现象得到区内外文坛认可并受到广泛关注,则是在90年代中后期。1998年新春伊始,西海固作家的摇篮——《六盘山》杂志正式打出了"西海固文学"的旗号,提出了"西海固作家群"的概念,推出了"西海固同题散文专号"。对此,张贤亮先生著文称"幸亏宁夏南部山区还有几位作家出来"。1998年6月11日,中国文学界的权威报纸《文学报》头版以《"西海固文学"正在崛起》为题报道了"西海固文学现象";同年8月,中国作协创研部副主任、著名评论家雷达为《六盘山》杂志题词:"西海固,神秘的土地,承受过太多的苦难和贫穷,创造过绚烂的历史文明,它必将创造更加美丽而宏伟的文学!"

钟正平,中国文艺评论家协会会员,原宁夏师范学院副校长、教授。

文学西海固

在经历了1998年的理论鼓噪与情绪激奋之后，1999年的西海固文坛呈现出两个明显的特点：一是集成热。首先是三卷本百万余字的"西海固文学丛书"（分小说、散文、诗歌三卷）由宁夏人民出版社正式出版，这是西海固文学发展历史上划时代的重要举措。丛书的主编李克强在后记中不无自豪地写道："'西海固文学丛书'无论摆在全国哪一个书架上都不会是一个相形见绌的集子。"其次是一部分作家个人的小说、散文、诗歌集的正式出版，丰富着西海固文学的创作实绩。二是媒体的降温与个人写作的沉寂，具有冲击实力的作品未能如期出现。西海固文坛似乎进入了"休整期"，理性的思考多于激情的呐喊，经验的总结多于创作的冲动，或许是超越与冲锋前的准备也未可知。

一个地区的六个县，县县有作家诗人，县县有在全区产生影响的骨干作家，全地区在各种报刊公开发表各类作品的作者逾二百人，骨干作者八十多人，在国家级刊物上发表作品（甚至占据头条位置）的作家近二十人次，获得国家级和省区级文学大奖的不下十人次。全地区作者从80年代至今累计发表小说八百余篇（部），诗歌四千余首，还有大量难以计数的散文作品，整个地区的所有作者在文坛上形成立体型集团冲锋的创作态势。这种情况，在全国文坛都是罕见的文学现象，不能不令人叹为观止。

一种文学现象的形成必然有它的地域文化因素和社会背景，西海固文学的发生发展有一个艰难的历史过程，其根本内因是它的独一无二的"地缘"特性。在1998年《六盘山》第1期"西海固同题散文专号"上亮相的西海固作家们，从各种不同的角度描写勾勒着西海固，抒发着对西海固母子连心般的种种感受，企图为西海固确立一种时空坐标和文化定位。

他们也是第一次以群体的智慧思考着西海固地域的文学意义，寻找着西海固地域与文学的某种深层契合。

石舒清认为，西海固"形貌粗陋，内里高洁；铮铮铁骨，不屈不从"，"西海固是一个越出这三个字的更大的概念。……西海固是否就是一块文学艺术的厚土？我想是的"（《西海固断想》）。左侧统以他理性思辨的语言写道："西海固是一个独特的人文板块……宁夏文坛乃至全国文坛对西海固文学的关注，从本质上就是对这一独特的人文板块的关注。""世界上从来没有一种文学像西海固文学这样与西海固人的命运如此紧密地联系在一起……"（《西海固文化》）后来他在题为《西海固》的文化随笔中再一次写道："西海固是每一个西海固人的胎记……是关于每一个西海固人的综合概念。""文学是西海固选择的一种特别有价值的生存角度和生存方式，也是西海固历史及西海固人精神生命走向人类大世界的开端。西海固文学是一座深藏在西海固人心灵底部还没有完全显形的精神的大海。"王怀凌用诗一样的语言说道："大风的西海固。无雨的西海固。让人魂牵梦萦，让人伤心落泪，让人迷途不返的西海固。"（《西海固的背影》）虎西山认为："迄今为止，有关西海固的一切概念，我最乐于接受把西海固说成文学的概念。因为只有这个概念，才能更彻底地描述西海固表面及深层的内涵。"（《西海固》）朱世忠则在《孤独西海固》一文中，从山、水、树、风景、阁、城墙、牲灵等自然与人文的景观中释读着西海固文化的富有和孤独。著名作家张贤亮曾对作家戈悟觉说，西海固是一个出大作品的地方，只要抓住了，完全可以写出《静静的顿河》那样伟大的作品来。《朔方》副主编冯剑华不止一次地感叹说："贫瘠干旱的西海固，却是一片文学创作的沃土。""西海固是一个文学的富矿、大矿，能出大作家。"

西海固大地曾有过广袤的耕地、草场、清泉、天然森林和河流，气候湿润，景色宜人，农耕文化极为发达。这里也曾是历史上的交通枢纽、军事重镇，是关中通往河西走廊的咽喉要道，是古丝绸之路的重要组成部分，有着悠久而丰厚的文化积淀。从新石器时期的马家窑文化、半山—马厂文化，到由古丝绸之路传入中国的佛教文化等；从秦昭襄王修筑长城，汉武帝设置安定郡，唐代开凿须弥山大佛……都显出了这一地区曾有过的兴盛和繁华。后来，西海固却成了"上帝"的弃儿，气候变坏，多风少雨，草场消失，森林缩小，河流干涸，伴以天灾匪患，苦不堪言。但是，它悠久的历史文化，诸如新石器时代墓葬群、秦长城遗址、须弥山石窟、北周柱国大将军夫妇合葬墓等为西海固地区涂上了一层古老而又神秘的色彩。太多的苦难和不幸，在这块封闭性的地域上，演绎着一幕幕壮烈的人生悲喜剧，孕育出不屈的人文品格。

谁都不否认西北大地的荒凉苍劲、深沉悲壮。在这片广袤的土地上，生长着成排的参天白杨，生长着多情重义的西北人民，也生长着一种强悍、庄严、不屈的民族精神。在这样的土地、这样的人民和民族精神的哺育下，20世纪90年代以来，这里陡然崛起了一片文学高地（譬如"陕军"不无悲壮色彩的一路"东征"），在这片文学高地边缘地带的西海固地区，终于站起了一帮初生牛犊不怕虎的文学青年。长期以来，他们忍受着无人喝彩的无边寂寞，抵御着世俗大潮的炫目诱惑，让方块字在这片多难贫瘠的土地上开花结果，让它的光芒照彻着黄土地的苍凉寂寞。西海固可能是一片人类物质文明的荒原，但却是一片滋长精神、孕育文学的沃土。它如同一本发黄的古籍，虽然陈旧、苍老、疲惫、破损，浸透着苦难和屈辱，但却蕴含着人类生存的答案和生命的奥义，长久的封闭和压抑蓄积着惊人的文学能量。于是，它的山川大地、河流瓦舍，就成了西海固作家孜孜求索、虔心翻检的书页。从这个意义上讲，西海固文学是早就深藏于西海固的博大胸怀之中的，"地火"早就在地下燃烧，90年代西海固作家的"井喷"现象是一种历史的必然。

"西海固文学"这个提法现在已被文学界和社会所广泛认同，这是几代西海固作者薪火相传、不懈努力的结果。不过，关于西海固文学概念的阐释与界定，还存在着饶有趣味的争议。

马吉福在《试论"西海固文学"的形成与发展》一文中，对西海固文学的概念做了最早的也是初级性的界定，他认为，西海固文学在范围上可以从广义和狭义两个方面理解。从广义上讲，是指反映西海固生活的文学和西海固文艺工作者所创作的文学作品。这个意义包含了非本土作者关于西海固的作品和本土作者及其作品。从狭义上讲，是指关于描写西海固生活的文学。这个意义排除了本土作者非西海固题材的作品。这一概念从时间上看，它的上限可以追溯到20世纪50年代，但它的形成主要在80年代以后，至今仍在继续。火仲舫认为："西海固文学是西海固人民共有的一笔隐形财富。"他的《西海固文学与西海固作家》一文如数家珍，可说是西海固地域、自然、人文资源与西海固作家作品的一个小小的集大成者。单永珍认为："西海固文学首先是一个地域概念，它所涵盖的范畴至少包含以下两层含义：一是外地作家以西海固为背景写出的作品。二是西海固的作家创作出的文学作品，这是西海固文学的基本构成。"并认为我们戴着"特色文学"的帽子，是"边缘写作"。火会亮著文写道，西海固文学"既是新生的，又是旧有的，她的旗帜性的昭示其实是几代作家共同努力的结果"，"她的命名其实包含了她所有特定的历史、文化、心理结构和生存方式等等"。左侧统在其《西海固文学》的文章里阐述了自己的看法："首先，西海固文学是西海固作家或具有西海固生活感受的外地作家向人类传达出的关于西海固的声音，它包含倾诉、呐喊，以及呼唤。其次，西海固文学是勇敢地理直气壮地说出西海固人生存的真实和命运的文学。再次，西海固文学是庄严的具有伟大前途的文学。"左侧统的一些观点有着明显的理想主义色彩，但是应该承认，他的充满理性的思考是具有深度和理论见地的。

争论还在有形无形地继续着，界定的日益宽泛化、个人化和非理性化，使界定越出了文学本身而成为具有独立意味的人文思考。要从理论上建构一种对西海固文学的价值判断，必须首先要弄明白西海固文学是一种什么样的文学，或者说它不是什么样的文学。我不同意"特色文学"和"边缘文学"的说法，因为这样的概念缺乏必要的主题前置，是模糊的、笼统的、缺乏参照系的，容易引起混乱。在审美多样化的艺术民主时代，事实上任何一个作家的任何一个地域的文学都可以笼统地、广义地称为"特色文学"，如新时期文坛上贾平凹的"商州文化系列作品"，李杭育的"葛川江文化系列作品"，韩少功的"湘楚文化系列作品"等等，它们本身就是以作家自己的文化特质和审美个性而席卷文坛的。在主流文化失落的文学多元化并存的时代，任何作家或任何地域的文学都不敢声称自己就是文学的主流或主流文学，它们本身共同构成主流文学或文学的主流，这倒是事实，各自的区别仅是成就的高低和影响的大小而已。西海固文学也不是流派文学，因为西海固作家群类似于30年代现代文坛上的"东北作家群"和90年代初期当代文坛上东征的"陕军"，是一个创作的群体而不是一个创作的流派，这个群体统一在西海固文学的旗帜下，但作家个性差异较大，风格追求有别，审美趣味迥异，师承和艺术主张也不尽相同，就如同是在一个大厨房里制作着花色品种各自不同的美味佳肴，这当然并不是坏事，它有利于作家艺术个性和思想才情的自由张扬。我们希望能形成流派，流派是地域文学成熟的重要标志，西海固文学的创作源泉离不开这方水土的历史和现实，其地域文化特征比较明显，这是形成流派的基础，也是西海固文学健康发展的一种可能性。西海固文学也不是一股创作潮流，潮流有涨潮落潮退潮之时，西海固文学的发生发展不是一朝一夕的事情，有一个较为漫长的历史过程，它将像"西海固"这个专用名词和西海固这方特异的地域一样长久地存在下去，这一点似乎无可置疑。

  排除了西海固文学的种种"不可能"因素之后，让我们回到现实中来。我们觉得，西海固文学就是本土作家创作的描写和展示西海固地区历史的、文化的图景和西海固人生活与命运的文学，是表现西海固人的感情、性格心理、文化气质和审美精神的文学，是记录西海固人民的代言人——本土化知识分子的追求、奋斗、反思和梦想的文学，是富于西海固地域文化特色和人性、人道主义精神关怀的文学。这个界定既强调了西海固文学的主体内涵又肯定了它的包容性；既突出了它的地域文化特征又肯定了它的基本的、现代的文学意识。西海固文学必须在保持它的独立特质的前提下兼容并蓄，非本土作家创作的反映本土生活的作品和本土作家创作的非本土题材的作品，是泛西海固文学，是对西海固文学的补充和丰富，但不是西海固文学的主流或主体，它们暂时还不能进入我们的研究视野。西海固文学是典型的地域文学而不是其他，离开了这片地域的水土和历史，就谈不上西海固文学。西海固作家视文学为"宁静而神圣的屋子"，把文学视作自己的精神家园；西海固作家的群体意识、帮扶意识，对土地、民族、家园和生存的忧患意识，这些都是域外作家难以体验和理解的。真正要把西海固地域完整地深层地表现出来，把西海固从远古写到现代，把西海固人与自然、人与社会、人与命运的抗争写深写透的，只能是本地作家，那是渗透在血液里头的东西。西海固作家必须建立这种信念，当然还要具备足够的耐心和耐力。

原载《固原师专学报（社会科学版）》2000年第1期

西海固文学何以可能

赵炳鑫

西海固作为宁夏南部山区的一个地理概念，由于其严酷的自然环境和生存条件，一度被联合国世界粮食计划署确定为最不适宜人类生存的地区之一，因此，1982年国家确定"西海固"为全国第一个区域性扶贫开发实验地而广受关注。在这样一个贫困地区，由于其悠久的历史和丰富的文化积淀，在20世纪80年代，有一个文学现象却格外引人注目，这就是西海固文学。

"西海固文学"从概念的提出到现在已经走过了将近四十年的岁月，其间涌现出了一大批优秀作家和作品，一度引起全国文坛的瞩目。但进入新世纪以来，西海固文学有所沉寂，个中缘由，肯定与一批优秀作家相继离开有关。窃以为，更为重要的是与作家们对社

赵炳鑫，中国作家协会会员，中国文艺评论家协会会员，宁夏政协文史专员，中共宁夏区委党校二级调研员。

会现代性的认知以及转型期时代脉搏的把握关系更大。

　　严格意义上来说，西海固文学就是乡土文学。同样，在当下历史变迁的大背景下，西海固文学有两个方面属于背景性存在的问题，需要警惕。

　　其一是对"苦难"的警惕。严酷的自然条件和相对保守的人文生态环境使西海固文学从一开始就带有"苦难叙事"的性质，"苦难"似乎已经成为西海固文学的一个传统。西海固作家的书写大多以苦难为母题，"底层的生存事象，无助环境的百般折磨，众多人物的不得圆满"等等，几乎成为西海固作家绕不过去的话题，也成为他们的文学思维定式。但这种苦难书写的批判性吁求如果不能关照到形而上层面，在这个解构和多元的时代，只是就苦难写苦难，甚至于想把苦难形而上为生存美学，那么，我们说文学所要真正关注的乡村底层，许多事实真相会被这样的叙事所遮蔽而失真，这是西海固作家必须警惕的。

　　其二是"诗意"的主题。诗意、美好甚至幸福、安详的主题在一段时间内成为西海固一些作家所热衷的叙事策略，的确曾经是对西海固文学传统——苦难叙事的一种反拨，这种很大程度上赋形于民俗文化形式的文学，同样存在很大问题。作家对西海固风土人情的诗意化描绘，对西海固人与世无争、淡泊纯朴、从容宁静的生活态度的恣意渲染，特别是从民俗文化仪式和审美追求上，把西海固营造为一尘不染的世外桃源，从中可以看出这些作家的文化理想主义色彩。这样的书写虽然也蕴含着作家对现代文明的逃避与厌倦，对人性异化、精神矮化的都市生活的批判，但这样的批判作为一个接受现代文明洗礼的作家来说，无疑是缺乏历史理性的，不能不说是相当严重的缺失。因为文学的现实土壤早已发生了很大的变化。

　　乡土很美好，有人性之美，需要书写。这个说法没错，但就是以农耕文明特征为主的北方乡村，现在也不是三十多年前的乡村了。借用清华大学社会学家孙立平教授的话说，它已经是破碎和凋敝的乡村，乡村现在是"389961部队"（妇女、老人、儿童）在留守，并且当下的情况是，在城市化浪潮中，我们的乡村每天都在发生着让我们常常忽略了的变化。不正视这样的现实，我们的创作就会与时代脱节，就不接地气。有一位批评家说，北方作家习惯于退回到农耕文明的乡土里打捞诗意的乡村，而现实早已不是那么回事了。这话是有道理的。武大有个哲学教授叫邓晓芒，他写了一本叫《灵魂之旅——九十年代中国文学的生存境界》的书，分析了中国有代表性的十二位作家。他最后的结论是，中国作家的一个共同点，就是回归。也就是寻根。什么是寻根？一个是大自然，一个是儿童，一个是文盲，是没有文化的人的最低生存境界。他说中国20世纪90年代文学一个共同的主题就是寻根，回到远古，回到古朴、朴素，远离城市。但是你现在还能寻到那个"根"吗？那个"根"早已被毁弃了。我们的一些还沉浸于乡土怀旧，还枕在农耕文明和乡土诗意的大炕上唱安详和幸福的作家，早已与这个飞速发展的时代断裂了。当然，这样的作品，作为内在于农耕文明社会的一份精神遗产，在一定程度上恐怕是以故事的形式充当着人们一再追思传统文化模型的角色。但如果把本来有价值的民间视角转换为民俗文化本身，把这种传统文化模型的角色当作现实存在，那么，文学的启蒙性就被传统民俗文化模型无情地遮蔽了，那只能说明我们的作家本身还没有完成主体性启蒙，这样的文学缺失了启蒙的精神担当，祛魅的过程尚未完成，从而以"逃避的形式，封闭的事相"将读者引入另一种魅惑，麻痹人们对当下现实的自主判断，文学就会因属性特征明显的文化质素，放弃了进入底层生存真相的可能，最终放弃对人的形而上意义的追问。

究其原因，从大的方面来说，"宁夏文艺创作在整体上没有摆脱20世纪三四十年代左翼文艺图解政策的思维定式，特别是没有摆脱赵树理路子的影响。"（牛学智语）。作为号称宁夏文学半壁江山的西海固文学，如果以前因地域的封闭性对我们的作家的创作走不出地域规定性还可理解的话，到今天这个信息发达的互联网时代，这样的创作就不再是封闭性所能解释得通的了，只能说我们的作家还没有从传统文化的封闭中走出，还没有真正接受现代性启蒙，对文学究竟是什么、文学的功能是什么的问题还没有一个清晰的认知。

这就必然会出现创作留恋于乡土诗意的传统资源，就会出现重复于叙写和演绎原乡的主题。一些作家用文学这一公器不断地在修复和完善自己早年的记忆，由苦难的"受虐"到享受苦难的"诗意"，如果不是对现实乡土文明崩塌的逃避，可能就是斯德哥尔摩综合征。创作无视市场经济和资本逻辑强力介入后的底层现实，特别是无视城市化浪潮给乡村日常生活的解构和颠覆，传统伦理的破碎和毁坏，创作只是封闭的自我呓语，只能是在原典精神、传统宗法社会和民间民俗文化仪式中传达安逸、宁静、安详、甜美、幸福和诗意，对苍凉的现实生活的真实性无一体认。有个别作家尚能体认到这一现实，但他下笔之后，仍然坚信乡土文化正面的救赎力量，把乡村出现的问题全部归结于外力的介入和工业化的入侵，这样的作品只能说是在较低的层次上表达了人的存在感。与"真实"还有较大的距离，说得不好听一点，就有点"伪"了。

在这样的情况下，西海固文学何为？传统的乡土日益远去，现代化转型对乡村的影响和改变，在今天看来也并不像20世纪80年代初期预想的那样乐观。"乡土中国"及九亿农民仍是最底层的存在，生存问题、身份问题、现代与传统的冲突问题，社会转型过程中的挤压与不公正等等，以前所未有的矛盾、冲突方式存在，并影响着乡村生活与传统文化心理结构。更具体来说，"现代化转型"这一政治实践在乡土中国呈现出的是矛盾、纠结的态势，是一个巨大问号式的存在。西海固文学作为乡土文学的一个组成部分，就不可避免地带有这些乡土文学共同的问题。所以一提起乡土，众人不约而同地提到"破碎""消逝"等词语。

这一转变和复杂的存在给作家的写作带来巨大挑战。20世纪80年代初期，大家都比较明朗，一定要走现代化道路。但现在，传统与现代不再是简单的单向度的关系，面对沦陷的乡村，作家无法回答这么重大的问题。但这里恰恰有一个巨大的叙述空间，是文学可以大有作为的地方。这些地方，正好是我们的作家们可以施展才华的地方。

不要看我们就生活在西海固，但大多数作家对当下的西海固的乡村没有足够的了解。大多数作家在写乡村的时候，靠的是记忆、良知、想象和才华，但在书写当代西海固乡村的时候，仅凭这些肯定是不够的。跟这些同等重要的是你对写作对象的了解和理解。关于当代西海固乡村生活、乡村变革必要的知识应该进入我们的知识系统。这之后，你才可以发言。但很多人写西海固，是为了写自己的那点乡愁，把西海固农村当成与城市相对立的一种文化范畴来写。他们对西海固农民的心理不了解，对西海固农村基层管理的运作模式不了解，对西海固农村伦理关系出现的变化不了解。

乡土题材作品的难以书写，还在于其变得日益复杂和模糊的价值判断。用传统文明反对现代文明，进行道德判断比较容易。但今天，文化视野中的西海固乡村书写变得犹疑含混，乡村世界的伦理道德、文化秩序，还有生活方式、对大自然的记忆，都发生了深刻改变，这很难说是进步或者倒退、变革还是破坏。我们的作家无力回应今天西海固的现实，无力在他的书写中表达明确的立场，这是最要命的地方。

因此，我们的作家要在三个方面下足功夫。一要深入了解现代社会的转型轨迹，从理论上进行精神世界的现代性启蒙，因此，要多读一些现代、后现代理论的书籍，进行必要的思想升华。二要深入到西海固最底层，体验当代西海固乡村的时代变迁。三要走出去，开阔眼界，看看当下迅速发展的发达地区与我们的西海固究竟还存在哪些断裂和差距。有了整体的感知和细微的体察，西海固文学才会大有作为。

原载《宁夏文艺家》2017年8月31日

新时期以来西海固文学取得的成就与提供的艺术经验

马晓雁

新时期以崭新的新纪元意识开启了新中国发展史上一个全新的时期,从新时期到新时代,是新中国逐步富起来的过程。这一过程也是新中国文学走向多元化繁荣发展的过程。西海固文学正是在这一社会历史背景下取得了令人瞩目的成就。

一、西海固文学的命名

西海固地处宁夏南部山区。历史上西海固地域曾有过广袤的耕地,农耕文化极为发达。这里也曾是历史上的交通枢纽、军事重镇,是关中通往西域的咽喉要道,是古丝绸之路的重要组成部分,有着悠久而丰厚的文化积淀。

马晓雁,宁夏师范大学文学院副院长、副教授。

新时期以来西海固文学取得的成就与提供的艺术经验

"西海固"之称最早可以追溯到1949年8月[①]。当时，平凉地委为巩固新生的政权、肃清国民党残余势力，由西吉、海原、固原三县县委书记组成了西海固剿匪肃特工作委员会。1953年10月甘肃平凉专区西海固回族自治区成立，1955年更名。这期间，西海固曾一度作为一个行政区划名称被使用。党的十一届三中全会以后，随着国家工作中心转向经济建设，扶贫工作启动。曾经被联合国世界粮食计划署判定为"最不适宜人类居住的地区之一"的西海固，无可争议地成为中国最早区域性扶贫开发试验地区之一。1982年12月，国务院启动实施甘肃河西地区、定西地区和宁夏西海固地区的农业建设扶贫工程，即"三西"农业建设扶贫工程。此时，西海固地区包括了西吉县、海原县、原州区、隆德县、泾源县、彭阳县、盐池县、同心县等县区。作为常年干旱少雨、土地贫瘠、资源匮乏、生态环境脆弱、自然灾害频繁、交通不便、信息闭塞、经济社会发展十分落后、人民长期生活挣扎在温饱线上的贫困符号，西海固也成为中国扶贫开发的标本。

政府相关工作机构、行政区划、项目规划等意义上的西海固是西海固文学命名的社会基础。在这一前提和基础上，西海固地区作家对西海固的书写、报纸杂志的策略与架构为西海固文学的命名做了话语准备。《六盘山》1998年第1期正式推出了"西海固作家群""西海固文学"与"西海固同题散文专号"，西海固文学得以确立。石舒清、王漫曦、左侧统、王怀凌、虎西山、火会亮、陈继明、朱世忠、李方、梦也、冯雄、杨建虎、郭文斌、南台等二十七位西海固作家诗人写下了关于西海固的散文，用文学的语言呼唤了西海固文学之名。《朔方》和《六盘山》杂志社举办了多次学术研讨会，进一步明确西海固文学的边界、范畴与内涵。1998年6月，《文学报》以《"西海固文学"正在崛起》为题对西海固文学进行了宣介报道。1999年，宁夏人民出版社出版了"西海固文学丛书"，显示了西

159

海固文学的创作实绩。各方面的力量齐头并进，有效扩大了西海固文学的影响力。在西海固文学命名后，1998年《六盘山》连续以"西海固作家群""西海固文学""西海固文学论坛"为旗号，开辟了西海固文学论坛栏目，其中较多篇目对西海固文学的内涵做了讨论。

在《六盘山》1998年第1期主编寄语《关于文学的西海固与西海固的文学》中写道："因为这些作家起步于西海固，其作品的生活基础是西海固，所以，让关注文学的人强烈地感受到西海固有一支文学队伍在蓬勃发展，于是就有了一个称号——'西海固作家群'！有了作家群，也就有了群体文学，所以，我们顺便就扯起了一面旗子——'西海固文学'——插入刊头。这是一个方向，它标志着自觉，也标志着决心和信心。我们期望由此走向成熟。"而西海固文学命名的最重要的意义便是它作为"旗帜"的意义。作为旗帜，西海固文学凝聚了散落在西海固大地上的创作力量。同时，这一命名也让西海固文学集约性地形成重要的当代中国文学现象被社会各界所关注。命名也是一种仪式，这个仪式让曾经贫瘠、僻远、落后的西海固成为一个审美的实体，从而大大提升了西海固地域在当代的文化自信。因为有了这一名号，西海固、宁夏，拥有了一张亮丽的文化名片，西海固文学也成为人类精神征服和超越恶劣生存环境的典型。

二、新时期以来西海固文学取得的成就

新时期以来，在历届党委和政府的关怀下，西海固文学培育了良好的文学生态，取得了骄人的成绩。

西海固作家在国内多次获奖。石舒清、郭文斌、马金莲先后获得第二届、第四届、第七届鲁迅文学奖。此外，西海固作家还获得了全国少数民族文学创作骏马奖、"五个一工程"奖、人民文学奖、小说选刊奖、十月文学奖、民族文学年度奖、《飞天》十年文学奖、

新时期以来西海固文学取得的成就与提供的艺术经验

《诗选刊》年度"十佳诗人"奖、李杜诗歌奖、叶圣陶文学奖、春天文学奖、冰心文学奖、梁斌文学奖、曹禺戏剧文学奖、庄重文文学奖、时代文学奖等奖项。

在各类奖项的认可之下,西海固文学最重要的成就是以文学的方式征服和超越它所处地域的恶劣自然地理条件而显现出的文化人类学意义。在"不适宜于人类居住"的西海固,却生长出了茁壮的文学庄稼,这一文学现象引起强烈的社会反响。当石舒清、郭文斌等一大批文学青年以"井喷"式创作崭露头角之后,《文学报》便在头版头条以《六盘山下崛起一支青年作家队伍》(2000年7月6日《文学报》)为题做了报道,在随后召开了两届"西海固文学研讨会"之后,《十月》《人民文学》《中华文学选刊》《中国作家》《诗刊》《星星》《绿风》等有影响的刊物集中发表了五十多人次固原作家的作品,美国《侨报》和香港《成报》也相继以《宁夏西海固乡土作家多》和《西海固作家高产》为题给予了报道。之后,《文艺报》和《人民日报海外版》分别以《文学之花开在西海固》和《西海固文化现象》为标题进行了重点报道。西吉县成为中国首个"文学之乡",原州区被授予"中国诗歌之乡"。文学丰富了西海固人的精神文化生活,提升了西海固的文化品位与良好形象。西海固文学成为西海固、宁夏乃至中国西部十分亮丽的一张文化名片。

从创作队伍看,西海固大地上涌现了大量写作者和众多成熟的作家诗人。在小说领域,以石舒清、郭文斌、马金莲为代表,涌现出了火仲舫、王漫西、火会亮、李方、了一容、窎宇、李继林、李义等作家;在诗歌领域,以王怀凌、单永珍、杨建虎为引领,形成了虎西山、梦也、冯雄、周彦虎、牛红旗、雪舟、马占祥、张富宝、林一木、郭静、林混等为主力的西海固诗人群;在散文创作领域,涌现出了郭文斌、程耀东、林混、高丽君、李方、李翔宇等创作者。此外,还有从西海固走出的陈继明(甘肃籍)、高鹏程、马

161

永珍等重要作家诗人。不同代际创作者前后相继，共同创造了西海固文学的繁荣景象。

西海固文学在创作上取得骄人成绩、引起社会广泛而强烈的反响之时，西海固文学也在当代文学研究领域引起了强烈关注，西海固文学被作为一种当代文学现象描述。李建军、雷达、贺绍俊、白烨、丁帆、耿占春、王贵禄等众多当代重要文学评论家、文学史家或撰文对西海固作家个案进行研究，或对西海固文学现象进行考察，或对西海固文学进行文学史描述。西海固文学成为当代中国文学的重要文学现象之一。

文化是人类在社会历史发展过程中所创造出来的物质财富和精神财富的总和，是某一地域、某一社群或民族在日常生活中所表现出来的具有一定稳定性的价值规范。文学是用语言文字来表现社会生活、表达人类思想情感的一种艺术形式。文学是文化的重要组成部分，是文化最生动、最具体、最充分、最活跃的表现之一。西海固地域文化丰富多彩，在漫长的历史演进中，戎、羌、猃狁、匈奴、回、汉等共同创造了这片土地上的文明。在多元的文化背景中，生活在这块土地上的多民族民众创造了极为丰富多彩的精神文化财富，产生了文学、音乐、歌舞、戏曲、说唱、谣谚、游戏、绘画、剪纸、皮影、刺绣、编织、服饰、雕刻、陶瓷、习俗、礼仪、节庆等众多文化艺术形式。但从现实影响力的角度看，在20世纪八九十年代以后，西海固文学以相对强大的影响力成为这片土地亮丽的文化名片。

西海固曾经是"谷稼殷积""牛羊塞道"的宜居之地，也曾是丝绸之路上璀璨的明珠，但随着人口的增长，战争、马政等对环境的破坏，到清朝以后，西海固逐渐成为"苦瘠甲天下"的所在[2]，在恶劣生存环境漫长的蹂躏下，在周边经济发展相对快速地区的对照下，贫困落后成为西海固地区人们一个共同的创口。南台在《西海固的一支哀兵》中这样写道："骨瘦如柴的'西海固'，直至目前，还被一位名叫'贫穷、落后'的巫婆统治着，西海固人被这位面目可憎而又惊人长寿的吸血鬼弄得面色十分苍白，并因了这苍白而遭受着许多人的冷眼并且还将在一个很长的时间内继续遭受冷眼。'西海固'三个字，既是一个地区的简称，同时又是一个带着耻辱的烙印。它是每一个稍有一点自尊心的西海固人的共同伤口。"但有了文学的光照，那道创口被疗愈，也让西海固人可以抬头仰望，可以从精神上超越现实苦难。

在最瘠薄的土地上，生长出茂盛的文学庄稼，这已然超越出文学本身，而具有了文化人类学的价值和意义。因此，西海固文学在内涵上也与以往文学史上"东北作家群""山药蛋派""京派""海派"等文学概念不同，它在文学概念之外更是人类以超拔的精神战胜恶劣自然生存环境的典型；从社会功能的角度，它是记录和反映当代中国社会成功治理贫困的历程，留下了这一过程中人类的心理轨迹。

西海固文学取得重要成就的因素是多方面的。

首先，西海固文学是在当代中国进入一个全新的发展时期，在中国"富"起来的历史进程中繁荣发展起来的，这是西海固文学的历史背景与政治环境，也是其发展的前提和基础。

其次，良好的文学机制与环境孕育了西海固文学。历届党委和政府的高度重视成为西海固文学得以良好有序运行的保证。《固原日报》《宁夏日报》《六盘山》《黄河文学》《朔方》等报刊为西海固文学队伍提供了平台支持与成长的广阔空间。鲁迅文学院西海固作家班、区内外各类文学培训班为西海固文学后继力量的培养保障了西海固文学的持续繁荣。西海固文学研讨会、固原文学艺术评奖、《六盘山》文学奖、六盘山诗歌节等文学活动推动西海固文学持续发展。西海固悠久的文化积淀，为文学的良性发展提供了厚实的沃土。在西海固文学生成与发展的过程中，本土与外界学术研究的跟进发挥了至关重要的作用。区外学者、评论家对西海固文学的关注、对西海固作家诗人个案的研究等扩大了西海固文学的影响，夯实和丰厚了西海固文学的学术价值与意义。

最后，西海固文学能取得一定成就，离不开作家诗人们自身的努力。不同年龄代际的作家有着不同的历史经历与现实体验，由于经济发展相对滞后和缓慢，西海固50—80年代的作家诗人普遍具有一定底层生存经验，对艰辛生活的经验、对艰苦劳作的体验、对艰难人生的体悟、对苦难人世的感悟深入他们的血脉。在艰难困苦中，西海固作家诗人寻找到了文学这条超越性的精神途径。

三、新时期以来西海固文学提供的艺术经验

（一）对西海固地域生存的描摹

经济发展的相对滞后在某种程度上造就了西海固文学在21世纪之交对于整个中国大陆文化演变缩略显现的重要意义与价值。一方面，从农耕文明向城市文明过渡的漫长文化演进史在西海固以剧烈而短促的方式裂变。西海固文学记录了这一历史沧桑巨变的过程，反映了这一过程中地域心理轨迹的演变；另一方面，相对于主流文学线性演绎的历程，西海固文学几乎是在一个时间平面上吸纳借鉴国内外文学艺术经验。在此基础上，西海固特定的社会结构与思维方式，造就了西海固文学独特的艺术经验。

1.乡土情结。20世纪80年代之交，西海固地区的经济基础几乎完全依靠传统农业。在这片土地上，文化经验基本是农耕文明背景下的积淀。对于西海固地域上的人们，几乎祖祖辈辈都是土生土长的农民，生活方式也几乎完全遵循着农业生产背景下的生活方式。对于西海固作家诗人而言，基于恶劣的自然生存条件，读书大都是为跳出"农门"，脱离"面朝黄土背朝天"的生存方式的上佳选择。但即使他们后来大都凭读书、写作跳出了"农门"，甚至走出西海固那片土地，故土家园早已为他们涂上了底色，乡土情结成为他们

一生的牵绊，也成为他们作品中最具生命力的部分。

2.苦难意识。在贫困、干旱、封闭、落后等因素的长期抑制下，西海固在某种程度上已化身一方苦难的空间，已然是一个贫困的代名词和符号。西海固作家诗人不仅不回避苦难，在任何一位作家诗人笔下都或多或少、或深或浅地呈现过苦难。即使看到了西海固"博大、神秘、宁静和安详"的郭文斌，也在另一面深刻而尖利地剖示过它的"苦"和"烈"③。苦难本就是文学的主题之一，只是在西海固文学中，作家诗人对苦难的认知更贴近大地本身，因为即使那一片焦土、苦土和烈土，民众却也只能从其中讨生存，此外，别无他法。西海固土地上的民众不是匍匐在大地上，而是以隐入尘埃的状态生存着。与恒常的、本然的生存苦难相一致，在西海固文学中，对苦难的表达不是选择，而是本然应然的常态性存在。不同的是，有人拘囿于苦难的书写，有人于苦难中寻找到了超越与升华的途径，甚至有人对苦难进行了诗意化的处理。

3.边缘与底层意识。西海固地域所在的位置，既远离当代中国的经济中心，也远离当代中国的政治中心，边缘感与底层认知曾是西海固民众相对普遍的心理。现实生存与文学创作两方面的双重边缘感与底层认知，也曾是西海固作家诗人较为普遍的心理。在这一心理机制之下，西海固文学与底层和边缘命运形成了共振，作家诗人真诚而质朴地表达了底层的真实状况。长期的底层生存经验使其书写更具朴素性与真实性，这也是西海固文学的生命力所在。

（二）对西海固地区民众集体性格的塑造

在对西海固生存图景描摹的过程中，西海固文学塑造了众多启迪人心、震人心魄的人物形象。石舒清笔下对生死进行朴素哲思的马子善老人，郭文斌笔下近乎耕读精神之魂的"父亲"，火会亮作品中被商业经济大潮冲击溃退的乡村底层民众形象，马金莲作品中西海固偏远农村中"碎媳妇""哑奶"等女性形象等等，为当代中国文学人物画廊增添了丰富的形象。与对个体人物形象的出彩塑造相比，西海固文学对西海固民众集体性格的塑造更为成功。

西海固作家大都出身农村，出身农民家庭，在熟人社会中成长，在农耕文化中浸润。在人物形象的塑造上，甚少概念化、技术化的痕迹，他们总是饱含深情，以记述身边人、回顾记忆中人的方式娓娓道来。同时，西海固作家在塑造人物时往往并不架构在社会结构的基础上，不是通过人物的复杂人际脉络关系和错综复杂的经济链条结构人物、打造人物。他们更擅长于在对人物内心世界的剖示中展示人物。这是西海固作家塑造人物的方式，更是西海固民众的生存与存在状态。在西海固，由于严酷的自然生存条件的压制，长期的边缘与底层生存，让西海固民众普遍处于一种丧失话语权的无声无息之中，尤其是西海固的女性，她们更是以隐入烟尘的状态存在着。西海固文学中，西部人留给世人的豪放、豁达的性情却并未成为西海固民众性情中主体的一面，西海固民众留给读者最鲜明的印象是他们的少言讷语，是他们的隐忍、无奈与无声息的一面。这也与作家的性情、作家的生存与存在状态有一定关系。

（三）对西海固地域精神的凝练

尽管西海固文学塑造了沉默隐忍的西海固民众性格，但这并不等于西海固民众就彻底臣服于苦难。只是在严酷的生存环境面前，他们采取了最柔韧的方式去稀释、去消解、去征服，甚至只是无声地承受。与西海固恶劣的自然生存环境相比，西海固文学揭示和展示出的超越性才更震撼人心。究竟是什么支撑他们在那样的环境中生存下去，甚至创造了灿烂的文化，活得诗意氤氲？因为西海固人在战胜苦难的过程中展示了一种超拔、坚韧又达至最高诗意的人类精神。这也是西海固文学最核心的秘密所在。它不像现代以来中国现实主义文学以书写社会结构建构自身，它在揭示地域精神结构的同时建构自身。西海固文学揭示了西海固大地上大苦之下的大乐。

那大乐不是对苦难的狂欢化书写,而是超越,或通过哲思,或通过信仰,或通过诗意转化。如果对人类命运的关怀,如果没有向人类终极关怀的凝望,如果没有对人类最高精神的仰望,那么,无论西海固文学如何描述苦难,都只能沉落到形而下的层面。

此外,西海固文学为商品化大潮冲击下的当代中国提供了一个足够抚慰灵魂、"值得珍重的人世"[④]。郭文斌用"吉祥如意"为内核的作品告诉世人,活于苦难大地上的是人的肉身,而人之所以为人,是因为他们还可以活于人与人所建构出的美好人世之间。可以说,西海固文学呈示了基于人与天地万物对话关系的大慈悲。

(四)对西海固地域文化的呈现

关于西海固文学对西海固地域文化的呈现,倪万军在《从西海固文学看西海固文化现象》《西海固文化及其审美特征——地域文化与文学的关联研究》等文章中有深入的论述。总体上,西海固文学孕育于西海固文化,西海固文学陈述、反映和升华着西海固文化。西海固地域文化中相对比较独特的构成是西海固地域民俗文化和民族文化。西海固民俗文化大致包括礼俗、崇信风俗、节日风俗、生活风俗和传统文化艺术等等。礼俗包括婚俗、丧葬、交往、寿庆等;崇信风俗包括祖先崇拜、天地日月等的崇拜等;节日风俗则以各种传统节日文化为主;生活风俗包括衣食住行等各个方面;传统文化艺术包括秦腔、花儿、社火、皮影、剪纸、弹腿等众多丰富多彩的内容。西海固文学在呈现以上内容时,并不至于风情志、风物志和风俗志意义上的记述,更是通过对地域民俗文化的书写传达出作品厚重独特的文化意味、文化氛围与历史厚重感。

以有"西北民俗宝库"之誉的《花旦》为例,火仲舫在《花旦》中精细描写了名目繁多的民俗文化。在某种程度上,除去地理人文环境,地域民间文化及其精神才是某一地域的本质规定性所在。郭文斌对西海固民间节日文化的书写更是将西海固文化积淀深厚、诗意和谐的一面呈现给读者，让读者在熟识了西海固的贫瘠酷烈之后"被一种美所惊吓"。石舒清、左侧统、古原、马金莲等作家在作品中对地域文化生活做了集中而深入的书写。西海固文学正是通过书写极具地域特征的地理人文、风俗民情才成其为西海固文学。

（五）对文本世界的经营

西海固文学在各文体领域都取得了相应的成就，源自作家诗人们对各自文本世界孜孜不倦的苦心经营。在西海固文学起步之初，西海固的写作者大都兼善各类文体。例如评论家钟正平，曾经贡献了精巧诗意的小说与散文，也有富于蕴藉与哲思的小诗；诗人单永珍在西海固文学发轫之初，他贡献了重要的评论文章；再如郭文斌，兼善各类文体，尤其是散文；等等。在他们最终确定了自己的创作方向后，则埋首探索，精致打磨，也苦心经营，寻求突破。以石舒清为例，纵观石舒清小说创作的历程，是一个对"小说"这一文体认识、反思与探索的过程。他的小说创作历程中有两次较为显著的艺术转变，第一次转变是从向西方现代主义的借鉴向中国本民族民间文学的借鉴与挖掘。从《清水里的刀子》到小说集《古今》，呈现了这一转变。第二次转变是以小说的笔法重述历史，在重述中实现小说的中国化。比如最具代表性的《九案》。一方面，小说因历史的真实而在虚构与真实之间做了跨越与融合，在叙事上也往往是小说叙述者与史料叙述者双线并行。将历史的叙述与小说的叙述相结合，也将历史的真实与小说的虚构相融合，从而在叙事上架构了一个全新的艺术空间，也架构了一个全新的历史空间。另一方面，历史大事件中个体的命运得到呈现，简洁的史料中或者说历史的留白中关于历史人物所呈现的复杂心理与人性得到艺术重现。石舒清小说语言在这些新作中呈现出的质地有史家笔法之骨，也得文学家笔法之气。而在小说与历史之间，将它们最终结合得天衣无缝的是一种可以称之为"历史逻辑"的东西。即使抹去历史的轨迹、人物的命运不谈，单就其中的人性而言，哪一个人物都像是我们身边熟悉的。所以，也可以说，石舒清借了历史的外衣，成就了小说的内核。在小说虚构与历史真实之间探寻新路的过程中，石舒清传承了古代笔记体小说的表达方式。在具体开掘上，石舒清小说古典化具体表现在以下几方面：一是注意人物行动、语言和细节的描写。二是语言准确简洁、生动流畅、富于个性化。三是叙述时常带有说书人的印记，行文常是说书人的叙述口气，如"看官听说""且把闲话休提""只说正话"等。为了需要而设置的巧合，更是古代小说的特色之一。如《水浒传》中的林冲一节，处处设置巧合。巧合的设置使故事情节变得更加离奇。四是故事的传奇性得到彰显，但在叙述行为上又十分克制。五是叙述语言彰显汉语的古典魅力。经过以上两次叙事艺术的转变，石舒清小说走过了一条从对西方现代主义小说借鉴到回归中国叙事艺术的过程。石舒清对小说文本的苦心经营与探索，是西海固作家诗人的缩影。

综上所述，西海固文学在新中国逐步"富"起来的历史背景下取得了令人瞩目的成就，反映了我国社会主义社会建设发展的历程。

注释

①②杨钧期．西海固贫困的历史认同述论［J］．宁夏师范学院学报（社会科学），2014（5）．

③郭文斌．回家的路：我的文字［N］．文艺报，2004-06-03．

④李建军．郭文斌论［M］．银川：宁夏人民出版社，2008：186-188．

本文属新时代语境下的"西海固文学"研究课题，入选"2023年度宁夏重大主题创作扶持项目"

新时代以来西海固文学的传承与创新

许 峰

当历史的车轮迈进崭新的新时代，曾经让宁夏文学引以为傲的西海固文学并未放慢前进的脚步，在新的时代语境下，继续用激情荡漾、坚定朴素的文字书写着脚下的土地，回顾着这片土地上的悠久历史，讲述着属于我们这个时代的动人故事。新时代的西海固文学传承着自新时期以来西海固文学优良的文学传统，并与时俱进，对移民搬迁、脱贫攻坚、乡村振兴等乡村新现实进行了审美书写，反映出西海固文学在新时代呈现出来的新变化。正是在这个意义上，我们发现新时代的西海固文学正在热情地召唤着现实主义的审美理念，以新的叙事主题、审美形式书写表现新时代西海固的沧桑巨变和精神风貌的文学作品。本文在梳理新时代西海固文学成长环境的基础

许峰，中国文艺评论家协会会员，宁夏文艺评论家协会副主席，中国少数民族文学学会理事，宁夏社会科学院副研究员。

上，着重凸显它进入新时代所发生的变化，通过对马金莲、石舒清、季栋梁、了一容、王永玮等西海固作家呈现出的新的审美探索的分析与思考，挖掘其中蕴含的美学特征和时代价值，探索新时代西海固文学不断发展的文化要素、内在生机及可能性途径，为新时代西海固地区以至于整个宁夏的发展提供文化支撑与智力支持。

一、新时代西海固文学的成长基础与转变

"剁开一粒黄土，半粒在喊渴，半粒在喊饿。""和所有的农夫一样，我被干旱揪着衣领奔波，同情心已经不够布施。"这是两位诗人对曾经苦难的西海固的文学表达。曾经的西海固，"苦瘠甲天下"，1972年，西海固被联合国世界粮食计划署认定为世界上"最不适宜人类生存的地区之一"。西海固坐落在黄土高原上，山大沟深，常年干旱，年降水量仅有三百毫米，蒸发量却在两千毫米以上。来自西海固地区的著名作家石舒清在《西海固的事情》一书中，形容西海固地区的地貌环境为"旱海"："旱海里自然是没有鱼的。岂止无鱼，纵目所及，这么辽阔而又动情的一片土地，竟连一棵树也不能看见。有的只是这样只生绝望不生草木的光秃秃的群山，有的只是这样的一片旱海。"①西海固诗人王怀凌在《有关西海固的九个片段》诗篇中写道：

> 西海固只是中国西部的一块补丁
> 在版图上的位置
> 叫贫困地区或干旱片带
> 我在西海固的大地上穿行
> 为一滴水的复活同灾难赛跑
> 苍茫大地，绿水青山在遥远的地方真实地存在着
> 我的脚力达不到

文学西海固

宁夏"新三棵树"之一的季栋梁在《西海固笔记》中用了一个词形容西海固的地貌特征为"千山万壑"。"山高沟壑多，出门就爬坡。隔沟扯扯磨，亲嘴腿跑折。"西海固为什么这么穷？季栋梁总结："封闭的地理环境与落后的经济使西海固长期束缚于单一的自然经济，加之观念落后，市场经济意识淡薄，城镇规模小，城镇化率低，二三产业发展水平低，大量剩余劳动力滞留在农村，无法实现结构性转移，第一产业在三大产业中从业人数占75%以上，造成农业生产率低下。"[②]所以，长期以来，西海固是贫穷的代名词。然而，在这片贫瘠的土地上，却出现了一个罕见的文化现象——文学成了这片贫瘠土地上的丰饶诗意。在艰苦的岁月里，文学为西海固人点亮一盏灯，是西海固人的精神图腾。经过几代西海固作家们的不懈努力，西海固文学已经成为"文化固原"的金字招牌，以其旺盛的生命力和巨大潜质搅动着文学的一江春水，影响和带动了山城大地上各类艺术百花齐放、繁荣发展。

正所谓社会存在决定社会意识，社会意识是社会存在的反映。西海固文学是对西海固这片土地的真实反映，以乡土风情为主要题材，书写着西海固作家最为深刻的生命体验与成长记忆。20世纪80年代成长起来的屈文焜、火仲舫、李银泮、王漫曦以及"固原四平"（王亚平、钟正平、文建平、罗致平）等。90年代以后，逐步形成"本土写作派"，主要有石舒清、郭文斌、火会亮、了一容、古原、马金莲等，他们都是土生土长的农村人，对于西海固农村的生存图景、人文景观、民风民情和生活习俗不仅有着切身的经历，而且还谙熟于心。他们对脚下的这片养育自己的土地饱含着浓厚的情感，可以说，西海固作家是这片贫瘠土地上的"地之子"。他们自觉地承继起这片土地的精神命脉和文化传统，深情地凝视着这片土地的沧桑变化，真诚地关注着生活在这片土地上的劳动人民的命运遭际，形成独有的乡村感知与乡村文化的思考。他们发表了大量反映西海固自然环境、风土人情的佳作，叙写人们与环境的抗争、与深重灾难的抗争，以及在追求美好幸福生活过程中所表现出来的坚韧、乐观、豁达、健康向上的人文精神。然而，细究他们的创作，最核心的主题还是书写苦难。"苦难叙事"成为西海固文学的一个显著标志。宁夏本土评论家赵炳鑫在《西海固文学何以可能》中这样论述："严酷的自然条件和封闭保守的人文生态环境使西海固文学从一开始就带有'苦难叙事'的性质，'苦难'似乎已经成为西海固文学的一个传统。西海固作家的书写大多以苦难为母题，'底层'的生存事象、无助环境的百般折磨、众多人物的不得圆满等，几乎成为西海固作家绕不过去的话题，也成为他们的文学思维定式。"[③]换句话说，生存的苦难俨然已成为西海固作家的集体记忆，苦难书写便成为一种文化冲突下的天然选择，一种现实主义的创作精神，最终，这种苦难书写成了西海固作家创作的集体无意识。英国学者英格尔斯在《人的现代化》一书中指出："落后和不发达不仅仅是能勾勒出社会经济图画的统计指数，也是一种心理状态。"[④]然而，西海固文学创作中呈现出一个悖论的话题，便是西海固作家对待苦难的态度，他们并未陷入苦难叙事的泥淖中不能自拔，他们对待苦难那种刻骨铭心的体验似乎成了一种不可抗拒的宿命，因此，在他们的"苦难叙事"中总饱含着一种超越苦难的淡然，书写苦难不再是西海固作家们的终极目的，面对苦难所产生的那种超越苦难的精神狂欢才是他们极力要表现的。西海固文学一方面真实地再现出西海固自然环境的恶劣，人民生存的艰辛与苦难；另一方面，西海固作家所描绘出来的西海固乡村世界又颇具田园牧歌般的诗意氛围。郭文斌是西海固颇具典型的作家，他所描绘的乡土世界，富有极其浓厚的浪漫主义氛围。他有意规避对苦难的凝视，而是在乡村日常生活中营造一种浪漫化的诗意。学者李建军在解读郭文斌的作品时指出："不是把苦难置换成恨世者的冷漠与敌意，而是将它升华为一种充满暖意的人生感受。如果说面对这样的生活场景，路遥的小说着力强化的，是陷入考验情境的人们身上坚强和牺牲精神，那么，郭文斌更感兴趣的，似乎是人物在困难的境遇里仍然会有的欢乐和幸福感。"⑤"苦难"与"诗意"成了西海固文学重要的创作特征，在这样两个维度的影响下，西海固文学渐渐地呈现出了一种模式化的倾向，甚至很长一段时间内，西海固文学的创作都在这两个维度上徘徊，无论是创作者还是评论者都形成了观念上的合谋；尽管几十年以来创作成果丰富，但丰富的背后实则遇到发展的瓶颈，西海固文学需要主动改变以此来适应新的社会发展。

　　百年中国，推进中国式现代化历程中，乡土文学的书写始终关涉着整个民族前进历程和时代动向。新时代以来，乡村社会的面貌发生了深刻的变化，农民的生产生活、伦理观念、风俗习惯等变化更为明显，中国农村的发展面临着崭新的机遇与挑战，文学创作也随之发生了深刻的变化。面对百年未有之大变局，新时代的乡土文学应及时地回应时代巨变的社会现实，迎接新时代的挑战，这是新时代乡土文学增强生命力，展现新变化，再续新辉煌的关键所在。新时代的乡土文学不能故步自封，以往的、传统的叙事模式需要进一步做出调整与改变，做到与时俱进。当下，新农村建设、脱贫攻坚、乡村振兴、乡村治理等国家政策正在改变着中国乡村并且呈现出新的面貌。因此，新时代乡土文学要着力表现新时代乡土中国的新现实、新农民、新乡村，描绘出新时代乡村发展的新图景，勾勒出当下乡土文学叙事主体的审美风格。

　　在读者普遍的印象中，西海固文学是典型的乡土文学，曾以书写苦难而著称的西海固文学在新时代迎来了新的转机与机遇，自2014年，西海固地区在党的脱贫攻坚、乡村振兴、新农村建设等一系列举措下发生了翻天覆地的变化，甚至有的作家将这种变化叫作

"沧桑巨变"。面对沧桑巨变，西海固作家见证了一个个破落不堪的村庄发生的美丽整齐的嬗变，西海固的老百姓也在这场巨变中感受到了从未有过的幸福与自信，他们的精神面貌和生命状态都发生了惊人的变化。西海固的作家也开始调整着自己的写作路径，用自己的文学的创作改变着人们对西海固"苦瘠甲天下"的传统认知。固原市文联原主席杨风军先生感慨地说："西海固的历史性巨变，丰富着我们的创作素材。苦难正在淡出我们的作品，人民对美好生活的向往越来越多地成为我们的文学叙述。"西海固作家正在以他们的如椽大笔去反映乡土中国的"时代之变、中国之进、人民之呼"，他们凝聚西海固的生机与活力，重建西海固的乡土精神，推进西海固乡村传统文化的创造性转化和创新性发展。正是在这个意义上，新时代的西海固文学正在召唤现实主义的审美理念，以崭新的叙事主题、伦理文化、新人形象以及审美形式，去书写西海固在新时代的山乡巨变和精神面貌。西海固作家生活在这片土地上，他们在用自己的生命体验去感受这种变化所带来的震撼。

　　生活在西海固的女作家刘莉萍在回顾过去的苦难岁月时略带绝望地表达："这里的贫瘠落后消磨了父辈们一生的时光，也掠夺了我这一代如我一样的农民子弟的青春，让我的记忆永远沉浸在黑水汗流的田地里，或施肥播种，或收割锄草，或是守着谷子地拦挡一群和我一样忍饥挨饿的麻雀……""生活中，还能有些什么呢？"

　　脱贫攻坚以来，西海固地区发生了急剧的变化，这种变化让刘莉萍看在眼里，记在心上。曾经笼罩在心里的那种绝望情绪早已烟消云散，她欣喜地看到西海固变化后所带来的希望与曙光。她热情地咏叹道："我几乎跟不上这个时代的脚步了。西海固农村，家家通了电、通了路、通了网，尤其是通了水！水，让原本住在干山枯岭的庄稼人不仅解决了喝的、洗的，也让他们发展养殖、特色种植成为可能。现在去乡村入户工作或采风，西海固农村土地大量流转让农业产业逐步向规模化、集约化发展，养殖业和特色种植让农民收入不断提高，那粒黄土不再喊饿喊渴。"

诗人牛红旗生在西海固，长在西海固，行走在西海固，书写拍摄记录着西海固。"精准扶贫，让固原发生了巨变。过去的千山秃岭，通过退耕还林、移民搬迁，长满了森林绿草。过去的窑洞、土房、断垣被新农村整齐划一的农民新居取代。过去靠驴驮人背去山沟里取水和靠窖水过活的日子，一去不复返了。农民家家接上了自来水、户户门前通了硬化路，村子连通了通信网络。"这是牛红旗眼中实实在在看到的巨变。在《疼水·我的西海固》中，牛红旗曾感慨："走在西海固的乡村道路上，我感知着馨香的黑夜与白昼，抚摸着欣欣向荣的草木春秋，有抒发不尽的欣悦之情。"

曾经被中国作协主席铁凝关注过的宁夏西吉县女作家单小花，对精准扶贫有着切身的感受："走进单家集就走进了新时代，村村通公路，家家盖新房，人人争脱贫。种青菜，种西蓝花，还有养蚯蚓的。一眼望不到边的矮化密植苹果园，是乡亲们的脱贫园、致富园、幸福园。有了这个果园，单家集的父老乡亲就不再外出打工，一家人一年四季可以团聚，享受天伦之乐。"

党的二十大报告庄严宣告："我们经过接续奋斗，实现了小康这个中华民族的千年梦想，我国发展站在了更高历史起点上。我们坚持精准扶贫，打赢了人类历史上规模最大的脱贫攻坚战。"

2020年11月，宁夏回族自治区人民政府发布《关于西吉县退出贫困县序列的公告》，宣告宁夏最后一个贫困县西吉县脱贫出列。至此，"苦瘠甲天下"的西海固地区全部脱贫摘帽。2020年，西海固地区全部完成了新时代脱贫攻坚的任务，正在向着乡村振兴的宏伟目标迈进。西海固的脱贫攻坚取得了举世瞩目的成就，具有历史性的意义与世界性的意义。曾经那个被联合国世界粮食计划署认定为世界上"最不适宜人类生存的地区之一"的西海固已经摘掉这一标签,这一重大的社会变革自然吸引了西海固作家们的目光,他们走进脱贫攻坚的现场,真实而准确地记录了脱贫攻坚过程中广大党员干部带领人民群众攻坚克难的奋斗场景,创作了不少优秀的文学作品。这些作品坚持以人民为中心的创作导向,在充满人情味的细节书写中传递生活的温度,在表现西海固农村脱贫攻坚的过程中传达着温暖向上的情怀。季栋梁的《西海固笔记》,王永玮的《翻越最后一座"高山"——固原脱贫攻坚纪事》,段鹏举、火会亮、孙艳蓉的《大搬迁》,崔继鹏的散文集《我的扶贫纪事》,段治东的《清凉山驻村笔记》,胡静的《黄河水浇灌的荒原》等作品,采用纪实的方式,真实地记录着脱贫攻坚历程中的酸甜苦辣。作品从基层治理中存在的问题出发,以驻村书记、扶贫干部为第一视角,在纵横交织的人际关系网络中,描述着乡村治理和脱贫攻坚的新局面。我们着重以季栋梁的《西海固笔记》和王永玮的《翻越最后一座"高山"——固原脱贫攻坚纪事》为例,谈谈新时代的西海固文学所呈现出来的传承与超越。

季栋梁的《西海固笔记》是一部长篇笔记体报告文学,作者以深情的笔触,全景式、多方位地描写了西海固这片土地两千年的沧桑巨变,以及巨变背后的时代缩影和精神嬗变,直抵历史深处。季栋梁是一位用脚来丈量世界的作家,他为了写好《西海固笔记》,数十次下沉到西海固基层现场,以贴近现实的创作见证了西海固脱贫攻坚这一伟大历史进程,季栋梁敏锐地捕捉到西海固在脱贫中表现出来的新气象。选取了其中最有典型性的事件,如"吊庄移民""梯田建设""盐池治沙""扬黄灌溉""井窖工程""劳务输出""菌草种植""滩羊银行"等等,通过书写西海固人民实实在在的生活变迁,依靠翔实的资料和准确的数据,去展现西海固发生的变化,书写了我们这个时代的重大主题。《西海固笔记》并不是将视角盯在当下的脱贫攻坚,而是以开阔的视野写出了西海固的历史纵深感。他从政治、经济、历史、文化等角度梳理了西海固上千年的历史脉络，分析了西海固历史上的辉煌和衰败的原因，展现了新中国成立以来党和政府为改变西海固的贫困所做的积极不懈的努力，并具体描绘了新时代以来西海固在脱贫攻坚的历程中所取得的巨大成就。

季栋梁是宁夏的"新三棵树"之一，是当代著名的小说家。小说家的特长便是会讲故事，《西海固笔记》从体裁上是一部长篇报告文学，但读起来一点都不枯燥，反倒趣味横生，其中的原因便是季栋梁将发生在西海固这片土地上的事当成有趣的故事来讲。比如第二章谈到西海固的地貌时，季栋梁用"看门靠狗，通信靠吼"的俗语来说明；但季栋梁又指出"通信靠吼"是有误的，"风会把你的吼声刮走，沟会把你的吼声吞没。西海固人有更精妙的办法——扬土传信。"书中的那个朋友见山沟对面的老汉扬土，他也跟着扬土"耍"，于是被老汉隔沟教训，事后朋友才知道，老汉扬土是有事搭话。"扬土传信"是为了突出西海固沟壑万千的地貌特征，但季栋梁却写得细节满满，有滋有味。老汉得知他们来到这里纯粹是闲来无事"随便走走"，抛下一句话："好人让你们活咧！"这真是一句点睛之笔，老汉的一句回答既道出了某种羡慕与达观，又饱含着对待生命的态度与生活的无奈。将西海固地貌的复杂与西海固贫穷的原因紧密地连接在了一起。

《西海固笔记》描写的脱贫是一种及物的脱贫，它反映到西海固的方方面面，大到整个地区面貌的改变，小到个人生活的变化，都与国家的政策与党的关怀分不开，让读者切切实实感受到每一个西海固人都在这场沧桑巨变中得到了实际的幸福。《西海固笔记》坚持人民至上、以人为本的创作理念，它始终关注的是人在这场脱贫致富中的生活、精神、情感、心理等层面的变化，紧扣时代的脉搏，书写出了西海固地区在脱贫攻坚中涌现出来的一系列新人形象,既有深入乡村带领村民脱贫致富的扶贫干部,也有乡村本地的致富带头人,还有一些被帮扶的农民。《西海固笔记》通过大量真实生动的细节描写,不仅写出了新时代农村新人身上的时代特征,最主要的是还走进了他们的内心世界,表现出他们的心理活动与价值追求,更加具体真实地深入到了西海固地区的生活,让我们看到了在这场豪迈的脱贫攻坚事业中,无论党员干部还是普通民众,都在为改变贫困而做的努力与贡献。

《翻越最后一座"高山"——固原脱贫攻坚纪事》是王永玮作为驻村第一书记写下的关于脱贫攻坚的真实故事,该书用自然晓畅的语言和带有浓郁生活气息、鲜明地域色彩的描述,全方位展现脱贫攻坚历程中所浸润的历史文化、民俗文化、生态文化和现代都市文化,王永玮结合自己的心路历程与真实体验将脱贫攻坚的重大主题糅进了日常生活的叙述之中,以文学特有的魅力聚合了脱贫攻坚中所迸发出的精神力量。今天我们看到西海固地区已经实现了脱贫,西海固人民奔小康迈向了幸福生活。可有谁知道,其中有多少人为此呕心沥血、艰苦奋斗?《翻越最后一座"高山"——固原脱贫攻坚纪事》用一个个鲜活的事例告诉我们,哪有什么岁月静好,其实是像王永玮这样的驻村书记带领全村人民与贫困做斗争,用一个个小人物的命运变化书写了新时代的伟大,每一个生命的轨迹都让西海固脱贫攻坚的历史鲜活起来。通过苏秀花、李丽、张汉平等普通老百姓在脱贫攻坚道路上生动故事的讲述,凝聚着百姓的心声,书写百姓度日的悲欢,反映了时代大潮中小人物的感人事迹。王永玮记录着自己作为驻村第一书记的心路历程,他书写的目光始终贴着地面、贴着群众,去表现他们的欢喜与悲伤。虽然生活的质地无比坚硬,一遍遍磨砺着扛起生活重担的人,但顽强蓬勃的生命力始终刻在西海固人的性格里,从过去到今天,然后到新一代的农民、新一代的西海固人,他们在"脱贫攻坚"的灯塔下找到了自己的生活道路，寻找到了幸福的路径。行走六盘大地，西海固的劳动者用脚步丈量大山贫瘠的土地，一锹一锹挖出生活的甘甜，王永玮也用那浸润着六盘大地的厚重的文字着力地去表现生活在这片热土上人们强健的生命力，他以自己的亲身经历为脱贫攻坚这一伟大事业赋予了庄严感，镌刻同时代人们集体记忆的精神载体，也为时代、为后代提供了生动翔实的读本，这些生动的故事后面是王永玮一串串的脚印，也是他的一片赤诚之心。

新时代西海固文学的脱贫攻坚书写反映了西海固农村的巨大变化，对西海固人民与贫困抗争的壮阔历程做了艺术化的呈现，表现出西海固乡村世界新的风貌，向全国甚至世界讲述了动人的西海固故事、宁夏故事，体现出中国式现代化的本质要求，从而具有重要的文学价值与时代价值。

二、新时代西海固文学：社会剧变中的现代性反思

进入新时代以后，中国社会面临着急剧的转型，西海固地区也正在经历比以往更加深刻的变革，出现了许多新的社会与文化现象，脱贫攻坚与乡村振兴等正在改变着西海固地区几千年的乡村面貌，过去学者所命名的"超稳定结构"开始动摇甚至被解构，农村正在发生着翻天覆地的变化，农民也在摆脱贫困，走向富裕。作为"苦瘠甲天下"的西海固地区这种变化最为显著。西海固的乡村正在走向现代化和城镇化，"乡土中国"转向"城镇中国"的趋势正在加速。进入农村，除了漂亮整齐的屋舍，现代化的交通、教育、医疗、物流与基础设施等都已经进入乡村，但传统文化与农耕文明也受到巨大的冲击，乡村世界由过去的"熟人社会"变成了"陌生社会"或者"半陌生社会"。更为显著的是，农民对于土地的依赖逐渐减弱，大多数农民的土地流转出去做规模化生产与经营，农业在国民经济的比重下降。作为以农业为主的西海固地区，不仅有着

历史悠久的农耕文明，也有着逐步发展起来的工业文明，村村通网络带来的信息文明，彼此共存又互相矛盾。问题的复杂性就在于前现代、现代与后现代的价值形态与生活方式在西海固地区几乎是共时性的存在。但城市物质文化所带来的吸引力又不断在强化传统与现代之间的矛盾与冲突，进而使人们的精神世界发生变化。新时代展现出来的这些新现象，也促使着西海固作家们不断调整创作路径，去思考新时代自己生活的地域所发生的变化，捕捉到时代所呈现出来的主题，寻找到带有整体性、普遍性并与每一个西海固人息息相关的故事，从而触及每个人的心灵与情感。西海固作家在面对新时代带来的文明形态的变化，表现出不同的创作路径，但却不约而同地走向了现代性的反思，体现出消费文化语境下西海固文学的坚守姿态。

时代"共名"的反思与怀旧式审美表达是马金莲新时代的创作特色。

新时代，谁是西海固文学的守望者与继承者？我认为马金莲堪为代表。她提道："我的文学修养大概来自三个方面。一是家庭。二是民间故事、传说等的熏陶。三是来自西海固文学的影响。"[6]所以，马金莲的小说不可避免地也在书写着西海固文学一直以来的苦难话题，因为这种苦难是西海固文学中的DNA，是毫不夸张避讳的真实性存在。而且马金莲已经深刻意识到书写苦难产生的趋同性，但是童年的记忆与现实的生活经验让她无法回避这样沉重的话题。她直言道："我知道，千篇一律的苦难故事，势必给人造成审美疲劳。可是生长在这样的土地上，并将生命里将近三十年的时光留在这里，不写苦难，那我写什么？还能写什么？我们本身的生活，就是一段苦难的历程。"[7]因此，我们看到，马金莲初期的创作依然在延续西海固文学常规化的故事模式，对于创作新人，或许书写西海固的苦难是她创作最直接也是最熟悉的创作路径。进入新时代的文化语境后，面对新的文化现象和社会转型，马金莲以更加饱满的热情去书写着西海固的历史、现在与未来，于是，我们看到的是一个复杂与矛盾、澄净与单纯、理性与感性、批判与同情共存的创作主体。新时代以来，马金莲的创作进入一个井喷期，为广大读者推出长篇小说《马兰花开》《孤独树》，小说集《长河》《1987年的浆水和酸菜》《绣鸳鸯》《难肠》《头戴刺梅花的男人》《河南女人》《伴暖》《我的母亲喜进花》《白衣秀士》《午后来访的女孩》《化骨绵掌》《雄性的江湖》《爱情蓬勃如春》等作品，如此高产量的创作放置全国也是少有，这使得马金莲不仅在80后的青年作家中格外耀眼，而且也让她笔下的西海固故事成为当代文坛重要的文化现象，给西海固文学、宁夏文学带来极高的声誉。

面对时代的"共名"（陈思和语），马金莲没有随波逐流，充当时代的"传声筒"。她始终与时代的"共名"保持一定的距离，虽然她没有刻意地去迎合、反对或者批判，但马金莲却总是对当前社会热点或者重大主题保持着一个作家的反思，这也是她创作走向成熟的表现。对于急剧变化的社会，马金莲显然有些无所适从，她更愿意放慢脚步去思考与观察乡村世界的改变所产生的更深层的意味。这表现在她对待城市化实践进程所产生后果的思索与困惑。同样涉及移民搬迁的问题，马金莲并未呈现出过于乐观的创作姿态，而是处于一种犹豫和矛盾之中。从她自身的生活经验来看，她看到如今的农村逐步摆脱贫困，农民过上幸福生活，走向现代化，认识到现代文明的优越性；但她困惑的是，通过搬迁移民改变生活真的会是皆大欢喜、尽如人意吗？马金莲曾谈道："我无数次问过乡亲们，搬迁好不好？有人说好，有人说不好，有人开始说好，后来又说不好，也有人开始说不好，后来又说好。我深深思索过，如果有人来问我，我的回答也会是这样矛盾的：好，也不好。好，是因为搬出去确实便利。……能坐上乡村公交车，赶集方便，娃娃上学、生病看病方便，打工挣钱更方便。这些都是一种好。不好是什么呢？其实是一种情感，是对故土的眷恋。……老窑洞、老房子、老院子、老家具、老狗、老猫……都是我们生命历程的见证和记载。人生大部分记忆留在这里。如今乍然搬离，以这样集中、匆促甚至有些仓皇的节奏，生活的变化太快太大，让人猝不及防。"⑧扶贫移民固然是好，农民从此过上了物质宽裕的生活，但是从人文情怀去考量，移民搬迁让农民失去了故土家园，情感难舍。马金莲写出了移民搬迁后的存在现状。就如美国社会学家丹尼·贝尔在《资本主义文化矛盾》中所强调的："真正的问题都出现在'革命'的第二天。"小说《低下的父亲》《伴暖》写出了搬迁对老人产生的影响，农村老人无法适应现代化的生活方式，恪守农耕传统的老人们表现出与这个时代脱节的现象；然而，马金莲关注的是这些所谓与社会脱节老人们的命运问题，他们不应该被边缘或者放弃。即便搬迁后，移民打工的现状又如何呢？《金花大姐》《四儿妹子》《旁观者》《三个月亮》《凉的雪》《人妻》等作品蕴含着一种悲观的情绪，揭示出农民去城里打工的真实现状和存在的问题。没有文化的打工者、留守老人与儿童、夫妻分居亲人分离、进城打工者婚变、进城青年的精神困境、基层治理的无序化等等诸多问题都在马金莲的小说中用生动可感的人物形象表现出来，乡村人努力寻求的现代生活方式却在无形地消解着乡村人伦情感。在此之前，宁夏已故作家李进祥在《换水》《狗村长》等作品中将乡村世界在现代化洗礼下的负面影响揭示出来，充满着现代性的反思。而马金莲生于底层，将底层世界的生存现状密集地展现出来，她对待当下社会发展的态度，已经告别了过去那种"城市文明的拒绝与批判"，而是基于一个作家的情感去同情那些社会的弱者，给予不幸者更多的关注，凝视他们生存的苦难与命运的多舛。因此，马金莲既认同现代乡村的物质富足，又缅怀过去的孕育于传统乡村的精神价值。

183

虽然是一种矛盾的创作心态，但却是坚守现实主义写作的真实写照。

　　跨越历史时间感的怀旧是新时代西海固文学的一大特点，也是精神层面"重返家园"的过程。在现代科技的推动下，现代社会加速地推进，一个加速度的时代及其形成的"加速社会"正在向我们急剧走来，人们越来越崇尚速度与欲望带来的生活激情。进入新时代，西海固地区在现代化的推进中已经发生了巨变，无论是城市还是乡村，现代化已成为人们日常生活中的重要组成部分。然而，维系人类群体文化信念的传统却在现代化的洗礼中被遗忘，无论是城市人还是农村人，越发感觉到情感无所依托，灵魂毫无遮蔽，人们浮在生活的表层，在当下的时间去体验文化的断裂感。于是怀旧便成为一种合情合理的自我救赎。重温历史与旧日的生活细节，怀念过去生活的单纯安逸，从精神层面回返到历史深处去寻找思考现实世界的价值支点，西海固的作家通过回想历史而再次拥有了历史，让在现实世界疲惫不堪的灵魂游弋于过去与现实之间，形成对自身的精神抚慰与情感缓冲。此时的"怀旧不再是一般意义上的回望乡土，而是被现代文明丢弃精神家园的自觉寻找"[②]。

　　怀念乡村世界的物质空间及物品，在西海固作家的"故事镜像"的建构中担当了非常重要的意义。近期，马金莲有意识地创作了一组富有年代记忆感的小说，《1985年的干粮》《1986年的自行车》《1987年的浆水与酸菜》《1990年的亲戚》《1992年的春乏》等作品，这些作品以过去乡村世界极其日常化的物或者事来阐释一种美好的乡村伦理精神，这正是城市化进程中普遍欠缺的东西。小说中的干粮、自行车、浆水与酸菜、走亲戚等，不再是原始意义上的物质生活必需品了。正如有学者所做的精彩解读："这些空间与物品的整体意象群体，特别是富有农耕文明、传统文化、前现代属性的象征性器物，随着乡村现代性的一步步进逼，有一个内蕴不断展开、外延不断延展的过程。特别是在1990年代之后，很多物质渐渐超越了它的实用价值，被涂抹、笼罩上一层文化与情绪的元素，成了创作主体对抗现实世界、参与现实的文学手段。也成为表征其审美内蕴的媒介，并被深深地烙上鲜明的'中国'特征。换句话说，在创作主体的笔下，上述各种物质既有其实体性的一面，它是叙事得以展开的空间和媒介；同时，也有超越性的一面，它是叙事所最终生成文本意义的合作者。即通过对它们的'复魅'，通过对它们的'陌生化'，重新发现并建构其存在的自在性、神奇性、神圣性和审美性。"⑩面对现实乡土与现代文明，马金莲却无法产生文化上的认同感，她仍然书写记忆中的旧时的乡村世界，像沈从文一样，建构着田园牧歌式的乡土生活。马金莲小说的怀旧更多的是基于审美现代性的反思立场，曾经伴随她成长的那个熟悉的乡村社会的消失，引发了马金莲的焦虑，进而造成了她自我身份认同的断裂。"熟人社会"变成了"陌生社会"，"记忆"与"现实"对照后的内心的矛盾与复杂，这都让马金莲的文字带有强烈的理想主义色彩，成为乡土文化的守望者。

面对新时代的社会转型，石舒清似乎并未有充足的自信去看清生活现象的本质，但当下社会心灵分裂与精神悬浮的现象却为石舒清提供了一个创作的他者视野。他有意识地避开对纷繁复杂的现实世界的介入，而是在努力寻找另一种言说现实的方式。那就是在历史深处思考人类的命运与透视人性的复杂。近些年石舒清热衷于在故纸堆里寻找写作的素材，他的小说呈现出一种更为深沉的创作气质。近些年的小说集《九案》《公冶长》，长篇小说《地动》，都将审视的目光投向了历史。然而，石舒清的小说并非新历史主义那种对历史主体的重新建构，也非鲁迅笔下的"故事新编"，历史对于石舒清而言只是一个小说叙事与反思的框架，他更在意的还是小说对人类命运的关注、终极思考以及展现出历史环境视域下人性的复杂。石舒清是从西海固地区走出来的作家，但石舒清的创作早已超越了西海固地域文化的羁绊走向了更为广阔的人类视野。小说集《九案》与长篇小说《地动》依然延续着他对死亡的深刻思考，这是石舒清整个创作生涯都在关注的核心问题。在《九案》中，石舒清借助本地的古籍卷宗获得创作的灵感，运用民间故事的笔法讲述了一个个耐人寻味、别具传奇色彩的故事。然而这些故事的底色却充盈着悲剧的色调，小说里人物的死亡都是非正常的死亡，《喜姐》中李戎的自杀、剃头匠杀身之祸、郭念生误食毒药而亡，都不得不让人感叹世事无常。英国社会学家齐格蒙特·鲍曼指出，我们生活在一个流动的时代，处处充满着不确定性。恐惧、灾难时刻伴随着人类的发展。人类无论在自然灾难还是社会灾难面前，都显得如此渺小与无助。长篇小说《地动》便是书写了百年前海原大地震造成了的人类惨剧。对于地震这样的天灾，人类无法提前预知。对于即将到来的死亡无知无觉，这便是最残忍的灾难。小说通过讲述地震后每一个鲜活的个体所遭遇的巨大苦难，展现出人的绝望与悲伤。当小说重新回顾这场灾难时，地震前老百姓的烟火气息，对他们日常生活的描绘更让人感受到一种恐怖的阴霾。石舒清用一种颇为冷静的文字在描述着弥漫在地震前后的那种复杂和茫然的情绪，揭示出闭塞乡土中人们的蒙昧与迷惘。站在当下去回望那场百年不遇的灾难，深刻地描摹着人的死亡与生活的崩塌，平凡烟火下的孤立无援让人感到恐慌，也让人进行深刻反思。石舒清的艺术精湛之处在于，在历史的场域下通过生命的探寻去实现自我意识的苏醒，进而实现精神意义上的启蒙。

"杰出的作家在接受地域文化精华的同时，也有能力与地域的控制力量相抗衡，并且超越地域性所产生的种种限制。"[⑪]石舒清便是这样杰出的作家，他书写着自己家乡的历史，他笔下的海原也好，西海固也好，都已经不再是现实意义上的地理图景，而是超越了地域性的限制，将西海固的故事写成了人性变化的故事和人类普遍价值的寓言。

在苦难的经历与记忆中建构审视现实的维度是了一容近些年小说的一大亮点。进入新时代的了一容并未放慢创作的步伐，他的创作一方面继续取材于他过去丰富而又坎坷的流浪经历，讲述草原世界里的惊心动魄的故事，彰显出生态文明的价值理念；另一方面他开始聚焦与介入现实世界，去反思与透视复杂的人性世界。总的看来，了一容近些年的小说越来越走向一种现代性的批判，这与他对社会转型的思考息息相关。在对现代性的反思中，英国著名社会学家吉登斯认为"生态关系"与"极权主义"是现代性被忽视的两个重要的方面，也是值得反思的两个维度。尤其是"生态关系"，在吉登斯看来，"完全没有融入社会学之中"。了一容的小说在对自然万物的书写中，隐含了作家一种人格重建的文化隐喻色彩，同时也表达出一种对现代性异化的反思与批判主题。比如《玉狮子》《夏季的牧野》《圈马谷》等草原小说书写了人与动物之间的亲密关系，传达出了一容对生命本质的深刻认识和对底层劳动者艰辛与尊严的同情。隐喻性地表达了土壤被破坏，被迫放弃家园的无奈与苦楚，对现代性的异化做出深刻的反思，通过描绘西部雄浑壮丽自然景观及人与动物关系的书写，重新建构出人的主体性。小说中的主人公们强悍的性格闪烁着圣地亚哥的光辉，这一类形象在过度物质化的消费时代体现着生命的本质与精神的价值。近些年，了一容的创作介入现实的能力不断在增强。《群众演员》所表现出来的那种反讽性值得称道，也是了一容文学创作的一个大的突破。小说通过刻画主人公肖四身上的阿Q式的精神病症，深刻地揭示了当今社会底层群体的生存困境与精神追求，艺术地为我们展现出人们普遍所关注的阶层固化与现代性焦虑的社会学话题。小说家不是哲学家，小说家通过丰富生动的人物形象传达出对复杂社会的认知，在透视社会人生百态的同时努力挖掘出人性的本质。了一容的小说扎根于底层人生的厚土之中，叙写着底层人生活的沉重与艰辛，同时又能再现底层人内心的高贵与仁厚。

三、新时代西海固文学繁荣的原因

新时代，万象更新，西海固大地发生了前所未有的变化，随着2020年宁夏最后一个贫困县西吉县实现脱贫摘帽，标志着宁夏区域性整体贫困问题得以解决，历史性地告别绝对贫困。整个西海固地区跨越千年的贫困，焕发出勃勃生机，西海固人民齐心协力、携手共富奔向康庄大道。自20世纪80年代引以为豪的西海固文学在这场伟大的脱贫攻坚精神中汲取了创作的动力，谱写了更为辉煌的文化篇章。

2016年5月13日，中国作协主席铁凝来到中国首个"文学之乡"西吉，启动"文学照亮生活"全民公益大讲堂，为当地文学固原建设注入新的力量。2023年5月8日，中国作协党组书记张宏森来宁夏实地调研，第一站就去了固原，并发表了语重心长的讲话，给予西海固文学肯定。有人说，文学是西海固人的精神图腾。这个说法是名副其实的。四十年来，西海固文学一代一代地传承与发展，已经成为"文化固原"建设的一个金字招牌，以其旺盛的生命力和巨大潜质搅动着文学的一江春水，影响和带动了山城大地上各类艺术百花齐放、繁荣发展。回顾新时代以来，西海固文学获得鲁迅文学奖、全国"五个一工程"奖、全国少数民族文学创作骏马奖、各类期刊文学奖等奖项，西吉县被授予"文学之乡"，原州区获"中国诗歌之乡"称号。并且西海固文学成为当代文学一个重要的研究课题，从国家级到自治区级课题项目，从自治区区内到区外的本科生与研究生毕业论文选题，从国家级核心期刊到各省市的文学期刊，西海固文学越来越受到学术界关注与重视，随着研究的不断深入，西海固文学的研究也越来越成熟。当社会都在信奉"消费社会"，发出"文学死了吗？"的疑问时，为什么新时代的西海固文学还能取得如此骄人的成绩，引起各方的关注？其中的原因值得深思。

（一）新时代的西海固文学矢志不渝地在汲取优秀传统文化的养分提升精神境界

从文化形态来讲，西海固地区属于中原农耕文化的变化形态关陇文化。这一文化形态深受中原农耕文化的影响，换言之，儒家思想深入人们的日常生活之中，重视耕读传统，推崇君子人格和社会伦理道德建设。相信实践理性（从经验中总结规律），不提倡想象性和浪漫的生活向往，反对过度的商业氛围和利益为先的经济原则。重视家族人伦圈和乡土地域文化圈的亲密关系，重视故土家园的精神性和情感性价值，反对个人对于家族和故乡的疏离。受生存的地理环境的影响，关陇文化的内质是朴拙、简素、厚重、内敛。这些优秀的传统文化在西海固作家身上得到鲜明的体现，他们不受消费主义时代风气的影响，专注于文学创作的本质，坚守着纯粹的文学性书写。受关陇文化的影响，西海固作家从未将文学活动当作牟利的商业活动，他们自觉地坚守精神高地，从事着寂寞的写作，浓厚的故土家园意识使他们满怀真情地去传达他们生活的这片土地上的人生百态与生存本相，究其原因，源于他们对地域文化精神的深层传承。正是这种深层传承，造就了西海固作家不断地薪火相传，西海固文学生生不息的良好局面。所以，无论是过去还是现在，西海固文学重要的题材就是农耕文化影响下的乡土生活，石舒清、郭文斌、马金莲、了一容、火会亮等作家，他们的作品用现实主义的手法集中表达了对农民生活和命运的同情、理解与反思，也精确状绘了关陇文化影响下的农民生活和农民命运。

当然，随着21世纪全球化浪潮的不断涌入，西海固传统的生活模式发生重要改变，原有的文化精神受到极大的冲击，朴拙、简素、厚重、内敛的"关陇性格"受到影响，开放、张扬的趋同性文化气质逐步形成。尤其是新时代以来，为了脱贫致富，移民搬迁加速了各类文化形态之间的交融，使得西海固的文化形态也在传承中不断创新。因此，我们看到马金莲、了一容这些年创作的变化。如今他们生活在城市，他们的小说不再局限于过去那种单纯的乡土叙事，而是转向了搬迁移民、农民工、城市中的人物故事等题材书写，以此来探索新时代的现代乡土与农民之间的深层关系。有学者指出："马金莲以现代观望传统，以现实遥望过往，创作怀旧题材系列表达强烈的故土认同意识。"[12]实际上，地域文化精神一直在西海固作家的精神血脉里流淌，只不过，故土家园由过去的"自我"变成了"他者"。新时代的西海固文学尽管题材有所变化，但对优秀传统文化的汲取始终不变，而且还给这种文化形态注入更多的活力。呈示过去，表现传统是文学创作的一项功能。正如希尔斯在《论传统》一书所强调的那样："阅读过去的重要文学作品的人不但获得了作品的传统，而且获得了解释作品的附属传统。解释作品的传统渐渐地体现在作品本身中。过去本身不会向今天的人们展示自己，它必须在各种复杂的知识水平上。……因此，必须有一个研究、纯化和重建传统的传统。"[13]那么，新时代的西海固文学便承担着这项重建传统的重任。

（二）新时代的西海固文学始终以文化担当激发脱贫攻坚内生动力

新时代西海固地区重大的主题便是脱贫攻坚。在这一时代"共名"下，西海固广大文艺工作者坚持把创作植根于抓脱贫、惠民生、促发展的具体实践，用生动的笔触、优美的旋律、感人的形象，创作了许多表达人民心声、抒发人民情怀的文艺作品，鲜活地表现了这方热土上人民追求美好生活的奋斗史和心灵史，涌现出石舒清、郭文斌、了一容、马金莲等一批著名作家，捧回了"五个一工程"奖、鲁迅文学奖、全国少数民族文学创作骏马奖、人民文学奖、小说选刊奖、民族文学奖等全国大奖或其他重要奖项，在西部乃至全国打响了"文学固原"品牌，"中国书法之乡"、首个中国"文学之乡"相继落户固原。这些文艺成果，对提高固原知名度和美誉度，为打赢脱贫攻坚战、全面建成小康社会提供了强大的价值引导力、文化凝聚力和精神推动力。2020年，第一部反映宁夏固原脱贫攻坚的报告文学作品集《翻越最后一座"高山"——固原脱贫攻坚纪事》由百花文艺出版社出版发行。该书记录了"苦瘠甲天下"的西海固历经脱胎换骨、逐步走上"生态美、产业兴、百姓富"小康道路的历史性巨变。这是当地脱贫攻坚题材文艺精品创作的鲜活样本，用文学印证了文艺助推脱贫攻坚的生动实践，为当地脱贫攻坚注入了昂扬向上的精神力量，为外界打开了一扇了解西海固扶贫事业的窗口。

（三）各级组织的重视与创作环境的培育是新时代西海固文学繁荣发展的关键

自"西海固文学"的概念提出以来，中国作协、自治区党委、固原市委都十分重视、支持西海固文学的发展。宁夏文联、作协和文学院都以培养西海固作家、繁荣发展西海固文学为己任，经常在固原市组织开展座谈研讨活动。固原市委、政府历届领导都十分重视西海固作家的成长，并把打造西海固文学品牌列为重要议事日程，特别是在固原市第三次党代会上提出，要"坚持'二为'方向和'双百'方针，打响'西海固文学'品牌，推出一批文化精品"。固原市委宣传部通过策划系列文化活动，建立文学研究机构，制定完善奖励机制，激发作家的创作灵感，调动创作积极性。2014年，争取固原市财政每年拨付五十万元作为西海固文学专项奖励扶持资金，并制定完善了《"西海固文学"专项奖励扶持资金使用办法》

和《"西海固文学"奖励办法》等，对西海固文学品牌建设给予强有力的支撑。2015年，固原市人才工作领导小组办公室联合组织部、宣传部、文联、财政局印发《西海固作家培养工程实施意见》，进一步促进了西海固作家队伍的建设。三百多人的"西海固作家群"的形成，得益于文学创作氛围的熏陶。特别是被中国作协命名为中国首个"文学之乡"的西吉县，现已成立了十四个县直部门（单位）文协，十九个乡（镇）文协、三十八个基层文协，五个企业文协，县内各中小学都有文学社团和文学校刊，浓厚的文学氛围成就了一大批知名的文学人才，如火仲舫、郭文斌、了一容、马金莲、单永珍等，中国作协主席铁凝称西吉县为"中国文学最宝贵的粮仓"。中国作协党组书记张宏森调研宁夏的第一站便放在固原。

（四）西海固作家勤奋执着善于思考的精神是新时代西海固文学继续辉煌的保证

正如前面所述，西海固的作家在众声喧哗的文学大潮之外，怀抱着一颗静穆之心去坚守文学活动的底线，他们以精神之光烛照着西海固人民的生存状态，在对苦难的书写中生成美感与诗意，从而给予读者精神上的震撼。他们的坚守与执着让他们的创作一直契合创作的规律，苦心经营着自己所建构的文学世界。由于不受商业活动的干扰，西海固作家能潜下心来去创作，而且成绩斐然。马金莲可称之为文学创作的"劳动模范"，她笔耕不辍，从2012年到现在，出版两部长篇小说，十多部小说集，每年都有数量可观质量上乘的小说作品问世。另外，西海固作家善于思考。进入新时代，社会发生了巨大的变化，城镇化速度加快，城乡一体化形成，信息化已经进入我们的日常生活中。面对现实世界的变化，西海固作家已经不再热衷讲述苦难的故事，他们以一个反思者的角色出现在读者面前，敢于突破自我、否定自我。因此，我们欣喜地看到石舒清、马金莲、了一容，还有西海固的诗人们在新时代的社会语境下依然佳作不断，他们不仅坚持以人民为中心的创作导向，深入生活的肌理，认真观察生活，而且苦心研究文学经典作品的艺术魅力，学习经典作品所呈现的叙事技巧、语言特色、情节设置以及主题表达。比如石舒清对波兰诗人辛波斯卡、英国作家毛姆等的研读，就给人留下深刻的印象。可以说，对古今中外经典作品的学习研读也是西海固文学能够长久不衰的一个重要原因，也是西海固文学在新时代继续辉煌的保证。

总之，新时代的西海固文学蕴含着丰富的潜力与无限的可能性，它及时地回应了西海固农村建设与发展中产生的社会问题，表现社会转型过程中西海固农民的精神状态与思想观念的变化，记录了西海固农村新人在困境中寻找生机的突围过程，彰显了在脱贫攻坚、乡村振兴中人的价值和群体的创造性力量。当然，我们必须清醒地意识到，新时代的西海固文学还存在没有处理好时代话语与艺术审美之间的关系，书写乡村发展路径也存在着一定的模式化和同质化的倾向。新时代的西海固文学理应发现乡村建设中呈现出来的新特征、新现象、新面貌，更要深入开掘社会转型后人的精神世界与意义价值探求。学者王光东指出："中国当代社会在转型过程中所展开的当代生活，随着时间的推移还会产生更多新的内容，这些新的历史内容自然会带来更多的文学的新的因素，但不管怎么变化，文学不会失去它所拥有的美的尊严和精神的力量。"[⑭]因此，作为新时代西海固的作家应当从文化根本处思考新时代社会转型带给西海固地区变化发展的深层原因，创作出面向历史、现实与未来的反映新时代变化的文学，为新时代的乡村振兴、建设美丽新宁夏创作出既有历史智慧又饱含丰富审美底蕴与精神探索的文学作品，向着新时代文学经典作品努力迈进。

注释

①石舒清.西海固的事情[M].北京：北京十月文艺出版社，2006：4.

②季栋梁.西海固笔记［M］.北京：北京十月文艺出版社，2022：36.

③赵炳鑫.西海固文学何以可能［N］.宁夏日报，2017-07-18.

④英格尔斯.人的现代化［M］.成都：四川人民出版社，1983：3.

⑤李建军.混沌的理念与澄明的心境：论郭文斌的短篇小说［J］.文艺争鸣，2008（2）.

⑥马金莲，火会亮.以朴素的方式抵达灵魂的彼岸：就小说创作对话马金莲［J］.朔方，2015（1）.

⑦马金莲.露出自己该有的面目［J］.朔方，2010（10）.

⑧马金莲.在新的生活里留存并且生生不息［J］.青年文学，2019（1）.

⑨⑫李伟.岁月长河中的守望与超越：论马金莲的近期小说创作［J］.东方论坛，2020（3）.

⑩彭维锋."三农"中国的文学建构："三农"题材文学创作和社会主义新农村建设研究［M］.北京：光明日报出版社，2015：131.

⑪南帆，刘小新，练暑生.文学理论基础［M］.北京：北京大学出版社，2010：179.

⑬爱德华·希尔斯.论传统［M］.傅铿，吕乐，译.上海：上海人民出版社，2014：153.

⑭王光东.乡土世界文学表达的新因素［J］.文学评论，2007（4）.

原载《中国当代文学研究》2024年第2期

西海固文学的问题、局限及解决路径

张富宝

　　作为一种文学现象的存在，西海固文学的形成，有其自身的独特的历史积淀和现实基础，而经过多年的蓬勃发展和几代作家的不懈努力，它已经成为西海固最具有标志性的一种"发声装置"；作为一种地域性文学的存在，西海固文学从诞生到现在，显现出了强大而坚韧的生命力，它已经成为西海固"最耀眼的一张名片"。在很大意义上，文学的西海固与现实的西海固实现了"双向奔赴"，文学的西海固赋予了现实的西海固以特别的想象与魅力，而现实的西海固给予了文学的西海固以无穷的滋养与源泉。或许可以毫不夸张地说，没有文学的西海固，现实的西海固到今天恐怕还处在一个"无名"或"失语"的状态。当然，我们也应当看到，同其他地域性文学一样，西海固文学在发展演进的过程中，在取得辉煌的成就

　　张富宝，宁夏文艺评论家协会副主席，宁夏大学文学院副教授。

的同时，也存在着一些难以规避的问题与局限。

一、问题与局限：西海固文学的"漩涡"

第一，从写作内容来说，题材与类型相对单一，同质化与均质化现象严重，重复性写作和无效写作比较普遍，加上网络自媒体的推波助澜，无节制的低门槛、低标准的自由发表更加剧了这一现象，西海固文学正在沦为大众文化的一部分，带上了娱乐化、消费化、媚俗化与平面化的特征，极大地改变了西海固的文学生态，严重影响和制约着西海固文学的纵深发展。笔者将此定义为西海固文学的漩涡。所谓"漩涡"，是笔者最初在论述诗人王怀凌的时候提到的一种说法，"从某种意义上来说，西海固之于王怀凌，有成也萧何败也萧何的意味。当王怀凌能够摆脱西海固的言说焦虑时，往往能写出非常开阔大气的诗。毫无疑问，由西海固造成的这种悖论性的写作处境，已经成为影响西海固文学发展的瓶颈，成为一种'漩涡性'的存在。"[1]顺着这个思路，我们可以稍做延伸，举凡影响和制约西海固文学的一切主观的和客观的矛盾性要素（"西海固化"与"去西海固化"的双向博弈），都可以把它称之为"漩涡性的存在"。王怀凌当然不是个例，他无疑是西海固代表性的诗人之一，因而他的困境更具有普遍性——在一种爱恨交织的情感纠葛中，他既想从西海固的囿限中突围，却又无法摆脱西海固的"影响的焦虑"。事实上，时至今日，西海固很多写作者依然深陷于这种"漩涡"当中，依然沉醉于古典式的田园乡村想象与浪漫诗情之中，或者迷恋于苦难美学的虚妄与幻象之中，或者在急速变化的城市化语境下被动地书写城乡冲突，而对生生不息的西海固的生活现实缺乏深切的同情与深入的了解，以至于西海固本身独特的地域文化及其悠久的人文历史资源并没有催生出与之相对等的新文学形态。

第二，写作者自身的写作素养不足，在文字表达能力、知识

（读书）储备、艺术技巧等方面都有不同程度的欠缺，业余作者尤甚；普遍缺乏深厚的生活积淀和深邃的思想能力，对当代社会与国际世界的发展变化以及当代文学自身发展的新动向、新因素、新内容的关注不够、把握不够，缺乏长远的思考与体系性的规划，写作的眼界与视角有待进一步拓展，依然没有很好地解决"写什么"与"怎么写"的根本性问题。在具体的写作过程中，大多数写作者往往囿于以往的思维定式与写作惯性（甚或惰性），普遍缺乏反思意识、经典意识、原创意识与现代性意识，遑论在哲学、美学、历史学、社会学等等方面的深层跟进，因而其作品就显得较为单薄、陈旧和平庸。曾经，西海固文学引以为傲的是拥有一大批朴素、虔诚、热血的甚至是以文学为信仰的写作队伍，这支队伍一度涵盖了各个年龄段和各行各业；然而到了今天，在各种因素的影响与冲击之下，文学人才虽然基数不小，整体上却还是在明显减少，而且出现了断层的现象，尤其是80后以及80后之后的作家，无论是从写作质量还是写作数量上，都呈现出明显滑坡的趋向。

第三，缺乏标杆性的、引领性的、重量级的高峰作品，与当代文学一流作品之间存在着一定的差距。除了诗歌与中短篇小说的写作成绩突出之外，西海固文学在其他文学样式方面还相对比较薄弱，尤其是在长篇小说的创作上鲜有重大的突破。尽管西海固文学占据宁夏文学的半壁江山，也获得过宁夏文学的多半荣誉，已经多次触及诸如鲁迅文学奖、骏马奖、"五个一工程"奖等文学界的高端奖项，但我们依然缺乏具有鲜明"当代性""中国性"甚或"世界性"的文学样本。

第四，缺乏相对自觉深入的反思意识与理论建构，没有形成共同的文学观念与美学追求，虽有一定的集团优势但写作方向不大明确，几乎是处于一种自生自灭、各自为政的自发状态；对一些重要的文学命题（经典的与前沿的，传统的与现代的，地方的与世界的），尤其是"西海固文学"这一概念本身，缺乏深入的、持续的、个性化的研究探讨。这一方面是因为作家的理论意识薄弱，写作的随意性较大，"票友心理"较为突出；另一方面是因为评论与理论研究的深度不足，阐释力与影响力不够。文学史的发展表明，一个地区的文学事业的发达兴盛与否，其重要的标志是有无文学流派与文学潮流的形成。西海固文学虽然在全国形成了一定的知名度，造成了一定的影响，但我觉得它目前更多的还只是一种纸上的概念，或者一种标签式的概念，而没有上升到文学流派与文学潮流的层次。也正因为此，西海固文学在中国西部文学与中国当代文学中，还缺乏足够的分量。

第五，过多囿于文学的视角，缺乏对其他各方面力量的开掘与整合，对西海固文学的整体性、兼容性、创造性与生产性等内涵的认识不够，以至于西海固文学没有充分发挥其品牌效应，没有充分彰显出其辐射性的文学功能，没有在整个西海固文化产业与经济社会的发展中起到文学赋能的内核性作用。

二、突破与创新：西海固文学的可能性路径

无可否认，西海固文学需要再出发已经成为一个非常迫切的现实，西海固文学需要把握新的契机，需要寻求新的突破，需要充分认识新时代的内涵，为自身的发展注入新的活力与能量。正如铁凝主席所言，西海固是一片文学的热土，是"中国文学最宝贵的一个粮仓"。然而如何让这片热土持续长出更茁壮的庄稼，却是一个亟待深入探讨的问题。而对这一问题的解决，就必须充分结合西海固文学的历史与现实情况，充分结合更为博大宏阔的社会文化背景，打破既有的思维方式与价值观念，从更开放、更多元、更深远的视野来对它加以梳理和重构。从"出卖荒凉"、展示苦难、悲情叙事到建构"另一种乡土"、讲述西海固故事、弘扬新时代美学，西海

固文学必须完成这样的蜕变。这不仅是作家们的责任,也是评论家们的责任;这不仅是一代人的使命,更是数代人的使命。

第一,我们需要重新认识西海固,不断赋予其新的内涵和意义,把单一的"西海固"变为复数的"西海固"。唯其如此,西海固文学才能有一个更为广大、坚实而可靠的根基,才能结出更为美丽、健康而丰硕的果实。这也就是说,西海固本身并非凝滞僵化、一成不变的,其外延的扩大与内涵的增值恰恰能更加凸显出西海固文学生生不息的生命力。令人欣慰的是,时至今日,西海固早已摆脱了曾经贫瘠落后的"苦甲之地"的刻板形象,不仅仅是一个文学意义上的西海固,更是一个现实意义上的西海固;不仅仅包含一个地理意义上的西海固,更包括一个文化意义上的西海固,甚或是一个历史意义上的、政治意义上的、经济意义上的西海固。这样的西海固,才既包含着历史与传统的维度,又包含着时代与现实的维度,还包含着未来与理想的维度;这样的西海固,才是所有西海固人共同创造的"命运共同体",才是西海固文学的真正沃土;这样的西海固,才具有更大的活力与潜能,才能把西海固文学带到更高的高度。

第二,我们需要对西海固文学发展的历史与现实进行全面、深入地清理,传承其原生性的文学经验,总结其建设性的文学命题,深挖其根本性的短板问题,尤其要处理好文学与现实、传统与当下、中心与边地、地方资源与世界视野等一系列重要的关系。只有在思想观念、写作范式、人物塑造、审美品格和意义建构等方面逐步得到拓展与延伸,西海固文学才能真正地进入中国当代文学的版图,才能更大地丰富中国当代文学的思想内涵与创作实践。正是基于此,我们坚持认为,"西海固文学"依然是一个亟待完成的概念,是一个具有多种可能性的话题。诚然,经过多年的文学写作探索和不懈实践,西海固文学已经具备了一些基本的共同体面相,形成了自己的特点和传统，譬如它独有的西北文化品质，深沉的家园意识与乡土情怀，诗意的地方想象与地方景观，朴素的现实主义精神，等等；但它不应该因循守旧、故步自封，它依然是一个不断开放的、生长中的概念，一个具有很大前景的生产性的概念。著名文学理论家韦勒克在论及"现实主义"这一概念时曾说："现实主义作为一个时代性概念，是一个不断调整的概念，是一种理想的典型，它可能并不能在任何一部作品中得到彻底的实现，而在每一部具体的作品中又肯定会同各种不同的特征、过去时代的遗留、对未来的期望，以及各种独具的特点结合起来。"[②]把这段话中的"现实主义"替换为"西海固文学"，依然是极具阐释力的，"西海固文学"就可以被视作一个时代性的"可以不断调整的"概念，"一种理想的典型"。

纵观整个中国当代文学史，我们不难发现，书写改革开放这一巨大变革中的当代历史与正在发生的鲜活生动的中国故事，是新时期以来中国文学写作的主要潮流之一。西海固故事作为中国故事的重要组成部分，也应该得到充分而深入的书写。尤其是进入新时代以来，伴随着中国社会和西海固所发生的新的山乡巨变，更是给西海固文学带来了全新的内容与方向，带来了更大的机遇与挑战。令人遗憾的是，西海固文学在这些方面多少显得有些迟滞与落后。因此，我们务必清醒而自觉地认识到，无论是西海固的革命史、西海固的发展史，还是西海固的脱贫史、西海固的文化史、西海固的生态史，等等，都应该成为新一轮的文学热地与高地。"文艺要对人民创造历史的伟大进程给予最热情的赞颂，对一切为中华民族伟大复兴奋斗的拼搏者、一切为人民牺牲奉献的英雄们给予最深情的褒扬。"这是新时代对西海固文学的呼唤，也是西海固文学的使命。这就意味着，西海固文学一方面要坚持"守正"，要继续恪守本色、保持个性、赓续传统；另一方面，要持续"创新"，不断寻求突破，深挖本土元素，充分开掘新的写作资源；既要保持曾经的纯净、真实的原生品质，又要接纳和包容多种类型与多种风格。事实上，西海固文学已经为中国当代文学提供了诸如苦难书写、乡愁书写、风景书写、地方书写、底层书写、动物书写等等写作的多种范本，像石舒清的《清水里的刀子》《果院》，像郭文斌的《吉祥如意》《大年》，像马金莲的《1987年的浆水和酸菜》《长河》等等，都代表着西海固文学的最高成就。而进入新时代以来，西海固文学在扶贫（脱贫）写作、红色写作、移民写作、黄河写作、生态写作、新乡土写作、非虚构写作等等方面，更是有着得天独厚的写作资源和无限广阔的发展空间。以西海固近些年来的报告文学与非虚构写作为例，它所取得的成功就极具启示性的意义。我们惊喜地看到，伴随着段鹏举、火会亮、孙艳蓉的《大搬迁》（2019年），樊前锋的《闽宁镇记事》（2019年），王永玮的《翻越最后一座"高山"——固原脱贫攻坚纪事》（2020年），马慧娟的《走出黑眼湾》（2020年），何建明的《诗在远方——"闽宁经验"纪事》（2021年），王建宏的《百万大移民》（2021年），季栋梁的《西海固笔记》（2022年）等一批著作的出版，把西海固主题的报告文学与非虚构写作推向了新的高度、新的境界。其中，中国报告文学领军人物何建明的《诗在远方——"闽宁经验"纪事》，"以25年来闽宁对口帮扶取得的丰硕成果为主题，全景展示了习近平总书记亲自推动的闽宁协作脱贫攻坚成效，客观展现了闽宁镇在闽宁对口扶贫协作机制下从无到有、由村至镇的移民开发历程，红寺堡区在一片荒漠之地逐步建设崛起的辉煌历史等，记录了西海固地区从'苦瘠甲天下'到脱贫奔小康的历史变迁，反映了西海固地区人民的精神改变"。闽宁携手，山海情深，"闽宁经验"与闽宁故事不仅为中国东西部扶贫协作共同发展树立了成功典范，对全世界扶贫脱困来说也都是一个很好的参考样本，该著相继获得了"中国好书"奖、"五个一工程"奖等多项大奖。而被誉为"西海固之子"的作家季栋梁，其《西海固笔记》自出版以来，也备受各界关注和好评，已经获得大大小小十余种奖项。《西海固笔记》可谓全景式地呈现了西海固自20世纪尤其是八九十年代以来的山乡巨变，它以开阔的历史视野、饱含深情的笔墨讲述了西海固的前世今生，书写了西海固的历史、地理、文化、经济、人口、饮食、脱贫攻坚、生态振兴等等，深入探讨了西海固贫穷的诸种原因，真实展示了西海固在各个领域中取得的巨大成就。在笔者看来，《西海固笔记》"既是对西海固文学传统的一种传承发扬，更是一种拓展创新，尤其是当西海固完成了脱贫攻坚的历史壮举之后，身居新时代的发展浪潮之中，它把'地方经验'的西海固提升到了'中国故事'的层面，把文学的西海固提升到了文化的西海固的层面，勾勒了一幅最美丽、最深邃的西海固的'精神肖像'"[3]。

第三，从某种意义上来讲，西海固文学是西海固文艺的灵魂，是西海固文化的根底，这也就决定了我们不能孤立地去发展西海固文学，而应该树立"大文学"的观念，把西海固文学放在一个更为宽泛融通的视野中去对待，充分激发和调动其绵延而强大的文学性功能。也就是说，在注重西海固文学（"一枝独秀"）的同时，我们还要兼及绘画、摄影、音乐、影视、短视频等等其他艺术门类（"百花齐放"），让它们形成发展的合力，共同推进西海固文学迈向高原或高峰。

比如，近些年来的西海固摄影就特别值得关注。这里面诸如王征（图）、石舒清（文）的《西海固的事情》（2006年），王征的《寂寞生灵》（2007年），李建军主编的《沸腾的西海固》（于文国、邬志斌、陈团结图，李建军、唐荣尧文），牛红旗的《疼水·我的西海固》（2020年），王健的《肖像西海固》（2022年）等，都堪称代表性的作品。这些摄影家的共同点在于，在专精摄影之外，都有非常扎实的文学功底，甚至大都有长期的文学创作历史；他们的摄影作品，或者是与西海固文学互文互通、互补互证，或者直接就是西海固文学的另一种表达。早在2002年，摄影家王征接受《新周刊》采访时就说过，其西海固摄影的"真正目的也许是为了发现、收集、保存常态中某种有关人类生存的视觉素材。那么对素材的使用以及对影像的解读有多种方式。你可以把它看成是纪实的、报道的甚至艺术的，但我想我的使用将是一种综合的文本形态，不仅仅是影像"。显然，王征对自己的摄影作品有非常清晰的定位，认为它是"一种综合的文本形态，不仅仅是影像"。正如有论者指出的那样，"王征之于西海固的在场推动了西海固影像的丰富，是关于西海固宏大叙事中不容忽视的重要组成部分，他的在场为不在场者提供了一种真实的文本'存在'，其艺术与记录的文本张力和开放性，会在多义的解读中逐渐凸现出来"。可以肯定的是，随着时间的流逝，王征所执着的西海固影像档案，无论是在文本之内还是在文本之外，都将会生发出更多的意义。另外，像摄影家牛红旗本身就是一个诗人，他的西海固影像作品之所以独具个性、与众不同，能够接连获得阮义忠摄影人文奖等各种奖项，引发众多关注，其中最主要的原因就在于他的摄影具有丰盈的"诗性"特征，给西海固影像赋予了一种特别的文学叙事，使其具有了肃穆纯净的哲学意味。因此，在很大程度上来讲，王征和牛红旗的摄影其实都是对西海固文学的一种拓展和延伸。

同样，近些年来西海固文学的影视转化（改编）或西海固题材影视作品也获得了较大的成功，多方面地展示了西海固的风土人情、文化地理与精神景深，使得"文学西海固"的形象更加绚丽迷人。比如鲁迅文学奖获得者石舒清的多部小说都被搬上了银幕，包括《清水里的刀子》《红花绿叶》《带彩球的帐篷》等电影，都引起了很大的关注和反响，其中《清水里的刀子》（2016年）获得第二十一届釜山电影节新浪潮大奖、第三十六届夏威夷国际电影节最佳摄影特别奖，《红花绿叶》（2019年）获得第32届中国电影金鸡奖最佳中小成本故事片提名奖。这些作品的成功与广泛传播，无疑也可以视作西海固文学的一部分。如果再加上纪录片《走出西海固》（2012年），电影《闽宁镇》（2018年），现象级电视剧《山海情》（2021年），纪录片《走出黑眼湾》（2021年）等等作品的持续推出，可以毫不夸张地说，在西海固文学的加持下，西海固有望成为一个有较大发展前景的新的影视IP。当然，目前这方面还存在很多问题，还有很多工作需要去做。

还不限于此。比如这两年靠短视频在全国走红的宁夏牧飒，也是西海固自媒体的优秀代表。他的原创视频获得大众追捧的原因在于，真实，真诚，本色，几乎是毫无修饰地"原生态"地去展示一个普通农村家庭的生活日常，没有摆拍和虚构，没有俗滥的台词和套路化的情节，没有资本和流量的操控，把西北的饮食、习俗、风光、风情等等毫无保留地呈现在公众的视野之中，收获了极好的口碑。牧飒的一些文案，也具有比较强的文学性的色彩，他亲和的讲述方式和自然化的直播实录，带给了粉丝们极大的满足。在这样一个紧张而焦虑的绩效社会与消费社会，在嘈杂而倦怠的城市生活之外，那种美好自足的乡村生活，那种朴素单纯的人情人性，仿佛成了抚慰人心的最后一方净土，很容易赢得围观者与窥视者的共情。宁夏牧飒的短视频创作几乎是出自本能与天性，源自故乡又超越了故乡，它不是一种"他者的凝视"（外部视角），而是一种"我者的呈现"（内部视角）；它实际上是在不断重返西海固，在物质的、物理的、现实的西海固之外，又发明了另一个精神的、心灵的、有情的西海固，而这个西海固迥然不同于曾经的西海固，不同于被符号化、凝固化了的西海固。归根结底，这难道不是西海固文学精神的本根与生动体现吗？

第四，要形成文联、作协、高校、基层的联通互动，完善各种扶持、奖励的项目与机制，通过鲁迅文学院（西海固班）、"西海固人才培养工程"、"固原市文学艺术发展基金会"、"西海固文学后备力量培育项目"、校园原创文学大赛等，着力培养更多的文学人才；有效提升西海固文学评论与理论研究的整体水平，尤其要对一些重要的文学命题进行细化和深入，尝试完成更具张力性和针对性的理论建构。一方面，我们要把西海固文学作为一种特殊的地域性文学进行研究，探究其与众不同的特质，还要把它与其他地域性文学进行广泛地联系与比较，问诊它的缺陷与不足；另一方面，我们要把西海固文学置于整个中国现当代文学乃至世界文学的大视野中进行考察，从理论和实践两个层面不断反思，共同推动其全面发展。无疑，西海固文学已经成为当前一个重要的研究课题，无论是在宁夏大学、宁夏师范学院、北方民族大学等区内高校，还是在其他区外高校，西海固文学已经成为专业教师重要的研究对象，也大量进入了本科生和研究生的毕业论文选题。在这方面，钟正平的《西海固文学的历史、现状和发展前景研究》《文学与生存——西海固文学研究》，倪万军的《〈六盘山〉杂志与西海固文学的生成与发展》，赵耀峰的《哲学视域下的西海固文学》，马梅萍的《贫瘠中的丰饶：西海固文学现象研究》等研究课题，都已经取得不俗的成绩。再如，宁夏师范学院先后成立了西海固文学研究所，开设了西海固文学专题研究课程，建成了中央与地方共建高校特色优势学科实验室项目"西海固文学与地方民俗文化研究基地"，这些在扩大西海固文学的影响、推动西海固文学的繁荣等方面发挥了重要作用。同时，"西海固文学丛书""六盘山文化丛书""文学西海固""文学固原丛书"等系列丛书的重磅出版，更是蔚为壮观，全景式展现了西海固文学所取得的瞩目成就。不过，有点遗憾的是，这些书的出版，并没有引起评论界的高度重视，也没有发出更加响亮的学术声音。对照西海固之外的文学活动与文学传播，比如近年来发展态势迅猛的"南方文学""里下河文学"等等，我们就能感受到很大的差距。

三、"地方的再发现"：西海固文学地理的重建

中国现代文学从源头上来说，就与地方建立了深刻的关联；而西海固文学的发生，也被论者认为主要是源自一种"地缘性"的内因。周作人在《地方与文艺》一文里就极为深刻地把地方与简单的风土、籍贯、国粹乡风区别开来，认为地方"自然地具有他应具的特性，便是国民性，地方性与个性，也即是他的生命"。这种说法直到今天来看，依然有很大的启发性意义。周作人进一步阐释说："我们说到地方，并不以籍贯为原则，只是说风土的影响，推重那培养个性的土之力。尼采在《察拉图斯忒拉》中说：'我恳愿你们，我的兄弟们，忠于地。'我所说的也就是这'忠于地'的意思，因为无论何说法，人总是'地之子'，不能离地面生活，所以忠于地可以说是人生的正当的道路。现在的人太喜欢凌空的生活，生活在美丽而空虚的理论里，正如以前在道学古文里一般，这是极可惜的，须得跳到地面上来，把土气息泥滋味透过了他的脉搏，表现在文字上，这才是真实的思想与文艺。这不限于描写地方生活的'乡土艺术'，一切的文艺都是如此……"[④]在周作人看来，一切文艺都要"忠于地"，都要"跳到地面上来，把土气息泥滋味透过了他的脉搏，表现在文字上"。无论在什么样的情境下，这都应该是西海固文学所要恪守的教诲。

如果说，20世纪八九十年代的西海固文学尚能在边缘与中心的张力中保持比较独立的自我生长的话，那么21世纪尤其是新时代以来的西海固文学已经发生了重大裂变，它必须面对来自地方化与全球化、大众化与消费化的更为剧烈的冲击，必须面对"内忧外患"

的撕扯与考验。在这样的情形之下,西海固文学地理的重建,西海固文学"地方路径"的拓展,既是自我生存的主动选择,更是一种外部压力的必然结果,既是一种文学演进的内在要求,又是一种社会发展的重新发现,因而会呈现出更为重要的意义和价值。正如有研究者所说:"'地方'体现出鲜明的区域特征,地方经验的独特性和永恒性,无声支持个人与社会群体多样化的各种实践。地方性的核心要素不是唯地方的保守主义,而是对当前全球空间均一化的一种反拨。地方并不是对社会空间、社会范式的对抗与疏离;相反,人们正可以凭借着地方认同,全面修复人地关系。"⑤时至今日,同质化的经验更加凸显了、加剧了人们对"地方"的渴求,"地方"所呈现出来的异质性与个性、新奇性与陌生性、多元性与差异性,成为人们追逐的目标。因此,"地方"不仅关系到"如何新"的问题,更关系到"如何生"的问题。这也就意味着,在社会急速发展的今天,"地方"显得愈发重要,它已经不仅仅是一种物理位置和空间关系,更是一种"哲学、理论或方法";"地方的再现或发现"成为地方性写作与艺术创新的基础,西海固文学更是如此,但它不应该成为那些异变的所谓的"地方主义",在写作中套用、滥用各种地方元素与地方符号,实际上常常流于表象化、狭隘化与空洞化,似乎依靠一些意象与词语的堆砌就可以完成地方的表达。

  正是在上述的背景下,当前的西海固文学更应该倡导实证性的写作,推陈出新,完成重建。所谓实证性的写作,"一定是在场性(在地性)的写作,一定是鲜活生长的写作,一定是细节饱满的写作,它能有效根治那种隔靴搔痒的、浮光掠影的、自我意淫的、陈旧俗套的写作,它是从土地的内部、现实的内部、生命的内部生发出来的带有自我独立性与革命性的写作。……事实上,中国作家一直比较缺乏实证精神的写作,很多人都习惯于闭门造车、主观臆断、过度虚构，失去了写作本来应该具有的物质性与真实性基础（即所谓的'不接地气'），从书本到书本，从知识到知识，从概念到概念，在很多方面只能浅尝辄止、流于表层，造成写作的空洞化与虚假化。近些年来，在后现代文化的冲击之下，这种空洞化与虚假化现象更加突出。"⑥

归根到底，文学是人的事业，西海固文学的发展和繁荣，需要落实在每一位作家、评论家、编辑家、出版家、文学爱好者与文学工作者的身上。在不同的时代境遇之下，文学必然承载着不同的命运，西海固文学必须要回应时代的课题。西海固文学拥有过光荣的历史，也应该拥有美好的未来。卡尔维诺在《美国讲稿》中说："文学生存的条件，就是提出宏伟的目标，甚至是超出一切可能的不能实现的目标。只有当诗人与作家提出别人想都不敢想的任务时，文学才能继续发挥它的作用。自从科学不再信任一般解释，不再信任非专业的、非专门的解释以来，文学面临的最大挑战便是能否把各种知识与规则网罗到一起，反映外部世界那多样而复杂的面貌。"⑦西海固文学也需要给自己提出"宏伟的目标"，提出"别人不敢想象的任务"，"反映外部世界那多样而复杂的面貌"，这或许才是西海固文学努力的方向。

注释

①张富宝."疼痛的美学"与"西海固的漩涡"[J].宁夏大学学报，2018（3）.

②勒内·韦勒克.批评的诸种概念[M].罗钢，王馨钵，杨德友，译.上海：上海人民出版社，2015：237.

③张富宝.从"地方经验"到"中国故事"：读季栋梁的《西海固笔记》[N].宁夏日报，2022-07-25.

④周作人.谈龙集[M].长沙：岳麓书社，2019：14.

⑤刘东黎.回归辽阔与纯真："地方性写作"随想［N］.文学报微信公众号，2023-08-10.

⑥张富宝.春在不觉处：宁夏文学的特质与魅力［M］.银川：阳光出版社，2022：262.

⑦卡尔维诺.美国讲稿［M］.萧天佑，译.南京：译林出版社，2012：107.

本文属新时代语境下的"西海固文学"研究课题，入选"2023年度宁夏重大主题创作扶持项目"

西海固作家创作倾向研究
——以石舒清、郭文斌、火会亮、古原的小说个案为例

武淑莲

  宁夏文学的起步始于20世纪80年代,其时张贤亮的创作很快就在中国文坛上引起轰动,他的作品以对历史与现实的深刻反思,创造了一个高峰,成为"伤痕文学"小说思潮。他的作品研究在80年代中期就进入了宁夏大学(宁夏最高学府)的中文系课堂。90年代,宁夏文学界有一大批文学新星出现,他们的创作到2000年前后走向制高点,标志是宁夏的"三棵树"(陈继明、石舒清、金瓯)在全国有了反响,之后是两位先后荣获鲁迅文学奖的石舒清和郭文斌在当代文坛上引起不少话语热点。同时还有70年代以后出生的新生代作家崭露头角。宁夏"三棵树"、"西海固文学现象"、"文学银

  武淑莲,中国文艺评论家协会会员,宁夏文艺评论家协会副主席,宁夏师范大学教授。

军"等现象在全国有了很大反响,到2007年前后,"三棵树"已渐成一片丛林。宁夏文学呈现出富矿态势:宁夏青年作家专号、校园专号、诗歌专号、地域文学专号、西海固文学丛书、六盘山文化丛书、作家个人专集、各个重点作家或新锐作家研讨会等等,宁夏文学在当代文坛的影响已经不容忽视。

如果说80年代张贤亮处于一个文学的伤痕、反思时代,那么90年代以来的宁夏文学的创作思潮是突破了"苦难情绪"之后的"乡土浪漫派"。也就是说它的内容是乡土的、情感是悲悯的,审美倾向是诗意、和谐、理想的。正因此,宁夏文学在当代文学史上具有独特的文学价值。如果说,文学是一个家园梦和心灵栖息地的话,那么,宁夏当代作家的创作实绩正在践行着这一文学理念。

一、个案创作倾向

宁夏的西海固是中国"苦瘠甲天下"的地方,是联合国世界粮食计划署所说的不适合人类生存的地区之一。在宁夏文学的版图中,"西海固文学"占有重要地位,即使是一些成名的作家,也是从西海固文学而走向成名、成熟的,所以"西海固文学"的骨干作家有的仍坚守在西海固,如古原、火仲舫、单永珍、王怀凌、韩聆等。有的已成宁夏文学的扛旗者,如石舒清、郭文斌、火会亮,但是他们都是继承了西海固文学的地域文化传统而走向宁夏的。在这里,我要说明的是:宁夏文学创作到了他们这里,审美倾向已经发生了重要的突破,那就是这些1960年代中后期出生以及1970年代出生的新生代作家,如果说在早期的作品中还有很深的"苦土"情结的话,而当他们的作品在质量上超过数量的时候,他们已经谛听到了时代发展对新的文学价值观的呼唤。当然,故乡、乡村、乡土故事是创作蓝本,但情感底色不再是一味苦涩,而是在回忆、怀旧中抒写由时间、地域上的距离之感带来的诗意、浪漫、和谐。

211

至此，宁夏文学的创作内涵和审美倾向转变就很值得我们关注。即由早期的写苦难生存，写坚韧的生命力，随着新时代的发展，有了新的发展，对苦难有了新的内涵和延伸，他们看到是人生的"另一面"，虽然也有坚硬、苦难的一面，但是我们感受更多的是另一种审美倾向的出现：诗意与和谐。下面就以四位宁夏骨干作家为例，绍述他们的创作倾向。鉴于前文对石舒清、郭文斌稍多的论述，所以此处稍简概括。

石舒清：古典隽永。

石舒清的小说《暗处的力量》《黄昏》《果园》《清水里的刀子》，不仅有鲁迅式的清俊、通脱，更有古典的和谐与冲淡意境，他的深刻而静默的韵致，透出与他本人气质一样的诗性静好。即使是写人性的暗处，写人生的无奈、坚硬，也是放在舒缓、平静的语境中，在平静中见深刻，于深刻中见平淡。

郭文斌：安详诗意。

朱世忠评价郭文斌说，柔软是他获得鲁迅文学奖最突出的力量。因为他的文字以润物无声的状态，用柔软的力量浸润人们的烦躁和凌乱。我以为他的创作从自为到自觉，就是自觉构建和谐与诗意，行走在节日、民俗中，以传统文化，以生活中的禅意表达他和谐、安详、诗意的审美价值。

古原：质朴纯净。

古原的小说民风淳朴，人心向善，追求平安，作品里有安静的"桥镇"，有炽热、明媚的阳光，有和善的老人。还有什么比这更诗性的写作之心呢？古原终于让我们读懂了《老家的阳光》中"西海固人穿着棉衣靠着墙根晒太阳的懒汉"形象，其实，这正是平凡人家、平凡生活、安享温暖的冬日阳光，农人懂得享受天籁自然的赐予，是最自然的生活状态，和"懒汉"其实并不搭界。《黄土墙上的月亮》中老家、黄土墙、月亮是一组诗意的意象，因此作家情不自禁地写道:"黄土墙、月亮……那个意境真好,黄灿灿的月亮照耀着古老的堡墙,也似乎照耀着他的内心,让他疲惫的心灵得到了一种难得的恬静和安逸。在城里,怎么就没看见过那么亮的让人心里软软的热热的月亮?"他已经很长时间没有回一次老家,更没能看到老家上空的那样的月亮。马利民心里这样想,老家才有那样的月亮。现实中的琐碎、无奈、不如意,心中的泼烦,在乡下、老家、父亲、黄土墙、月亮的意象中恢复了疏远了的亲情。在这里,故乡才是心灵的家园。

火会亮:智慧放达。

火会亮《村庄的语言》是乡村纪事,人性的美好、生活的美好,在人物复杂的心灵中折射出作者善意的人性揣度。《挂匾》中那贫穷的尴尬令人会心;《村庄的语言》写夫妻间的拌嘴、吃醋、误解、爱恋、歉疚;父子之间、乡人之间,家里、家外等等,是平常的日子发出的声音,透着村庄特有的泥土气息和乡村生活的魅力;《罗漫沟》是个美丽而忧伤的故事,在"一幅宁静安恬的乡村图画"中,"汩汩的溪水、葱茏的树木、洁白的云朵以及一坡一坡黄灿灿的油菜花"。在这美丽的田园中,那个调皮、乖巧、早熟的女孩子改香由于山地的劳作,积劳成疾,在秋天的一天,在劳动中坠身山谷。令人揪心的结局,作者只能放在达观的人生价值中才能释然。火会亮是位受过高等教育的作家,因之,作品构思往往更加智慧放达,尤其对人物心理的拿捏很注意分寸,善于通过微妙心理传达人物性格。如在《挂匾》《名声》《寻找砚台》中,既从细处着眼,又在大处落笔,确实出手不凡。

二、创作倾向原因分析

以上四位当代宁夏文学骨干作家的创作倾向,从他们早期的自为创作,到渐趋成熟时的自觉创作,能够看出他们在审美倾向上有着共同的追求：诗意与和谐。一般来说，有明显创作倾向的作家，表明他们的创作风格已经成熟和稳定。换言之，创作风格的成熟和稳定，也意味着作家有了明显的创作倾向。创作倾向是作家审美倾向的直接外化。为什么他们对乡土浪漫派的创作倾向和诗意和谐的审美倾向情有独钟？究其原因有二：

（一）生存环境

在作家的笔下有两个世界：一个是实实在在地生于斯、长于斯的乡村家园；一个是远离乡村之后仍存在于作家心底的家园之梦。这两个世界，一个是写作之源，是题材、故事的母题；一个是心灵的栖息地，或远或近，或真实或虚幻地出现在作家笔下。实在的乡村是故事生长的地方，虚幻的乡村就是精神升华的地方。一个是现实的世界，一个是意义的世界，作家们不满足于现实的生存世界，于是就用笔、用文字营造着另一个意义的世界。以文字的方式，创造一个意义的世界，这是西海固作家超越本土的一个根本性的创作动机。

（二）审美想象的补偿作用

对于作家来说，借助审美想象，可以把苦难现实、把生活中的苦变成艺术上的美。审美，可以是一种全新的人生态度，也是一种审美超越，以此达到对现实的疏离，构建另一种人生价值观念，在另一种意义上实现自我人生价值。

西海固人的生存焦虑，在作家笔下生成了一种艺术方式。我们知道，人如果处于价值不能实现的境遇，"必得在生命的吁求中担当起创造的使命，必得成为一束人生意义之光，必得去寻找持存一片人性的空间"（王岳川《二十世纪西方哲性诗学》）。西海固的文学不仅成为一种生存的抗争，也不仅是人生的表述和吁求，而直接成为生存的一种方式，甚至生存本身。以上所述的几位宁夏作家，在早期他们都不是职业作家，都从事为他人做嫁衣裳的工作。但是他们懂得在世俗、喧嚣中给自己留一张书桌，在忙碌的生活间隙叙写心中遥远或切近的故事。

审美想象是作家必备的一种能力，也是一切艺术的根本特征。"审美想象力是通往艺术世界的一束透明之光。当人在日常生活中处在生命痛苦和孤独之时，对艺术的创造、艺术世界的一切就可在现实世界之上延伸、扩展。因此，审美想象是指向未成之境、未来之途的"（王岳川《二十世纪西方哲性诗学》）。

正是特殊生存困境中作家们秉承了文化传统，对创造和艺术的追求，才使生命得到肯定，获得超越，获得诗化。

三、宁夏文学创作独特的审美价值

在中国当代文学史上，宁夏文学最重要的品质是对本土的坚守，更为可贵的是，守护传统价值、守护语言、守护诗性的审美本质，是黄土高原人生另一种生存方式的价值延伸。当下城市化进程中，相对都市文明的种种非理性、荒诞性、混合性、多变性、断裂性的价值而言，宁夏作家这种澄明、宁静、诗意、和谐的气质，犹如荤腥肉宴之后的一杯清茶，饮之，清爽幽远，宜人精神。

现代生活的快节奏"使得人逐渐告别了乡村那种生活的缓慢节奏，而进入具有现代节奏的生活链，并且无可挽回地告别了宁静、直觉和诗意般的生活"（王岳川《二十世纪西方哲性诗学》）。

因此在当代文坛灵光怪异的城市文化语境中，宁夏作家独有的感性、宁静、诗意与和谐为人们保留了一份岁月的纪念与怀想。

原载《宁夏师范学院学报》2010年第2期

地椒花开满山坡
——西海固女作家创作综述

高丽君

20世纪90年代中期以后，宁夏南部山区的西海固，除了世人心目中的贫穷落后、干旱少雨之外，出现了一个特殊的文学现象，那就是西海固作家群的形成。以丁文庆、慕岳、袁伯诚等为代表的西海固老一辈作家们，不但创作势头猛、发表作品档次高，而且获得各种大奖。这种集团军形式的西海固文学现象，获得各方好评，引起了文坛关注。三十多年来，一批批西海固作家们在文学道路上坚持不懈、勇往直前，怀着宗教般的虔诚来进行文学创作。天道酬勤，以石舒清、郭文斌等为主的第二代西海固文学人，不但引领出了一大批文学后继人，而且取得了骄人的成绩；以马金莲为主的第三代西海固文学人，在继续发扬西海固文学精神的同时，努力遵循

高丽君，宁夏文艺评论家协会会员，固原市第五中学教师。

现实主义原则表现生活本质，在叙事风格、地方特色、艺术意蕴等方面，都进行了十分有益的探索。

2011年10月10日，"文学之乡"授牌仪式在宁夏南部山区固原市西吉县会议中心隆重举行。由此，中国第一个"文学之乡"落地宁夏西海固。"文学之乡"的确立不仅是对西海固文学发展的一种肯定，更是对宁夏文学发展的肯定；而西海固作家，已成为宁夏地区、西部地区甚至是全国范围内的一张亮丽的名片。

2016年5月14日上午，中国作协"文学照亮生活"全民公益大讲堂在中国首个"文学之乡"西吉县开讲。中国作协主席、著名作家铁凝结合自己生活和创作经历，围绕"文学照亮生活，生活照亮文学"主题，为西海固基层作家和文学爱好者呈上"一桌文化大餐"。在了解了西海固文学的发展情况后，她感慨地说："文学灯光即使如豆，也足以照耀人类内心被忽视的轰鸣与褶皱，有能力唤醒人类最美好的品质。"同时，她希望西海固文学以中国第一个"文学之乡"为支撑点，形成真正的创作队伍，走向大江南北，走向全国。

伴随着"文学之乡"和铁凝主席"文学照亮生活"全民公益大讲堂而来的，是文学爱好者们的百倍信心，是西海固作家们热情高涨的创作，是西海固文学之花的灿烂绽放。令人惊喜的是，作为西海固文学的一个重要分支，一大批女作家开始崛起，形成了一个独特的作家群落。这些女作家中，有教师、机关干部、医生、记者，还有农民、进城务工人员和自由职业者。她们不但热爱文学，执着于潜心创作，而且写作势头强劲、成果丰硕。如挺立在山坳的一棵棵小草，只要春风到来，便洒满整个山川；又如匍匐在黄土高原上的一朵朵地椒花，历经风霜雨雪，却越开越旺。

一

西海固这片热土，文学的种子随风而飞，只要有一点雨水和阳光，便会生根发芽，茁壮成长。特殊的地理环境，独有的文化氛围，却适合作家的成长。多年来，在每一个重要节点，都有一些作家关注和代言这块贫瘠落后的土地，女作家们当然也不甘落后。相对于整个西海固文学的结构而言，她们属于文学群体的新生力量，是在恶劣的环境和不断的搏击中成长起来的。这些热爱文学创作的女性，扎根于西海固这片热土，从不同的人生经历、观察视角，关注着急剧变化中的家乡和时代，选择拿起笔来，诉说自己的心声，开始写作之路。虽然在创作功力和水平上参差不齐，进步缓慢，但已逐步形成了一个以西海固为中心，且在宁夏文坛上产生影响的作家群落。2015年5月26日，宁夏固原市近百名女作家在六盘山下的隆德县范家峡，参加了"走基层，体民情"采风交流座谈会。本次交流座谈会的成功召开，充分说明改革开放以来，固原市妇女在经济建设中已发挥了"半边天"作用，不但经济上拥有话语权，社会地位日益提高，而且精神面貌、精神生活上发生了根本性的变化。

　　文学是西海固最茁壮的庄稼，是值得永远追随的光亮。作为西海固文学的一分子，女作家们对文学怀有强烈的敬畏之心和热爱之情，喜欢用手中的笔，书写伟大时代，讴歌家乡变迁，反映当地经济社会发展的历史变迁；她们在春天播下种子，夏天付出辛劳，秋天收获了沉甸甸的美穗，创作出了一批有影响力的文学作品，逐渐成为六盘山下一道亮丽的风景线。她们的作品，不仅仅散见于各级文学报刊，还获得了国家及省区市各级各类奖项，并且出版了多部个人文学专著。在2017年7月的鲁迅文学院西海固作家研修班中，女性作家超过一半，由此可见一斑。

　　马金莲，是西海固女作家中成就最高、影响最大的女作家，她不但创作了一百五十余万字的作品，而且获得了鲁迅文学奖、茅盾文学新人奖、郁达夫小说奖、中宣部"五个一工程"奖、全国少数民族文学创作骏马奖、庄重文文学奖、《朔方》文学奖、《六盘山》

文学奖等国家级、省市级文学奖项。作为西海固女作家的领军人物，她的小说和名字一起，享誉长城内外，成为西海固女性的名片。"我的所有作品都是生活的恩赐，是生活给了我创作的源泉。"马金莲说。尤其是她的《碎媳妇》，以自身生活经历为原型，杂糅了单家集农家媳妇的生活后而创作，获得文坛一致好评。

高丽君，是一名高中语文教师，勤奋努力，笔耕不辍，作品曾获冰心散文奖、孙犁散文奖、叶圣陶教师文学奖、固原市先进文艺工作者等各级各类各种奖项；林一木，银行职工，其诗风格独特，沉郁冷峻，曾获宁夏文艺奖、《黄河文学》双年奖、首届《朔方》文学奖、首届贺兰山文艺奖、银川市突出文艺工作者等荣誉；郭玛获固原市民族团结杯征文一等奖、第二届《朔方》文学奖、首届《六盘山》文学新人奖；李敏获"六盘山 山花节"二等奖、固原市第二届新锐作家奖；马晓雁获第二届固原市新锐作家奖、首届《六盘山》文学奖；许艺获第三届《朔方》文学奖；王秀玲获第二届《黄河文学》双年新人新作奖；殷桂珍获《银川晚报》征文奖；杜枚获《朔方》古诗词奖；安文彩获"六盘山山花节"诗文大赛优秀奖；梁玲获中央金融工委组织部、中央金融团工委"党旗下的辉煌"征文优秀奖、银监会首届英语大赛优秀征文奖。

尤其是一大批文学作品的结集出版，以集体方式集中亮相，既反映了西海固女作家创作的整体实力，也显示了西海固女作家创作的强劲势头，值得肯定。马金莲的《父亲的雪》《碎媳妇》《长河》《马兰花开》《星星的孩子》，高丽君的《疼痛的课桌》《在低处在云端》《剪灯书语》《让心灵摇曳如风》，林一木的《不止于孤独》《在时光之前》，唐晴的《嘿！我还活着》《花年年会开》，邹慧萍的《行走的阳光》《古诗词朗诵选编》，聂秀霞的《雪之魂》《灵之歌》，胡琴的《开花的手指》，杨春晖的《旧唱片》，马晓雁的《深寒》，李敏的《背面》，苏小桃的《抬头一片天》，袁慧的《胳膊抱腿》，田青荟的《亲情树》，褚碧波的《出岫小集》，有多人次的作品入编《小说选刊》《散文选刊》等各级各类丛书。

西海固的女作家们，均属业余作家，但总体安静执着、厚重大气，能埋下头来潜心创作。赵勉、杜枚、吴彩霞、吴海燕、韩忠烈、杜晓君、王旭琴、李蓉、王学琳、梁红茹、李向菊、单小花、武碧君、叶好、韩海霞、何晓晴、火霞、姬丽萍、刘莉萍、牛丽萍、南芳梅、陈水清、朱喜利的创作，已趋于成熟，颇具特色；而马志兰、马文菊、王芳琴、张亚莉、马丽、苏彩琴、刘芳宁、康梅、李翠萍、王对平、伏豆娟、伏海霞、陈晓霞、杜小君、梁收叶、李隽、安文彩、白燕燕、吴彩霞、何海燕、郭玉琴、高晓慧、郭凤、史利宁、王晓云、张开慧、郭晶晶、李雪琴、车向峰、赵建丽、高红霞、董宁、苏娟娟、杨秀琴等一大批后起之秀，已组成了西海固文学队伍的新方阵。尤其是近年来，宁夏文联、固原市文联组织的"作家进校园"活动，不但培养了一大批学生的写作兴趣，还昭示着西海固文学方阵的薪火传承、后继有人。

二

一般来说，作家与地域都有着某种神秘而复杂的关联性，任何作家的地域影响多多少少会在作品中显现。"西海固"是一个地域划界的名词，在今天已成为一种隐喻性符号，这里曾经有太多的苦难、贫穷和无奈，但也有太多的坚守、抗争和奋斗。自古以贫而甲天下，相对比较封闭，特殊的地理环境造成特殊的人文背景，独特的地域文化，还有独特的生活体验。西海固文学因其准确发掘和深刻表现一代代人痴守在这块土地上与天争食、与土争收、与水争粮的过程，因其在苦难中从未磨灭对生活的乐趣，而充满异质，具有震撼人心的力量。它是滚烫与火辣的，幽默与诙谐的，调侃与质朴的，细腻与真情的，缱绻与欢快的。一个个黄土地里的作者，把心中翻卷的滚烫情感幻化成具有浓烈气息的文字，呈现在世人面前。

西海固女作家们的创作除了以上这些共性特点，还有不同于男作家的性别写作。她们几乎都来自农村，成长在黄土地；自小生活在这块黄土地上，生命中最重要的年华都在家乡度过，自然对家乡有非常深厚的感情。在她们心目中，这片黄土地上，虽有荒山苦水，也有淳朴善良；虽有荒凉贫穷，也有热情似火；虽有凄风苦雨，也有欢腾热闹；虽有对自然风貌的无奈，也有对人定胜天、积极乐观的信心。悠久的历史、祖辈的坚强隐忍、多民族文化的融合、红色革命的引领，无时无刻不影响着她们；而西海固文化本身所具有的强烈感染力也感染着她们，所以她们笔下的文字，都与这块土地紧紧相连。她们希冀通过文学形式去展现这些烙印，让那些生活印记留存在白纸黑字，定格在字里行间。尽管每个人书写着各自不同的人生经验和命运感悟，却形成了各自不同的创作风格和特色。地域性在她们身上留下了明显的共同记忆。透过她们的创作实践，可以看到一些共同的创作经历和创作特征：

其一，西海固女作家的作品，大多以浓郁亲情、乡村记忆、成长经历、苦涩爱情的回忆为主，一些意象和细节成为永久的记忆：黄土地、沙尘暴、洋芋、鞋垫、胡麻油、水窖、窑洞、土炕、漫花儿、放羊担水、下地割麦、母亲的针线、父亲的羊鞭、姐姐的婚事、嫂子的彩礼等等，形成了一个集体的、无意识的地域性描述。干旱少雨、没有水吃是典型的特征，几乎所有的作家都有关于水窖、担水的描述。和大多数西海固女作家一样，马金莲写作的"家乡"就是西吉单家集，就是那个扇子弯。她写这个"家"里的每一个人物，每一次变迁，不是通过情节夺人，而是以缓慢的、坚忍的、优雅平静的叙事来推动故事发展。

其二，大多数女作家作品中同样流露出这种味道。生活中的苦口甜心，创造中的风缠雾绕，折射出浓厚的地域文化特色和人文情怀，这是她们作品的一个重要特点。她们的创作，以女性生活为表现对象，有着浓厚的地域特色，具有较强的时代性，能集中反映西海固女性生活的多姿面貌，体现出新时期以来女性意识的觉醒和物质精神生活的巨大变化。尽管她们中的一些人已离开家乡，但西海固的印记、生活的滋养已深深融入创作中，依然有永远也割舍不了的情结，在字里行间闪烁光芒，因而总有回顾乡村的作品出现，且总是写得那样深情无限。

三

一个作家所处的时代以及随不同时代变化体现出作品变化的例子，莫若李清照和萧红。时代的车轮滚滚向前，环境的复杂性和多变，给正值成长期的女作家们心灵中普遍留下了不同程度的印痕，而成长历程中不可避免的生命体验，也成为她们日后创作的源泉和动力，形成了一个特有的文学现象和精神指归。

西海固的女作家均属业余作家，但总体安静执着、厚重大气，能埋下头来，细心研磨，潜心创作。短短几年间，能取得骄人的实绩，除了得益于浓厚的文学氛围、勤奋的努力之外，一个至关重要的因素，应该归结于时代带来的巨大变化。

几十年过去了，从吃不饱穿不暖努力为生存而忙碌的女人，到超越生活之上的精神需求者，从围绕三尺锅头、男人娃娃的家庭妇女，到走出家门看世界的文字工作者，从农耕文化到后现代工业时代，时代变迁带来的巨大冲击，无疑也严重影响了她们的生活和思维。时代在她们的生命中产生了重大的影响，甚至可以说彻底使她们的生活命运发生了改变。时代赐予她们的，不仅仅是温饱的解决，而是身体、精神的巨大解放。于是，她们就用自己的笔，用各种方式记录了属于这个时代的变化与风尚。因此西海固女作家们均立足于本土，立足于时代，立足于现实，不断总结、提炼和升华，以诚挚的感情歌颂大自然及现实生活；以自己的人生感受和生命体验，观照熟悉的乡土社会变化，体味不同的生命形态和生存境遇，抒写人生的悲喜剧、女性的悲喜剧和普泛的人类生命的悲喜剧，使作品具有一种浓烈深沉的意蕴内涵和独特丰厚的文化内涵。她们文字中所表现的时代的变革、睿智的哲思、生动的现实、淡淡的人生感伤与心灵内在的优雅，让人尊重，使人敬仰。

时代在发展，女性在进步。女作家们喜欢从个人视角出发，密切关注着急剧变化的黄土大地，诉说着变化中的心声。以其深厚的历史文化探寻精神，既有对西海固风物民俗的全景式展现，又有文化人文关怀的构建。马金莲的《长河》中，一个偏僻山村的普通小丫头，从埋头锅台、不出大门的小媳妇成长为独立自信、敢作敢为的女性创业者，其成长过程就是一个家族变化史，一部乡村变化图，更是一个民族的繁衍史、时代的变迁史。王秀玲的小说里，那些走出大山的女人们，随着纷繁浩大的世界，思维眼界和格局情感都发生了巨大的变化。

> 恍同深蓝星空
> 适合仰慕，合适在某个秘境接受
> 跪拜——
> 那不得不让人离别的
> 宝石的火焰，从十二月的深宵溢出
> 爱一个站在远处的人……
> 那个沉浸其中的人
> 情不自已，她倚在夜空珍珠的闪耀中
> 正悲伤地哭泣
>
> （《珍珠王冠》）

林一木的诗歌真诚大胆而毫不做作，体现着一种难能可贵的叛逆精神，这是女性解放自己的一个必然过程，也是西海固女性作家的一大进步。

四

真正意义上的写作应是以人为本的人文关怀写作。女性视角是与生俱来的身体感，女作家善于从女性立场去判断外界事物、用女性的眼光感知生活、用女性话语表达内心情感，能对那些被男性忽略的极为细小的事物做出描述，尽展女性的细腻敏感；既把生活的点点滴滴当作一行行文字去阅读，捕捉其里的细微感受，又将字形墨香句意词韵化入生活，作为生活的延伸和丰润；既有温度、有情感、有灵性，又有思考和延伸。所以西海固女作家的创作风格，日常性是另外一个特点。故乡记忆、家园亲情、现实生活、情感纠缠、生命体验成为其最常关注的话题，大多是以作者的亲身经历和自我感受为中心构建作品，从熟悉的身边故事切入，以女性特有的敏锐和细腻的笔触，抒发情感思考人生，反映女作家对生活、生命的独特理解。

唐晴的诗歌大气磅礴，擅长抓取生活中的简单场景，白描勾勒，文字凝练；郭玛的诗歌，感情丰沛，委婉含蓄；聂秀霞的散文诗，优美缠绵，对故乡怀有凝重深沉的感情；朱喜利的诗歌无所顾忌，神思飞扬。马晓雁的前期诗歌，节制含蓄，淡雅灵动，《荞花白》便是一例：

> 一片一片热闹开放的白荞花
> 走过的是僧侣袖间的清风吗？
> 秋天已爬上山坡
> 也把你们的悄悄话说给我听吧！

后期风格渐变，情调低沉，语感独特，以不同的社会视野和生活触角、文学立场和审美视角，不同的方式来呈现思想，诉说经验。

> 祖父这扇北窗如果关闭了
> 更多孤独和漆黑会来照料祖母
> 仅剩的尘世吧
> 他的儿孙从各地赶来病院
> 仿佛在追赶一次应季的采摘
> 朔风中，祖父甚至递来乞求的目光
> 可是，这时节
> 还有谁能够打捞
> 疼痛几乎兑换了他全部的骨质
> 他浮肿的身躯蜷缩成一枚枯叶
> 如果顺流而下，落在河面上的传说
> 将再次捊造他吧
>
> （《北窗》）

高丽君的散文书卷气浓，诗意灵动，典雅隽永，尤其是"教育三部曲"系列，别具一格，直视现实，敏感尖锐。从文体转型到思想过渡，有较大提升。许艺的小说，悲凉而富有激情，有对苦难的同情与怜悯，有对生命的尊严和敬畏。李敏的亲情散文朴素自然、言短意长。评论有理有据，颇接地气。苏小桃的散文一气呵成，工笔描绘，细节见长。邹慧萍的《黑城子》，用缓慢细腻的语言呈现出几个画面：苦涩的河水，慈爱的婆婆，旱地里的麦子，门口的瓜地；选取最朴素平常的事物揭示出西海固农村生活的本真。殷桂珍的小小说，言简意赅，以情节取胜。……在她们笔下，均体现了西海固独特的风俗民风、人情物理，所以文字就摆脱了无病呻吟的习气，改变了矫情小资的时尚，从而变成了植根生活厚土的坚实之果。她们的作品，或气韵优雅，意味绵长，或朴实庄重，平实厚重，成为外界了解和感知这块土地和这个时代的主要媒介。

五

西海固女作家还有一个非常明显并具有普遍性的特点，那就是由于时代的原因大多跳过了适龄学习阶段而直接进入了社会生活，因而其创作都是一种自觉行为。在日益高度物质化的时代，功利主义畅行其道、理想主义似乎无处存身的今天，西海固女作家对人生理想或精神价值的不懈追求，值得赞扬。

从某种程度上说，西海固女作家的创作几乎都是"老牛拉车般的忍辱负重"，"满含血泪的孜孜追求"。因为时至今日，尽管到了5G时代，但在西海固，封建观念仍然余绪未绝。长期形成的传统观念中，女人总是男人的附属品，几乎没有多少机会追求事业和实现个人价值。她们不但要为基本的生存而努力，而且在传统文化背景下依然是家庭的主劳力，一生的事业就是伺候老人男人孩子，个人价值就是家中各种操劳，所以能够利用业余时间，挤出一点点时间，在偷偷摸摸中进行创作，在超负荷下坚持写作，实话说也属于"另类"。她们在田间炕头写，在劳作车间写，在工作之余写，甚至坐在公交上、推着自行车和电动车时还在构思，但无一人放弃，无一人抱怨，而是以坚忍的毅力，低头走路、埋头拉车的态度勇敢地面对困难。她们在创作上最大的特点就是"安静"和"隐忍"，因为对她们来说，文学不仅仅寄托着自己的人生理想，而是支撑自己"活得像个人样"的精神支柱。单小花就是一例。这个没有经济来源的女人，独自抚育几个孩子，还坚持在小炕桌上写着文字。无论怎么说,都是坚守,都值得尊敬。在其他女人做美容、打麻将、练瑜伽时,这些默默无闻的"小草"们,依然坚守着自己的文学梦想,在方格纸上、在键盘上、在手机上诉说着自己的心灵之歌;自动屏蔽身旁的灯红酒绿、红尘世事,将内心善良和唯美的东西,细细考量,挑拣选择,然后进行思考,诉诸笔端。她们隐忍地生活,安静地写作,含蓄内敛,既不张扬,也不轻言放弃,而是把内心的火热大方,敢爱敢恨的情愫用文字方式表现了出来。

呈现在作品中,她们大多以妇女生活、家庭生活、故乡记忆为重点,但充满了对女性命运、故土家园的关注;在表明立场、坚守文化时,更多地强调自己西海固女人的身份,用柔情的泪水、默然的隐忍来记录、来反思。用心写作,安心立命,自觉性使得她们的作品有对时代脉搏的准确把握,有对生活敏锐的感受力,有思考生活的深刻性,也有在时代巨变中的挣扎,有抗争命运、战胜困境的坚强与拼搏。这样的作品,往往会给人一种感奋的力量。她们用事实证明,女性文学不只是文坛的一种缀饰,而是不可缺少的重要组成,是新一代女性自立自强的明证。

六

如果把西海固女作家创作比作一条滔滔江河,那么,特有的话语方式、各异的表达手法、富有创见的思考,从思想、意境、视野、题材及写作形式上,应该既有传承,也有较为积极的拓展与尝试。女性作家们的作品尽管千姿百态,但作为一个正在崛起的作家群落,也有许多的不足。

比如在反映社会的深度和广度上拓展不开,延伸不够;在宏大的叙事领域,不敢涉猎,较为缺乏。比如有旺盛的创作力和对生活独特的敏感力,但视野不大、格局较小,导致一直盯着眼前的一亩三分地。比如不擅长在形而上的层面上审视足下的土地,一味去展现苦难和悲痛，无视今日日新月异的变化。比如缺少个性的安全性写作，跟风现象较为严重。再比如跳不出个性写作的窠臼，大量的重复，既没有写作上的冒险精神，也带不来阅读上的惊艳，等等。

要写出好作品，必须要以人类的大视野来思索历史资源和所处时代，必须以大格局去体味所处的环境与生命本源，必须以新的美学精神和形式去创造作品。在这点上，西海固女作家还是有欠缺的。尤其是文学评论的滞后，相对限制了她们不能站在一个高度，认识到自己写作的局限，开拓写作的视野。

总之，多方积累，多方汲取，多方碰撞，坚持写自己的文字，坚持写出个性的东西，形成合力，打造品牌，才是西海固女作家的发展方向，也是西海固文学的发展方向。相信西海固女作家们，会更多地、更好地吸纳六盘山的雄气和清水河的柔美，给自己一个远大的目标，走出一条真正属于自己的康庄大道。

西海固诗歌刍议

杨 梓

宁夏西海固（以下简称西海固）诗歌是宁夏固原地区六县诗人所创作的诗作，是西海固文学的组成部分，并且日益显示出比西海固小说更加强劲而迅猛的发展势头。如果没有西海固诗歌，西海固文学将无从谈起。同时，西海固诗歌占据了宁夏诗歌的半壁江山，不论是从诗人数量，还是从作品质量上来讲，也日益显示出独具特色的态势，并成为宁夏诗坛具有集团军性质的中坚力量。如果没有西海固诗歌，宁夏诗歌就会缺乏活力。这批诗人基本上都是出生于六七十年代的，他们代表了西海固诗歌的创作实力。从年龄上来划分的话，出生于60年代的诗人有虎西山、左侧统、周彦虎、张嵩、冯雄、王怀凌、郭文斌、王钟、唐晴、单永珍等，出生于70年代的诗人有杨建虎、安奇、泾河、方石、郭静等，还有西海固籍的诗人

杨梓，一级作家，中国作家协会会员，中国文艺评论家协会会员。

权锦虎、梦也、白军胜、戴凌云、徐幼平、胡琴等。他们除了在《六盘山》《朔方》《飞天》《延河》等地、市、省级报刊发表了大量的诗作外，还在《绿风》《星星》《诗歌报月刊》《诗刊》《青年文学》《十月》等著名刊物发表作品。《绿风》、《新大陆》（美国）、《星星》、《诗潮》等诗刊推出的宁夏诗歌小辑，西海固的诗人占去多半。他们的诗作多次入选《诗选刊》《诗刊》等全国性选刊、选集，并荣获许多文学奖项，为宁夏诗坛乃至西部诗坛的繁荣做出了积极的努力，所以这批诗人是相对落后贫困的西海固上空耀眼的明星。

一、西海固诗歌的成因

西海固地区是全国闻名的贫困地区之一，却造就了一批阵容整齐且具有创作实力的青年诗人，他们安于清贫，坚守孤独，勤奋笔耕。自20世纪80年代末期在宁夏声誉鹊起之后，西海固诗人逐步向全国诗坛迈进。这种矢志不渝、献身诗歌、淡泊名利的创作活动本身，与他们的诗作一样有着令人思考和认识的价值。为什么生活条件优越的川区诗人在不断地流失，而生活条件较差的西海固诗人却在不断地涌现？究其原因，苦难的环境、当地的诗歌氛围和诗人自觉创作意识的提高等是西海固诗人群体形成的主要因素。西海固诗人大都有稳定的工作，定居县城，没有陷入孟郊"借车载家具，家具少于车"（《借车》）和贾岛"坐闻西床琴，冻折两三弦"（《朝饥》）那样的困境，但他们基本上是借助考学而跳出"农门"的农家子弟，他们的父辈兄长仍在农村土里刨食，仍在温饱与贫困之间挣扎，仍与干旱、风沙、冰雹等自然灾害抗争，这些因素必然影响一个诗人的心境和创作。常言所说的"愤怒出诗人"与战争年代有关，"忧患出诗人"，则相对于和平时期而论。而苦难出诗人，便是针对像西海固这样的贫困地区而言。正如苏轼所言："非诗能穷人，穷者诗乃工。"(《僧惠勤初罢僧职》）对一个诗人来说，贫困就是动力，苦难就是财富。因为贫困，他们深知贫困的个中滋味，努力摆脱贫困。因为经历过苦难，他们才能把目光投向身陷苦难之中的父老乡亲，用诗歌这一艺术形式宣泄他们内心深处的怜惜之情。于是，诗歌便成了他们关爱生命、驾驭命运、抵御苦难的一盏明灯，并且成为他们的价值取向、审美理想和精神支柱。所以西海固诗歌是黄土高原上的绿岛，尽管尚未得到西海固人民的认同，但这仅仅是开始，终有一天会赢得人民的掌声。

自20世纪80年代末期以来，西海固始终有一个良好的诗歌环境。在朦胧诗渐近尾声之时，中国诗歌出现了流派纷呈、大旗林立、群雄竞起的局面。而处于中国西部的西海固，也冒出了一批出生于60年代的诗歌新人，他们与从事小说、散文的创作者一道，在小县城互相切磋、阅读、探讨，甚至争得面红耳赤。如海原有石舒清、梦也、冯雄、左侧统，西吉有马存贤、周彦虎、郭文斌，固原有虎西山、王怀凌、张嵩等。到80年代，彭阳有韩聆、杨建虎、穹宇，固原有单永珍、唐晴、安奇、方石等。在同一个地方，有几位年龄相仿的志同道合者在一起谈论文学，这个相互激励的小环境正是西海固诗人成长的摇篮。加上有关部门的大力支持，《六盘山》和《朔方》的发现、扶持和推出，这些都是西海固诗人逐渐走向全国的客观因素。

近几年来，西海固文学的旗帜已经竖起，西海固诗歌也渐渐引起外界的关注。《十月》《诗刊》集中推出西海固诗人的诗，这在西海固文学史上当属首次。在诗歌创作上，西海固的诗人最初除了爱好还带有名利的因素。尤其在贫困地区，从事音乐、绘画、书法等艺术门类的创作显然缺乏物质上的支持，而诗歌和其他体裁的文学创作就相对容易一些，一支笔和一张纸就能表达心声，如果取得成就还能因此而改变自己的生存环境，这正是当年西海固诗人辈出、作家群起的原因之一。时至今日，通向成功的道路已非文学这一座桥梁，市场经济为青年人提供了无数的上学、考研、求职和打工的机会。随着传媒网络的渗透，文学已越来越边缘化，读者、作者与文学期刊的发行量一同递减。在这样一个背景下，西海固诗人却在坚守阵地。有人曾说，一流诗人自杀了，他们冲锋在前，一看前面站着一个巨大的敌人就是诗歌，于是当场自杀。三流诗人改行了，他们跟在队伍的后面，发现这一仗注定失败，于是当了逃兵。而二流诗人在坚守阵地，他们在冲锋与休整之间运行，冲锋几步就停下来休整一段时间，还有人一直在原地兜着圈子。这个说法虽然有些偏颇，但也有点意味。对西海固诗人来说，这种冲锋与休整之间的坚守有着全新的意义。如果一味地冲锋，就会被当前远离诗歌本质的"口水诗"所淹没，从而失去自身独具的品质；如果盲目地休整，那么西海固诗歌就不可能走向全国。所以面对全球化经济浪潮的冲击和宁夏青年文学界小说的挤压，西海固诗人在夹缝中求生存，已经改变了当年以几家诗歌刊物为圭臬的创作方式，逐渐进入各自的创作状态当中，努力去观察、阅读和思考，对生活和现实有了较深的认识，自觉创作意识在不断提高，从而写出了一批较优秀的诗歌作品，因而得到诗歌界的认同。

二、西海固诗歌的特点

鉴于全国诗坛有些诗人鼓吹的反崇高、反抒情、反历史的"私人化写作"态势，"民间立场""知识分子写作"和"另类写作"的互相攻讦，以及大部分诗人一味凌空蹈虚的创作态度等，这批西海固的青年诗人，没有尾随某些诗派亦步亦趋、人云亦云，而是相对独立地行走于六盘山的周围，坚持本土化的写作立场，弘扬中华文化，继承了中国古典诗词创作的优秀传统，并对西方现代主义和魔幻现实主义的创作手法有所借鉴，写出了大量的既有较深的思想内涵又有较高艺术价值的诗作。这在全球化经济浪潮的冲击之下，显得更有特点和意义。概括来说，西海固的诗歌呈现出本土化和传统化等特点。

关于本土化。诗歌创作较之于小说、散文，是最难坚守本土化的，但西海固的诗人却坚持了这一立场，坚持站在生于斯长于斯的这块土地上，坚持用诗歌的方式表现西海固的风土人情。西海固前辈诗人李云峰、屈文焜等，在坚持本土化创作上就付出过努力。如李云峰的《护林人》："树叶绿的时候／抓在手里竟有涛声／依山起伏"，立足于本土而超越本土。如屈文焜的《父亲，耕种……》："彩霞开始燃烧／在大山敦厚的脊梁上／又凸起一个脊梁"，对父亲的歌颂跃然纸上。而这批青年诗人坚持本土化最具代表性的是王怀凌，他诗歌的视角始终注视乡间，关心父老乡亲的生活，关心"老家的命运"。他写《大旱的四月》："没有雨的日子／风是惟一的消息／告诉我们什么是渴望和伤害"。他写《渴望一场雨》："雨呀雨，催生五谷的甘露／我小小的村庄暮色四合／你去了哪里做客"。王怀凌主动为西海固的农民担起痛苦，把自己的命运与农民的命运联系在一起，这一点是十分可贵的。

关于传统化。西海固的诗人在一定程度上来讲，基本上都是继承我国优秀传统文化的。中国古典诗歌博大精深，具有语言简约、意象生动、意境高阔、节奏鲜明、抒情浓郁、想象奇特、勇于独创等特点，而这些恰恰是诗的审美本质。西方哲学家诺瓦利斯认为，诗的言说创造了现实世界的意义。施莱尔玛赫认为："只有情感，才能保证诗的世界的纯度，它是诗的根本条件。"[1]所以本质的东西是具有永恒意义的，关键在于诗人如何去把握。真理也是具有永恒意义的，关键在于诗人如何去表现。在西海固诗人中，坚持传统化创作立场的最具代表性的诗人是虎西山。虎西山似乎从"诗中有画，画中有诗"中得到感悟，使得其诗亦具有淡淡的国画尤其是山水画的韵味。虎西山的《石匠》里有一节："世上／唯有石匠／肯把自己的心／变成一块一块的石头／然后一点一点／往出来凿……"语言非常朴素，但却言说了一种令人惊叹的东西。有人曾讲过一个故事，说一个小女孩看见一个雕刻家从石头里雕出一匹马，便问雕刻家怎么知道石头里有一匹马。这个问题无论怎样回答都是多余的，故事本身就是一首绝妙的诗。绝妙的诗是不可解释的，是只可意会而不可言传的。所以，坚持创作是诗人的安身之根，坚守纯粹是诗人的立命之本。在这一点上，昌耀的创作活动为我们树立了榜样。

西海固诗人中，还有几位举足轻重的诗人，他们同样坚守本土化和传统化的创作立场，但表现出了跨越地域、具有泛文化意义、现代手法介入等特点。如冯雄的诗有一定的地方特点，但更具有为诗歌献身的意味："把头颅放在诗歌上／让闪电／劈我成柴"（《劈柴》）。同时他对现代人的无家可归感有一定的思考，如在《青草谣》中吟唱："我远方的故乡不见了／石头已敲碎了马掌……我冻裂的伤口不见了／只听见鹰在我体内叫嚷"。尼采曾说："想起这种惶惶不可终日的科学精神所引起的直接后果，便会立刻想到神话是被它摧毁的了；由于神话的毁灭，诗被逐出她自然的理想的故土，变得无家可归。"[②]是的，每一位诗人都应该对此进行反思，用自己的行动来爱护诗歌而不被玷污。冯雄为此付出了努力。

单永珍的诗总给人一种声嘶力竭的呐喊的感觉，他的诗生猛、有力而狂放，是西海固最为豪放的青年诗人。他诗歌的意义在于唤醒沉睡于体内的神灵，唤醒现实生活中麻木的灵魂，哪怕是唤醒隔壁的死神。他绝望地吟唱："既然，绝唱的天鹅已经远逝／悲伤的琴音被寒水隐渡／盛大的夜晚把所有的歌声覆盖／那么我的眺望还有什么意义"。所以单永珍有一个酒做的灵魂，敢于放下精雕细琢的技巧，将诗歌直接从胸膛中喷吐而出，有着屈原"发愤以抒情"和李白桀骜不驯的遗风，这是值得肯定的。

杨建虎是西海固70年代出生的出道最早的青年诗人。秋天、村庄和诗歌本身都是杨建虎灵魂的家园，他时而沉浸于乡村，时而漫游于诗歌，时而"跪在秋天的边缘"。他在《用诗歌抚摸秋天》中写："我走着／认真地走着／同时松开我的想象／鸟一样地飞翔／飞翔在村庄和城市／那些松弛的岁月／正流动在我诗歌的河上"。杨建虎所触摸到的和倾心歌唱的正是秋天、村庄和诗歌本身，其意义就在于这些都是"淡淡的忧伤和美丽"。

　　唐晴是西海固诗人中一道难得的风景。她并非生于西海固，却对西海固情有独钟。唐晴在西海固诗坛一露头角便赢得了喝彩，她写出的优美的诗句，令人刮目相看。

三、西海固诗歌现存的问题和出路

　　第一，风格问题。西海固青年诗人较之于宁夏其他地区的诗人来说，在诗歌创作上很容易形成风格，并由此发展下去很容易出现自我重复的现象，缺乏突破和创新。不管从取材、意象、语言还是从结构、语境、节奏等方面来看都有模式化的危险。这个问题是西海固本身的地域局限造成的，西海固的诗人还没有进入全国的诗潮，地方性局限无形地封闭了西海固诗人的视野。要坚守诗歌这块净土，但必须打破自我封闭的格局；要坚持本土化，但必须摆脱地域的束缚；要坚守传统化，但必须熟练掌握现代诗歌创作手法：这是西海固青年诗人的出路之一。

　　第二，文化内涵问题。西海固诗人多数来自农村，写农村却大多流于表面，没有写出农村的主人——农民的心态、精神。还有一些诗作里的农村只不过是一种美好的象征，诗人没有真正地进入农村，只是写了一些自我感受，写了一些虚无缥缈的事物，有的甚至找不到题材而在诗中写诗。从题材的角度来讲，西海固本身就是一座诗歌的金矿。西海固可以说没有城市文化和工业文明，主体仍然是农耕文化。这就要求西海固的诗人必须把目光投向农村，把与苦难抗争的农民纳入诗歌视野，在人道主义的意义上把诗人的命运嵌入农民的命运，与他们一起忧患。可以断言，谁能写好西海固的农民和农村生活，弘扬农耕文化，谁就会成为西海固诗人的代表。因为真正支撑诗歌站立起来的除了诗人的人格而外，就是文化内涵。谁能把握住这一点，谁就找到了出路。

还有诗作的浅显、观念的陈旧、诗学理论的欠缺等问题在此不一一赘言。

德国哲学家谢林曾说："不管是在人类的开端还是人类的目的地，诗都是人的女教师。"这便是诗能够永存的魅力所在。

综上所述，笔者主要就西海固诗歌自20世纪80年代末期以来的成因、特点及现存的问题予以梳理，西海固诗人的个论、他们在诗歌艺术上的探索和创作手法，尚待进一步探讨。

注释

①②刘小枫.诗化哲学[M].济南：山东文艺出版社，1987：54，80.

原载《宁夏大学学报》（人文社会科学版）2002年第5期

固原市文学批评与理论研究的现状与问题

倪万军

　　新世纪二十多年来宁夏文学快速发展，取得了显著的创作实绩，尤其是继张贤亮之后共有三位作家先后获得鲁迅文学奖，除茅奖外其他各级各类文学奖项均有所获。历来的说法是，在宁夏文学的版图中，西海固文学占半壁江山，宁夏有影响的作家、诗人大多出生于西海固地区，有的至今还生活、工作在西海固地区。所以说西海固文学是宁夏文学的重要组成部分，甚至可以从某种程度上说西海固文学代表着宁夏文学发展的方向，表现出宁夏文学独有的特色，比如文学的地域性、现实性，这些都是西海固文学、宁夏文学之所以闪光的因素。也或许是因为这些，才是宁夏文学、西海固文学能够引起外界关注的主要原因。

　　倪万军，宁夏师范大学文学院副教授，固原市文艺评论家协会主席。

外界很多编辑、批评家、读者对石舒清、郭文斌、王怀凌、单永珍、马金莲等作家诗人较为熟悉,不是因为他们在中国的当下写作,而是因为他们在宁夏的当下写作,不是因为他们在写中国故事,而是他们在写着中国宁夏、中国西部的故事,尤其是他们的作品中呈现出宁夏西海固地区人们特殊的精神追求和生存状态。这让人们看到西部、宁夏、西海固的特殊瑰丽之处,或许这也是今天的读者、批评家之所以愿意持续关注西海固文学的主要原因,他们是想知道西海固作家笔下西海固的精神风貌和现实状况。当然这几年,因为行政区划的原因(可能也有政策导向的问题),西海固文学的称谓已经完成了它一个阶段的历史使命,取而代之的是固原文学。

当然,固原文学创作发展到今天,也和文学批评的发展有密切的关联,所以以下主要想谈谈固原文学批评及相关的一些问题。

一、固原文学批评和理论研究队伍的发展简况及问题

之前固原的作家、批评家甚至媒体偶尔会提出一个问题:西海固到底有没有文学研究和文学批评?甚至连批评家自己都在怀疑西海固到底有没有文学研究和文学批评。也有学者认为西海固的文学批评赶不上西海固的文学创作。笔者通过对近几十年固原文学批评和理论研究工作的梳理,希望能够修正这一观点,希望作家和读者对固原的文学批评和理论研究有新的认识,至少不要再讨论有无的问题了,而是要考虑怎么推动和建设固原的文学研究与批评工作。从近几年的发展来看,固原的文学批评和理论研究的层次并不低,甚至从观念上、理论上超过了固原文学创作的步伐。

第一代固原文学研究者和批评者鲜为人知,但作为拓荒者的他们也曾声名远播。其中包括丁文庆、袁伯诚、慕岳、范泰昌、华世鑫、米正中、李振声、任光武、徐兴亚、王铎、蔡锦启、李云峰等,他们大多毕业于北京大学、复旦大学、北京师范大学、云南大

学等知名高校，具有丰富的学识和深厚的人文素养。他们以20世纪50年代以来因为支宁青年、右派等身份及在当年各种政治运动中受到影响和冲击而到宁夏的知识分子为主体，后来扎根宁夏。在1981年底固原地区文联成立之后，他们有的担任首届文联常务委员，有的担任首届文学工作者协会主席、理事，有的担任《六盘山文艺》编委等职务。他们的主要工作体现在三个方面：文学活动、文学批评、文学创作，尤其是他们的文学组织和批评工作为西海固文学的发轫做出了不可磨灭的贡献，在培养西海固青年作家方面功不可没，为后来西海固文学的发展打下了扎实的理论和实践基础。这一代西海固文学研究者的视野、学识都是全国一流，其中有谢冕的同班同学，也有在黑城农场（黑场农校）接受劳动改造的右派。我曾在一篇文章中称之为"西海固文学的启蒙者"。

第二代固原文学研究者和批评者已经被人熟知。尤其在当地文联、作协机构工作时间较长的人员笔者大都有接触。这一代文学批评家主要崛起于1990年代中后期，他们主要包括李克强、钟正平、马吉福、武淑莲、徐安辉、左侧统、单永珍等。毫不讳言，这个名单相较于以前稍显逊色，他们大多出生于本土，其中有行政领导、普通干部、大学教师、作家诗人和编辑等等。彼时西海固文学的发展已经取得了一些成绩，已经可以作为一种文学现象而展开讨论。当然这一代西海固文学研究和批评工作最大的贡献就是完成对"西海固文学"概念的阐释和"西海固文学"现象的梳理，其中钟正平、马吉福、左侧统等做出的贡献尤为明显。而时任教于宁夏师范学院的钟正平教授则长期从事西海固文学的批评和研究工作，和宁夏大学郎伟教授被并称为宁夏批评界的"南钟北郎"，至少在高校开拓和引领着宁夏文学研究的风尚。

第三代固原文学研究和批评家主要以1970、1980年代出生的批评家为主。这一代批评和理论工作者开始写作时，西海固文学已成气候，宁夏"三棵树"已经引起高度重视。这一代批评家主要包括倪万军、马晓雁、王兴文、高丽君、李敏等，他们大多来自高校，大都接受过系统的文学教育，且长期浸淫于西海固文学生态之中。他们沿着前辈的足迹，有继承也有创新。他们的主要贡献在于研究思路和方法的创新，同时也把宁夏文学研究引入高校课堂。这一代批评家正在成长和发展过程中，受到高校学术机制的规范和推动，因此研究与写作不仅仅是对文学的热爱，也有学术研究机制的考量。但是这个队伍虽然有潜在的巨大的力量，但与他们的前辈相比，批评和研究工作更被动、更显功利化，甚至很多人因为看不到地方文学批评的前途而不愿意涉足固原文学批评。

根据以上对固原文学批评发展历程和具体状况的梳理，目前的主要问题是文学批评和理论研究相对落后，具体表现在批评视野的局限，批评方法和理论基础的薄弱，作家和评论家关系的限制以及写作的功利性，批评的随意性、盲目性、无组织性等。具体还表现在如下三个方面：第一，从最早的西海固文学研究至今，批评工作者和写作者关系过于密切，这导致批评的不自由，甚至依附于写作者，总是摆脱不了褒扬的嫌疑，甚至一些批评家对文学创作中存在的问题视而不见。第二，文学批评空间狭小，批评工作得不到较为普遍的认同。这个和文艺部门行政工作的导向和认识有关系（比如连续两次"六盘山文学奖"批评奖空缺）。第三，文学批评生态不健全。批评工作者功利性太强，批评工作的组织难度大，可能存在有些文艺批评工作者缺乏积极性和主动性的现象。

此外，从批评文本本身来看，大致存在两个方面的问题：一是停留在对文学现象的描述上，没有能够结合作品深入探讨文学现象生成的深层原因，没有能够把文学现象的生成和特殊时代的共鸣联系起来，因此最终只停留在现象本身而无法突进。二是对作品的分析和研究只停留在印象式判断层面，当然文学批评对文本的感受和文学的审美体验是不可或缺的，但是印象式的经验判断略过了文本生成的复杂机制，容易流于"好"或者"不好"的基本评价，因而这样的批评难以在质地上得到提升。当然，近十多年来，一些青年批评家和理论工作者已经注意到以上两个问题，并在具体的批评和研究实践中有所调整和改善。

二、提高固原文学批评和理论研究工作的基本对策

根据目前文学批评和理论研究的状况和问题，如果要推动文学批评和理论研究工作的开展，应从以下三个方面入手：

（一）加强批评和理论工作者的队伍建设

加强队伍建设不是一朝一夕的工作，因此不能一蹴而就，不能单从数量上解决问题，更重要的是提高理论工作者的素养，一是倡导述而不作、毫无功利的自发式批评。法国文学批评大师圣伯夫说："巴黎真正的批评是在谈话中进行的。"出入于沙龙的文人雅士之间的谈话是文学批评最理想的样式，比如林徽因的"太太客厅"。实际上这种自发的、绅士的、毫无功利的批评和作家、作品有着最为直接的联系。和缜密的笨重的学者型的思考和研究相比显得有血有肉有声有色。这种批评不需要引经据典，不需要面面俱到，更不需要发现规律、总结经验，所以这种批评更轻巧、更有趣、更容易被人接受和吸收。

二是加强批评者的文学理论修养，拓宽批评视野。长期以来，固原的文学批评仅限于印象式批评和判断，虽然通俗易懂，但也不能有效地推动文学批评通向纵深发展，所以加强批评者的文学理论修养，拓宽批评视野是提高批评深度、广度、难度和固原文学批评事业发展的重要途径。在批评理论上，比如使用马克思主义、女性主义、现代主义、结构主义、精神分析法等批评方法，保证批评的权威性。但在具体的批评实践中要防止批评理论与创作实践脱节，导致只有骨头而没有血肉的文学批评。另外可以适当开展跨学科的

文学批评，将文学与社会学、政治学、哲学、历史学、伦理学、文化学等学科结合起来，打破原有的批评视野。

三是培养批评者的文学趣味。在饱读、博学的前提下培养批评者的文学趣味和文学修养，理想的批评者也应该是创作者，只有这样才能对文学的生产机制有切身体验，这种体验能够催生直接的、灵活的、瞬间的、微妙的审美感受，可能更容易切中常人难以触及的深层问题。另外，文学的趣味要拒绝教条和八股，要强调强烈的个人色彩，要突出"有趣"和"好玩"。没有趣味的文学批评会陷入一种半死不活的学究气中。

四是组织有目的、有针对性、有计划的文学沙龙，并逐步扩散。结合固原文学创作和批评的实际情况，可以以宁夏师范学院宁夏文学艺术研究中心（西海固文学研究所）和《六盘山》杂志编辑部为中心，组织四个研究系统：一是围绕宁夏师范学院《宁夏文学研究》相关项目和课程，定期有计划地开展宁夏作家作品研究。二是围绕宁夏师范学院"中国现当代文学专题研究"项目，开展经典作品、文学思潮、文学现象、文学史的研究。三是开展当下最新作家作品研究，以《人民文学》《小说选刊》等刊物为主。四是在《六盘山》杂志开设文学批评专栏。

（二）提高文化、文学管理部门人员的素质和水平

一个地区文学的发展有两条道路：一是自发的自然成长，一是文化、文学管理部门的推进。对于固原文学来讲，这两条道路都显得非常必要。固原地区有着利于作家成长的深厚的文化土壤，这是先天的优势。但是作为文化、文学管理机构比如宣传部门、文联和作协系统在作家管理和培养上要大有作为，尤其是要加强自身人员素质的培养。

这主要体现在以下几个方面：一是文学期刊的质量有待提高。固原市和各县区文联基本上都有自己的刊物，但是刊物的质量参差不齐，除了外在的客观条件（经费、人员力量等）的限制之外，办刊人员的眼界和水平也是制约刊物发展的原因之一。比如在对稿件的评审方面，有时候是泥沙与珍珠俱下，个别作品缺乏艺术和思想价值；比如在期刊的封面设计、版面设计、栏目设置等很多方面，还要下大功夫研究策划设计。刊物的级别有高低，但是文学作品是没有级别的。如果说把任何一个刊物都当作《人民文学》来办，那么即使一个县区的刊物也能达到较为理想的水平，在推动地区乃至更大范围内的文学发展工作中起到非常重要的作用。

二是各级管理者的眼光和组织协调能力有待提高。单从文学理论的角度理解，文学发展的责任和使命在于作家自身的艺术创造。但是在作家背后存在一定的保障和服务体系，这就是以文联和作协、评协为主的联系与服务机构。所以文联与作协、评协系统成员的素质高低与当地文学环境与气候有很大的关系。这就要求，既要加强文联、作协、评协系统成员的业务理论素质和水平，又要提高文联、作协、评协系统成员的组织协调和工作能力。

三是文联、作协工作人员必须积极组织和策划文学活动。在近几年固原文学的发展中，文联、作协系统虽然策划过一些活动开展过一些工作，但是这些无法满足今日固原文学本身的发展需求。一方面，很多时候这些工作缺乏主动性，存在着片面性。比如对固原80后作家马金莲、许艺的研究还不够充分。马金莲的小说创作在全国都产生了较大影响，几乎获得了除茅奖之外其他各类重要奖项，但是不管从文联还是从作协、评协，所做的集中研究、专门研究还是太少（或者无力去做）；80后作家许艺的创作起点非常高，在外界产生了很大的影响，但是却缺乏专门性研究和关注。这使得我们自己的作家在固原文学队伍中的待遇不高，不能让这些创作水平更高的作家带动刚刚起步的作家。另一方面，即使社会其他机构和团体组织了活动，文联、作协参与的积极性也不高。

（三）应该有规律地开展作家、批评家队伍的培养

文学的生产有其自身的特殊性和规律，它不是流水线上可以批量生产的商品。但我们在推动创作工作和作家、批评家队伍的培养上有时候过于贪大求多而不重视质量。尤其体现在作家队伍的培养上。针对固原地区作者队伍非常庞大的情况，应该有区别有重点地培养扶持作者，而不是一刀切地把所有作者同等对待。

一方面，对于有潜质有天赋的理论工作者，应该加大扶持力度，比如设立专门的奖励基金、设立创作项目、提高物质待遇等等。另一方面，培养人不是一年两年的工作，需要一个长期的过程，甚至两三代人才能培养出一位有影响的作家、批评家，所以一定要公正公平，制订培养方案和计划，不要跟风做即兴的工作，要建立长期的工作机制。同时，还要重视批评家年龄结构和梯队问题，既要做好已有一定创作成绩的批评家队伍的稳定工作，更要加大力度培养青年批评家，尤其是固原甚至整个宁夏80后尤其是90后批评家团队还比较薄弱，所以要想办法出台扶持政策，设立相关项目。

三、固原文学批评与理论研究的可能与空间

从近二十年固原文学批评与理论研究现状可以看出，固原文学批评与理论研究的主要阵地是《六盘山》杂志，主要研究人员以宁夏师范学院师生为主。《六盘山》杂志从创刊以来一直非常重视理论和批评栏目的建设，《六盘山》杂志从创刊始不但编发过一些有影响的文章，比如1990年代末期关于西海固文学的讨论，当时先后编发马吉福的《关于文学的西海固与西海固的文学》和《试论"西海固文学"的形成与发展》，李克强在西海固文学研讨会上的讲话《面向未来，肩负起时代使命》，钟正平的《精神生命的礼赞和尊严意识的谕扬》，单永珍、张强的《1998：让自由和灵性的光芒照亮主体世界》，张铎的《试论上升的西海固文学》，左侧统的《西海固文

学》，火仲舫的《西海固文学是西海固人民智慧的结晶》，拜学英的《对西海固的关切》等重要文章，为西海固文学概念的理论梳理产生了不可磨灭的影响。从2017年开始，《六盘山》杂志先后组织开设《宁夏诗歌、小说批评巡礼》《文学固原论坛》等专栏，成为研究西海固文学乃至宁夏文学的稳定平台，至今已经刊发固原文学研究成果及理论评论文章近六十篇，其中包括固原文学现象研究、固原文学发展历程研究、作家个案研究等，这些研究成果形成了一定的规模，产生了一定的影响。

宁夏师范学院文学院从建校之初就肩负着推动地方文化事业发展的重要使命，在文学批评和理论建设工作中先后涌现出丁文庆、慕岳、袁伯诚、张光全、米正中、钟正平、武淑莲、徐安辉、倪万军、马晓雁、王兴文等几代致力于文学批评和理论研究的教师，他们的批评和研究成果在固原文学乃至宁夏文学研究领域产生了很大影响。从2006年开始，宁夏师范学院文学院先后在本科生和研究生中开设宁夏文学研究专业课程，在全校开设宁夏文学与地方文化通识课程，对宁夏文学及地方文化等相关专题展开理论研究和讨论，对普及和推广宁夏文学产生了一定的影响，为培养扎根固原地区，面向宁夏，立足西北的教育文化领域人才提供有力支撑。同时，高校作为精神文化建设和传播的主阵地，宁夏师范学院文学院近十多年来主办过宁夏文学生态建设学术论坛暨80后作家创作研讨会，《朔方》杂志进校园活动，陈继明、王怀凌创作学术研讨会等重要的学术会议，会议邀请国内知名学者参加，引起区内外学术界关注。

随着固原文学创作的进一步发展，在《六盘山》杂志和宁夏师范学院师生的努力下，借助《朔方》《黄河文学》批评栏目和宁夏大学文学院师生的力量，固原文学批评与理论研究持续推进。对于未来的研究而言，主要从以下两个方面可寻求突破。

第一，探讨新的理论与研究方法。1985年，刘再复在《读书》

第2、3期连载了一篇题为《文学研究思维空间的拓展》的长文，在当时引起了不小的反响。他指出从1980年代开始文学研究方法的四种发展趋势：一是由外到内从文学外部规律研究转向文学内部规律研究，二是从一到多从政治或哲学的单一角度研究转向美学、心理学、人类学等多种角度的研究，三是由微观分析到多种综合研究，四是由封闭体系到开放体系。刘再复对1980年代的文学研究方法和思路的判断与分析至今还有重要的指导意义，尤其对于偏远地区的文学研究而言，借助诸如叙事学、接受美学、原型批评等先进的理论与研究方法对文学文本、创作机制等的科学分析仍然是迫切需求。借助新的理论与研究方法，改变某些浮泛的赏析式的所谓批评和研究，改变思维定式和成见，略过人事关系，只与文本对话，尽可能揭示固原文学创作的真相，提出固原文学创作存在的根本问题。

目前，在固原地区从事文学批评工作且又在新的理论与研究方法上有所深入的包括武淑莲、王兴文等。武淑莲曾做过文学创伤与治疗的研究；王兴文在攻读硕士学位时专攻文艺学，主要研究德里达文学理论批评思想与中国文论话语的转换问题。这些批评家在理论领域的突进为固原文学批评的发展提供了新的范式和思路。当然，从中也可以看出，固原比较关注文学批评理论和方法的主要以高校教师为主，他们大多接受过比较正规的学术训练，有一定的理论自觉。当然，希望在将来，随着更多年轻批评家的登场，这种理论匮乏的局面能得到有效的改善。

第二，开拓新的批评空间，寻求新的学术生长点。长期以来，固原文学批评主要以文本赏析、评价和推介为主，在文学批评的内容和形式上都略显单一。最早在固原文学评论中有过建设性贡献的就是马吉福、钟正平等学者对西海固文学概念的提出和理论探讨，为当年西海固文学的批评和理论研究提供了根本依据，但后来随着社会的发展，"西海固"这一提法也成为历史；但历史也不能被遮蔽和抹杀，至今谈起固原地区的文学创作，大家首先想到的一个词是"西海固文学"，它已经成为深植在宁夏文学血脉中的基因。我曾在《宁夏文学研究的新空间——宁夏文学期刊与文学的关联研究》一文中提到宁夏文学批评空间的开拓问题，在这篇文章中我希望把对宁夏文学媒介的研究作为新的学术生长点，同时我也写过几篇与文学媒介相关的文章，也曾花过不少精力通过媒介比如《六盘山》杂志去考察固原文学生成的问题，但文章在《六盘山》杂志陆续刊发后也有人并不以为意，认为这种工作没有价值。近两年马晓雁致力于固原地区民间故事研究，著有《六盘山地区民间故事研究》，按理说这种抢救性的研究不仅对于文学研究有很大的启发，对固原地区文化研究也极有意义和价值，但著作出版之后也反响寥寥。前几年李方做电影评介，著有《一个人的电影史》，也是文艺批评中别开生面之作，但也没能引起太多的关注。总体来讲，不管是西海固文学的提出，不管是媒介研究、民间故事研究还是电影随笔等等，总算是新的批评空间的开拓和新的学术生长点的发现，这对当下和未来的固原文学批评与理论研究是有一定的启示意义的。

四、结语

有时候觉得，对于批评家个体而言，批评只不过是方式和策略，学问则是根本，所以批评要以学问为基础，否则空疏浮泛大而无当；学问要通过批评来呈现，才能生动灵活趣味横生。但对于一个地区文学艺术事业的发展而言，又不是一两个人的事功，也不是相关部门的工作报告和年终总结那么简单，如何能营造一个有温度、有热情，能凝聚人心安静祥和让文艺工作者专心致志搞研究搞创作的文学生态更重要。

乡土与书写

石舒清的文学境界

——长篇小说《地动》读后感

杨玉梅

一

2020年9月，我有幸参加"宁夏文学周"活动，感动于宁夏的文学氛围，感觉中华黄河文化、红色革命文化和地域文化，是宁夏作家创作的独特资源。还想就此写点感想，可是后来发现自己对宁夏知之甚少，所以一直不敢动笔。也曾答应王晓静老师写一篇稿子，却迟迟找不到一个切入点。但是，心里一直都记挂着。宁夏的作家朋友时常在我的脑海里浮现。

记得"宁夏文学周"采访团的车子驶入同心县时，在一个十字路口，窗外有一块标牌"同心欢迎您"映入眼帘，我突然地潸然泪下，因为猛然地想到了从同心清水河畔启程走向了全国的李进祥，

杨玉梅，民族文学杂志社副编审，全国侗族文学学会会长。

眼前顿然浮现出他的笑脸。如果他还健在，他或许跟我们同在车上，或者在同心等候我们，带大家一起去看看清水河。可惜没有"如果"了。我们只能通过他的文学作品感受到他的气息，从他的文字里感受到他的心跳。

宁夏的作家中，我特别喜欢石舒清和李进祥的小说，喜欢他们小说的自然、真诚和亲切，以及人物与故事中蕴含的人生况味。阅读时一些感人肺腑的细节或情节，多年后大多淡忘了，而一些独特的人物却依然刻印在脑海中，如《清水里的刀子》里的老人马子善，让人记忆犹新。

这或许正是"文学是人学"的一种证明。因而，小说家需要特别用心地塑造人物，讲好人的故事。这个"人"，不必是大人物，也不必具有传奇的经历，可以是普通的小人物。因为，小人物其实也是时代的产物，小人物的心也跟着时代的脉搏一起跳动，他们是社会的一个缩影，可以折射出社会和时代的风云变幻。

最近，我读到了一些小人物的故事。这就是石舒清于2020年12月出版的长篇小说《地动》。阅读的过程感觉既辛酸又敬佩。辛酸的是一百年前的海原大地震造成的大灾难：美丽的村庄被吞噬，众多生命被剥夺，许多家庭遭摧毁，令人扼腕叹息。我敬佩石舒清的文学才华，他对地震发生时山摇地动、大地翻滚犹如恶魔吞噬村庄的恐怖场面进行了生动描摹，对苦难里各色人生的体验、各种人物遭遇厄运的所见所闻所感描绘得真切、生动而形象。它们是如此逼真，甚至恍若一幅幅立体画，令人身临其境。一连数日，我都是日间阅读，夜里噩梦连连。于是想到作者在创作的过程需要精心地描绘和构思，需要全身心地投入，用五官体验，用大脑想象，用心感受，用文字描绘种种生命形态。他对于苦难人生的复杂体验，可谓淋漓尽致，那他该做过多少噩梦，该拥有多大的心理承受能力！

如果只是为了个人的喜好而写作，大概没有人愿意去受这个苦的。但是，作为从海原走向全国的著名作家，我想石舒清是有着为家乡立传的责任的。为了不能忘却的纪念，为了这块土地上曾经生活与奋斗过的人们，也为了启迪和教育后来者，他把自己放回苦难的深渊，细致入微地体察各色人物的悲惨命运，真实地再现这段惨痛的历史。

石舒清在小说的后记中说这是他向自己的家乡表情达意的机会："老实说，写作这么多年，没有一次发表我会如此看重和珍惜。"之所以如此珍重，料想除了作为海原人完成一个使命、书写家乡如此深重的题材有关，也跟创作之难和体验之苦相关。

艾特玛托夫有一个观点，说，作家的事业，跟其他许多行业不同，存在着相反的联系：越往前走，路越困难。从事文学创作多年，石舒清是否产生过这种"越往前走，路越困难"的感觉？或许多少会有一点，或许因为他不断地阅读和思考，因而创作中碰到过的一些难题也可以迎刃而解？

按理说海原大地震这个历史题材和灾难叙事并不好写，相当有难度，但是我在阅读中发现这部小说写得很快，从每一篇作品后面标注的时间来看，篇与篇之间相隔时间很短，甚至有同一日或隔日完成的情况，说明作者创作的过程相当顺畅。这让笔者感到不可思议。后来了解到整部小说的完成不到两个月的时间。十三万多字，而且每篇作品叙述高度精练、语言准确凝练。如此神速，作者是如何做到的？窃以为原因大概有二：一是作家的生活根底深，观察能力强，想象力丰富，对故乡的人事了解透彻，简而言之就是个人的生活积累深厚和文学素养高。二是关于海原地震的小故事，作家有了一定积累，他在动笔之前已经有过非常多的思考和想象，一旦动笔，这些湮没在历史尘埃中的人物便在他的想象中复活，蜂拥而来，急不可待。于是，有了这部令人感动、使人敬佩的力作。

二

　　海原大地震，涉及灾民逾九百万人，死难者二十八万八千二百多人，震中海原县死难者占全县总人口的百分之五十九。对这场大难的记录，无疑是一部悲壮的史诗。然而，《地动》没有采用一般长篇小说的宏伟结构和悠长的时间跨度，不是讲述几代海原人的命运发展，也无纷繁复杂的故事情节，而是由四十六个彼此独立的小故事构成。小说共分为三章，第一章《本地的事》由三十个小故事构成，主要叙述灾难的降临及灾难中各色人物的命运遭际；第二章《远处的事》讲述地震时远方感受到地震的六个小故事；第三章《后来的事》讲述的是灾区震后的十个故事。每个故事都是一种人生命运的观照，写人心，写人情，写人性，众多人的故事彼此独立却有一定联系，构成了一个广阔的社会生活横断面。这样的形式颇具创新性，是匠心独运的结果，或许也是最好地反映海原大地震的方式。

　　悲剧是把人生有价值的东西毁灭给人看。《地动》正是一部悲剧，它向我们展示了许多被毁灭掉的有价值的东西。

　　比如善良、坚韧与顽强。

　　开篇之作《狐皮帽子》讲述的是一个良善望族因地震而弄得家破人亡的悲剧。"狐皮帽子"指代的是海原县地震局局长刘刚的大爷。刘大爷善于做生意，仗义疏财，宽仁厚道，不料地震时亡于海原县树台乡的一个老朋友的店里。店主马胡子从废墟中刨出刘大爷。他上街找人，碰上了谢大叔。谢大叔从死者头上戴的狐皮帽子认出这是他家的恩人。接着谢大叔讲述了刘大爷当年在一个古董店救助他父亲的往事。谢大叔戴着狐皮帽子上街找刘大爷的亲人，没想还真的被大爷的堂侄认出了帽子。

李大爷之死引出一个善有善报的故事，不仅刘大爷为恩人善人，谢大叔和马胡子也是知恩图报之人。故事里浸透着一个好人——一个望族顶梁柱消亡的悲哀。

《马海荣》里马海荣一家十六口人，地震后就留下了马海荣父子俩。马海荣父子俩娶了本家子马怀章遗孀母女俩，是地震引起的稀罕事，是生存的无奈更是生命的抗争。马海荣娶堂妹近亲结婚造成了三个儿子是半瓜子的恶果，生的女儿健康俊美，却嫁给了一个城里人，生活多有隔阂。马海荣当鞋匠、铁匠、做水壶、卷炉筒子，年届九十依然在做他的生意养家糊口。他的堂妹妻子则做他忠实的帮工。作者惜墨如金，并不讲述马海荣生存的困境与艰难求索，而只是描述他那双饱经风霜的大手，"马海荣的手是我见过的最大的手"，"像是一对用得太久了的铁锨头"，"如果说到故乡的底色，他就是了"，这个底色诠释的是生命的坚韧与顽强。

《太阳黑子》里杨老师爷爷的表弟被埋在牛圈下，兄弟俩一个从外往里刨，一个从里往外刨，里外合力，表弟终于得救了。表弟"十个手指头都刨得血丝糊拉的，指甲都刨得没有了"，没有顽强的意志，如果稍有气馁放弃了努力，表弟也就不可能得以死里逃生了。

《舍木》里两个舍木，一个诚实善良，一个捣蛋作恶，结果地震之时须臾之间捣蛋的舍木在跨过门槛时被窑门上的窑脸砸死，紧跟其后的舍木却被公羊撞倒在地而避过一劫。虽是碰巧，却让人坚信这是善的回报，是恶的报应。还有《关门山》中的光棍汉和乞丐在养羊大户冯兴堂家的废墟上挖出了冯兴堂，救人求报偿倒无可厚非，但是光棍汉太过贪婪，结果被关进地窖，也是罪有应得。《乞丐》中的两个乞丐也是善恶与真假的对比，小故事诠释的也是真善美的大道理。

还有亲情和爱情。

如《麦彦》中的王大车，一家十口人，只剩下了三口，婆姨也没有了。他在路边救了一个快要冻死饿死的年轻人胖娃。胖娃认王大车为干大。小媳妇麦彦带着娃去娘家，不料路上走不动了，饿得晕死了过去。胖娃又救了麦彦娘俩。王大车和胖娃都有一颗善心，相依为命，如同父子。然而，他们都看上了麦彦。王大车虽然想娶麦彦，但还是尊重两个年轻人，成全了他们。小说故事简单，却涵盖了三个家庭的分崩离析。王大车的让步，是慈悲也是无奈。胖娃和麦彦的结合，是喜，更是悲。每个生命都背负着伤痛负重前行。

《讨火》中九岁的丑女子，花了一天时间从土中刨出受伤的母亲。天寒地冻中，她又去讨火种取暖，不料半路上跌入一个土坑，火苗子掉出火盆而化掉了。丑女子再去讨火，返回却天黑了，可怜的孩子成为狼的食物。小说以姑太太讲故事的方式讲述这丑女子的事迹，孤独无助的孩子用生命谱写了一首美的悲歌、爱的赞歌。

《懒狗老爷》里的懒狗深得主人虎虎的疼爱。狗儿虽懒却是懂得感恩之灵物，地震之时懒狗咬住虎虎的裤脚不让他进屋，让虎虎躲过了劫难。不料，夜里有饿狼出现，懒狗跟恶狼搏斗，被狼咬断了脖子，为保护主人而牺牲了生命。幸存的虎虎把懒狗的皮剥了，肉埋了，皮子留着用来取暖。狗儿的忠诚令人动容，它以卑微的生命诠释爱之大，令人肃然起敬。

《芦子沟》里的寡妇为了给儿子治病而疯狂地寻找麻雀，搜集麻雀。地震前麻雀飞不动了，孩子们口袋里塞满了麻雀往寡妇家跑。寡妇感到一种神秘的喜悦与宽慰，以为上天造化和可怜她母子俩把好事情送到嘴边了，"哪里知道原来是一场大地震要来个天塌地朽"。寡妇无边无际的爱和希望都被地震给埋没了。

《昝学武》和《废窑》里讲述的两对新婚夫妇，都是相亲相爱的新人,却都被地震掩埋了。特别是《废窑》里的徐生元夫妻原本活着,新媳妇还有了喜,他们用墙纸充饥,充满求生的欲望,但是没有人来救他们。昝学武夫妇那被压粘成一片无法拆开的躯体和徐生元夫妇那合抱在一起的枯骨,是两个令人惊心动魄的文学意象,虽然无言无语却传递出沉痛的叹息。

再如人生的无常与生活的秘密。

《地动》中的每个故事几乎都隐含着生命宝贵而人生无常的命题。如《郭凤菊》里的女主人公郭凤菊聪明能干却是命运多舛,成为寡妇后所幸被瓷器厂的秦老板抢了去当媳妇,为秦老板生了一个儿子,实现了秦老板的夙愿,深得老板喜爱,厂子也在郭凤菊的张罗下更为兴盛起来,然而,秦老板意外身亡。三个月后又发生了地动,瓷厂粉碎了。郭凤菊不但重新变成寡妇家产全无,还有一个需要抚育的幼儿。

《老井》里的菜园村,原本是一个世外桃源一样的村庄。长工老井花了一年多时间给光景最好的车广生掌柜家盖了两间高房子。窑洞上的高房子成为当地的一个稀罕物。掌柜的还将把离婚在家的小姨子许配给老井。然而,地震了,整村位移,全村人都被卷到深土里了,只剩下掌柜家还在吃奶的小儿子和老井。

《舅太爷》中演员因受到地震惊吓而倒在戏台上。舅太爷这个戏迷,得知其中意的演员因有心脏病而被吓死后,自己竟然也跳井而亡。还有《初七》里的马老人家及一些百姓,以及《小诊所》里因地震造成的一百年后的滑坡而掩埋掉的十九条人命,等等。

这些村庄的销毁、家庭的破败和生命的消亡,并非必然的命运,而是意外,是偶然,是人生无常的悲剧体现。作者写下这些鲜活的故事,既是缅怀逝者、敬畏生命,也是启迪后人热爱生命珍惜当下。

生活的秘密与生命的奇迹让人无法言说,感慨万端。如《牛蛋》

257

里骆驼上要尿尿的娃娃和《小诊所》里哭闹着要撒尿的孩子，都是冥冥之中拯救生命的使者，躲过了劫难。《老太子》中老太子发现小神庙里凡是大一点的神像全部被震翻下来，而那些小神像都没有被震落，但是被一律震得转过身去，像是转过身去面墙叩问和忏悔。堪称神奇。还有《震前》描述的干盐池小城当年发生的咄咄怪事，种种预兆，令人惊诧。

《袁家窝窝》里的村子袁家窝窝，如此大的地震竟然只倒了一孔窑洞，死了一个即将临盆的媳妇子，而且那媳妇肚子里的孩子来路不明。这正是冥冥之中有种力量让"做一个小蚂蚁重的恶事者，将见其恶报"。还有《羊蜂人》中小 D 和弟弟四处养蜂挣钱养家糊口。兄弟俩在外地躲过劫难，踏着废墟赶回家，发现家和村庄都消失了，他俩挖了三天，挖到了家人，还揭开了家里的丑事，老父亲和小 D 的媳妇像夫妻一样睡在了一起。虽然意识混浊，兄弟俩还是被他们看到的"狠狠地吓了一跳"，小 D 埋头痛哭，经受着双重苦难的煎熬，人祸与天灾接踵而来、雪上加霜。作者怀着悲悯之情在小说末尾说道："冷峻的上苍啊，看他们已经还原为土的样子，就请求着你的谅宥吧。"读者随之也从悲愤中舒缓过来，原谅了这些恶行。

《两块坟地》中的钱善人不仅捐粮还捐木材和两块坟地。后来钱善人被划为地主，互助组副组长歪着心思说大家叫他钱善人，实际上他好不到哪里去，捐出的两块坟地不是好地。结果副组长在家里胡言乱语起来，死去的父亲借他的嘴巴教训他忘恩负义。说是活人胡来死人都看不过去了。生活有种神秘力量在进行着善恶的评判。还有《震湖》故事表面说的是神秘的湖怪，其实也是启示人们对逝者对生命的敬畏。

《地动》的小故事隐含诸多人生道理，比如《尕虎》道出人的尊严跟生命一样珍贵，尕虎被东家诬陷为偷牛贼，坐了五年牢，地震后知事组织犯人们去施救,尕虎却消失了,原来他跑回东家住处,从废墟中挖掘出老东家夫妇,并把他们带到知事前说明情况,还了清白,赢回了做人的尊严和脸面。而《靳守仁》中的人物靳守仁在地震那晚受邀参加名人虎先生的寿宴,他原本可以因为出公差而婉拒,可是碍于面子,也以为虎先生把他当成名人,不料却是让他去帮忙端盘子倒茶水,不但毫无尊严可言还因地震失去了生命。《狼脸老汉》中的牛得生被饿狼咬掉半张脸上的一口肉,那种疼痛被作者精心描绘出来,令人心惊肉跳。这张充满苦难记忆、布满沧桑的脸自然不应该成为玩笑的对象,而应该让人致以敬意,对苦难进行庄严的回望。

小说还借金乐婷之作《大西北的呼唤》记录了兰州地震前的繁华和地震后的萧条,以及甘肃都督张广建率领兰州数千人到黄河边祭拜河神的荒唐愚昧,大灾之年,甘肃竟发行劣质铜币,别的省不能通用,只能在甘肃境内流通,而甘肃正值灾年,五谷难丰,灾民拿着铜币无粮可买,由此又饿死了不少人。官府鱼肉人民,让百姓的生活雪上加霜,令人不由得痛斥旧社会的黑暗。

为赈灾救济奔走呼号的官吏名垂青史,《石作梁》列出为灾区做过好事的官吏,如固原警察所警佐石作梁、甘肃华洋赈灾会总办王烜,尽管人数屈指可数,却也代表社会的力量和温暖,令人敬仰。最令人感动的是《自救队》里徐善举和李唯章组织的自救队,集中体现了民间智慧和民族精神之光,尤其是马举人教训一伙蛮横之人说的一番话,"这样的时节,这么大的难,你们一个还要恨一个么?一个还要害一个么?一个还要把一个吃了么?你们连狼都不如么?娃娃们,难这么大,不是人害人的时节了,你们一路上跑着,能见几个人呢?能见几个面熟的人呢?见到的狼都比人多。这样的时节,人跟人爱都来不及,爱都没个人爱。有些人想爱他的大大,土里头呢;有些人想爱他的妈妈,土里头呢;有些人想爱他的妇人娃娃，都在土里头呢。想爱想疼见不着面了，拉不上手了。吃奶的月里娃娃土里头都埋了一层。你们还害人。我们和你们不一样，我们刨点吃的是给大家吃，你一嘴我一嘴；我们刨点衣裳大家穿，你一片片我一片片。"虽是大白话，却道出地动造成家破人亡的悲伤，呼唤大爱情怀，斥责邪恶，掷地有声，振聋发聩。

三

汪曾祺先生说："一个小说家，不能以'做文章'的态度写小说，那样写出的小说，只能是呆板的、僵硬的。一个作家，应该以日常说话的态度写小说，这样写出的小说，才能有鲜活、清新、灵动的状态。"

这段时间，我又翻出石舒清的小说集《开花的院子》《清水里的刀子》，感觉这些小说中隐含着孙犁小说和汪曾祺小说叙述的自然、亲切的风格。《地动》延续了这种叙述风格，都是以日常说话的态度来写小说的，真诚自然亲切。但是，细细体味，感觉叙事上还是有所不同，石舒清之前的小说在叙述上多少还会流露出刻意的"做文章"的痕迹，《地动》则更为娴熟自然，将真实、简约、朴素、自然、亲切而灵动的叙事风格发挥到了极致。对于各色人物的命运，作者都是饱含深刻的同情，所以平静自然的叙述中饱含深情，充满抒情色彩。如《马海荣》描绘的一个画面：

马海荣老人一边接受采访一边在他的光腿杆上搓着麻绳。他的老婆在旁边帮他理着乱麻。采访到后面，马海荣忽然把厚嘴唇向着老婆那边使劲努努，说，我的一辈子就让这个老奶奶害了。说得大家都笑起来。旁边一个当地的陪同者说，老爷你这么不满意奶奶，你把她离了再说上个嘛。马海荣说，听这小伙子说的，我把她离了，你给我老汉做饭吃？整理着乱麻的人也活动着满脸的皱纹笑起来,好像老头子这话,真是说到她心里去了。

简约的语言勾勒出一个生动的生活场景,一对患难老夫妻含泪的笑里饱含生活的复杂滋味,令人百感交集。

《狼脸老汉》中失去妻儿、一无所有的牛得生万念俱灰,还承受了另一种非凡的苦难:

他觉得脸像被烙铁烙了一下,然后一部分脸就被烙铁带走了。脸好像没有了,只剩下了一种灼烧和剧痛。像是要把他即刻就痛死。他痛得跑出来,抓起雪往痛的地方猛拍。哎呀痛死了,活活剥皮一样的痛。伤口上撒盐一样的痛。狗日的狼在他脸上咬了一嘴。那么大的个牛在麦场上它不吃,它来吃他脸上这点肉。牛得生觉得自己要痛死了。他痛得在雪夜里跑着,想用这种狂跑把痛摆脱开,想用不计方向的胡乱跑动把痛扔掉,但就像他把自己扔了也扔不了这痛。深夜里雪大起来,牛得生在狂奔中重重摔倒在地,他趁机把他痛得无法可想的脸深深地埋进雪里,一边大吼着,那吼声就是狼听了也要吓得远遁。牛得生觉得他把他的脸搁入沸腾着的油锅里了。

这些文字栩栩如生,入木三分,既展示了作者非凡的想象力和语言表达能力,也隐含着深挚的情感,给予读者痛彻心扉的疼痛感。

《讨火》的末尾,作者描绘讲故事的姑太太给孩子们留下的印象:"记得姑太太讲到丑女子让狼吃了时,我们都吓得要把头蒙起来,不敢看姑太太的狮子脸了,觉得姑太太那一脸蛛网一样的皱纹里,趴满了各式各样可怕的人生故事。"比喻生动、贴切,形象描绘出一张饱经风霜的脸所承载的苦难与沧桑。

再如《震柳》里对哨马营村存留的古柳树被震裂的描绘："它像一个人被五马分尸那样从中间裂开来，裂开一个大缺口，然后这可怕的刑罚却好像突然地中止了，使它像一个人的脸，一半看着这边，一半看着那边。"这个形象的比喻，将一棵树的疼痛生动传达出来，令人心惊肉跳。

《田平》描绘幸存者田文看到村子被吞没的景象：

  在黄风土雾里，在牛被割开脖子一样的吼声里，田文看到了好像梦境里看到的一幕，他看到对面坡上的刘昭村像个筛子那样晃动着，坡顶的小庙得到了什么召唤一样，越过村子，鹞子一样飞入山沟里去了，看起来轻得就像一片羽毛。紧接着就像两方面角力，终于受不住了似的，村子和后面的坡体突然断开，整个村子像坐着一艘大船一样往沟底滑去，速度并不是太快，然而势如破竹，不可阻挡，刘昭村家家户户的油灯还亮着，星星点点，在越来越快的滑动里像是在挥手告别，像在贪婪地看着最后一眼。不久就看到窑洞一个个不由自主地裂开，摇晃不定的灯光也尽数熄灭。……那个有着他的唠唠叨叨的婆娘的村子（郭村），那个有着太多东西和念想的村子，完全消失不见了，被带着刘昭村滑落的山坡给彻底地深深地埋没了。就像一巴掌扣了个扑火的飞蛾那样。

石舒清的笔犹如摄像机拍摄出村子毁灭的过程，令人震撼。这样生动传神的白描手法，在小说中俯拾即是。因此，一个历史灾难题材的小说被作者写得极其生动、丰富而感人。这也说明作者并不因为要完成记录历史的责任而放弃了文学的艺术追求。

其中有一篇引人注目的小说《鲁迅先生》，依据是鲁迅先生在海原大地震当天的日记："晴。午后往图书分馆还子佩代付之修书泉一千文。往留黎（琉璃）厂。夜地震约一分时止。"出版方北京十月文艺出版社在平台介绍这部小说时，说鲁迅先生是海原大地震的吹哨人。仅此不足四十字的线索，作者不但勾勒出鲁迅先生当日活动的轨迹，而且将鲁迅先生的生活状况及社会情状展示出来，内容充实丰富，更重要的是"真"。石舒清在一篇访谈中谈到这篇作品，"虽然我依据的只是鲁迅先生的一行日记，但小说中其他部分并非没有来历。我查阅了鲁迅先生在海原大地震前后的日记书信，还有他的同期创作，发现他那一阶段与别人的经济往来比较多，另外多篇作品都写到和头发有关的事，我就把这些资料补充了进去，作为对那则日记的必要补充和丰富。也就是说，即使我在努力运用我的想象力时，也一直提醒着自己，毕竟我写的这个事件本身，它是确然发生过的，是一个历史事实。"

由此可以获知，作者丰富的想象并不是来自异想天开的虚构，而是追求历史事实的真实呈现，是建立于生活基础上的合理想象。这也是一种可贵的追求。

总之，从这部作品中，我们是读到了作者对于人生世相的深刻体验，语言的简洁生动，以及文学想象的丰富与真实。作者从庞杂的历史素材中提炼出人类共通的生活情感，作品不仅仅是一种苦难叙事，更是种种生命形态的展示与民族精神的传承，对当今社会人生乃至未来都具有意义。

2020年是极不平凡的一年，新冠疫情暴发后，广大作家自觉以笔驰援、以文抗疫，推出了一大批优秀抗疫题材作品。同时，决战脱贫攻坚主题创作也是本年度文学的亮点。或许是因为这两大主题创作备受瞩目，在2020年底的小说年度扫描中，《地动》还没有引起评论家足够的注意。但是以愚之见，《地动》为宁夏文学和中国少数民族文学树起了一个标杆，甚至在2020年的中国文学都是一个重要的收获。

石舒清的文学境界与艺术追求，对于处于发展瓶颈的宁夏青年作家可以奉为圭臬。

原载《宁夏文艺评论》2021年卷

郭文斌论

任淑媛　许　峰

一、别样的文学理念与艺术追求

在《吉祥如意》获得鲁迅文学奖之后，郭文斌参加过一个《寻找文学存在理由》的访谈，在这个访谈中，郭文斌谈道：

> 文学与文字在一定意义上来讲，它是帮助人们去清洗心灵灰尘的这么一个载体，这是文学在"本来面目"上的一个意义。如果说文学失去了这个意义，或者说相反，那就是反动的文学，因为生命最本质的诉求就是回归。回归到光明，回归到本善。

任淑媛，宁夏文艺评论家协会理事，宁夏大学文学院教授；许峰，中国文艺评论家协会会员，宁夏文艺评论家协会副主席，中国少数民族文学学会理事，宁夏社会科学院副研究员。

这可以看作是郭文斌的艺术主张，抑或是他对生命与文学之间关系的纯然理解。几十年来，郭文斌在文学创作道路上恪守着这样虔诚的信仰，从《大年》到《吉祥如意》，郭文斌所有的叙述以及他对文学的理解，几乎都是在帮助人们清洗心灵上的灰尘。怀着这样的创作初衷，当郭文斌回首打量自己的故土西海固时，他的眼神里充满着宁静与安详，郭文斌在《回家的路：我的文字》中谈道：

> 对于西海固，大多数人只抓住了它"尖锐"的一面，"苦"和"烈"的一面，却没有认识到西海固的"寓言"性，没有看到它深藏不露的"微笑"。当然也就不能表达它的博大、神秘、宁静和安详。培育了西海固连同西海固文学的，不是"尖锐"，也不是"苦"和"烈"，而是一种动态的宁静和安详。

在这个充满"寓言"的西海固，郭文斌窥视到了人们不曾注意到的"微笑"，这个"微笑"是属于五月和六月的，也是属于明明和亮亮的。从《大年》到《吉祥如意》，再到《点灯时分》，郭文斌的写作在突出汉语主体性的基础上不断修复人们对传统文化想象的印痕，呈现出了文学语言如何介入当下民俗与日常生活的过程，积极展现出审美现代性对日常生活的话语改造。我们认为这是郭文斌的文学意义之所在。

进入郭文斌的文学世界之前，我们有必要先了解郭文斌的家乡——西海固。因为在西海固这片神奇的土地上，走出了石舒清与郭文斌两位鲁迅文学奖获得者，紧跟其后的还有一大批文学爱好者。郭文斌所在的西吉县，是中国第一个"文学之乡"。同时它也是西海固的一部分，这里属于黄土高原的干旱地区，被联合国世界粮食计划署确定为最不适宜人类生存的地区之一。这样的地域环境影响着郭文斌，也改变了郭文斌他们这一代人。郭文斌他们这一批从西海固走出来的作家对社会的认识，对文学创作的理解，都与西海固有着千丝万缕的联系，可以说，西海固是郭文斌他们这一批作家的精神原乡，是一座文学的富矿，他们在创作中享受着这份取之不尽的精神资源。需要指出的是，他们虽然有着强烈的地域共同体意识，但对地域的认识又存在着很大差异。当大多数作家在文学创作中消费苦难的时候，郭文斌似乎有着超乎庸常的警醒，在他的个人记忆里，他努力地去削弱苦难带给他的精神创伤；即便如此，这种精神创伤有时会按捺不住地出现在郭文斌的文学创作之中，这种集体无意识是郭文斌无法摆脱的，无论他的小说语言多么优美，故事情节多么感人，都无法掩盖郭文斌心中那片柔软的地方。在那个地方，布满了苍凉与无奈。郭文斌之所以走在创作的前列，是因为他捕捉到了西海固"苦"与"烈"背后的安恬，这种安恬是他地域书写的标签，是郭文斌审视世界的出发点。郭文斌说过，他要做一个布施者，他要将贫瘠土地上的丰饶诗意惠及每一名内心需要浇灌的读者。怀揣着这样的理念，郭文斌的创作之路显得异常平坦，没有坎坷，没有歧路，他坚信自己一直在"常识"的道路上前行，他以他独有的方式在为我们提供着罕见的审美体验。非宁静无以致远。在这样的一个喧嚣的世界里，郭文斌似乎在建构一种宁静与安详的话语方式，最令人吃惊的是，这样的话语改造已经发生了作用。据郭文斌介绍，他的小说集《大年》拯救过一个堕落少年的心灵，一个女读者用自己微薄的收入购买了两千册他的作品来捐给学校。这些真实的故事让郭文斌感动，也让读者深切地认识到在这样一个只看重经济增长的社会里文学还依然保有它动人的魅力。

郭文斌在许多场合，不止一次地谈到苏东坡与佛印的故事。"相由心生，境随心现"这样的道理逐渐成为郭文斌文学表达的一个秉持，他的世界观、人生观、价值观都被这个故事的感染力所影响。读郭文斌的文字，总是有种让人心跳的感觉，原因就在于郭文斌总是努力彰显内在性的力量，去推动语言由形式向内涵的深刻转变。维特根斯坦有句名言："想象一种语言就意味着想象一种生活形式。"①郭文斌的文学语言显然不能视为小说写作的基础或者是材料，语言在郭文斌的文学创作中有着更为深刻的意义，他让自己温暖的文学语言能够唤醒一颗颗世俗的冰凉的心，但同时，他的语言在风格化之后所呈现出来的清新细腻、空灵飘逸的特点又使得郭氏艺术获得了稳定的自足。是否现在可以称呼郭文斌为"文体作家"？如果现在为时过早的话，但不可否认，郭文斌已经呈现出作为一个文体作家的艺术潜力和良好的写作素质。

作为西部生命的多情歌者，郭文斌眼神里充满着纯净的期盼，即便是贫穷与苦难，他也拒绝用批判的眼光来审视，因为在郭文斌看来，充满暴戾气的批判实际上是一种非理性的莽举，虽然他不像沈从文那样要努力建造"希腊小庙"来供奉人性，但郭文斌同样希望借助文学这种润物细无声的力量来恢复被世俗所浸染过的美好人性。他"笔下的乡土形象是多情的、唯美的、纯净的、感人的"②。他的参禅悟道，他对中国传统文化的重拾，他在创作谈与对话中不断征引着折射中国传统文化精髓的故事，以此来表达他对中国传统文化精髓的理解，对汉语表达人生丰富性的理解。这不是一种情怀的简单复制，而是重新理解在西部这样的人文环境中生命的本真状态。这一理解，让郭文斌在传统文化的精髓中找到了汉语写作的自信。在我的印象中，郭文斌始终是那个站在西海固的土地上高亢的歌者，他的语言之中和语言之外的底色由此而来。

翻阅案头郭文斌这些著作，他文字里的安静让我们对西海固充满了神往。他在重构故土，同时也是在重构一种话语方式。故土对于他而言，意义很大，但意义又不大，因为郭文斌眼中的乡土不是现在的，而是过去的，不是成人的，而是童年的。我们甚至觉得，他的"返乡"从来没有落地，而是一直飘在充满祥和与芬芳的空中。

二、理念化、政治的无意识与审美现代性

中国在城市化过程中由于缺乏科学与人文的理念，导致了社会舆论对城市发展的普遍唾弃，在很长一段时间内，城市俨然是绝望、利欲熏心、世俗化的象征。这种简单化的认知其实也避开了我们对城市精神内涵的探寻，而承载现代化使命的城市却为我们提供着日常生活的各种便利，这种认知上的矛盾性使得城市题材的小说不容易写，尤其是在西部，原因在于西部作家普遍有着浓郁的无法释怀的乡土情结，一旦进入城市生活，西部作家就面临着"文化的冲突"，急需一个文化适应的过程，逐渐由文化认同到文化自觉，形成了较为自觉的"城市意识"，并以此来审视城市生活的精神内核。但问题是，继续沿用传统的眼光来打量现代化的城市，是否能够真正实现现代性的转换？郭文斌就遭遇到了这种写作的尴尬。在他城市题材的小说中，郭文斌没有细致地去刻画城市生活的细节，更没有展开对城市生活方式的渲染，城市所包含的那些象征性的符号在郭文斌的艺术世界并未得到恣意地呈现。然而，以城市为题材的小说，在郭文斌的创作中却占有了一定的比重，那么，到底郭文斌的城市小说有什么样的审美价值？

有论者这样评价郭文斌的城市题材小说："主旨在于探索传统儒道文化在日益欲望化的当代城市生活中的精神救赎意义，同时也考察生命的隐秘欲望与时代意识形态话语的交互关系在城市知识者精神成长中的意义，为其无根的漂浮状态寻找最具诗性的栖居之地。"[3]论者看到了传统的儒道文化观念在负责阐释、评价城市里的各种故事时确实还存在着一定的联系，但这种联系与鲜活的现实城市语境相比总显得那样的拧巴。在郭文斌的创作思维中，总试图去预设一个主题框架，然后去填充这个框架。所以，一旦城市中的故

事努力去配合演绎这个主题时，以儒道为主的传统文化观念就丧失了解释能力而显得不知所措。作为以现代性为底色的城市，儒道文化无法有效地融入现代社会，如果强行将两者融合在一起，就面临着因演绎观念而导致故事情节上的失真。《睡在我们怀里的茶》更是如此。小说到处充满着禅语，不管是有一定社会生活阅历的徐小帆还是大学刚毕业不久的妹妹，都俨然是一个看透人生百态的智者。

  妹妹说，是啊，但是你别忘了，当一个人无家时处处是家，有家便是无家，知道吗？
  徐小帆说，只要心里有海，就能在任何地方看到海。

《上岛》也是如此：

  程荷锄说，只要你心里有钢琴，钢琴也在路上啊。

  郭文斌把苏东坡与佛印的故事再次移植到小说之中，让禅宗意识来支撑小说的价值观，同时也增添了几分哲理色彩。面对被物质裹挟的充满欲望化的城市，郭文斌似乎对现代人的生活困顿与情感世界的虚假兴趣不大，他的注意力多放在了现代人的精神世界的超脱上，用一种形而上的理念来串联起小说的情节。《睡在我们怀里的茶》中的徐小帆沉浸在自己所追求的精神世界之中，在经历了婚姻失败后看透世事走向了超越世俗之路。小说所表现出的爱情理念没有接"地气"，在抽象化的同时也失去了审美的价值。《上岛》亦是如此，爱情被演绎成为一种可望而不可即的精神现象，"为卑贱者所不配，只有高贵的灵魂才有资格享用。""以后你会真心去爱一次吗？""过去心不可得，未来心不可得，现在心不可得。""爱不是这辈子的事，爱是你的前世，也是你的来世。"这种虚无缥缈的爱情观念因为缺乏必要的现实逻辑与绵密的情节支持，使得小说仅仅成为一种理念的注脚，而失去了小说在艺术上的价值和现实指向。这两篇小说缺乏连贯的情节，仅仅依靠人物的对话来完成对故事情节的架构，给人一种破碎突兀的感觉。

  不能否认的是，郭文斌的城市题材小说确实融入了作家对人的存在意义上的形而上思考。只不过在《上岛》和《睡在我怀里的茶》这两篇小说中，理念化的表达没有得到澄明情节的有力支持，小说在叙事方式上欠缺故事性。这种不足在《陪木子李去平凉》和《水随天去》中得到改观。《陪木子李去平凉》是一篇文体较为特别的小说，小说正文前面有两个思考题："那玉红于我有意义吗？如果有，那意义何在？如果没有，上帝又为什么让我在那个胡同口看到她？""那玉红于木子李有意义吗？如果有，那意义何在？如果没有，上帝又为什么让他从我口里听到她？"这两个思考题追问的是什么，读完了整篇小说，也没有给予明确的回答。米兰·昆德拉在《小说的艺术》中谈到一句犹太谚语："人类一思考，上帝就发笑。"并进一步解释道："可为什么上帝看到思考的人会笑？那是因为人在思考，却又抓不住真理。因为人越思考，一个人的思想就越跟另一个人的思想相隔万里。还有最后一点，那就是人永远不是自己所想的那样。"④也许米兰·昆德拉的解释为这篇小说提供了一个解读视角，那就是不要受这两个思考题的干扰。通过文本细读，我觉得这篇小说真正的价值在于郭文斌的历史与政治的无意识展示。小说中的木子李只是一个功能性人物，他的作用是听"我"讲关于那玉红的故事。那玉红在"我"的成长历程中是一个"欲望的对象"，"我"最初被她吸引是因为她"穿着一身邮电服"，"有一种霸道的漂亮"，"胸脯高挺，身体水直，像是一个经过特别训练的军统特务"。这段文字背后隐含着特殊的历史内容与心理意识。关于这段描写，李兴阳有过精彩的解读，通过李兴阳的解读，其实我们能够清醒地意识到，在禁欲时代及其道德氛围中，遭受性压抑的青年人通过对屏幕上女特务的性幻想与性欲望来得到生理上的满足。本来女特务是作为对立面进行丑化的反面角色，却被那个时代的青年人如初恋情人一般地深深地潜藏在了他们的内心深处，"不得不说，这是'红色价值'的失败，是人性的胜利"[5]。

弗洛伊德指出，梦是欲望的满足。当"我"对那玉红的性幻想得不到满足时，"我常常做一个梦，梦见自己一夜间长大，手上举着一把毛主席亲自给我的三八大盖，从众人堆里找到那玉红，顶着她的后脑勺，把她押到一个没有人烟的地方，任我处置。"这个梦境是值得玩味的，它暴露了"我"这一代人与政治意识形态话语之间的关系，个人欲望的表达往往需要借助于权力话语的强势力量为其"保驾护航"。实际上，这个梦境无意识地将那个特殊时代的话语修辞方式揭示出来了。笔者甚至觉得，这段梦境描写是本文的最大亮点，从文字背后折射出的是丰富的历史内容和詹姆逊所说的政治无意识。可随之而来的是，《陪木子李去平凉》也因失去了历史意识而缺乏必要的张力，从而降低了小说的深刻性。《水随天去》在叙述上较为平淡，但读后却让人深思。小说主要展现的是父亲水上行一系列"另类"的生活方式，一旦这种"另类"介入日常生活，便显现出众多的不合时宜。一直到父亲离家出走，读者才明白，这篇小说的落脚点不在于塑造父亲这个形象，甚至父亲的这个形象在作者笔下都有些模糊，带有些符号化的倾向。小说的主旨在于借助父亲荒诞不经的行为方式来探寻一种人生哲学，而这种人生哲学与存在主义契合，存在先于本质，父亲总沉浸在自我的存在状态之中，而对赋予他的本质却很淡然。可以说，"父亲"很好地诠释了萨特的这一理念。

从文学审美的角度而言，《我们心中的雪》，单是题目就充满了温馨和诗意，但评论家雷达觉得这个题目不好，建议将题目改为《伸向天空的舌头》，并认为这样改"可能会更好"[⑥]。两个题目比较而言，从审美意象的角度来看，笔者还是觉得郭文斌的小说题目更有味道，也更符合文学审美的要求。首先，小说为我们讲述了一个凄美的爱情挽歌。"我"与杏花儿时两小无猜，一起在雪地里舔雪花，过家家，两情相悦，经历了令人难忘的美好童年。再次邂逅，已是物是人非，杏花与"我"都有了各自的家庭和生活，从杏花的言谈与外貌中，可知杏花这些年经历了许多生活的辛酸与无奈。那曾经的美好记忆，那段刻骨铭心纯真的爱都让现在的"我"无限惋惜，当"我"接受杏花送我的礼物时，儿时舔雪的意境再现，"心就变成了一个舌头，一个童年伸向天空的舌头，任凭杏花目光的雪花，落下来，落下来。"相爱而不能相守的结局注定成为"我"与杏花那一代人的人生悲剧。其次，小说中"我"与杏花天真无邪的求爱表白与特定时代政治话语的相互交混，产生了一种解构"崇高"的意味。

最后，这篇小说在叙事上充满着审美的张力，故事被讲述得扣人心弦，但又有叙事上的节制。比如，"我"问杏花丈夫待她如何，"杏花的嘴角动了一下，像是要笑，却没有展开"，这一细节其实包含着许多，生活的辛酸、人生的无奈等等，但作者没有具体地展开，留给读者的是大量的思索的空间，真正起到了此处无声胜有声的效果。

郭文斌是一个不愿面对悲剧的作家，即便是悲剧与苦难，郭文斌也总是要借助于诗意化的语言来弱化悲剧产生的效果。当他的人文关怀进入日常生活的纹理之中，他的叙事往往形成表面上的温馨，实则透露出生命的悲伤，产生出了一种"含泪的微笑"的效果。小说《剪刀》较为典型地体现出了郭文斌的美学追求。《剪刀》这样写道："富贵娘四十五就死了，吉祥娘也没有活到四十，和她们比起来，你都算高寿了。"其实这里面包含着的是乡民的贫困，因为贫困没钱治病，所以人的寿命都不长。小说中的女人虽然比他们高寿但也疾病缠身，没钱医治，男人为了给女人治病，几乎将家里能卖的都卖了，女人为了不拖累男人和孩子，选择了死亡。小说其实是一个悲剧，但是郭文斌在讲述的时候选择了一个有趣的角度。故事是在一个快撑不下的病妻子和丈夫斗嘴的过程中展开的，夫妻两人的对话掺杂着许多关于性的笑话，从读者接受的角度而言，欣赏这样的对话会觉得有趣，两人的斗嘴听上去像是在说笑话，小说的结尾处写道："女人是在儿子放学之前动手的，用的就是那把剪刀。"当读到这句话时，我想读者就再也不会觉得是笑话了，之前那些诙谐的语气，竟是从一种无可奈何的痛苦心境中发出的。以乐景写哀，更能起到巨大的艺术反差。

郭文斌是一个不愿意控诉不愿意批判的作家，这或许与他的性格有关，他对于乡村的贫困与苦难，没有刻意地渲染和夸大，也没有针对造成苦难与贫困的原因进行追问，更没有对不平等的城乡结构进行批判，有的是他温情地诉说着人间冷暖，礼赞着人性的美好与善良，他遵从着自己的文学感觉，介入日常生活之中，去体谅着人的现代性困境。小说《开春》（原载《中国作家》2002年5期）延续着这种写作的情绪。《开春》是一篇包含着悲观情绪的作品，小说题目叫《开春》，"一年之计在于春"，开春本是给人以希望的时节，小说中的耕地老汉在开春也是充满希望的，他的美好希望是想通过捡些骨头换成钱给孙女买点花料子做衣服。耕地老汉冒着生命危险捡骨头换成的钱，却被政府大院里的青年人以政府大院里的树皮被耕地老汉的驴啃了为由征取了，耕地老汉万念俱灰。"耕地老汉心中的最后一盏灯灭了"。小说侧面揭示出乡土底层小人物的悲苦的生活状貌，作为弱势群体的农民无法把握自己的命运。但郭文斌为我们提供了一个值得深思的问题：为什么这个政府青年工作人员能够凭借几句严厉的话就把耕地老汉的钱征走了？毫无疑问，在青年工作人员身后，的确存在着支撑他如此作为的某种社会机制。尽管这个细节只是在叙写耕地老汉的无奈，但却暴露出基层政治权力与底层老百姓之间关系的断裂。当然，郭文斌也隐隐地揭示出乡村世界急需启蒙现代性的观照。《开春》这篇小说其实是一篇立足于启蒙立场的作品，只是在对于社会问题的控诉上，郭文斌显得温柔敦厚。总的看来，《我们心中的雪》《剪刀》和《开春》都像是一件件值得回味的艺术品，充满着对人的生存方式及生存状态的深刻思索与探寻。

三、乡土民俗与文化寻根

海德格尔在阐释诗人荷尔德林的诗歌时，提出了"返乡"的概念，其目的就在于寻找"最本己的东西和最美好的东西"。作为拥有着丰富乡土经验的郭文斌，他正在用文学的形式实现精神的返乡，融入乡土大地上去寻找"最本己的东西和最美好的东西"。而且郭文斌在由生命的体验上升到文化体验的过程中，重拾乡土文化之中最为淳朴与原始的民俗，完成文化寻根意义上的现代追问，以此来实现文化共同体的认同。独特的民俗文化在郭文斌的小说中不仅仅是一种别样的题材，而且还是其安详哲学的载体。

新世纪之后，郭文斌开始流露出一种对乡土日常生活的眷恋，他在知名的文学大刊《中国作家》上陆续发表的《立夏》（2001年12期）、《节日》（2006年20期）、《清晨》（2007年18期）、《腊八》（2010年3期）等小说，呈现出对民间传统文化的重新审视；小说因增添了对风俗人情的速写，加之对日常生活的童年记忆，使得小说的乡土气息和生活气息更加温暖浓厚。《立夏》叙事的调子略带忧伤。扣扣一直生活在自己的童年记忆中，她忘不了自己和地生、双晴一起玩耍的经历。等到扣扣成人，这个记忆一直伴随着她，甚至影响着扣扣的婚姻,最后留给扣扣的是"忧伤和感动"。《节日》与《腊八》都是以中国传统民俗节日为背景,讲述了乡村世界对传统节日的真诚与重视。

乡土小说是郭文斌创作的重镇。在西部乡土小说之中,郭文斌的乡土小说呈现出自己独特的艺术特点,他的乡土小说以乡风民俗为主,有各种节日的习俗,如《大年》《点灯时分》《吉祥如意》《中秋》等;有生老病死、婚丧嫁娶等方面的习俗,如《大生产》《开花的牙》《剪刀》等。解读郭文斌这一系列乡风民俗的小说之前,须熟悉一下其作品所产生的文化语境与社会背景。

当前,全球资本的扩张、经济结构一体化,迫使许多传统文化迅速奔上后工业社会的道路。急剧转型变化的新社会,拼命效仿西方大都会中心的消费风格、生产方式,吸收其媒体和大众文化。全球化既改善了某些区域的生产和生活水平,也使其他地域更为贫困萧条。"全球化趋向平面和同一,侵蚀着富有独特传统和历史、具有别样文化禀赋、日常生活世界的人们。""资本扩张将不同种族文化,迥异的发展轨迹强行纳入经济发展的快车道,滋生着现代神话的新版本,树立了个体消费生活的耀眼的偶像,人人都得顶礼膜拜。现代神话断言,作为人类理性实践活动的历史已经终结。"⑦在全球化和现代性逐渐成为社会的横向与纵向坐标之际,消费主义俨然已经成为社会的表征,人们的价值观念也随之发生了深刻的变化,从而导致传统文化面临着不断的挑战。浮躁、功利和以GDP为目标的社会心态给社会群体带来了前所未有的精神危机。尤其是中国传统文化在现代化的大叙述中丧失了话语权,致使社会个体在社会转型过程中难以承受改变所带来的精神创伤。重塑传统文化的修身功能,维系被全球化冲击下的物质社会的精神归属,本是当前文艺作品亟须表现出来的价值倾向。但遗憾的是,当代文学作品充满暴戾气的作品多,彰显精神价值的作品少;批判人的作品多,教育人的作品少；直面现实的作品多，呈现诗意浪漫的作品少。

随着西部文学逐渐成为显学，进入研究者的视野，西部文学呈现出的精神性的东西及对人性光辉的发掘日益成为文学研究者重新反思文学本质的话题。当郭文斌《吉祥如意》获得鲁迅文学奖之后，评委会这样评价："优美隽永的笔调描述乡村的优美隽永，净化着我们日益浮躁不安的心灵。"郭文斌在贫瘠干旱的西部大地上为我们这个浮躁不安的社会朗诵着"乡村教育诗"（汪政语），他不紧不慢，在缓慢的诉说中，接近人性本真的状态，在对真善美的礼赞中，彰显出文学作品的品质。通过全球化这样的一个大背景和郭文斌写作的一个基本的写作范式，我们可以初步窥见郭文斌乡土小说在当下的文学价值及其社会意义。《大年》《吉祥如意》《点灯时分》《中秋》以传统的民间节日为背景，描写了西部乡土世界的风俗。《大年》写的是过年，以郭文斌惯用的童年视角，描写了明明与亮亮兄弟俩给父亲打下手写对联，然后是蒸馍、送灶、泼散，尤其泼散这个风俗，写得细致入微，"母亲拿起一个馒头掐了几小块，让亮亮去大门上泼散。曾听母亲说过年时有许多无家可归的游魂野鬼会凑到村里来，怪可怜的，就给他们散一些，毕竟在过年嘛。这样想时，亮亮觉得五花八门的游魂野鬼像队伍一样排在大门口。亮亮把手里的馍馍又往小里分了一下，反手向门两边扔去，然后迅速地跑回厨房。"同时紧接着是贴对联、洗尘、祭祖、分年、贴窗花、点灯笼、守夜、拜年、赶庙会……生活在城市里的人们肯定不会有这么烦琐的过年细节，而郭文斌用童年的视角为我们展现了一个丰富而多彩的过年场景，过年中每一个具体的风俗呈现的都是充满文化记忆的仪式，每一个仪式背后又都渗透着深厚的文化内涵，有着令人叹服的象征意义和隐喻色彩。"所有这些细腻的春节习俗描写，重现了记忆中乡民敬祖先、爱亲人、近亲戚、睦邻里的民俗生活图景，展露了民俗人生的精神世界。"[⑧]《大生产》是对婚俗和生养孩子习俗的描写，《开花的牙》是对丧葬习俗做了全面而细致描写，这两篇小说通过对乡土习俗的再现，呈现出对生命的叩问及其生与死的达观理解。

《吉祥如意》是郭文斌乡土小说的集大成者，它继承了现代中国诗化小说的艺术传统，深入日常生活的肌理之中去挖掘和呈现美的生活与美的人性。小说所营造出来的童心美与人性美让人心醉，也让人神往；小说所构筑起来的艺术蓝图成为现实社会的一个镜子，一个彼岸的世界。这不仅让我们想起《边城》，那个"用'梦'与'真'构成的文学图景，同文本外的现实丑陋比照，让人们从这样的图景中去认识'这个民族过去的伟大处与目前堕落处'"[⑨]。

四、文体自觉与儿童视角

从废名、沈从文到萧红、孙犁、汪曾祺，他们的小说创作一直坚守着现代小说"抒情诗"的传统，他们坚信文学的本质应该是一种诗性的梦，因此，在他们笔下，小说的艺术形态被提到了一种本体论的高度来认识。而在西部作家中，郭文斌可谓是这一传统真正的传承者，尽管他不承认这种影响，在辩解过程中只是提到"气质上有些接近"，但不可否认，郭文斌的文学创作已经形成了独特的艺术风格，"诗性而唯美"的艺术经验在寻找文学本质的道路上铿锵前行。郭文斌本人在努力构建他的安详哲学，依靠传统文化的深厚内涵和精神塑造能力，通过文学的形式进行精神的漫游，而一旦开启了漫游的行程，郭文斌的步伐就显得缓慢了许多，沿途的风景，他要仔细地观察，细细地揣摩，慢慢地品味，他压低自己的声音，来倾听别人心跳的声音。这样的一个创作的心态，使得他的小说不再有故事的完整，其叙事策略转向情感世界的渲染与心理时间的拉长。本质上，郭文斌小说文体的诗化是表达的需要，而且这种表达很大程度上要得益于小说语言的魅力，作家用什么语言写作，直接就可以看出他的才性。读者喜欢郭文斌的小说，就是因为看重郭文斌小说的语言。首先郭文斌的小说语言干净，在他的小说语言里是杜绝那些污浊、肮脏、露骨的词语的，再加上郭文斌笔下的人物多为儿童，儿童的天性决定了他们对话的语言充满着稚气与懵懂，但这种儿童语言又是没有经过我们这个世俗社会所浸染过的最纯洁的语言，是现代汉语之中最优美的语言，更进一步讲，是老少皆宜的语言。关于小说的语言，老作家汪曾祺是最有发言权的，他在讨论文学语言时，讲道："语言不只是一种形式，一种手段，应该提到内容的高度来认识。"⑩"世界上没有没有思想的语言，也没有没有语言的思想。"⑪语言是小说的本体，不是附加的，可有可无的。从这个意义上说，写小说就是写语言——"语言的粗俗就是思想的粗俗，语言的鄙陋就是内容的鄙陋。"⑫这就是说，语言并非附属于文学的工具，相反，乃是文学赖以存在的根据。关于这一点，郭文斌深有体会，他不止一次强调小说的语言。在郭文斌看来，小说的首要使命应该是祝福，如果我们抛弃了小说的祝福精神，等于我们抛弃了人。既然小说的使命是祝福，那么小说的语言就应该是充满着祝福感的语言。其次，郭文斌将小说语言提升到文体的层面，并且形成了鲜明的文体自觉的意识。郭文斌的小说与散文都是以抒情见长，甚至有些篇目小说与散文之间的界限不是那么明显。正是如此，其小说的散文化、诗化的色彩尤其浓厚，郭氏文体的风格日渐成熟，获鲁迅文学奖的《吉祥如意》可谓这种文体的集大成者。

郭文斌小说还有一个很明显的特点，就是儿童视角的运用。视角指叙述者或人物与叙事文中的事件相对应的位置或状态，或者说，叙述者或人物从什么角度观察故事。⑬英国小说理论家路伯克指出："小说技巧中整个错综复杂的方法问题，我认为都要受观察点问题——叙述者所占位置对故事的关系问题——支配。"从这个意义上讲，视角在叙述中的重要地位不言而喻。中外名著之中，不少经典作品因为叙事视角的巧妙运用而被读者所熟记。如鲁迅小说《孔乙己》里面的小伙计，莫言小说《红高粱》中的孙子，福克纳《喧哗与骚动》第一部分中的白痴班吉等等。郭文斌在他的小说之中采用大量的儿童视角，关于这一点，郭文斌有过这样的解释："事实上，儿童和成人之间也是一个分别，如果我们的心是没有经过污染的，那成年也是儿童，如果我们的心是经过污染的，那儿童也是成年。我这样讲，可能有些不是特别恰当，但是一个孩子在没有性成熟之前，他是天然的，当他的性成熟之后，欲心就产生了，随之，私心就产生了。而一个人一旦有了私心，平常心就失去了。清静心就失去了。而一个没有清静心的人，是无法准确地打量世事的，当然更无法准确地打量心灵了。而一个作家，他的作品不能准确地描绘心灵，它怎么能打动读者？""儿童的心是清静之心，就像一盆水，只有在它非常安静时，我们才能看到映在其中的月。"⑭

从郭文斌的言语中，我们可以推测出他之所以在小说中选择儿童视角的叙事策略，除了表达的需要，最关键原因还是寄托着作家本人在创作上一以贯之的理念。在郭文斌看来，只有儿童的目光才能投射出那份看待万物的宁静与安详。再者，儿童视角的运用能起到陌生化的艺术效果。由于儿童在对事物认知上的不足，必然导致儿童看待事物时出现感知上的延宕，正因如此，郭文斌将儿童的这种感知方式运用到对"传统习俗"与"礼仪习惯"的考量上，这样就无形之中加深了读者对"传统习俗"和"礼仪习惯"了解的程度。所以，郭文斌为什么将"传统习俗"和"礼仪习惯"写得那么绵密，甚至不厌其烦地去展开这些仪式的具体细节？皆是因为儿童视角的限制。正是这种限制却成全了郭文斌表达的需要。按照叙事学的解释，视角和声音又是可以分离的，在儿童视角的背后，还站着一个充满着对传统文化虔诚至极的郭文斌，他的声音不时地在文本内部出现，有时是由五月、六月、明明、亮亮发出来的，有时自己也会"现身"抒情一番。因此，在郭文斌的小说里还时常伴有点复调的意味，无意中彰显出了小说的艺术张力。

五、传统文化的肯定与展开

当前，郭文斌的文学作品已经赢得了广泛的认同，尤其是获得鲁迅文学奖以后，郭文斌更加坚定了自己的创作路径，他始终认为"只有传统才有保鲜功能，现代的风雨在变换，不变的是天空和大地"[15]。为什么郭文斌的文学作品能够获得多方认可？在当下语境中，谈论郭文斌的文学作品有什么意义？郭文斌的文学创作其价值在哪里？

在郭文斌眼里，传统文化正呈现出旺盛的生命力，他在用自己的作品和温情的演讲告诉世人，传统文化在当下的中国并非如人们所说的那样扮演着中国社会向现代转型的惰性力的角色；相反，它应该是一种凝聚力的象征。郭文斌自觉地担负起文化传承的使命，站在民族的和文化的立场，焕发自己的人格精神，他深知，只有如此，才不致在风云变幻的社会之中失重，他的"天空与大地"才能彰显出恒定的凝聚力。

郭文斌在肯定传统文化的同时，也在积极地展开对传统文化的阐释。郭文斌这样评价自己的《农历》："这本书，我们也可以看成是人性的救赎。在这本书的阅读过程中，我们可以暂时远离尘埃，远离经济时代的恐慌，回归到农历，在中国文化传统中实现自我救赎和自我回归。这本书的世界意义，我觉得也在这里。"[16]其实，《农历》如此，其他乡土作品亦是如此。他灵动的文字背后充满着悦耳的旋律，他用抒情诗般的文学作品在恢复和激活被人所诟病与遗忘的传统文化的生命力，对当下浮躁、功利的社会进行审美现代性的观照，用文学来实现对复杂社会与人性的祛魅过程。更为可贵的是，郭文斌并没有深陷"文以载道"的漩涡之中，让文学作品承受生命之重。他的机智之处就在于，在"载道"的同时，并没有丧失文学本身的审美价值，相反，因其文字的美感带来更为内在的强烈和积极的影响。从文学的功能来讲，郭文斌是相当看重文学的教育功能的，因此，他对文学是充满着敬畏之心。他的作品承载着传统文化的基因，却暗合着对文学本体的要求。著名评论家李建军曾指出："文学不是无所用心的胡闹，不是流情荡志的狂欢，而是一种追求意义的自觉的文化行为。它致力于提高人类心灵生活的境界，使之具有高尚和诗意的性质。将一个简单意义上的'自然人'，升华为通人情、有教养的'文化人'，这既是教育工作的最终目的，也是文学事业的最终目的：作家之所以写作，是为了这个目的；读者之所以阅读，也是为了这个目的。"[17]这段话无疑是文学创作的金科玉律，但遗憾的是，许多作家在实际创作中丧失了对文学教育这一功能的深刻反思，致使大量亵渎、贬低文学的作品出现，给社会带来了许多负面的影响，造成了无法弥补的损失。郭文斌的作品对传统文化的肯定与展开，其终极目的是"致力于提高人类心灵生活的境界，使之具有高尚和诗意的性质。将一个简单意义上的'自然人'，升华为通人情、有教养的'文化人'"，仅此一点，我们在当下的社会之中谈论他，读他的文学作品，都是有价值有意义的自觉的文化行为。因为他的生命体验里已经包含着对社会纯然的理解，我们读他的作品，就像《我们心中的雪》所写的那样："我拿起羊毛围巾，在脸上贴了贴，然后围在脖子里，身上不禁涌起一股暖流。"

注释

①维特根斯坦.哲学研究[M].北京：商务印书馆，1996：12.

②范晓棠，吴义勤.诗性而唯美的经验：郭文斌短篇小说论[J].当代文坛，2008（03）.

③李兴阳.中国西部当代小说史论［M］.合肥：安徽大学出版社，2006：248-249，255.

④米兰·昆德拉.小说的艺术［M］.董强，译.上海：上海译文出版社，2004：199.

⑤王彬彬.当知识分子遇到政治［M］.上海：复旦大学出版社，2012：276.

⑥郭文斌短篇小说集精选《大年》作品研讨会［J］.黄河文学，2005（5）.

⑦王斑.全球化阴影下的历史与记忆［M］.南京：南京大学出版社，2006：1.

⑧李兴阳.安详的民俗人生与成长中的天问：郭文斌新世纪乡土小说论［J］.南京师范大学文学院学报，2008（12）.

⑨钱理群等.中国现代文学三十年［M］.北京：北京大学出版社，2002：279.

⑩汪曾祺.中国文学的语言问题［N］.文艺报，1988-01-06.

⑪⑫汪曾祺.思想 语言 结构［M］//汪曾祺.晚翠文谈新编.北京：生活·读书·新知三联书店，2002：82，83.

⑬胡亚敏.叙事学［M］.武汉：华中师范大学出版社，2004：19.

⑭⑮⑯郭文斌.瑜伽［M］.上海：上海文艺出版社，2012：279-280，290.

⑰李建军.文学因何而伟大［M］.北京：华夏出版社，2010：自序：1.

原载《中国作家》2014年第9期

对个体与家国历史的双重拷问
——评陈继明《七步镇》

刘 平

《七步镇》以柏拉图意义上的回忆说或生命意义上的前世今生说为小说谋篇布局的理论工具，但并不以之为小说本身的哲学认识论。不论回忆说还是前世今生说，都以个人自身的灵魂或自我意识所具有的不朽性或不灭性为预设。一旦一个人自母胎中以肉身现身，他或她在今生对自我追问的程序就不可避免地启动了。这种对自我或"我自身"的追问并不限于今生有踪迹可查的人生轨迹，而且可以几近无限期地逆时间河流溯源至自我的前自我以及前自我的前自我。这种自我追问给小说家的创作提供了叙事的理论编程，一切人类自身的过往都可以作为叙事材料在创作想象力的推动下，最后生成为一部部魔幻而现实的文学作品，如同一条骨架匀称的鱼附

刘平，复旦大学哲学学院教授、博士生导师。

上饱满的肌肉，优哉游哉地游弋在文学水域之中。《七步镇》是坊间新近出炉、归于此类的一部长篇小说。笔者紧扣第一手文本深度解析《七步镇》如何运用上述理论工具探索个体自我与家国自我的百年精神史。

一、两个"我"：第一东声与第二东声

当代中国本土作家陈继明的《七步镇》以对当下个体自我的神经病理学诊断为诱因，继而按照今世→前世的叙事架构，叙述一个肉身两个"我"的两个五十年历程。

与作家陈继明本人在年纪与阅历上具有高度相似性的东声患上强迫回忆症。他自第一个本命年即改革开放的春风已轻轻吹拂的1979年肇始，被卷入因痛苦而漫长、因易逝而短暂的四十年身心苦难史。在一次偶遇的聚餐上，他在新友人的精神分析法帮助下尝试治疗这种"死不了，活不好"，"不算病的病"，一种以"忘不了一些事情，尤其忘不了那些'没有理由的死'"（陈继明《七步镇》。以下同类引用不再注明）为病症的身心病。在治疗过程之前，他在意料之中知晓折磨自己的一部分回忆与自己五十年的今生即"前半生"密不可分。在治疗过程中，医师对他做出精神身体医学或身心医学上的诊断，让他在意料之外知道还有一部分回忆与"上一世"或前世的五十年相关。但是，他对此诊断结果心存疑惑、半信半疑。之后，东声回到故乡，以近乎考古、刑侦、社会学意义上的田野调查方式，探索纠缠自己两部分记忆的现实地图，最终找到自己前世的前半生，即相对于今生"新我"东声而言的前世"旧我"李则广。"新我"东声，也就是肉身东声、第一东声，于1963年生于甘肃省甘谷县七步镇海棠村，有过"三次婚姻，十个地方的生活，六个单位的工作"，在近乎六十年的人生跋涉中竖跨半个中国，先后在甘肃、宁夏、广东求学工作。"旧我"李则广，也就是肉身东

声记忆中的第二东声,与前者同乡,民国二年(1913年)生;于1931年入地方军阀马廷贤(1896—1962年)部下,不久抢夺堡子做土匪,杀人无数,结下私仇;三年后率众编入国民政府军队,加入胡宗南(1896—1962年)部队,逐步被擢升为团长;抗战期间的1941年,率团在中条山对日作战,惨败后退役回到故乡,成为育马能手,为家族养马驯马;新中国成立后,成为生产队的饲养员;20世纪70年代中非命于早年土匪生涯时所结仇家的杀猪刀之下。第一东声拥有对自己今生的过去回忆以及对第二东声的历史回忆。今生—前世,归根结底,不过是作家用哲学—宗教术语所要表达的现在／过去—历史;借用今生—前世既可以为叙事提供架构,也可以为叙事增添魔幻色彩和可读性。

二、第一东声的身心病：回忆症

肉身东声是一位移居海滨城市珠海的大学教授／学者型作家。他的重度回忆症实际上属于医学上的记忆障碍中的一个类别。他对今生"新我"与前世"旧我"的回忆共同寓居于他的肉身之中。回忆本身不断生产、收集、保存供回忆使用的原材料。与此同时,回忆本身具有自动编辑、累加、重构这些回忆材料的功能,从而让肉身东声失去记忆的遗忘功能。回忆症患者肉身东声的天性又总是"对任何深刻原因都有顽固兴趣。但是,有多爱就有多怕,谁都知道,任何深刻原因都指向过去和历史,不在记忆的深处就在时间的远处"。高质高量的回忆和打破砂锅问到底的天赋相互结合,与肉身东声如影随形,让他深受看似轻省实际上不堪重负的回忆大山的压迫。

回忆症患者肉身东声四十年中不得不以肩负自己的过去／历史回忆为重担,或者说,比非回忆症者承担更多甚至过多的过去／历史回忆,特别是对自己不曾经历、似乎与己无关的过去／历史的回忆。对个人饥饿的回忆是肉身东声经历尤为深刻、体会尤为深入的记忆。他早年的物质生活极度匮乏。这些通过口传与亲历给他留下刻骨铭心的记忆，以致肉身东声如今在自身享受物质富裕时需要减肥，甚至运用拟人手法描述个人减肥时的饥饿感，其性状、感受惟妙惟肖，非亲历者无以名之：

> 饥饿感在一点一点加深，变得更柔韧更阴郁。这时候，你如果继续不理会它，它还是没办法，它似乎变乖了，但是，此时的饥饿感就像一个渐渐在扩大的带状空间，里面爬满最小最小的蚂蚁，它们是这个世界上最小最小的魑魅魍魉，它们冰冷、真实、富有活力，似乎有能力突然抬起你这个大胖子，和你一起离开地面，飞往虚空，飞往一个无须减肥不必回忆的地方。你如果足够有意志，不被迷惑，渐渐你会发现，蚂蚁们其实不在胃里，而在心上。饥饿感来自胃里，更来自心上。胃饿了，心更饿。你如果更仔细更冷静地观察，又会有奇妙的发现：原来蚂蚁不是任何魑魅魍魉，仅仅是我们心里的恐惧，对饥饿的恐惧。恐惧的可怕之处就在于，恐惧是反理性的，恐惧只需要一丁点理由就可以无限孳生，成倍放大，微微的饿会变成可怕的饿，一般的饿会变成要命的饿，克服起来很困难。

但是，肉身东声对强制植入饥饿回忆保持着猎犬般敏锐的警惕，以至于"过敏到了病态的程度"。一旦社会粗暴而简单地植入饥饿回忆，一旦取得巨大成功，就会转化为一种精神饥饿，甚至长期以精神DNA的方式生存于"我"们的灵魂中，而不会随着社会历史变迁而模糊、淡化，直至彻底消失。肉身东声将过去的忆苦思甜作为饥饿回忆植入的典型，并进一步对当代中国司空见惯的表格与回忆植入之间的关联做出哲人式的批判。

但是，从1979年肉身东声回忆症发作至今，近四十年物质主义的情欲海洋席卷整个中华大地。个体自我以及家国记忆的病症并不是"过"或回忆症患者的记忆增强，反而是"不及"或记忆减弱，甚至遗忘。已经或期望醉生梦死的今生"新我"们普遍只有唯一且理所当然最高的目标：满足当下"新我"的贪欲或解决对名利权色的饥饿感。对于这样的"新我"们，过去／历史，或被"新我"的物欲所遗弃，或被娱乐工厂制作成视觉大餐。其因不外乎是追求消除基本的物质匮乏，要么是填补空洞的大脑叙事及其如同打鸡血的自豪感，要么是享受现实或尚未实现的及时行乐。肉身东声在今生的经验观察中，有一个先知式的发现："原来我并不是唯一的回忆症患者，所有的人其实都是回忆症患者。"他们"身材长相各不相同，但有一样东西好像完全一样：瞳孔，一样的瞳孔，像是同一个厂家出厂的产品，设计者可能不怀好意，让每一个瞳孔只会释放苦涩、焦虑、顺从。更加令我吃惊的是，所有那些瞳孔看上去都像是回忆症患者的瞳孔"。这是一种社会学意义上的回忆症。这类回忆症患者，只有对物质财富、权力与娱乐的强迫回忆，即极度的对物质财富、权力与娱乐的饥饿感。这种回忆在量上不断增强，在质上不断错构、虚构、潜隐，形成当代中国社会的普遍精神"瞳孔"。它在外在情绪表达上就是"苦涩、焦虑、顺从"。《三联生活周刊》2007年第32期的封面故事"中产者的焦虑与渴望"标示着一个焦虑症、抑郁症时代遽然之间悄无声息地来临了。这类患者人数众多，他们质量同一的记忆所指向的是被肢解、碎片化、扭曲、物质化的过去／历史。这是一种没有未来的回忆，因为未来最终不过是对过去／历史中物欲的简单重复、复制与模仿。这种回忆症以侵蚀、肢解、吞没、占有未来为代价维持着与过去／历史保持高度一致、单调的当下的物质饥饿感。

肉身东声基于以上认识，不禁进一步追问自己："人的前世难道仅仅在过去？会不会像小说，人的前世，哪怕是一部分前世，不在过去，而在未来？"肉身东声在整篇《七步镇》中提及两种类型的前世或历史：一个是记忆中的前世，即肉身东声今生之前的历史；一个是小说创作意义上的前世。两种前世，所指的都是一种不在场。肉身东声所谓的"小说的前世在未来"，所说的含义是，小说中的事件／事实是作家笔下的创造，对当下而言是一种不在场的存在，但又是一种指向未来在场的存在。或者说，相对于落笔前孕于胸中的潜在文本，事件／事实是不在场的，或者说，不是现实文本。但是，一旦事件／事实被创作出来，潜在文本就转化为现实文本。因此，作为现实文本的小说所构造的事件／事实，它们的前世不是过去／历史的存在，而是具有未来可能性的潜在文本。相对于坚硬而粗糙的现实，变得柔和而细腻的历史也是一种不在场。但是，它是一种指向过去但不可能在未来再现的存在。肉身东声在小说创作的想象世界中试图让回忆给过去的未来可能性留下一点空间，也就是为个人自我与家国自我突破钳制过去／历史回忆的"铁笼"而提供新的可能性。

三、对"我"的双重拷问

苦不堪言的回忆症促动信奉物质主义的肉身东声在两个"我"的纠结下展开一场自我拷问之旅："我是谁？我是什么？"这种以怀疑主义拷问灵魂的自问自答切入到"我"的肌理之中，呈现出今世之"我"的混沌、动荡、无根、无序与无可言喻。

但是，颇具吊诡意味的是，需要被治愈的回忆症绝非一无是处，反而可以给"我"带来帮助。回忆症被治愈后的肉身东声又被新的记忆问题所困：如今"原本十分鲜活生动的记忆，突然变得相当遥远相当模糊了，甚至完全消失了。新的记忆取代了旧的记忆，旧的记忆就好像从来没存在过一样。这是我原来一直学不会的本事"。

而原先的"新我"要与"旧我"联盟,所共同对抗的正是今生患上深度失忆症的时代:"我的回忆症,一方面的确是一个不轻不重的顽疾,另一方面,也有可能是我对遗忘之普遍做出的本能反抗,认为这个世界太习惯于遗忘,人们太习惯于遗忘,所以反而得意于自己有回忆症,偏偏不去治疗。"肉身东声以回忆症患者身份成为现代意义上的抗议遗忘者。

回忆症患者肉身东声的回忆,既是不得不回忆的回忆,也是不得不不间断地反复修改对过去／历史回忆的回忆。在回忆叠加、重组、修改、复制过程中,构成回忆的物质要素即事件／事实本身被排挤出回忆的自我制作网络,以至于回忆成为自身回忆的物质要素,即可以不断延伸对回忆的回忆的形成,最终独立自主的回忆王国。回忆王国如同地壳下的岩浆高度活跃,随时随地全盘占据回忆症患者的灵魂,将肉身东声自身隔离在外在的事件／事实之外。这个自给自足、盘踞精神世界的回忆王国,通过自我隔绝而创建出自在而自为的自由之境。肉身东声的回忆王国反复点开名为"回忆过去"的文件夹,一份又一份文档时常自我记录、修改、累积:早年的饥饿,用半个向日葵换来女孩小迎的吻,女孩小迎"没有理由的死",在异乡寄居篱下时被人批斗,父亲被视为反动军官,自己通过自主设计而在记忆中生下自己的第二个女儿小羽,三次婚姻的破裂,母亲"毫无理由"的死……肉身东声的回忆王国凭借自己强大的回忆能量将回忆流溢到"记忆的深处"或"时间的远处"。前世或历史的"李则广"成为肉身东声即第一东声回忆王国中的第二东声。第二东声在梦境中反复重现在第一东声的回忆之宫。两个东声衔接为一体,构造出在现今—过去／历史意义上的完整的肉身东声。这个被迫隔离也主动隔离的回忆王国为肉身东声设置了一套自我保护机制。肉身东声正是因为被回忆症所困而选择的教授／作家职业,为他摆脱今生周遭世界中的物欲横流提供了一堵有效的防护大堤，不致让他因贪污腐化、滚滚名利、犬马声色而陷入监狱与死刑之苦。最为重要的一点是，一方面，回忆症本身不离历史虚无主义的危险；但是，另一方面，隔离之境中的回忆王国给肉身东声带来了人性应有的基本尊严：我回忆，我存在；我回忆，我作主；我回忆我的过去以及我的历史，我才是一个由"我是"与"我曾经是"紧密联结构成的人，才是一个时间上完整的人；我的回忆仅仅是我才有的回忆，我因为我独一无二的回忆而成为一个具有唯一性的人。由个体回忆体现的基本尊严，才有可能让过去以及历史中的每个事件／事实获得唯一性：每个罪恶不再重演，每个良善不断更新而愈加良善。具有基本尊严的个体才有可能尊重其他个体自我的回忆。"我"与"他我"的回忆具有差异性，"我"与"他我"的回忆又各自具有唯一性。"我"的回忆所体现出的差异性与唯一性共同保障着人类的普遍尊严或底线尊严。

由第一东声与第二东声构成的具有完整的现在—过去／历史的肉身东声，不得不面临一个极其严肃的道德难题。第一东声对自己已经过去的前半生要担负道德责任。这一点是自然法提出的普遍伦理要求。因此，肉身东声对童年玩伴女孩小迎"没有理由的死"一直无法释怀，甚至将此次意外死亡事件的原因直接归于首提玩捉迷藏游戏的自己。但是，对于肉身东声不曾经历、只作为自己生存之前的历史或历史背景而存在的历史，他是否应当承担道德责任？

对此，肉身东声提出三个环环相扣的尖锐问题："前世的我和现世的我，是不是一个道德整体？""我要不要为我的前世负责？""前世的过错及责任应该由谁承担？"肉身东声不能不发出这些质疑，而答案是不言而喻的。如果"我"们将"我"们的过去／历史切割为一个时间片段，一切价值与意义只能从这个片段中取得，那么，自我或"我"的过去／历史终将无法认识自身。人不揽镜则无观看己貌之可能；人无他我则无获取自我意义之可能。同样，今我无昨我、历史之我则无道德—理性反思之可能。简言之，人若如古希腊哲人赫拉克里特所言生存于流变之中，只有当下的瞬间构成自我的全部，那么人的动物性决定人必然走到"怎么都可以"的自然状态。在《七步镇》中，第一东声与第二东声之间并非非此即彼的关系，而是身为回忆症患者的第一东声对自己的今生从心理学、哲学、伦理等多层面上出击，锲而不舍地追溯"我"的来龙去脉，以致不得不回到前世或历史探索第二东声与当下的"我"之间的关系。肉身东声若无前世即当下自我的历史，则无法给现世提供了解自我来源的出口。历史不是一个自闭的黑暗王国，以至于"我"们无法进入。历史是当下自我出生于今世的入口，犹如母亲的子宫颈；反之，肉身东声若无现世的道德—理性反思，一切前世即过去的历史只会成为混沌与虚无。一个纯粹碎片化的当下自我对当下自我的设问只不过是毫无意义的自我呓语，自得其乐或自寻烦恼、自怨自艾。一个碎片化的当下自我只有突破自设的洞穴，与过去／历史上的自我衔接，将前世与今生、过去与现在、历史与现实相互对照，彼此映照，互相纠缠，彼此博弈，将前者与后者共同融合为一个时间完整的"我"本身，才能在现在—过去／历史的视界上获得新的对自我的整全认识。显然，诚如前文所言，人之所以为人，正在于人具有完整的现在—过去／历史意义上的生存方式：不仅与自己的过去构成一体，更与自己过去的过去即历史不可分割。既然人要为自己的过去负起道德责任，那么，同样，每个"我"也要为"我"自己的历史负起道德责任。

那么，现在的问题是，以肉身东声为代表的"我"如何承担起过去与历史的责任？《七步镇》的解决方法是，肉身东声自己以回忆症的方式主动承担，使之成为肉身东声的一个有机组成部分。这是一个颇具哲学意蕴的解答：一切历史都是今日个体自我的历史，一切历史过错都是现今个体自我的过错，一切历史责任都是如今个体自我的历史责任。进言之，一切家国历史都是现实个体自我的历史，一切家国历史过错都是此在的个体自我的过错，一切家国历史责任都是当代个体自我的历史责任。只有无数个"我"的道德自觉、觉醒与承担，才会为消解家国历史的过错甚至罪孽提供微弱而强大的力量、勇气与行动，使之不再以变异的形式再次出现。无数个"我"对家国历史的回忆有助于消除历史中个体自我自身责任的不完全、不完备而导致的恶果。《七步镇》所揭示出的回忆中的道德关怀问题，无疑大大拓宽了个体自我与家国自我的灵魂视野。

四、"我需要被拯救，而不是被治疗"

肉身东声在治愈回忆症之后，不仅有上述新的记忆问题——新记忆取代旧记忆，导致旧记忆被遗忘，而且认识到要完全治愈回忆症，还需有一股崭新的力量由外而内翻转后回忆症患者的回忆王国："我其实从来没有爱过，回忆症搞乱了我的精神，令我没有能力和精力去爱，去好好爱一个女人。这一点，在回忆症好了之后才变得更加清楚。即使是我自己，以前也未曾意识到。"对此，肉身东声痛彻心扉，我不能不怜悯这样的"我"！……

"我"对居亦（肉身东声的新女友）的爱，让"我"大感辛酸。正是对爱的需要，让自己知道自己多么贫贱。"爱是我们贫贱的一种标志。"西蒙娜·薇依的这句话我一直半懂不懂，此刻终于懂了。

肉身东声多次直接或间接地引用法国犹太女哲人西蒙娜·薇依的格言："爱是我们贫贱的一种标志。"而他给回忆症开出的药方只有由西蒙娜·薇依提供的一味药：爱。

肉身东声在深层的哲学反思中，特别通过他与重庆籍澳门人孤儿居亦之间的忘年爱情，发现回忆症的症结是一种饥饿，一种爱的饥饿，即"爱的缺乏，爱的饥渴"。在回忆症患者东声看来，饥饿回忆首先是他自己的回忆症在心理学上的根源；而一切饥饿回忆不仅具有过去／历史的依据,而且成为现实—历史道德罪恶的心理根源。肉身东声最初在双重拷问中将个体自我与家国自我的现实—历史道德罪恶归因于心理问题。他在回忆症驱使下在隔离的回忆王国中只兢兢业业从事一项记忆工作——回忆,即复制、生产过去／历史中的苦难与死亡,甚至通过想象建构过去／历史中的事件／事实(如二女儿小羽自杀),以此方式表达自己对曾经存在如今不存在(如小迎、母亲)或根本不存在的事件／事实中的人的爱。这种爱似乎爱得死去活来、欲死欲活,充满疼爱与怜惜,但终究只是一种自我中心主义的爱、一种古希腊神话那耳略苏斯的自爱:与他者隔离与封闭的唯爱自己;一种自我想象的爱。从以"我"为君王的回忆王国的铜墙铁壁中打开一道敞开自我的门,最需要的力量并不仅仅是来自外部的医学治疗。这并不是说这种外部干预治疗法根本无用,而是说这种治疗只能找出肉身东声的病因,减缓回忆症带给他的高强度压力,正如许诺远处有梅子树也可以让士兵用想象的梅子解当下的渴。在不断的双重拷问中,他最终对自我危机的反思直接触及人类的终极问题:"我是我的累赘,我是我的债务,我是我的罪过,我是我的疑问。我的生命里最尖锐的东西就是'我'!"到此为止,肉身东声已经站立在反思的喜马拉雅山顶——回忆症的病根不只是身心病,归根结底是一种哲学意义上的意义缺乏症。而要真正治愈肉身东声的回忆症,尚需要新的来自外部的力量:爱的治疗。

诚如西蒙娜·薇依所论,爱的形成并不依赖于由想象建构的回忆,而是需要"深信他人的真实存在"。她为沉湎于回忆、流连于回忆王国、被回忆折磨的肉身东声类型的"我"找到走出回忆堡子之门:

通过有躯体的外表去爱想象中的人,当人们察觉之时,还有什么比这更为残忍的呢?这比死亡更残忍,因为死亡并不妨碍所爱的人曾经存在。

这是对以想象去爱——这种罪过——的惩罚。

在人中间，人们能完全认识的只有他们所爱之人的存在。

深信他人的真实存在便是爱。

肉身东声需要一个真实的实在、一个他者、一个给予爱的他者，以及自己积极接纳、回应这个给予他爱的他者来治愈回忆症。在隔离的回忆王国之外，在肉身东声的当下生活中，给予爱的他者就是与肉身东声之间建立忘年恋的居亦。两人之间的肌肤之亲，瓦解了肉身东声回忆王国的坚固堡垒。肌肤之亲并不仅仅是一种动物性的肉欲，当然更绝非对另一肉体的独霸、占有，而是一种彼此给予、亲密共享、彼此敞开。就此而论，在他者的爱以及与他者的爱之中，肉身东声从回忆堡子中被拯救出来，并石破天惊地发出警世之语："我需要被拯救，而不是被治疗。"这种爱根本不是想象中纯而又纯的理念，不是回忆中以自我怜悯的方式怜悯他人，而是切身的彼此独立的互为他者之间的敞开。

但是，今生的爱也有成为过去／历史的危机。在与居亦热恋中的肉身东声捕捉到这个爱情保鲜课题，肉身东声意义上的爱情事件／事实所包括的要素是行动、动机与能力。三者缺一不可，共同形成爱情保鲜剂："爱是世界上最难的事情，因为，爱不只是态度，更是能力，如果爱牙齿都需要学习，爱一个人就更需要学习了。"

五、爱的治疗：隔离与敞开

肉身东声通过回忆症建构出一个绝对内在的回忆王国、一座彻底隔离的记忆堡子。它维持住肉身东声的基本尊严与抗议权，铸造出一个由现在—过去／历史构成的"我"肉身东声。

但是，这个绝对内在的王国所面临的最大困境是自我中心主义，以爱他的名义来行爱己之实，用虚拟的爱替代真实的爱，用土匪堡子中唯我独尊的回忆占有将面向他者的共享排除在外。不过，正是这种绝对内在的记忆堡子为绝对外在的敞开提供了基本条件。敞开与隔离互为前提。敞开如何可能包含于隔离，或者说，隔离如何打开敞开？《七步镇》以肉身东声的爱情事实描述了"包含"与"打开"成为可能的方式。具体而言，在肌肤之亲的事实中，从隔离视角出发，作为他者的"我"与作为"我"的他者之间发生的肌肤之亲的事实，首先与肌肤相关。肌肤在回忆主体之外（准确地说，在回忆主体的最边缘），隔离了自我和他者，但与此同时，并没有将隔离者最后变成由两个肌肤所包裹的密不透风的"我自身"。对于个体自我而言，"我"的肌肤具有天赋的能力来回应来自外部和内部的影响。但是，这种回应包含着既包裹隔离又突破隔离、既限定"我"又超越对"我"的限定的双层意义。所以，肌肤之亲既保护"我"，又暴露"我"，既隔离"我"，又敞开"我"。它是绝对内在与绝对外在的统一。参与这种相遇事件／事实的两个个体自我，通过抚摸、情话、呻吟、无语、凝视、气味等表达出既内在又外在的关系：双方通过外在绝对的赤裸毫无保留、竭尽全力地贴近而非霸占对方绝对的内在与外在自我。但是，与此同时，双方又无法真正打开赤身裸体而进入另一个他者内在之中。在肌肤之亲的事实中，两个个体自我互为他者，都既保存又失去个体存在者的身份，形成介于存在和非存在之间的无"我"之境。

在肌肤之亲的事实中，两个"我"相互给予、相互接纳。在此过程中，双方中的每个个体自我既是绝对内在的，例如，肉身东声保持住自己绝对内在的回忆与痛苦，也是绝对外在的；例如，肉身东声赤身裸体呈现、表达自己的全部，不断渴望接近另外一个非对象化的"我"。肌肤之亲表现出内与外之间的微妙张力。通过绝对隔离—绝对敞开这样一种看似矛盾的关系，肉身东声不是在别处，而是在人与人之间的关系上获得被拯救。只有这种互爱的人—人关系才可以提供这种被拯救，而任何医学治疗与此无关。

值得注意的是，就这种关系而言，《七步镇》的主角"东声"（Dong Sheng；Eastern Sound）是一个双关词：主要人物的姓名，来自东方中国发出双重拷问的声音。《七步镇》在描述肉身东声的第一个（童年）女友时使用了一个颇有寓意的姓"小迎"，而在描述他最新也是最后一个（忘年交）灵魂伴侣女友时使用了另一个同样寓意深刻的姓名"居亦"。"小迎""居亦"分别表达出肉身东声在发出来自灵魂深处的呼号之后，通过"最初对他者的欢迎"到达"最后与之共居"的灵魂巨变过程。两个绝对隔离者之间的关系转变为一种敞开关系。对他者的欢迎与共居都建立在一种绝对隔离之上。隔离与敞开之间发生关联，就是从绝对内在的自我中心踏入绝对外在的欢迎—共居的过程。正是在这个过程中，绝对内在的隔离与绝对外在的开放保持住自身的独特性与每个自我的差异性。

六、个体自我与家国自我的百年"动荡"精神史

《七步镇》娴熟地驾驭本文开篇所提及的理论工具，将当代中国近五十年的历史微缩在故事主角东声的个体自我之中，再按照前世—今生的轨迹上溯到前五十年，由此形成"今世→前世"的叙事架构。就文学技巧而言，《七步镇》以倒叙手法先描述个体自我灵魂"那些小小不然的起伏和变化"的五十年史，将之与家国自我灵魂动荡的前五十年衔接。中国近百年动荡史在个体自我与家国自我之间的交织中逆向铺展开。从社会变迁的高速度与跌宕幅度来看，相对于后者的血腥战争类大动荡，前者因为战天斗地导致饥饿和死亡也可称为小动荡。个体自我灵魂的百年史与家国自我灵魂的百年史在彼此交叠与相互纠缠中如惊涛骇浪般颠簸与翻转。因此，《七步镇》对个体自我灵魂的双重追问："我是谁？我曾经是谁？"即古希腊德尔菲神庙镌刻的神谕"认识你自己"在21世纪汉语想象世界

中再次发出的回声，就不仅是对当下"前半生"自我的设问，也是对前"前半生"自我的设问。也就是说，《七步镇》并不局限于对个体自我灵魂的双重追问——就个人的"我是谁？我曾经是谁？"的设问而言，更是对中国近百年的家国历史灵魂的双重追问——就一个国家／民族的"百年中国是谁？百年中国曾经是谁？"的设问而论。如果说近两个三十年不可割裂，那么近两个五十年同样如此。

《七步镇》是一部半自传性质的心灵扫描仪。它扫描出一幅百年个体自我与家国自我的灵魂图，诊断出近六十年特别是自1979年以降众多个体自我对待过去／历史患上严重的遗忘症。这种病症就是一种化妆为神经／心理疾病的历史虚无主义。即使它在外表上会对历史表达出高度的尊重感，但是，这种文化意义上的记忆障碍是一种选择性记忆，在本质上就是选择性遗忘。经过它的错构、虚构、潜隐，个体自我与家国记忆不再是一个保持人性尊严、唯一性与差异性的有机整体，对于个体自我与家国自我的身份确立与重塑都无裨益。

《七步镇》大胆地开出爱的治疗法应对遗忘症或爱缺乏症，将对个体自我与家国自我的精神病理学批判不断向反思的至高处推进。它先从历史纵向上将批判推进到有关"我"的整体性、"我"的尊严、"我"的历史罪责与道德责任问题，后从现实横向上将批判推进到有关被拯救、爱等终极问题之上。这两者正是亟待21世纪中国重新发现、认识与塑造的重大议题：每个作为个体自我与家国自我的"我"，要培育出整全的"我"——具有现今—过去／历史即时间上整体的"我"，以及彼此相爱即人际关系上整体的"我"。《七步镇》的整全自我观在文本自身的思路上由前者而向后者推出，但是在文本的要旨上反其道而行之，即从后者而向前者推出——每个个体自我与家国自我的"我"先与他"我"和解，然后所有的"我"与"我"的过去／历史和解。

对个体与家国历史的双重拷问

比较而言，《七步镇》是魔幻的，也是现实的。它的魔幻在于如同马尔克斯的《百年孤独》一样，主角可以来回穿越百年激荡起伏的光阴隧道；他的现实与余华《活着》并无二致，以个体的"动荡"串联起百年家国的狂飙突进式巨变。相对于张贤亮的《灵与肉》，《七步镇》从大历史叙述灵／肉近百年的纠结与纠缠；相对于贾平凹的《废都》，《七步镇》的历史厚重感映衬出当代中国近四十年物质主义病毒危害愈深愈广，依然虚浮与轻薄，且具有遗忘、焦虑的时代特征，但有其过去／历史上的内在起源；相对于陈忠实的《白鹿原》，《七步镇》的现实真实感映射出在中华大地上百年或明或暗的权力争夺之战，虽惨烈而剧痛，但也尚不乏高于同态复仇的正义与仁爱、侠气与柔情；相对于莫言的《丰乳肥臀》，《七步镇》在传奇性与魔幻性上稍有逊色，但对个体自我与家国自我之身份、被拯救、爱等终极问题的思辨味道浓郁。无疑，《七步镇》是一部可以极大地丰富我们与家国百年"动荡"精神史的长篇小说。

原载《文艺论坛》2021年第3期

马金莲小说中一代少女形象

白　草

马金莲小说中刻画了宁夏西海固地区的一代少女形象，多出生于80年代，令人印象深刻。她们在少年时代所上的人生第一课，就是饥饿。中篇小说《念书》的主人公，已经充分体验了饥饿的感觉——"心里空得要命"，盯着书本看，眼前是一片片苍茫在重叠着飞舞，相互间"直撞出大片的茫茫白雾"，以致最后偷吃了同学的食物。从心底升起的伦理的羞耻，使一个十几岁的小女孩满含泪水仰望星空，惧怕那些长了眼睛的星星会看见一个朴实的农村娃变成了贼。短篇小说《柳叶哨》看似写了一个凄凉的单恋故事，实则大半篇幅铺陈了饥饿，这次的主人公是一个失去亲娘、受继母虐待的孤女，她的经验是——"饥饿这东西"很奇怪，当你忙于别的事情

白草，文学博士，中国文艺评论家协会理事，宁夏文艺评论家协会主席，宁夏社会科学院研究员。

时候，它暂时安静下来，就像睡着了一样；当你清闲下来时，它就醒了，一个劲地闹腾起来，此时整个人便"脚底下虚得直晃"。一个十来岁的小女孩，软倒在地上，没有一点气力了，怎么也爬不起来，只好像成年人一般，扶住土墙"小口小口地喘气"。马金莲写饥饿，不是为写饥饿而写饥饿，她写饥饿，其实是写历史。同张贤亮写20世纪五六十年代饥饿、石舒清写20世纪六七十年代饥饿不同，马金莲则写了本地1980年包产到户以后依然存在的饥饿。抒情性意味颇为浓郁的短篇小说《糜子》，显层面上描写了两个小姐妹看护成熟糜地的情景，深层则是农民获得土地后重新焕发生命以及那种难以掩抑的喜悦，一块被认为不能产出多少粮食的贫瘠山梁，被精心侍弄后长出茂盛的糜子，风过处恰如"河面上流动的清水"，便是有力的证明。可是，即便有如此希望，饥饿仍然普遍存在，一两块杂和面做成的粗饼，就是一天的口粮。这是远为不够的。所以在小姐妹俩眼中，爬到山梁上向四外望去，满世界的山头圆圆的，看上去"像无数蒸熟的馒头，一个挨一个，一个挤一个，拥满了视线"。在略带幽默色彩的短篇小说《1985年的干粮》中，那个于饭口上准时出现在门边的孤儿，饥饿赶跑了尊严，驱使他前来分食这一家小姐妹们原本分量不足的食物，这已经是1985年了。小说结尾一笔，"这样的日子好像一直持续了好几年"，颇堪玩味。马金莲的小说并不刻意叙述历史，而是把历史寓于事件描述中，其叙述因此具有厚重的历史意识——"好几年"后，显然是指1992年市场经济全面开放，农民这才真正从对土地的依附中解脱出来，能够有限度地进出城市以谋生。与此相对应，饥饿——这千百年来与西海固地区人民如影随形、摆脱不掉的东西，终于从日常生活中退出，彻底消失了，成为历史。

饥饿是马金莲小说常见的主题之一。在短篇小说《碎媳妇》中，作家借小主人公之口议论道："人就是这么奇怪，当时饿得死去活

301

来，等时间流逝,回过头去看走过的日子,又发现那里面有一些美好的叫人难忘的东西。"这不是在赞美饥饿。马金莲小说中的饥饿,其背景设置多在1978年或1980年之后,其时无论饥饿程度有多么严重,农民是自由劳动的,多劳者多得,勤能者多食,相反则少食,而非张贤亮小说中那种强制和被剥夺状态。这就是马金莲小说与张贤亮小说虽同为描写饥饿却有着重要区别的原因。法国哲学家莫里斯·哈布瓦赫说过,人们会根据自己的需要不时地修改甚至美化过去年代的记忆,"赋予了它们一种现实都不曾拥有的魅力",这是因为"昨日社会里最痛苦的方面已然被忘却了"(《论集体记忆》)。唯从这个角度理解马金莲小说中的饥饿主题,差可接近其本意。

马金莲小说刻画的少女形象中,令人揪心、心痛的往往是那些念过书、略略接受过教育的少女,她们中一部分人读了小学,少数读到初中,读到高中人数很少了,然后因种种原因而辍学回家、待嫁、出嫁。其中最主要的一个原因是经济,家庭无力供养、资助;另外,还有一个不可忽视的因素,则牵涉到一种传统、落后的观念。这种观念认为女孩子读书,是在浪费财力,将来总归要嫁到他人家。多数家庭不主张女孩子读书,是此地常态。故在她们的人生历程中,便缺失了两样最基本亦是最重要的因素:教育和爱情。

马兰,长篇小说《马兰花开》中的主要人物形象,就是这一类型里面颇具代表性的人物。她在校学习成绩很好,她已经明白了知识的重要性,她为自己设定了一个可以凭个人努力来达到的目的,离开农村,到城市里上大学、工作、生活。是生性好赌的父亲,为还赌债,将她硬生生嫁了出去,彻底毁了她的梦想。婚后很长一段时间里,她似乎不能走出那种恍惚的状态。小说对此有许多感人至深的细节描写,比如,马兰打开老柜的门匣,里面摞着整整齐齐的课本,有小学的,有初中的,也有高中的,一本本保存得完好无损。看着扉页上自己亲手写下的名字,马兰一时间竟有些走神、恍惚，难过得吧嗒吧嗒掉下眼泪，"马兰整完书，将门匣重新上锁，把那把黄铜色的钥匙别在墙缝里。她的动作小心翼翼的，带着说不出的痛惜，好像那门匣里锁着的不是一些旧书，而是一段难以割舍的梦想"。即使已经有了孩子，身为母亲了，那个上学的梦依然会不时浮现出来。这部四十万字的长篇小说，情节发展到结尾部分了，全书就要收束了，又以大幅笔墨描写了这个梦想。某一夏夜时分，马兰又一次梦回校园，这是一个梦中之梦，感伤，且伤痛：

> 睡梦里依稀听得起风了……她在半睡半醒中听着风声，恍惚回到了几年前的娘家，她还是女儿家，每到秋天挖洋芋……她就躲在洋芋袋子后面抱起一本书看，常常气得母亲哑口无言。那时候她一直怀着一个梦想，那就是有一天考一个好大学，最好是不收学费的那种学校，那样她就没有经济负担，她和每一个大学生一样，在校园里夹着书本走，两边的林荫道上长着高大的梧桐或者别的树木，秋风起，黄叶一片片落下来，落在她肩上、书本上、手掌上，她含着一点忧郁，轻轻地吟一首悲秋的诗词。有一个男孩在远处看着这一切，他从这风景一般的画面里看出了美，然后向着她走来，一直跟着，直到撵上她，和她并肩走路，他们谈理想，谈人生，最后谈到了爱情和婚姻。她是多么的羞怯呀，一颗心扑通扑通地跳……

这个细节一般来说很难写好，而且容易写成流俗，但马金莲以梦的形式描写了一个深藏于心间的梦想，则具有了一种忧郁的力量。

对马兰这一类少女来说，最大的悲剧是，她们上过学，读过书；她们懂得知识改变命运，个人的自由是可贵的；她们亲身体会到了人与人之间的关系，应该是平等的。然而突然之间，她们从一个高处被强行拉下来，跌落到了人生的低谷，迫使她们再重新进入她们早就想离开的传统农业社会中，被迫学会如何服侍公婆、丈夫。这种带有强制性质的乡村规范与她们已经获得的平等意识甚或自由意识，相互抵触。这是一种她们自己未必清楚，却是实实在在的价值观上的痛苦。价值观的痛苦——不同价值的冲突，特别是文明与保守之间的对立，是有着高低之分的，故而这种价值间的对立，就是绝对的。让已经拥有了某一种向上的价值观的人再重回否定性的价值之路，其痛苦可想而知。少女马兰们怀抱的校园梦想，之所以一直潜藏于隐秘的心底，即使婚后已为人妇、人母，那个曾经的梦想，却牢牢地藏在心底，难以释怀，无法忘却。而且，马兰们面临的现实是，她们必须改变自己，以适应眼前的生活。即如马兰，婚后不久，看着满屋子的女人们——婆婆和嫂嫂们，禁不住就想，这些女人一辈子都没有出过远门，没有念过书，"根本不知道天底下还有一个叫桂林的地方"；她们脸上的神情平静，是从内心深处流露出来的，"和这里的山水风土是融合的"，没有抱怨，没有梦想。而自己，一个念过书的高中生，此生就要和她们一样了。焦虑、痛苦和因此而生出的悲凉，将长久地伴随着她，她要慢慢地消化，再一次从头开始，从生活的低谷向上攀爬。这种焦虑在另一个少女身上，同样强烈地体现出来了。《鲜花与蛇》里的阿舍，也念过几年书，出嫁后，想到自己将要和婆婆一样终生守在家里，再也不能自由地到她向往的远方走一走、看一看，"老了，变成一个脾气古怪的老婆子。这想法让人恐慌、不甘。她渴望去外面，看一看世面"。这种梦想和渴望与现实构成了一种冲突关系，人物自身性格亦自具某种张力。

　　与马兰同命运的少女形象，在马金莲小说中还有许许多多，这类形象是马金莲写得至为成功的，用力多，其感人也特深。这一人物形象谱系里的每一个少女，她们的命运看上去是相似的，然而又是曲折多变的。比如,《烟四花》的主人公,那么朴实、可爱的一个农村少女,态度亲和,在与父辈的抗争中,一学期一学期地来上学,因为每当开学时她的上学就会受到阻挠。她常常在和同学们说笑时突然沉默不语了,原来家里人不断地在逼婚。这一天终于来了,她不得不离开学校,和同学们分别时,她总是一直笑着走出学校。刚出校门,"就哭着蹲在地上,是她父亲和未来的公公一边拉一只胳膊,拖着走了"。作为交易,她嫁给了一个智障。小说以男同学,同时也是男友视角,从眼前所见已为妇人的她,一路回忆学校时情景:"对,正是我的高中女同学烟四花。她像那个年代的所有女孩一样,梳了一对小辫子,粗粗的,短短的,绕着细长的脖子垂下来,一根在前,一根调皮地藏在脖子背后。"如今却是一人照顾一个智障丈夫和一个患癫痫的儿子。命运的打击让她过早地变成一个应对艰难生活的妇人,她那张满面风霜的脸上,隐隐浮现着的依然是少女时代清澈的笑容。时光流逝,两相比照,那一丝梦想以及这梦想终化为生命机体的一部分,在小说中得到细致入微的刻写,便成就了打动人心的艺术魅力。

中篇小说《离娘水》(中部)标注小说故事发生时间为2004年,其中特意写道:"情况的好转在这几年,这几年上面开始抓基础教育,所有适龄孩子不分男女一律进学校。"亦即在此之前,现实情况可能更为严酷,比如,"基础教育在深沟湾娃娃身上在某一些年的时间当中出现了一个断层。……反正从前我们庄子里都是文盲。下限就是我们这一茬人,七〇后、八〇后早期。圆女应该属于八〇后晚期。这一茬的山村女娃娃基本上都没有念过书,或者只象征性地念过几天"。如果将观察范围稍扩大一些,马金莲小说中还关注、描写了那些适龄入学而不能的少女,比如中篇小说《金花大姐》里的姐姐,就没能踏进校门,她在母亲的教育下念了一本传统的"女儿经"——烧火做饭,下地劳动,纳鞋绣花等,再等着嫁人。小说也试图探析了教育缺失的原因，主因与贫穷有关。在乡人心目中，"念书有什么用呢？投资高，周期长，念到最后还不一定能考上大学。对于我们这里靠天吃饭的屎肚子百姓来说，我们看不到念书的希望。所以我们对于念书的态度是很淡漠的。能识几个字不错了……"其中尤以女童失学为最甚。

对少女马兰们来说，教育缺失的同时便是爱情的缺失。她们辍学回家，下一步便是嫁人，基本上没有例外。倘若有哪个少女自主寻求爱情，都以悲剧收场。在这方面，念过书和没念过书的，没有区别。马兰们的长辈是如此，比如《绣鸳鸯》的主人公——"我"的姑姑，一个乡村少女，她和一个文静、瘦弱的走南闯北的货郎私会，于无知的青春萌动里怀孕了，最后被远嫁他乡。当她再次出现在叙事者眼中时，已经是一个怀抱、手牵三个儿女的妇人，神情漠然，邋里邋遢，"老了许多"，可她的实际年龄还不到二十岁。这个少女，她犹如一朵生命力旺盛的、鲜艳的花朵，仅仅开放了几天，便衰败了；她用几天时间，换来的是一生的暗淡。而马兰们的同代人亦是如此，比如短篇小说《柳叶哨》里的少女，隔壁家的小男孩在她饿得发晕时，拿自家馍馍救了她，且吹响"柳叶哨"哄她高兴。从此她的内心世界悄悄地生长出一丝奇异的情愫，愈积愈大，那是一种模糊的却浓烈的情感。当小男孩外出他乡，她多年来止不住自己的思念。这是一种无望的爱，于最后远嫁他乡之际，少女手握一把翠绿的柳树叶子，骑在驴背上大放悲声，"直哭得声嘶力竭肝肠寸断。事后，人们评论，这些年，村庄里出阁的女儿们当中，就数梅梅哭得泼实，哭声传出好几里，连树上的麻雀也惊得飞起来了"。马金莲小说有时也会写少女们的恋爱，《柳叶哨》是其中颇为出色的一篇。

没有爱情的经历，人生是不完整的。在少女马兰们的世界里，缺了这一项。她们只有顺从。她们的爱情课程，只能于婚后补上了，可那能称得上是纯粹的爱情吗？恐怕不能，否则，比如马兰也不会在梦中回到校园，梦想一个帅气男生从远处向她走来。反抗的例外是有的，但罕见。这里试举一例。中篇小说《离娘水》（中部）所描写的主人公圆女，被迫嫁了一个大她十一岁的、脑筋不大灵光的男性，数年后，她毅然离开了丈夫家，带着孩子独自闯到外地，自谋活路。小说叙事结构上颇有特点，圆女的曲折经历，均由叙事者以及相关人等加以表述和补述，由零星传说到最后组成完整故事。小说终了时，安排主人公圆女出场了，由她直面众多相关人众，也直面了读者，悲愤地、了无顾忌地倾倒出多年来郁积心头的话语：

> 忽然，一个声音急冲冲地打破了沉默：把那个瓜子（傻子），我跟了啥？人活在世上一辈子呢，我总不能一辈子跟个瓜子！都怪我大我妈，爱钱得很，我才多大，月经都还没有来呢，就把我给了人家！……出嫁前一夜不是要洗个离娘水吗，我妈把水罐子水壶放在门口，叫我把自己洗得干干净净的，女儿家就要干干净净地上路。我真的不会洗，那一罐子水重得很……我把半罐子水倒进了水盆里，这才挂上去。……我一边刨一边眼泪哗啦啦地淌。

这是一种抗争。在让受尽了委屈和命运捉弄的圆女尽情哭诉后，文本中那个隐藏的叙事者似乎仍然意犹未尽，气愤难平。于是叙事者"我"又让妹妹出面——这个女孩子极其讨厌带有交换性质的畸形婚姻，小说给她安排了一个位置：自始至终，她也是一个听者，而且也极关注圆女的故事。她有一句特别令人解气的话："我就是不嫁，看谁敢来娶老娘！"她有两个强烈的疑问：世人为啥都这么"恶心"？女儿为啥一定要嫁人？当圆女的故事被完整地复述之后，小妹子对她的姐姐也即叙事者的几句话，起到了收束和评价功能：圆女离家出走，带着女儿独自谋生，这件事情她做得正确，"没一点错，就应该这样，她这条路走对了"。

多数少女们于顺从之后，只能和丈夫开始相互间的磨合，于共同生活中感受、发现某种类似于爱情的东西。马兰对人生中这一件重大之事，她的思考或许具有代表性，"由少女迈向成人的这一步，她走得有点匆忙，是在很多因素的推波助澜之下迈出去的。可是，她发现，人生的路上并不是处处悬崖，只要大胆迈过去，就会发现，险途上也会鲜花盛开，绿草成茵"。这当然是自我安慰，终不能消除疑问："这就是爱情吗？她在悄悄问自己。好像是，又好像不是。他们像众多当地青年男女一样，没有经历漫长的恋爱期，甚至婚前接触的都不多，注定要经历先成亲后恋爱的生活模式。"

马金莲小说的真实性有时还表现在它的边界上，具体地说，它刻画的多为西海固地区的少女。如果说这个地区历史文化带有某种保守性，那么，她所叙述的这一代青年们的婚恋方式，其程度或更甚。

这些少女们，无论顺从的，还是偶有反抗的，她们最终嫁入了陌生的人家。短篇小说《碎媳妇》结末有一段描写，以四处飘飞的雪花比拟了她们的命运：

> 雪花真的很大，一片连着一片，一片压着一片，前拥后挤从云缝深处向下落。等飘到半空的时候，它们好像又不愿意落向地面，犹豫着，悠悠然，又有点无可奈何地落到了实处。雪花飘落的情景，多么像女儿出嫁，随着媒人的牵引，她们飘落到未知的陌生的人家。慢慢将自己融化，汗水和着泪水，与泥土化为一片，融为一起，艰难地开始另一番生活。

这一代少女终究未能改变自身的命运，像不能自主的雪花一般，看似悠然，实则犹疑着，不自主地飘向了无数个陌生的角落里。但是她们的身上毕竟有了一些不同的东西，这是知识所赠予的。她们没有接受过完整的教育，可她们知道了知识是重要的，能够改变个人命运。曾经的梦想和渴望，在自己身上没有实现得了，却使她们形成了一个更为坚定的观念，那就是，再也不能眼看着下一代人重蹈自己悲凉的命运。短篇小说《短歌》的主人公，在一代少女中还算是比较顺利的，考上了师范学校，恰逢"中等师范被淘汰的浪潮"，走出校门即失业，此后便发誓在城里买房，目的只有一个："凭啥就我不能，我要我的女儿、儿子和别人一样，进好的学校受好的教育。咱一辈子在乡下窝着，到儿子手里还这样吗？"《碎媳妇》里的主人公雪花，她是念过几天书，出嫁后即开始了"辛苦一世的日子"，女儿出生后，打量自己以前的时光，"感觉那些空落像梦一样遥远"；她坚定了一个信念："女儿长大了一定叫她念书去，可不能像自己一样，这辈子就这样了。"金花姐姐与雪花的想法简直如出一辙，像早就商量好的一样，"我们这辈子就这样了，宝都押在娃娃身上了"。

这一代少女，用她们悲凉的命运，结束了下一代人身上可能会出现的命运，就像雪花消失了，大地变得滋润，她们在某种意义上也改变着历史。

不仅如此，这些少女们的不幸经历反过来也教育了她们的长辈，促使他们思索。事实上他们最终经过一个艰难的认识过程并发现了，嫁出女儿，不见得就是完成了父辈的责任和义务。《金花大姐》里的父亲，他本来就主张让女儿上学，无奈妻子阻拦，害了女儿终身。他于愤怒中说出的一番话，或可代表了一类醒悟过来的父辈的心声：

父亲忽然烦躁起来，看着我们母亲说都怪你，妇人家没远见，当年我给娃把书本都买好了，你偏偏说家里不能没个打零杂的，现在好了，把娃娃害了。你我在这穷山沟一辈子过活，可以不到外面的大世界里去，但娃娃和我们不一样啊，我们真是害苦了她啊！

　　父辈的观念之改变，多属不易。然而一旦开始了认知过程，那种看上去从来如此、难以变化的观念，也会以令人吃惊的速度瓦解掉。

　　《马兰花开》开始部分写到墙上一座"万年历"挂钟，表盘上是一幅风景画，有山有水。叙事者说，那可能就是山水甲天下的桂林，是婆婆和嫂子们从来不知道的地方。通上电，那画面便闪烁起来，风景转动，感觉水都在哗哗地流淌；到小说结尾时，马兰又抬头看着那座"万年历"，"里面的山水还是那么生动，时间在流逝，可是那一幅景致永远年轻，从来不曾陈旧"。自己心间突然涌起波浪，"觉得一晃时间就过去了大半辈子"。这是一个象征，一代80后少女们已身为人母，她们感觉到了时间的流逝，即为成熟的证明。她们散落在穷乡僻壤，默默地支撑着生活，支撑了新的一代人的成长。是同为80后的小说家马金莲，把西海固地区这一代少女形象搬入小说文本中，也写入了历史中。

原载《朔方》2020年第3期

壮美·激情·传奇
——浅论火仲舫长篇小说《花旦》的文本建构

于永森

从西海固走出来的本土作家火仲舫先生创作的长篇小说《花旦》三卷本出版于2005年，洋洋洒洒七十余万字，以其无可替代的创作实绩为西海固文学的壮大增添了力量与光彩。自2002年底出版了最初的单卷本之后，评论界就对这部作品评价很高，但笔者在阅读梳理了有关评论文章之后，感到对于《花旦》的评析仍然存在某种"空场"，或者说，《花旦》艺术价值的最大部分尚未被充分挖掘出来。对于一部作品的评价，不同的人有不同的角度和看法，但定位是最本质的，不同的定位体现出人们对它的不同评价，这不是其他一些泛泛的评价文字尤其是褒扬文字所能比拟的。只有通过具体的

于永森，中国作家协会会员，中华诗词学会会员。文学博士，聊城大学副教授、硕士研究生导师。

定位，才能真正看出对于一部作品的真实评价；也只有将《花旦》这部分被忽视的艺术价值充分挖掘出来，对其评价才称得上全面，对其定位才显得到位，才切合实际。

对一部作品进行定位，除了一定的角度之外，更为根本的是这种定位所依赖的思想或理论背景、资源，不同的定位实质上是思想的差异。笔者在此探讨对《花旦》的艺术价值定位，乃是最终通过有别于意境理论以"意象"为基本元素、以"有限追求无限"为特性的艺术建构，而采用以"细节"为基本元素、以"将有限（或局部）最佳化"为特性的艺术建构，在文艺中表现主体在最为丰富、复杂、深刻的世俗的现实世界中成就的过程和意蕴，最为淋漓尽致地体现主体的情感、人格、思想、精神等因素，最终达到自我的最高境界"无我之上之有我之境"①。下面，笔者将从几个方面来阐析《花旦》的独特艺术价值、贡献及其不足，并通过这几个方面的阐析来体现和整合对《花旦》综合的艺术和价值定位。

一、风情壮美：《花旦》的审美追求

不用说，《花旦》应该是火仲舫的代表作，至少迄今为止是这样的。对比火仲舫的其他作品如《柳毅传奇》《土堡风云》等，就可以鲜明地看出《花旦》是比它们的艺术成就高出一大截的。在宁夏文学之中，西海固文学占据了半壁江山，其成就已经逐步得到了文坛和学界的肯定，西海固文学的一些作家也频获国家级文学大奖，比如鲁迅文学奖。与他们所生活的西海固地域环境相关，这些作家的作品在浓厚的"苦土"情结之后，其艺术追求和艺术境界大多呈现出内敛的品性，整体上较为平淡清和，这或许是西海固这个特殊的贫困地区给他们带来的某种心灵效应，也或许是他们在这种生态之中的一种特殊精神追求或映照。应该说，在当代烦扰浮躁的经济社会之中，具有这种精神追求的作家，至少就其个体的存在而言，是极其值得肯定的，也令我们肃然起敬。但从西海固文学的长远和纵深发展来看，就可以看出一些问题，这就是，这种境况不适合产生深闳伟美、大气磅礴之作。作为历史上贫瘠得出名，同时又以茫茫黄土高原上的无数群山为地理征貌的西海固，生长于斯的作家们应该追求一种更为阔大深厚的质素，以响应这片土地上从历史时空贯彻到现在的某种深远厚实的"悲怆性"意味。钟正平曾在《世纪回眸"西海固"》一文中写道："西海固文坛现在面临着这样两个尴尬的现实：……其二，是创作上实现突破与超越的种种潜在和显在的瓶颈，需要我们认真地思考和对待。……我们也没有必要一味地展示苦难图景和意识，我们要把眼光放在苦难以外，放在苦难中的'人'身上，写出苦难中的复杂人性，写出人类生命的奇观和生存的奇迹。"[2]钟正平的这篇文章写于2000年3月，他所指出的西海固文学长远提升的发展路向是很有眼光的，他的这种貌似轻描淡写而实际上关乎西海固文学提升的核心问题的叙写，是否引起了西海固作家的重视不得而知，就目前总体而言，西海固文学可能还没有能够突围而出，突破这种发展的瓶颈。但就个体而言，在这篇文章发表之后不久，火仲舫的《花旦》则是完全可以达到钟正平所说的上述文字的最后几句话的境界。《花旦》在写作上恢宏大气，气势磅礴，完全突破了西海固文学内敛而平淡清和的艺术境界，完全可以称得上是西海固文学乃至西北文学的代表作之一。对于全国而言，《花旦》的这种意义或许并不明显，但就西海固文学（甚至整个宁夏文学）及其发展这两点而言，《花旦》的独特性是无可替代的。有人称《花旦》为"宁夏的《白鹿原》"，这是有道理的。

二、激情洋溢：《花旦》的能动建构

读完了篇幅宏大的《花旦》之后，仿佛完成了一个很奇异很美的大西北之旅。这对于初到大西北不久的笔者来说,尤其带有某种阅读的兴奋。笔者首先考虑的问题是,作者用这样大的篇幅完成了这一鸿篇巨制,其所要表达的核心是什么呢?换言之,是什么在根本上促成了这部小说的诞生?

是人物?《花旦》之中虽然也刻画了数十个各具特色的人物形象,较为突出的也近十个,但总体上并没有特别突出的人物形象,能够给我们带来深深的震撼或深沉的思考。

是民俗?不少论者都将民俗作为《花旦》的艺术魅力的重头戏,这无疑是对的。但小说中的民俗描写无论怎样细致和具有代表性,却始终只是一种铺垫和映衬的"背景",而不可能是核心,这即使是相对于"花旦"齐翠花这一核心角色而言,亦是如此。

是某种精神?精神具有一定的高度。而作为一部长篇小说,对精神这一维度尤其提出了更高的要求,同时,精神具有强烈的个性因子,而《花旦》中的一系列人物形象,却总体上趋于精神的"平凡",无论是在个性还是在时代性上,都很难超越世俗民生,很难超越表现同一历史时期的文学作品的高度。上述三点显然都不是《花旦》的核心,而要探究作品的核心贯穿因素,显然要从作者的写作意图入手。在《花旦》中,能够唯一支撑作者完成这部作品的,应该是出于对这片土地及其上生长的人物的热爱所迸发的激情,没有这种激情,类似的长篇小说几乎是不可想象的。显然,作者就是要通过笔下平平凡凡的人物群像,为大西北的生命和人物命运的历程谱写一曲悲壮的长歌或交响乐,毕竟,作者生长于此,只有采取这种方式和充分利用长篇小说的容量优势,才能很好地完成这一使命。因此,诸多论者从《花旦》之中读出了"民俗"这一关键词,对各种民俗不厌其烦的描述以及对戏剧细节的描写,显然都不能仅仅视为对大西北的民俗建立某种"宝库"而得到完好的留存;相反,笔者从这些表面的人物形象所处的生存境遇和生命寄托里读出了作者无与伦比的大西北激情。在激情的灌注之下，这些民俗文化现象才变得如此生动，并与那个时代人们的生活深刻而完美地融为一体，成为他们生命和命运传奇最深刻的表现形式，类似于他们生命的某种"狂欢"。除此之外，没有什么能够让他们作为凭借而使得生命得到延续和绽放，因之作者的激情也得到精彩的绽放。一座火山无法悄然喷发，无法类似于涓涓细流式的表现。笔者有幸认识的火仲舫，也正是这样一个典型的西北汉子，表面的讷言并不能掩盖其内心粗犷豪放的激情。正是这种大西北的独特地理环境和文化蕴含与作者激情的双重变奏，才演绎出了《花旦》这一气势磅礴的生命与命运的交响。贫瘠干旱不适宜人类生存的西海固并不缺乏激情，缺乏的是表现这种激情的载体，这种载体就文学体裁而言，最佳的载体非长篇小说莫属。近几十年来，西海固小说以短篇小说为主，长篇小说始终是个弱势品种。而在小说之中，那些沉醉于优美抒情并歌吟心灵的纯粹平和的作品，相反倒是容易取得更大成绩，但却违背了西海固最为深刻的真实，读来不免单调、单薄。正因为此，笔者特别看重《花旦》所表现出来的能够体现大西北风度和作者气度的激情，这是西海固文学相当独特的一个气质，这不但需要我们拿出极大勇气来加以正视，而且有必要以之引领未来西海固文学的发展。如此，则西海固文学的"大气"将最终呈现，其在全国地域文学中的地位将真正得到确立。激情来自哪里？显然来自最为丰富、繁杂和深刻的世俗化的生活，以及对这种生活的独特理解和独到、深厚的热爱，只有如此，那些丰富、繁杂、深刻的世俗化生活的"细节"，才是无比生动的。而小说，无疑是主体激情最佳的表现载体。

三、传奇色彩：《花旦》的生命姿态

在主体风情壮美追求和激情洋溢能动建构下催生出来的《花

旦》，富有传奇的斑斓色彩。传奇是生命和命运的精彩变奏，长篇小说《花旦》以超量的篇幅和容量，为我们演绎了以"勾魂娃"齐翠花为代表的大西北下层民众的生活生命历程。传奇的内核是精彩的故事性，故事性的核心是情节，而情节的核心是细节。从这个意义上来说，《花旦》是纯粹的传奇，是文学意义上纯粹以"技巧"展现出来的传奇，是虚构所造就的生命力量的真实展现。这种"技巧"的意味就在于，它不像《白鹿原》，也不像《红高粱家族》《生死疲劳》，后二者在整部作品之上都笼罩着一种象征的意味，而这是《花旦》所没有的。《花旦》本身的故事叙述非常成功，但这种成功还仅仅是建立在故事叙述本身，这些故事之中的细部构成单位还很难说能够上升为一种真正的"细节"的境界——尤其是作者在书中大量描写的民俗和戏剧活动，更是如此。

与上述笔者所言作者的激情相对而言，激情的展现未能形成真正的细节的关键之点就在于，这些细节是否真正寄寓了作者笔下人物的个性，并与之骨肉相连。正如石舒清先生所指出的那样："我最想提的一个意见是，小说还可以再精练些，譬如人物对话，虽然话都很实在，但若以精练要求，是可以删去一些的；还有像到几个地方演戏，都是同样的内容，虽然总是有事情不断地发生着，但难免还是给人一种雷同感，像对戏目的调整，对谁与谁配戏的问题，有必要在叙述上再多一些变化；另外像王兰香两次受红乾仁的欺辱，都以她在梦中察觉到的方式来写，也属一病。而且小说好像是太逼近生活了，因此牵绊了对人物形象更为成功的塑造，譬如齐翠花，她的自身条件，她的坎坷遭际，都会把她锻磨成一个有分量的人，那么在实际生活中，她肯定有所为有所不为，因此我觉得让她去听张百旺小两口的窗子就有些不大合适；另外在下部中，演《霸王别姬》时，让年过花甲的她和比她儿子还小的铁柱子配演夫妻戏，是否合乎常理，也足令人起疑。还有她为救王兰香而甘受警察局长的侮辱，对她这样性格的人来说，也属写得不够。总之和红乾仁、红富贵、王兰香、张百旺等一样，这都是很值得一写的人物，像一首曲子总得有个基调一样，无论多么好听的曲子，如若混几个杂音进去，也会让人觉得遗憾的。"③这些问题的根本就在于人物缺乏真正的个性，比如《花旦》最为核心的人物齐翠花，亦是如此。这个有些虚荣并享受虚荣的女子实际上对于秦腔这种艺术形式有着一种骨子里的热爱，但这种热爱并不能改变她在面对诸多的人和事之时，只能随波逐流，仿佛是社会或时代无法抗拒的力量使然，而忽视了主人公本身的个性因素。换言之，秦腔之于齐翠花所带来的一系列人生、命运传奇，不可谓不精彩，但却多属于一种"外在"的性质。比如她为救出王兰香而甘受警察局长的凌辱，固然有见义勇为的性质，但也无疑表露出一种"戏子无情"的传统认知的正确性，作者实际上给我们提供了一种道德困境，这种道德困境显得在现实境遇之中似乎除此而外别无他法。也正因为这个问题，作者实际上过度依赖了传奇性。相对于西海固那些以耐咀嚼为特点、写得较为含蓄平和的小说而言，《花旦》的故事传奇性使得其似乎尤为"热闹"，也更加彰显了这部长篇小说的民间性——因此，对于这部小说的特点定位就并不是非常容易，不同于一些学者的观照视角，笔者更愿意结合上述对于《花旦》所表现的核心的探讨，而将其特点（根据内容）定位为：以人物命运为中心线索展开的三个不同历史时期的大西北乡土传奇。因此，可以这样说，《花旦》的成功，在很大程度上得益于其传奇的故事性，其中虚构、想象力是合二为一的，再加上人物形象，形成了传奇故事性的三位一体。笔者认为，《花旦》民间传奇的性质契合了大西北独特的地理文化意蕴，使其与小说中的人物形象相得益彰，而长篇小说的特质，则又很好地强化了上述特点。

四、细节质量：《花旦》的形上追求

"细节"是文本及其艺术境界在最基础单位层次的最佳载体，其内涵已经不是传统意义上的了。最终衡量"细节"质量的，一是需要能够体现"将有限（或局部）最佳化"的哲学思维和表现方式，此点可用"九度"理论[④]来进行具体衡量；二是"细节"要完美承载主体的追求，即最好的细节一定是表现主体的"无我之上之有我之境"的。这两点一"技"一"道"，综合规范着"细节"的整体质量。因此，从第二点来说，我们不会满足于上文已述各点所言，我们实际上还期望通过长篇小说这种波澜壮阔的艺术形式，去展现或探求更为崇高的人类精神的特质、境界，从而完成作家或人物形象更高的生命质量，为承载他的土地留下不可磨灭的印迹。

一部理想的长篇小说，如果停留于粗线条的传奇式故事性叙述，是很难上升到极高的精神境界的。就精神境界而言，在人类文明的长河之中，其无比的崇高总与以下几个领域密切相关：其一，个体的独特性，即个性的彰显与生命承受及其姿态；其二，爱情；其三，民生，即我为他者的勇气与精神（有的体现为民族精神、时代精神）；其四，冲决落后传统及其各种制度的行为、精神。就上述四者而言，《花旦》能够彰显的，只能是第一点和第四点的某些部分，而且并不明显。其他诸如爱情，齐翠花始终没有一个完美的爱情，其子红星、其夫红富贵亦然，比如红富贵，"对于曾经的妻子齐翠花，他说不上对她的爱恋，也说不上憎恶，但他们毕竟夫妻一场……"，跟爱情是搭不上边的，而就是这样一种关系，影响了两个人的大半生。齐翠花当然喜欢田大勇，但出于种种原因，田大勇和她结合是不可能的。在这里面，很难说没有身份、经历的原因在起作用，何况田大勇还"想着更大的事"。又比如民生，《花旦》里描写的主要是世俗众生的生活和生命历程，但这些还远远谈不上民生的高度。民生的高度体现为一般社会生活中的真实而崇高的生命存在及其力量,而不是依赖于某种"传奇性"色彩;至于下部描写的红星的一番作为,却似乎又显得那么不真实。就第四点而言,也与第一点密切联系,第一点不鲜明、突出,直接影响到第四点,《花旦》中的众多人物往往与传统的道德意义上的真善美这些正价值相关联,缺乏对于负价值冲决的勇气和精神,从而建立其人物真正的个性,或者说,比如仍以齐翠花为例,不单纯是一般层面上的真善美的体现,而表现出其在文化事业及更高的文化、思想、精神层面的追求,将更能使这个人物形象提高质量。而这,绝不是单纯的故事性所能完成的任务,而必须依靠独一无二的细节的力量;但在整体缺乏象征或其他统一的思想意蕴的情况下,细节是无法被建构的,《花旦》的很多故事都还停留在情节的程度,缺乏细节应该具有的特质——就细节的根本性质而言,乃是"不可复",这个"不可复"的"复"绝对不仅仅指作者在同一部作品中与自己的重复,而且更指作者与其他作者的作品重复的情况,这个性质实际上要求作者必须将故事情节建构为独一无二的细节。因此,并不意味着精彩的传奇故事所展现的情节就必然是细节,而是细节的特殊性必须存在于其所表现的人物形象的个性(主体性)的独特性上,且在同类细节之中必须是完美特出的。用这个标准来审视《花旦》的话,那么与众多论者对其故事性的赞赏不同,笔者认为《花旦》的故事性还缺乏必要的细节深加工和出彩之处。在解决上述问题的途中,不同的文学体裁所采用的路径是不同的。而小说尤其是长篇小说本来就是以叙事为特色,因此更容易逼近细节的境界,从《花旦》这部作品中,我们可以明显地感知到这一点。而《花旦》之于西海固文学的可贵意义在于,作者的激情与《花旦》的故事传奇性融合,两者的充分演绎成为细节建构的有效张力前提,丰富而多彩。在此基础上以大西北地理文化风俗为背景,用长篇形式来进行全方位地展现，而且这种展现凝结了众多独一无二的与人物形象密不可分的细节，或者以短篇形式来用一些细节建构西海固文学的精神高度，这将不但是可能的，而且也是其未来发展最具潜力的发展路径和方向。这个问题，通过笔者对于火仲舫先生长篇小说《花旦》的探讨，希望能够引起所有西海固文学作者和全国作家的深思，并期望有所实践或深化下去。理论与创作的良性互动，才能保证中国文学在某种意义和程度上走出种种困境，走向更加灿烂的明天。

注释

①于永森.诗词曲学谈艺录[M].济南：齐鲁书社，2011：5.

②钟正平.文学的触须[M].银川：阳光出版社，2012：17.

③石舒清.生活的魅力[M]//火仲舫.花旦.兰州：甘肃人民出版社，2005：7-8.

④于成我."神味"说新审美理想理论体系要义萃论[M].济南：齐鲁书社，2018：89.

张嵩：用文学构建精神家园

王武军

在宁夏文学界，张嵩是一个很独特的"多面手"作家。他兼擅诗歌、散文、文学评论于一身。其诗歌的创作比较全面，有现代诗、散文诗，尤突出旧体诗词；散文主要以历史、文化散文和随笔为主；文学评论主要以诗词评论为主，兼顾文学随想、刊评和其他艺术类评论。在这几个方面他都取得了比较好的文学成就，这得益于他行走过许多地方，见识广，对古今中外的历史、地理、人文、风土、人物、民俗等无所不晓；他读过很多书，记忆力超群，且能够很好地"消化"，把中华优秀传统文化和现代文化很好地结合起来，用文字构建属于自己的文学家园。正如他自己在《搭建精神的家园（创作谈）》中所说，新诗是他精神家园的红色，热烈而富有

王武军，中国作家协会会员，宁夏诗词学会秘书长，宁夏文艺评论家协会第一届理事。

激情；旧体诗词是他精神家园的深红色，像经过岁月磨砺的红木家具一样，优雅而绚丽；散文（随笔）是他精神家园的黄色，流淌着生命的体验和人生的感悟；评论则是他精神家园的绿色，充满着希望与探索。

按照体裁分类，下面就他在现代诗歌、旧体诗词、散文随笔、文学评论等方面的创作分别进行论述。

一、现代诗歌创作

张嵩的文学创作最早是从新诗起步的。20世纪80年代初，张嵩就开始新诗创作，他的诗先后在《宁夏日报》《六盘山》等报刊发表，这对他无疑是一种莫大的鼓励。从1982年到1993年，十多年的时间，他创作了大量的散文诗，有"人在旅途"的《过秦岭》《杜甫草堂》《中山陵》等，也有"爱的倾诉"的《你的微笑》《永远的珍藏》等，还有"情系故土"的《六盘日出》《三关口》《秦长城》等。他用朴实的笔调、率真的情感、火热的激情，吟唱出了对祖国山川的赞美，对爱情的执着和对家乡的热爱。并于1993年结集出版了散文诗集《遥远的岸》。

张嵩的散文诗主要有三个特点。一是他的诗内容丰富多彩。不论是写历史古迹，还是写家乡风物，抑或是乡村小镇，都能够很好地把散文和诗的特点自然有机地糅和在一起，通过一个情景、一个事物、一个点、一个片段抒发作者的思想感情。二是他对生活亮彩的摄取和再现。不论是对爱的倾诉，还是对故土之情的抒发，他都在力图把握一种超越自我痛苦而向生活本质或更高层次过渡的诗化方式。三是他对人生真谛的寻觅与思考。他行走大地，在许多著名的人文景观之前都曾驻足。然而，他却不是去做一般的观赏性旅游，他总是努力踏上"铺设着不尽的情思"的斑驳的石阶，"站立于历史的顶端"，"阅读着人间的正气"，"思考着关于现实主义的人生"。应该说，这样的"行万里路"，是有意义的；"行走成一种追求，一种向往"。让平凡的事物透出了光芒，不仅写出了诗人独特的生活体验和感悟，而且蕴含了深刻的人生哲理。

是的，张嵩就像黄土地上的一粒种子，带着人生的渴望和文学的梦想，执着地一路走来。时隔二十多年后，他的又一本诗集《散落的羽片》于2015年5月再次面世。书中精选了他三十多年来创作的一百三十余首现代诗，分为"风中的青草""穿行在雾中"和"坚硬的岁月"三辑。诗人从"我是黄土高原上的一粒籽种"开始，走过青葱的岁月；唱着"西海固之歌"，穿越坚硬的岁月，随着时间的推移撞出生命的火花，吟咏出黄土高原特有的味道，体现出他诗歌创作的审美取向和精神追求。

张嵩的现代诗不同于其他诗人的地方，就是他的现代诗有着古典诗词的韵味。因他从小受传统诗词的影响，上中学时，就喜欢旧体诗词；十五岁时，他就能够填词写诗了。因此，在他的诗中，总是有古典诗词的韵味。比如在散文诗《中山陵》的开头写道："雄伟有如你坦荡的气魄。宏大有如你宽阔的胸襟。你以天下为公的名义，在祖国博大而深厚的土地上，谱写出了一曲民族之魂。"在这里，"雄伟"对"宏大"，"坦荡"对"宽阔"，"气魄"对"胸襟"，颇有点古风的味道。再如《送别》一诗，有很多古人就写过，而他这首诗的内容，虽与弘一法师李叔同的《送别》不同，但韵味却很相近。在诗中，他把"长亭、古道"化作"密云、凉风"，把"柳笛"化作"汽笛"，把"一壶浊酒"化作"挥一挥手"，把"今宵别梦寒"化作"看不见的匕首"……表达出诗人面对别离的不舍和感伤，从而使他的诗歌作品在现代意蕴下有了一种古典韵味的艺术感染力。

之所以能够这样，一方面与他具有深厚的传统文化积淀密不可分；另一方面，则是他能够把传统诗词和现代诗歌很好地结合起来，寓传统文化于现代新诗创作中，使他的诗歌充满现代激情的同时，也飘洒着一种"古意盎然"的人生况味。

二、旧体诗词创作

众所周知，在张嵩的文学创作中，最大、最突出的成就，就是旧体诗词创作。用他自己的话说，学习、写作旧体诗词，是他少年时代的一个梦想和追求，虽然这个梦想和追求中途由于创作现代诗而中断了十几年，但20世纪90年代中期，宁夏诗词学会的秦中吟老师又一次把他拉回到了旧体诗词创作的队伍中，并使他坚持下来，而且取得了一定的成绩。他的诗词作品多次获全国、全区诗词奖，并入选全国四十多种诗词选本，成为宁夏乃至全国最优秀的青年诗词创作者之一。

张嵩的旧体诗词内容比较庞杂，既有"少年不识愁滋味"的吟咏，也有"日落黄昏断肠处"的情思；既有"移步观花在郊外，风光景色笔难描"的写景，又有"英雄千古知何处？报效神州是丈夫"的抒怀……凡此种种，无论是写人、写景、写事、写史，还是从固原到宁夏，从北方到南方，他的诗词都能够抓住瞬间的、细小的变化和时间、跨度、地理等不同特质，进行恰到好处地抒写，体现出他驾驭各种题材的能力。具体来说，他的诗词具有以下特点：

（一）高扬时代主旋律

在张嵩的诗词中，既有"风雨千秋诗上写，江山万里画中游"的雄浑豪迈，又有"千里婵娟人共此，心音相随到陇东"的典雅；既有"相逢时刻最开怀，万丈豪情向未来"的抒怀，又有"此生无助莫悲哀，常替灵魂扫雾霾"的旷达。但最主要的是高扬时代主旋律。比如，在2006年创作并获全国廉政诗词大赛一等奖的歌行体长诗《重读〈清贫〉有感》一诗，诗人通过叙述方志敏烈士"受伤被俘遭搜查，浑身无有一铜圆"的清贫，歌颂了他"甘愿清苦为大众，不肯屈服向敌顽"的坚强意志和革命精神，赞美了他身陷囹圄，但不改拳拳赤子心的爱国情怀。进而笔锋一转，谴责了贪官污吏"良心作消费，廉耻填钱眼"的无耻行径。诗人通过有血有肉的故事情节，通过今人与烈士、清贫与富有、生活与良心、现实与理想的强烈对比，形象而生动地刻画出了革命烈士方志敏甘于清贫、追求高尚的品格，有力地鞭挞了现实社会中丧失革命意志的腐败分子；诗人倡导崇廉拒腐、尚俭戒奢、勤政为民、甘于奉献的思想，具有深远的教育和警示意义。又如，在2009年获"塞上江南·神奇宁夏"全国旅游诗词大赛一等奖的《六盘山颂》一诗中，既叙述了六盘山"女娲补天""魏徵梦斩泾河老龙""柳毅传书"的美丽传说，又追述了秦皇造访、汉武北巡、成吉思汗避暑的历史过往；既描述了萧关故道、陇山歌赋，又描写了红军长征过六盘、不到长城非好汉的英雄气概。更重要的是，诗人在赞美六盘山的历史传说、雄奇秀丽的同时，歌颂了"六盘儿女凌云志，定叫山河变新颜"的建设小康社会的美丽情怀，进而点明六盘山不仅仅是一座历史名山，而是有着光荣革命传统的红色之山，深化了作品的主题，凸显了时代主旋律。

（二）有一种雄浑旷达之美

诗人从古典诗词中汲取营养，避免华丽的文辞，将真切的内容充实其中，用包罗万物的气势，横贯浩渺的时空，以铿锵有力、气势磅礴的诗句，抒发他对家乡、对祖国、对人民的热爱之情。比如，他在《红军长征过六盘山》一诗中写道："跋山涉水万千重，北上豪情势若虹。雁叫声声犹在耳，天高气爽忆峥嵘。"诗人用"跋山涉水万千重"的气势，写出了红军长征北上抗日的豪情，将毛泽东的"天高云淡，望断南飞雁"的诗句隐喻在自己的诗行中，全诗浑然一体，赞美了红军不怕远征难的革命精神，雄浑的意境中蕴含着一种积极向上的力量。又如《咏长江》两首："雪山有梦诉柔肠，一曲相思寄远方。万里奔来谁可阻，情牵大海意泱泱。""水连天际浪千层，万古奔流意纵横。华夏豪情多浩荡，惊涛起处伴龙腾。"看似在写长江从雪山之巅奔涌而来，其实是在赞美五千多年来生生不息的中华民族。诗人把雪山、柔肠、相思、远方、万里、情牵、万古、奔流、豪情、龙腾等意象有机地融合在一起，用豪迈、雄浑的笔触，穿越时空、地域，以浩荡奔涌的气势，赞美了祖国山河的壮美，歌颂了中华民族在新时代腾飞的梦想。正如唐代司空图在《二十四诗品》中所说："超以象外，得其环中。"诗人将自然、社会、民族融为一体，营造浑然之境，笔到之处，方显雄浑之风。

当然，在他的许多抒怀之作中，有一种"也无风雨也无晴"，"古今多少事，都付笑谈中"的旷达之美。比如《咏嵩山》一诗："名与山同字万金，神交已久觅知音。峻极峰上观沧海，初祖庵前献素心。景色有形开眼界，风光无限敞胸襟。奋身融入脱俗气，嵩岳和吾乃近亲。"诗人登临嵩山，有感于自己的名字中有个"嵩"字，正好与"嵩山"的"嵩"同字，嵩山的无限风光，让诗人在大开眼界的同时，也"脱"去了一身俗气，觅到了知音，感觉是那么亲近。诗人用名与山同、神交已久、景色有形、奋身融入等词语写出了觅知音、开眼界、敞胸襟、脱俗气的人生境界，给人一种旷达亲近之感。

（三）有一种自然洗练之韵

大家都知道，诗歌是最凝练的语言艺术，"如矿出金，如铅出银"。"洗练"既是一种艺术技巧，又是一种诗歌境界。通过诗人加工、提炼，让诗境达到一种自然洗练之韵。而张嵩的诗词，即有如是特点。在他眼里，世间的万事万物都是诗。日出日落、春夏秋冬、花开花谢、山水田园、乡村城市、名胜古迹、亲情友情、民俗风物……这所有的一切，在他的诗中都能够看到。他把自己的诗情，融入万事万物中，用淳朴自然的笔触、简洁洗练的语言，创造属于自己的诗词世界。诗人在《固原新篇》一诗中写道："大原六月兴周邦，远古文明垦八荒。秦筑长城留大气，汉开丝路闪辉光。旗扬峻岭彪青史，日落清河耀彩章。崇尚文化基业振，山乡处处有芳香。"全诗五十六个字，字字珠玑，用最简练的语言，写出了固原的历史渊源和新变化、新气象、新成就，从语言形式到内容，达到了以简胜繁、词少意丰的洗练境界，给人一种置身其中、回味无穷的韵味。

（四）格律规范工整得体

诗词是中文独有的一种文体，有特殊的格式及韵律。诗按音律分，可分为古体诗和近体诗两类。古体诗一般又叫古风，形式比较自由，不受格律的束缚，不讲求对仗，押韵较自由。与古体诗相对的近体诗又称今体诗，是唐代形成的一种格律体诗，律诗格律极严，篇有定句，句有定字，韵有定位，字有定声，联有定对。而词，又称为诗余、长短句、曲子、曲子词、乐府等。要求调有定格、句有定数、字有定声。由此可见，旧体诗词的创作是有严格规范的。

纵观张嵩的旧体诗词创作，无论是绝句、律诗，还是词，都是严格按照要求，依据诗的韵律、平仄、对仗和词的定格、定数、定声来规范创作的，个别有"不因词害意"而失黏出律者，均采取了拗救的方法，因此，他的诗词创作格律规范、工整得体。比如《清明遥拜祭父》七律一诗，采用的中华新韵，结构严谨，颔联"胸中先祖游天际，梦里严亲到院庭"、颈联"牵手言欢身骤暖，倚肩撒爱泪轻盈"两句对仗工整，诗句看似平实无奇，但通过写意、抒怀，环环相扣，情景迭起，道出了对父亲深深的思念之情。在诗人的心中，人的灵魂是不死的，祖先的灵魂就游荡在天际，只是看不见罢了。日思夜想，亲情所至，层层递进，诗意渐浓。清明就要到了，对故去亲人的思念因而愈加强烈，"梦里严亲到院庭"，仿佛一下子回到了过去和亲人在一起相聚的欢快岁月。"牵手言欢身骤暖，倚肩撒爱泪轻盈。"父子之情，跃然纸上；人间爱怜，难以言表。短短十四个字，字字含情，令人感动。质朴的语言，工整的对仗，足见其诗之功力。血脉相连，世代永续，谁人不思念远去的至亲？正因为这样，才有了清明这个让人们寄托哀思的节日。"永别生死儿心愧，遥拜坟头草列屏。"诗人由于在外工作，清明不能回乡祭奠父亲，心怀愧疚，只好面朝家乡，遥思祭拜。在诗人的想象中，父亲的坟头草势稠密旺盛，像屏风一样护卫在父亲的坟前，其中也寄寓了诗人无限的情思。语句形象生动，情思景象交融在一起，既有抒怀、回忆，更有冥思、感想，言有尽而意无穷，余音悠悠扬扬，萦绕耳际。该诗格律严谨规范，是一首七律佳作。

总体感觉，张嵩的诗词题材广泛，内容丰富，既含有盛唐时期边塞诗的雄浑气象，又兼有中唐以后边塞诗的深沉感慨；既有抒发报效国家、渴望建功立业的豪情，又有状写别家离朋的思绪和浓浓乡愁；既有描摹塞上绝域的奇异风光，歌颂祖国大好河山的美好情怀，又有痛恨腐败与壮志难酬的思想矛盾。诗中描写的景物有典型的荒凉、辽阔、寒冷、沙漠、高山等边塞共性，抒发感情也有典型的旷达、豪迈、雄浑、昂扬、洒脱的边塞诗人的特点。他不但继承了唐代边塞诗人高适七言歌行的律句特点，又突破了汉代五言旧体乐府的约束，在形式、手法上，既借鉴了前人通俗明快的诗风而又加以"雅化"，增添了文人色彩和气息，提高了诗的艺术品位。其诗以成熟的技巧、优美的韵律、凝练的语言、充沛的感情和丰富的意象，高度集中地表现了诗人的精神世界和社会生活的景象，具有很强的艺术感染力。

三、散文随笔创作

张嵩不仅创作现代诗歌、旧体诗词，而且也创作了数量不少的散文、随笔。2015年5月宁夏人民出版社出版了他的散文集《温暖的石头》，从这本散文集中可以看出，他的散文创作大致可以分为人文地理、自然风光、人间真情、感事抒怀等几个方面。

（一）在人文地理中追寻历史之光

在"访古留韵"中，张嵩通过《陶之美》《青铜时代》《古城遗韵》《远去的城堡》等散文，把历史的沉淀、文化的内涵、岁月的承载都抒发出来，在怀古论今中有一种淡淡的乡愁。读这样的文字，不仅能够多启迪心智，而且还能增加读者对历史知识的了解。

（二）在自然风光中展现山河之美

在"行走山河"中，张嵩通过《西海固速写》《走近贺兰山岩画》《感受沙家浜》《秋日的南湖》等文章，描绘出家乡的风土人情和祖国山河的壮美。比如在《西海固速写》中的一段花儿，就很有风土人情味，听来有一种牵人心肺的感受；而在《感受沙家浜》里，作者在追忆抗战戏剧《沙家浜》的同时，由衷地赞美了祖国的大好河山。

（三）在人间真情中重温亲情友情

在"躬亲道情"中，张嵩通过《爷爷和菜的故事》《怀念父亲》《寒风中的儿子》《忆秦中吟老师》《跨越时空的友情》等文章，让亲情友情跃然纸上。作者在《怀念父亲》一文中，通过对父亲艰难、曲折一生的回忆，表现出父亲勤劳厚道、节俭朴素、坚持原则的精神品格。而在《忆秦中吟老师》一文中，既写出秦中吟老师对文学孜孜不倦的追求，又写出秦中吟老师对文学青年的培养和呵护；尤其是对作者极力推荐和倾心帮助，让作者在敬慕之余永远怀念。

（四）在感事抒怀中探寻人生真谛

在"感事咏怀"中，张嵩通过《家乡集市》《川口两年》《一本书的故事》《党校情深》等文章，抒发胸怀，探寻人生的真谛。比如在《党校情深》一文中作者写道："十余年时间转眼就过去了，但在党校的日子却如同发生在昨天，一切都历历在目。固原市委党校培养出了一批又一批优秀学员，如今他们在全市的各个岗位上为党和人民的事业努力工作着，是党校给了他们先进的思想坚定的信念，经过党校这所大熔炉的洗礼，再大的风雨也无所畏惧。不论任何时候我都是党校的一名学员，心系党校，一往情深。"表现出作者一心向党，具有很高的政治自觉和执着的人生信仰。

总的来说，张嵩的散文题材广泛、内涵丰富，独具特色。不论是写历史古迹，还是写风景名胜，抑或是写心灵絮语，还是世事杂陈，他的每一篇文章都有丰富的内涵，都是经过深思熟虑，有感而发，从不东拉西扯，堆砌文字。由于他具有丰富的历史文化知识，有博览群书的文化积淀，所以，他行文的视野和高度也就别具一格，是一般作家不可复制的。

四、文学评论创作

一个优秀的诗人，他既要有诗的感觉，又要有诗的理论，只有有了诗歌理论的支撑，他才能写出优秀的诗歌作品。张嵩就是这样一位诗人。他在从事现代诗、旧体诗词和散文创作的同时，密切关注着宁夏文学事业的发展，尤其关注着宁夏诗词的发展，创作了有一定的深度、广度和高度的诗词评论和文艺评论。2016年11月结集出版了文艺评论集《诗化留痕》，收录了诗人三十多年来，对诗词、对文学、对艺术的深刻体会和独到见解，给人们展现出了他深厚的文学素养和特有的艺术魅力。

（一）对诗词理论的探究

在《时代呼唤优秀的诗词作品》《搭建精神的家园》《高扬宁夏"新边塞诗"的旗帜》等文章中，张嵩结合自己和当前宁夏诗词创作的实际情况，发表了自己独到的见解。他在《时代呼唤优秀的诗词作品》一文中指出："文学作品的创作任何时候都不能够脱离开时代，只有植根于时代，与时代同行才能彰显出其存在的价值，否则就会成为无源之水、无本之木而失去生命力。诗人只有走出书斋，直面现实，创作出的作品才会有生活气息。"在《诗词的前途》一文中，作者更是强调文艺批评的重要性："诗词创作同样也需要理论指导和文学批评，这就如同'没有革命的理论就没有革命的运动'一样，离开了理论和批评，诗词创作就很难提高，就上升不到一个高的文学层面。"

（二）对宁夏诗人的评论

在张嵩的文艺评论中，最多的是对宁夏"新边塞诗"的评论。先后评论了吴淮生、项宗西、张贤亮、崔永庆等诗人的诗词作品。他说，秦中吟先生是新时期宁夏诗词的领军人物，他生前不仅身体力行，创作了大量的诗词作品，影响力波及海内外华文诗坛，而且不遗余力，奖掖后进，为塞上诗坛培养了一批诗词人才，开辟了一片诗词的新天地，功莫大焉。吴淮生先生在宁夏工作生活了六十余载，创作了大量文学作品，声名远播，其中的诗词作品显示了他的旧学功底和人生阅历，内容厚重，贡献独特，是塞上诗坛的一位重要诗人。项宗西先生生于江南，沐浴着南国的柔水温情一路走来，参与塞上建设50余年，饱经了北方畛域的风霜雪雨，人生经历丰富，其情其诗关注现实生活和重大事件，语言质朴平实，诗风透畅明亮，咏物、抒情或婉转流畅，或抑扬顿挫，与关注民生、不忘国事时时交织在一起，时加思考，想象丰富，在国内诗词界有一定影响，是新时期塞上诗坛的代表性人物。张贤亮先生是一位著名的小说家，但他首先是一位诗人。他的述怀诗立意高远、寓意深刻，他的感事诗情之所至、诗花绽放，他的即景诗触景生情、情景交融；他的诗丰富厚重、谨守格律、用词肯繁、造境合理，为塞上诗苑增添了绚丽的光彩。

（三）对其他文学艺术作品的评论

张嵩在专注于诗词评论的同时，还创作了一些小说、纪实文学、灯谜、书画艺术等方面的评论文章。比如他在评论王漫曦的纪实小说《海原大地震》时说："《海原大地震》比较系统地、全视角地展现了一部人类的灾难史，既有文学的鉴赏性，又有宝贵的史料价值，还对人们有警示教育。"文学艺术是相通的，通过这些体裁的评论，作者在不断提高自己的文学艺术修养，也给读者一种理论的借鉴和拓展。

正是由于张嵩在文学创作中具有高度的政治意识、扎实的理论基础、渊博的文化知识、深厚的文学素养，才使他的作品能够高扬时代的主旋律，在人文地理中追寻历史之光，在雄浑旷达中创造洗练之美，在感事抒怀中探寻人生真谛，在文艺鉴赏中倡导清新文风。因而他才在现代诗、旧体诗词、散文、文艺评论等诸多领域取得了非凡的成绩，这在宁夏诗人作家中是很少见的。他用执着的追求和无限的热爱，用文字构建了属于自己的精神家园。

原载《宁夏文艺评论》2018年卷

心游万仞，情逸笔端

——田鑫散文创作漫谈

闫生裕

乡土是一个民族文化心理积淀的所在。城市化和现代化进程到今天，我们的作家仍然在绵延不绝的乡愁中汲取精神营养、寻找创作灵感。乡土不仅是我们的物质家园，更是我们的精神家园。我也潦草地写过城市化进程背景下的乡村，比如，当年面对村庄，我们选择的是逃离。现在回归的端倪初现，我们又该以怎样的笔触书写乡村？乡土是写不尽的，而且可能会常写常新。比如沈从文的《边城》和彭学明的《娘》相隔近一个世纪，但都是湘西那块乡土成就的。西海固也一样，不是写的人多了就不能再写了。

在我所接触的乡土散文作家中，田鑫是真诚而深情的一位。田

闫生裕，中国作家协会会员，中国文艺评论家协会会员，宁夏文联组联部主任，宁夏作家协会理事。

鑫也是宁夏少有的专攻散文创作的作家。至少他现在尚未改变赛道、涉足小说。这份坚持和执着我是佩服的。田鑫几近不惑了，但在我的印象中，他似乎还是那个半是忧郁半是调皮的大男孩。田鑫的散文情感真挚细腻，善于从细微处捕捉情感变化，且有小说的情节和张力，字里行间有一种超越苦难的精神力量和与众不同的另一番滋味。他的散文有意味有趣味，甚至有文字的香味，像是老汤卤煮，反复品读有一种老牛反刍的陶然与快意。

田鑫的散文视野开阔，视角独特。因为注重对主题和内容的提炼，他的散文鲜有"我的父亲母亲"之类的以人物称谓做标题的亲情散文的套路。许多文章一看题目就有，比如《收脚印的人》《狗是我的解药》《人一死事就堆下了》等等，这些题目往往抓住了文眼，很吸引人，尤其让人产生强烈的阅读欲望。陆机在《文赋》里说过"笼天地于形内，挫万物于笔端"，即把天地万物构思为头脑中的意象，然后再将这些意象驱遣于笔端。这是优秀作家下笔时要具备的禀赋和才华，也唯有如此，你笔下的文字才能达到好文章的境界。这里，我试以几个关键词解读他的散文。

一、大地与孤独

田鑫笔下展示的是广阔的乡村生活，他对土地与生命有着深切的体验和理解。《大地知道谁来过》不止一次地写到早年母亲意外去世的情景。童年的不幸为这个少年种下了深深的惆怅。以致后来他散文的字里行间透露着一种深深的孤独，那不是"为赋新词强说愁"，那是挥之不去的浓浓乡愁，是"情到深处人孤独"。在《孤独的树》中，他写道："两个村子的人，去彼此的村庄里，都要先上山再下山。上山的时候，抬头看看那棵树，就觉得离另一座村庄近了，脚下也没有那么困乏，步子越走越轻；下山的时候，回头看看那棵树，就觉得离另一座村庄远了，走着走着看不见树，也就到了该到的地方。"这一段文字传达的是一种距离美学。作者观察之用心可见一斑。完全是步行时代人们对距离的体悟，没有那种铭心刻骨的经历的人写不出这样的文字。我记得大概二十年前我乘汽车过关山，好像走了大半天。我才理解了王勃在《滕王阁序》中写的"关山难越，谁悲失路之人；萍水相逢，尽是他乡之客"。王勃写的是距离，也写自己悲苦迷茫的内心。作为失路之人，举目四望已处在无人知的他乡，虽是宾客满门，竟无一人可以分担苦难，分享喜悦，就更显得寂寥和孤单。田鑫童年的寂寞可能没这么深沉，但是，他理解那棵树的寂寞和忧伤，他通过一棵树和两条路、两个村庄作为参照赋予这种孤独以美学意义。

二、大地与性灵

万物有灵是人类先民的普遍信仰。中国古人认为，不仅人有灵魂，日月山河、树木花鸟等无不具有灵魂，因而对大自然怀有敬畏之心。在田鑫笔下，大地是有灵的，村庄是有灵的，还有村里的树和草、牛和鸡，甚至是不经意刮过的风，概莫能外。聪明的作家懂得在创作中让自己书写的意象承载什么。比如《作为神祇的牛》《象征意义的鸡》《隐喻的麦子》等文章中的许多意象，都印证了作者的观察和思考。"在大地上，人和麦子一模一样，人用智慧和精力经营大地，让麦子成长，而麦子用营养回赠人。作为被隐喻的麦子，我们谁也躲不过岁月的收割。""一棵树见证人来人往，见证生老病死，甚至见证爱恨情仇。"在《长腿的风什么都知道》中，司空见惯的风，在作者眼里，它是长腿的，它什么都知道。岁月如风，作者固执地坚信风是村庄变老的元凶。风吹旧了自己、吹瘦了河流、吹老了少年。田鑫的散文里蕴含的人与自然的某种默契应该归于"天人合一"。其中有长者乐知天命的逍遥，也有孩童天真烂漫的幻想。他笔下的风不仅能吹散记忆，而且能吹来回忆。这正是

乡土与书写

他的文字的玄妙之处，也是充满智慧与灵性的美文的特质。

三、大地与秘密

写作就是探索自我、探寻内心世界的过程。田鑫是一个心思缜密、内心敏感的人，他不仅向读者坦承自己的内心，甚至努力探索村庄与河流的秘密。而且在不断的探索中得到自然与人生的启示。在《河流给不出答案》中，我们看到作者对一条河的秘密探索，但得出的结论是这条河将带着自己的秘密终老一世了。田鑫怀着极大的悲悯审视大地、解读乡村。他温情而冷静地书写了许多乡村人物，以及他们之间的爱与恨。给人看了一辈子病的三爷爷，因为没有学历被当作非法行医的大夫淘汰。兄弟妯娌之间为了一棵树抛弃了亲情，互撕互掐，但最后却死的死走的走，只留下空荡荡的山地和砍倒的树，从前的仇隙变得极度苍白。某家女人临盆之际，屋檐下有多少双充满好奇的小眼睛偷看养娃娃。从此解决了他们小脑袋里"十万个为什么"之"我从哪里来"的问题……《狗是我的解药》写自己的尿床经历，一直不待见自己的哥哥，每次尿炕他都不顾及弟弟小小的自尊和自卑，像小喇叭一样把这件事告诉每个人。但就是这个烦人的哥哥，为了给弟弟治病做了一件了不起的事。文章的最后这样写："我不知道哥哥是怎么想到去隔壁村里勒狗的，也闹不清楚那么大的雨他是怎么把人家的狗勒死带回来一块肉。……只知道那块肉彻底治好了我的尿炕。不过这块肉从此让我心里有了一个解不开的结，老觉得那块肉好像长在身体的某个位置，下雨的时候还隐隐作痛。"末句金子般的文字是这篇文章的神来之笔。这篇文章意料之中的妙趣在与尿床有关的兄弟阋于墙的恨，而意料之外的玄机在与狗肉有关的血浓于水的手足深情。在民间，偏方气死名医。其实尿炕不是病，到一定时候就不尿了。我和田鑫可同病相怜，我初二还尿炕，当年我吃过焙干的猪尿脬、喝过白萝卜叶汤等等。我爹用了那么多偏方没治好我的尿炕，但有一天就突然不尿了。我的高中同学老牛上次竟然说他尿到二十九岁，结婚后时常一大泡尿把身边熟睡的媳妇冲醒。当然，狗肉绝不是解药，但是乡土文化中就有这道引子，而且它歪打正着地就在起着作用。我们从中能透视乡土文化中的某种神秘或者说某种蒙昧。其实，这也是藏在乡村大地乃至我们童年永远的秘密。

四、大地与生命

死亡是作家写作不可回避的生命主题，田鑫也不例外。在《花儿与少年》里他这样写送葬的场景："我曾经头戴白孝身穿白衣，混在送葬的人群里。大人在哭我也哭，大人停下我也停下。送葬的队伍就像一大片的白，把村庄的路铺满，我们这些可怜人是一朵又一朵走动的白色花朵，走过的地方悲伤弥漫。母亲就躺在白色的花朵中间，红色的棺材像花蕊一样，缓慢被送进土中。"这种凄美得令人心碎的画面，大概只有航拍才能看到。那是生死事大的庄重，也是人生无常的无奈。《收脚印的人》里的脚印是作者捕捉的一个很好的意象，孩童时期干了坏事，希望有收脚印的人把脚印收走，让想发现秘密的人们无迹可寻。后来，母亲意外去世了，这时，他想找到母亲的脚印，内心又渴望那个收脚印的人不要出现，让母亲的脚印留在这个世界上，让自己的思念有所附丽。当然，这些都是少年心事。在《人总有一天会空缺》里，作者把沉重的生命话题——死亡轻描淡写地写成"空缺"。同桌堆金才、母亲、爷爷，都从他们生命的位置上走了，留下的是生命的空缺。其实，生命没有什么不能缺席的，地球离开了谁都在转。但是，那一个个与你息息相关的生命的空缺，留下的是怎样的创痛？在《人一死事就堆下了》里，作者写了母亲去世前留下的活，比如没有纳完的鞋底、没有平完的小路、没有铲尽的杂草等等。我们活着的时候觉得什么都放不下。等到有一天你要撒手人寰时，什么都放下了，而且堆下了。这就是生命。"亲戚或余悲，他人亦已歌。死去何所道，托体同山阿。"你堆下的事对亲人而言，是生命不能承受之重，而对外人而言，那是一抹微不足道的尘埃。比如在《屋檐》里，他写到母亲病危之际，父亲被雨挡在屋檐之下，等雨停后去镇上给母亲买黄桃罐头，其实，挡住父亲的根本不是雨，而是他仅有几张毛票的羞涩的口袋。

如果小说尚可以狡猾，散文绝对是一种老实的文体，它的基本要求就是真与美。田鑫是大地的孩子，置身都市，虽然他活得自在从容，但他对乡土的守望和回眸有点固执。纸上还乡是作家的写作本能，你可且走且歌，但未必能做到到什么山唱什么歌。可能正是这种对乡土的执着书写，使他在散文创作上达到了别人不曾达到的高度。散文创作不必讨巧，下笔时不必考虑黄钟大吕，更不想什么金戈铁马。你要像陆机所说的"伫中区以玄览"，你的观察位置是伫立天地之间，如果在云端俯瞰大地时，你发现熙熙攘攘的人群，不过是上帝的蚂蚁，你用尽自己的悲悯，写尽他们的卑微。这才是大手笔。

乍看田鑫的书名《大地知道谁来过》，我担心作者的内容里有标题抵达不到的虚妄而导致主题"超载"。有时候，不是你的篇名里有个"天地"你的文章就博大了，你的内容里有了"乾坤"，你的文章就宏大了。杯水波澜有时候甚于惊涛骇浪。同样是仰望星空，坐井观天其视域可想而知。自《大地知道谁来过》之后，田鑫又出版了《大地词条》，连同手头正待出版的《大地细软》构成了他的"大地三部曲"。田鑫笔下有俯察大地的宏观，也有解剖麻雀的微观。他的文章多能以小见大，即使写的是小事，但就又不觉得它小。好的散文应该有这种书写的大气。当然，田鑫笔下的大地主要集中在那个生他养他的村庄。你是否觉得小了点？我肯定地说，一点都不小。要知道，福克纳一生致力书写他那个邮票一样大小的故乡。托尔斯泰说："写你的村庄，你就写了世界。"田鑫散文写的岂止一个村庄，他向我们展示的是坚实的大地、火热的生活、斑斓的世界。

泥土里开出的鲜花
——谈马慧娟的散文创作

李进祥

马慧娟是以"拇指作家"之名为很多人知悉的。新华网有关于她的一则报道,说她"6年来在田间炕头坚持用手机写了40多万字的随笔和散文,光手机就摁坏了7部,记录了像她一样的西北回族女性的酸甜苦辣"。随后,一些网络媒体也跟进报道,马慧娟一时成了当地有名的草根作家。新闻报道总会找一些宣传点或者噱头,对马慧娟的宣传,集中在"初中文化""种地打工""回族妇女""拇指写作"几个点上。这样的宣传,对一个基层写作者来说,可能是一种鼓励,但对她的文学创作来说,并不一定是好事。我一直觉得,用脑瘫、残疾、农民、打工者等标签去定义一个作家,表面上看似"认可",实际上是一种歧视,甚至是亵渎。不管是什么身

李进祥,中国作家协会会员,曾任宁夏作家协会副主席。

份、什么地位，作家就是作家，作家要用作品说话。

在引起媒体关注之前，马慧娟在《朔方》《黄河文学》等刊物上发表的散文作品，我读到过一些。有一篇散文《行走在春天的风里》，写她从宁夏南部山区搬迁到红寺堡移民区的生活。红寺堡本来是一片荒滩，经过多年的改造，还是风沙肆虐。"一大群羊像雪球一样在旷野里慢慢前进。不明白羊群在一片荒芜的沙土地上吃着什么？它们一个个那样肥壮，难道是在吃土吗？""狗蜷缩在窝里用两只前爪托着脑袋，眯着眼睛看这飞沙走石的情景，任风沙肆意挤进它的窝，再散落在它的皮毛上，它都不肯改变姿势。频繁的风足以让任何东西都麻木和漠视它……""眼前突然一团粉红，居然是一株盛开的桃花。不到一米的枝干上挤满了花骨朵，粉红中透着洁白，争相在这恶风中娇艳盛开，似乎狠狠地嘲笑着风的肆虐。"生存总是艰难的、无奈的，但在艰难和无奈中，万物生长。从这样的文字里，我们能感受到生命的力量、文学的力量。另一篇散文《被风吹过的夏天》，写她的打工生活。她和一群女人一道，剪一天树苗，挣七十块钱。女人们的面庞被晒成棕红色，嘴上也裂开血口子，但看到剪下的花朵，她们"就拿这些艳美的花儿尽情地装扮。你别三串，她别五串，鬓角，头顶，脑后，恨不得编一个花环戴上……别着花的村妇比花更美，那笑容，那笑声，足以打动任何刻薄的心"，连工头都"没有出声责备，也笑着看这群女人胡闹。我从心里感谢大个子这一刻的宽容，原来爱美的心愿是共通的"。

马慧娟在生活中感受到生命的坚韧，发现了美的挣扎，并用文学的方式呈现出来。遮住作者的名字，不管她的身份，这就是一个作家。而她的作品中，充满着生活的质感、泥土的味道、情感的肌理，又有着明显的辨识度。那些生活，那些文字，是住在城市、坐在书斋里的作家无法写出来的。而对生活的准确把握，对文字的敏锐感觉，又使她从相似处境的文学爱好者中脱颖而出，具备了成为一个好作家的潜质。宁夏作协想送她到鲁迅文学院去培训。她回话说，很希望去鲁院，但现在忙着种地打工，等有空闲的时候她才能去。我有些同情她的境遇，但尊重她的选择。

对一个作家来说，尊重远比同情更重要，特别是对一个所谓基层作家、草根作家。而最好的尊重，就是阅读她的作品，与她进行深入交流。正好马慧娟要出一个散文集，她发信息给我，要我给写个评论。我欣然应允，因为这就是一个阅读和交流的机会。

《溪风絮语》这部散文集收录了她近二十万字的作品，我断断续续读了二十多天。通过阅读这些作品，我对马慧娟的创作有了比较全面的了解。我感觉马慧娟的散文作品，有以下几个特点：

一是生活的质感。马慧娟的散文就是记录她的生活。比如，《野地》记录她和几个农民为建设公路打点撒线的事。在野外工作，一天翻山越岭负重行走八个多小时，工头每天还要故意拖延下班时间。他们为了争取按时下班的权利，却被工头解雇了。生活是艰辛的，也是无奈的。也许马慧娟就是想记录这些艰辛和无奈，但不全是。文学的根须深深扎在泥土里、扎在生活中，但仅仅把生活记录和描摹下来，还不是文学，文学还需要在泥土里开出鲜花来。可贵的是，马慧娟的眼睛里有美好的事物。劳作的间隙，她看到了山羊，看到了鹰，看到了河流，看到了野马，几匹野马"阔步走着，气定神闲，它们不戴缰绳，不配鞍，随着性情，就这样阔步于山上"。她的心中也有鲜花，她感受到穿着臃肿的自己"是值得别人羡慕的人"，感受到"暮色中的这片土地美丽安详"。自信和自嘲、自尊和自爱，无聊中的趣味、无奈中的忍耐，还有对自由、对美好生活的向往，这些都是马慧娟心中的"鲜花"，也是她作品中的"鲜花"。

二是流动的画面感。因为没有太多的时间来写作，也由于是用手机来写的，马慧娟的许多散文、随笔都是片段式的，比如《旅途散记》《黑眼湾组诗》《农闲笔记》等，尤其是"随笔六十六则"，三四百字一个片段，每一个片段写一事、一物，或者是一个场景、一个画面，组合起来，有一种流动的画面感。马慧娟非常善于捕捉和描写画面，那些画面，有些像油画一样厚重，有些像国画一样飘逸，还有些像水彩画一样灿烂。

三是小说的笔法。马慧娟的很多散文，都可以当小说来读。她的散文不光具有故事性，有大量的细节描写，她也始终在关注人、刻画人、塑造人。《野地》中撒尿撒不出直线的高玉宝、实习生小郭，《被风吹过的夏天》中的工头"大个子"等，这些人物着墨不多，却都栩栩如生，三言两语，一个人物就跃然纸上，这是小说家应有的功力。马慧娟有这样的能力，她要是写小说的话，应该不会差的，甚至会比她的散文更好的。实际上，马慧娟也在尝试着写小说。她有个长篇小说叫《罗山脚下的女人》，写西北农村回族女性的故事，已经写出了一部分。

四是卑微中的尊严感。文学需要叙述、描写，需要细节、人物，这些还不够，文学还需要一些灿烂的飞翔的东西。叙述、描写出来的是文字，而文字背后那些飞翔的东西，才能让文字成为文学。马慧娟的文字平易、朴实，文字的背后有一种忍耐和顺从、通透和豁达，劳苦一天，"下午回家时，手已经肿得和馒头一样，腰也直不起来，脸上头上全是土，可把一天的工钱攥在手里时，还是乐呵呵地傻笑"，"疏离了一个冬天的娘儿们又聚在一起，在旷野里笑得地动山摇，笑彼此胖了的身体……"，那不光是冷峻的幽默感，那是卑微中的尊严感，也正是这种尊严感，才打动了读者的心。

马慧娟用自己的文字，给予身处底层的人物以尊严，也通过写作，为自己赢得了尊严，赢得了关注。她是个农民，也是个作家，

乡土与书写

在农田和稿纸上同时耕耘,汗滴滋润着禾苗,也滋润着文学。像她这样一边为生计而奔波,一边为心灵而书写的,值得人尊敬和期待。最近,又有多家媒体在报道她,社会各界也在资助她。希望她的生活境遇能因此改变,同时也希望她能保持本心,有尊严地生活,有尊严地写作。

原载《文艺报》2016 年 8 月 22 日

充满刚健气息的另一种苦难叙事
——读宁夏青年作家马骏散文集《青白石阶》

石彦伟

如若不是经由这些文字,谁会注意到,西海固小城路边的一排青白石阶上,曾经久久瘫坐过一个无法站立的孩子。与这片土地上惯常被言说的干涸与贫瘠相比,马骏与生俱来的苦难更多源于刻骨的孤寂、彷徨与被放逐。而那青石台阶,成为他穿越世界上所有的夜晚,眺望世界的唯一洞口。在静如深潭、漫无边垠的守候里,常人鲜有觉察的那么多善良、温润的生命细节,被敏感的他近乎极致地扣藏下来,沉积发酵,散发着药剂般的微苦,终有一日化为文学。于是,他完成了医学难以企及的治愈,让自己的灵魂勇毅地站立起来。他的文字如一道刚

石彦伟,中国作家协会会员,曾任《民族文学》编辑,南京大学中国新文学研究中心在读博士。

> 刚凿通隧道的光，微渺，但坚决、强韧，照亮茫如旱海的前定。

这是我为马骏新出版散文集《青白石阶》所写的封底推荐文字。几年前，我在《民族文学》做编辑时遇见马骏的散文，当时恰在约组以五四运动领袖马骏为题材的长篇小说，故而对眼前这位晚出生整一百年的同名小弟有几分亲切。方得知，1995年生于宁夏西吉的马骏自幼患脊髓性肌萎缩，只能坐在轮椅上写作。我很敬重这样的写作，但并不想因作者特殊的身份才去推举，而是想还原成同健康人一样的写作标准去对待，便对文中一些尚显青涩之处提出修改意见。面对我给他密集抛去的几十条六十秒"碎碎念"，微信那头的马骏珍惜而恳切地倾听每一句，像是西海固的庄稼如饥似渴地吸纳着雨水。他居然真把先前的稿件推翻，重写了一遍又一遍。我感到他心底藏有天然的悲观，总茫然于是否还要坚持下去，但同时在行动上又从未松懈，反有股誓不罢休的"狠劲儿"。正因看到这种可贵的坚持，我在转向新的职业后仍一如既往关注着他，陆续就在《六盘山》《朔方》《民族文学》等报刊见到他的新作。他的拔节之声内敛而响亮。

对西海固文学而言，《青白石阶》一书可能是一种新异精神气质的注入。许多人对这片土地的理解难以跨越"苦难"这类关键词，这主要由于极端严峻的自然条件给人们经济生活造成的历史负累。及至马骏这一代，生存上的困厄局面早已有了本质改观，但马骏在身体和精神上经历的独有苦痛又较之常人沉重许多。在同名散文《青白石阶》中，他记述了身为"只能略微移动且有思想的植物人"长久坐在青白石阶上的蚀骨记忆，没有玩伴的自己只能把手掌擦在水泥上感知细胞弹动，让蚂蚁爬上手背抵御孤独。一辆踏板车的出现使他有了结识同伴的"本钱"，然而却因车被撞坏而再次失去同伴。多年后，那辆落满灰尘的踏板车被家人弃为废品，青白石阶也在街道改造中被拆除。在叙事层面，这段事体并无复杂面向，甚至有些简易而粗略，然而它仍成为全书给我留下最深烙印的作品。在众生眼中，一方石阶或许是无足轻重的，但对马骏而言却是他的"地坛"，是他与世界对话的原点。他那样渴望逃离石阶，向远方自在游弋，然而我并未在他的表述中看到任何对这个限制了他自由的石阶的怨艾，相反却充满温情的怀恋与不舍，以至当它被铲碎的一刻，"隐约有个衣衫褴褛的男孩告诉我，你再看看这青白石阶，再好好看看，这也是你最后一次看到青白石阶了"。这深海般的善意淹没了躯体的无助、离群的失落，使枯燥冰冷的青白石阶生成为一个与传统苦难叙事相对峙的颇有力量感的美学意象。

在随后的篇章中，作者着重叙写"上学路上"的艰难史：无法入学的自己仍只能坐在石阶上等待妹妹和同伴放学，为了让路过的同伴看到自己也有书读，他举起邻居家淘汰的课本，捍卫最低微的自尊，不想竟把书拿倒了，反招致嘲笑，于是便有了《孔乙己》般令人心疼的描述："西斜的稀薄阳光里荡漾着他们远去的笑声。"后来在母亲的坚持下，作者终于得以入学，每天送他上学的父亲成了他的"双腿"："他一手扶住我的腰，一手抵住我的前胸，掌握好平衡，微微蹲下身子，将我架上肩膀，右手拦住我的双腿，左手拎起书包，将我身体的平衡点从大梁车移动到他身上。"……类似一连串动词也曾出现在《背影》中，月台送别的短暂一瞬成为深沉父爱的经典形象影响百年；然而须知，这样的动词对马骏而言，却是无限叠加在他从小学至高中毕业前的日日年年。更令人痛惜的是，马骏弟弟出生后也患有先天性疾病，父亲再次成为弟弟的"双腿"，进入新的痛苦轮回。如果没有人把残障家庭这些深潜骨髓的疼痛记忆复原出来，我们很难深入理解弱势群落肌理深处的生命难以承受之重。是马骏把这个世界打开了，亮出目不所及的角落里隐藏的人性

347

的坚韧与强悍。

或许基于经历相仿,有论者将马骏比作"西海固的小史铁生",不过就实际经受的困难程度而言,马骏可能更有"资本"将所谓苦难叙事进行到底。他不仅双腿残疾,而且因肌无力居然伸手举笔都很奢侈,很难想象他是如何完成写作的。加之他家仅靠开一间小杂货铺为生的贫寒的家境,治疗成为遥远的奢望,本已考上大学却无法就读,因出行不便错失外出进修机会……霜刃一次次剜割在稚嫩的心上。但马骏的文学叙事中即便写到疾患与遭遇也只是客观冷静地陈述,好像把握着某种尺度,有意拒绝着可能的展览苦难的倾向。在他的叙述中,我没有读到剧痛、绝望甚至哀愁的深渊,而是自始至终被文字中涌动出来的一股永不屈服、永远向上寻找希冀与尊严的"自助"力量所俘获。他是怎样做到吞咽下灵魂的永夜,吐纳出来的全是光明与美好的呢?或许这是另一种截然不同的"身体叙事"——身体不再成为猎奇与消费的资本,而是满盈着如同青白石阶那般清清白白的精神,如同向日葵那般笔直、刚健、温暖的力量。这是马骏文字虽显质朴,却足以攫动人心、使人久久不能释怀的根性魅力所在,也是他为西海固传统苦难叙事贡献出来的富于启示意义的新经验。

2024年1月,我结束了在甘肃积石山地震灾区的志愿采访,赶到宁夏固原参加《青白石阶》研讨会。行走在灾区一个个破碎的村落时我就在想,文学究竟为何而存在?是为着创造和传递人类深邃思想,是为着铭记历史与表达情感,还是有什么更高远莫测的追求?但我坚信,一定有一种文学是与生俱来地为着抚慰人心而诞生的。马骏的文学就是这一种,它并不只是基于个体倾吐的需要,而是更多地呈现出一种利他品质——如同史铁生孵化了马骏一样,马骏的文字也可以变成一束光,照亮更多危困之中的灵魂,让那些地震灾区中失去家园的孩子,清苦的、病患的、孱弱的、

充满刚健气息的另一种苦难叙事

失去信心的人们看到，一个可能比他们更艰难的青年，就是如此真实地在文学之光的烛照下勇敢站了起来！甚至倘若，这世上一切深陷困境的人们都能像马骏一样用文学治愈自己，与这个世界和解，该多么好。

塞上诗坛四十年回眸

张树仁

新世纪以来，《诗刊》《当代诗歌》《星星》《诗歌月刊》《中国诗歌》《诗潮》《绿风》等刊物，以专辑或重要栏目等形式大量推介宁夏诗人的诗歌作品，国内各家出版社不同年度的诗歌选本几乎年年选入不少宁夏诗人的作品，全国著名诗人、评论家谢冕、吴思敬、韩作荣、沈奇、苗雨时、燎原、林莽、耿占春、商震、谢克强、舒洁、高兴、张立群、周所同、安琪、胡亮等人对塞上诗群或撰写评论或发表看法，使居于一隅的塞上诗歌创作在全国产生了一定的影响。塞上新诗人很多，但现在仍比较活跃的大多数是出生于20世纪60年代以后的诗人，其诗歌创作大都起步于20世纪80年代，诗笔与时代息息相关，关注现实生活，反映人民意愿，抒发真情实

张树仁，笔名张铎。中国作家协会会员，中国文艺评论家协会会员。

感，作品深沉凝重，诗艺日臻圆熟，继宁夏小说之后，渐成一支不可忽视的文学创作力量，"乱花渐欲迷人眼"，照亮了塞上诗坛的星空。

一、塞上诗坛60后

在塞上诗坛，杨梓不仅是一位重要的诗人，还是一位诗歌活动组织者。从历史叙事史诗到《时间献诗》，诗人将思考的触须从历史伸向时间。其诗作的多色调与想象瑰丽、大气磅礴、情满卷帙、境界开阔密切相关，融史入景，时空交汇，有深沉感慨，有苍茫浩叹，透露出诗人对世事人生的达观心境，呈现出东方意识的回归，是对世界深处自然涌现出的生命意识的一种书写。杨森君擅写短诗，但短而不凡，当然有些诗作也不短。他的作品把曾经作用于感官的感觉与知觉融合在一起，凝结成审美复合体，并在此基础上，建立属于自己的诗情观念和诗美意识，既关合景，亦关合人，感慨殊深，诗意隽永。其美妙的诗句传达给读者的是多层次的美，是全感官及整个心灵的审美感应。虎西山的诗清新质朴，淡而有味。"沿着陡峭的山崾崾/那顶红盖头/一点一点高了/好日子的边边上/也同时升起了一颗太阳"。这是《娶亲》中的一小节，画意丰沛、诗意盎然，竭力表现感觉化、个性化的客观世界，新鲜的感受，美好的人生，呈现出空灵与浑厚相统一的美感。梦也的诗空灵飞动，雅而有韵。"大胆的女孩，脸蛋发红，嘴唇发烫/靠着树干出粗气/我们惊飞了一大群鸟/三十多年过去，鸟群常飞/可是鸟群渐渐稀少"。这是《我会的》的一小节，设色鲜艳，以声染色，以情染景，颇堪寻味，有空白的细节及通感等修辞手法的运用，使诗作纯粹宁静，飘逸而又蓬勃。导夫是一位学者型诗人，著有《丁鹤年诗歌研究》等。他的两部诗集《山河之侧》和《无言之心》，其中长诗《黄河交响曲》等，从历史抒情到哲学思考，渗透着诗人真切的人生体验和历史思考,也寄寓人类在历史长河中主动把握自己命运的努力。诗人的诗具有多元性,拥有超越具象与意象的巨大空间,迸发出了诗歌艺术美的本真。邱新荣已出版诗集二十四部,是宁夏出版诗集最多的诗人,史诗集"大风歌"系列已出版十九部,其肇始于盘古开天辟地,迄至辛亥革命,上下五千年,具有震撼人心的强大力量。诗人借文化原型,形成了一种新的思维视野和审美方式,以其饱满融通且又新颖别致的意象之美,找到了属于自己心中的歌,别有见地,令人叹服。王怀凌曾获《诗选刊》中国2008年度"十佳诗人"奖,作品入选《新世纪十年诗选》《星星50年诗选》等。诗人有意识地强化对现实人生和历史的俯瞰和透视,以及对地方发展和文化心理的审视与思考。他的诗保留着一股豪气,充满着对故乡事物的热爱,在明朗中透出超脱的态度。其诗风遒劲纵逸,孤高清雅,具有较高的认识价值和美学价值。

　　塞上60后诗人还有贾羽、薛刚、杨云才、米雍夷、洪立、潘春生、冯雄、张嵩、张强、张立、周彦虎、王武军、尤屹峰、周鸣、雪舟、权锦虎、牛红旗、刘中、岳昌鸿、何武东等,小说家诗人有石舒清、郭文斌、季栋梁、呤泠、李向荣等,他们在诗歌创作中注重美学思考,大都主张在现实生活体验中把握艺术的内在规律,追求深层内涵、哲理意蕴及对人生的感悟与反思,有蓬勃之义。离开宁夏的诗人雷抒雁、骆英、邓海南、戴凌云、殷实、李春俊、刘敬东、张一梦、蔚然、何伟、刘鹏凯等,他们比较重视诗美,从主观与客观的交融中创造艺术个性,创作了大量时代感较强且又十分优美的诗歌作品,促进了塞上诗歌的发展。

二、塞上诗坛70后

　　笔者曾写过一篇《宁夏青年诗歌的边塞特征与农裔气质》的文章,主要谈本区70后诗歌创作。阿尔、杨建虎、安奇、郭静、林混、刘乐牛等诗人，就是其中的代表。阿尔是一位具有先锋意识的诗人，曾参与策划中国银川诗歌节、中国70后诗歌论坛等多种活动，主编策划《中国先锋诗丛》《中国当代风景诗》等。他特别注重气韵流畅，意趣天成，从而使他的作品不失现代性和对生命本真的追寻，给人的感受是音乐的、美学的，也是边塞的、哲学的。杨建虎是个多面手，既写诗，又写散文诗、散文，乃至评论，出版诗集《闪电中的花园》《致黄河》《时间的秘密花园》，散文集《时光书》，散文诗集《塞上书》等。诗人似乎在运用有质感的语言在写诗，怀着对历史和现实的关切，对大地说出了自己的感受，自有一种独特的艺术境界。其诗作语言清新自然，空灵奔放，内蕴丰富，颇耐人寻味。安奇从诗集《野园集》到《野风记》，诗人一直执着于"野"字。而且感受世界的方式明显与众不同，那是一种自然与内心相互契合的独特存在，是一种静默的、感性的，发自生命的不动声色的呐喊。似乎是边塞诗词的情景结构，其实是超越时空，淡化情感，获取对灵魂重生的自由。读之，让人悠然神远。郭静已在《诗刊》《星星》《诗选刊》《朔方》等区内外六十余家报刊发表诗歌近千首，入选《2007中国年度诗歌》《中国当代诗库2008年卷》等多种选本，著有诗集《侧面》。他的诗极具本色，语言质朴，笔调流畅，把不可捉摸的情感，转化成可以感受体验的艺术形象，形成了自己独特的风格。林混擅用白描的手法，以淡泊为基调，有大笔挥洒，有细节勾勒，有真实摹写，有奇妙想象，行迹毫无拘束，超然物外，独树一帜。他的诗歌面目清淡、简远、自然，气象鲜活，富有生气，所勾勒的大都是诗人生活的一个片段，或是一件事的见证者，从而加强了作品的真实性和感染力。读刘乐牛的诗集《苦涩的甜蜜》时，给人一种感觉，这是一个为诗而生的人。生活回忆也罢，乡村爱情也好，诗人的眼中全是诗。人活在诗中，诗活在心中。诗就是诗人生活抛弃在他"心里的一枝花"。刘乐牛凭着生命的激情和艺术的直觉，领悟并表达生活与生命之美，极情尽态，质实感人。

　　70后诗人不少，谢瑞、泾河、倪万军、张富宝、李兴民、李俊杰、杨贵峰、马万俊、张家传、西野、陈浪、曹兵、海默、孙志强、保剑君、柳成、沈苊欣等诗人，较多地触及了当下题材，但他们掠过对生活的具象呈现，转向心灵对客观世界的审美介入，极大地丰富了诗的表现力，更多地表现出现代诗智性、静观、体现内心的特点，风流华美，典辞工丽，足见诗人的情怀，令人耳目一新。

三、塞上诗坛80后

　　2010年《朔方》第11期推出"宁夏80后诗辑"，集中发表了三十五位诗人的一百三十多首作品，引起了各方关注。随后又先后发表了两篇述评文章，备受塞上诗坛的重视。四川诗人木斧读了刘岳的诗《西海固的水》，通过诗人屈文焜打听刘岳的情况。这不仅因为木斧先生也是固原人，更为重要的，诚如诗人李南所说："一个人活在世上有太多的无奈和艰辛，绝望是每个人的宿命，而诗人尤为敏感。"刘岳的诗因人生意识的浸润而倍生光辉。王西平2012年荣获第二十届柔刚诗歌奖新人奖，这是诗歌界对他的认同和肯定。诗人在精丽字句与恰切书面语的交响中，注意诗歌内容的广阔性，某些艺术特征又丰富了诗歌的表现手法，达到了新鲜而贴切的高度。王西平发起和策划的多次诗歌活动，意义重大，影响深远。田鑫既写诗，又写散文，影响都不小。他的诗歌节奏明快，清丽精致，轻巧婉峭，反映了父老乡亲的日常生活和他们的乐趣和苦楚，表现出诗人静默达观的心绪。出身农村，对乡下生活有着极深切的感受，用朴素的语言写出来，曲尽人情，字字本色，笔力不凡。刘京是近年来出现的一位有潜力的青年诗人，他的作品早在2012年就入选《2012年中国诗歌年鉴》《中国新派诗歌档案2012年卷》等。

作者的第一本诗集《特立迎风》，写自我，又超越了自我，这种审美追求给诗作带来一种朦胧清丽的意境，正是年轻诗人心灵的折光。同为80后的张虎强、兰喜喜、王佐红、陈永强、李文、刘国龙、屈子信、小调、马生智、柳元、马晓忠、谢峰、秦志龙、赫金贵、计生贤等诗人，思想活跃，喜欢思考，既重视人的本性，又关注人的社会属性，既写实，又用语沉稳而灵动，情高韵远，耐人寻味，竭力表现感觉化且又个性化的客观世界。他们大多有自己的美学追求，探索创作出了一大批令人难忘的诗作。

90后诗人王瑞、朱喜利、石杰林、陈斌、卢三鑫、赵希、王晓寒、海福、禾必、田进科等，表现力强，出手不凡，且诗意隽永，别具襟抱，未来可期。

四、塞上诗坛"半边天"

宁夏女性诗歌也是20世纪80年代起步和发展的，渐渐地成为一支富有创造力的队伍，为塞上诗坛注入了新的活力。唐晴的诗外观呈现乐观与昂扬的风格，其内在意蕴却是悲凉与凝重的，其对人生执着追求的真实心境，明快而清新，蕴藉而隽永，自有一种打动人心的艺术魅力。瓦楞草大都写的是常见之事、常人之情，却能写得真切自然，外柔内刚，蕴藉含蓄，充分体现了诗人的艺术才华和清丽委婉的诗风。有时在有意无意之间，在孤寂哀怨中透出不平之气，虚实相生，新颖自然，不落俗套，开拓出了自己的创作道路。胡琴上初中的时候，就开始写诗。著名诗人舒洁认为："胡琴是一个懂得借助纯粹诗歌语言实现灵魂倾吐的诗人。"是的，胡琴的诗情致婉约，给人的突出印象是直率自然，清丽脱俗，犹如"开花的手指"，看起来平淡无奇，其实蕴含着深刻的旨意，颇富韵味。林一木本名郑建鸿，出版诗集《不止于孤独》《在时光之前》等。林一木用敏感的心灵和激情去捕捉能寄托自己情感的审美意象，呈现出柔婉、沉郁、幽深的气象，饱含着挚爱和温情的独特抒情个性，亦如她的诗集名一样，有相当深刻的哲学意义。查文瑾以短诗见长，平淡隽永，浑融幽美。除了感情沉郁、气韵深厚的作品外，还有一些感叹世态人情、志不得伸的作品，似乎不大经意，实则经过精心冶炼，闲适恬静中蕴藏着诗人无限的感慨与思索，读起来让人感到十分亲切，凝重中有一种耐人咀嚼的悠长韵味。马晓雁近年来异军突起，在全国各地报刊上发表了大量优秀作品。诗人着意强化自己对生命的独特感知，所营构的意象显出一种让人惊异的凝重，字里行间透露出浓浓的人文情怀，其诗作侧重于心灵的呼唤，细腻、内敛、寄托遥深，有明显的现代性倾向。

女诗人莲子、范一风、张廷珍、李壮萍、羽萱、陈晓燕、姚海燕、王慧、高丽娜、紫艺、常越、刘莉萍、许艺、朱敏、念小丫、李爱莲、聂秀霞、王江辉、武碧君、赵爱东、锁桂英、李向菊等，大都个性特征比较明显，通过个别表现一般，纯净的外表下隐藏着凝重与悠远，显得恬静和悠然自得。她们既关注个体的生命体验，又思考较为宏大的人类命运，有一种浓重的现代色彩。用英国诗人、文学评论家艾略特的话说，就是"用强烈的个人经验，表达一种普遍真理，并保持其经验的独特性"。

五、塞上诗坛"五棵松"

中国作协《诗刊》社举办的"青春诗会"，已历四十届，素来享有盛誉。截至目前，宁夏先后有五位诗人参加。1999年，杨梓参加第15届；2006年，单永珍参加第22届；2012年，马占祥参加第28届；2017年，马骥文参加第33届；2019年，马泽平参加第35届。杨梓在前文已提到过，这里只简单介绍其他几位诗人。单永珍，著有诗集《词语奔跑》《大地行走》《青铜谣》《野马尘埃》等。单永珍特立独行，喜欢行走游历，以致他的诗作感应客观世界的繁富音响，跃动着一颗炽烈的诗心，自然而又典雅，旷达而又沉郁，从而使艺术建构的多样性有了极大的可能性，大有上升到智性层次的趋势。马占祥著有诗集《半个城》《去山阿者歌》《山歌行》《陌上歌》《西北辞》《云尽处》等。其中，《西北辞》获第十二届全国少数民族文学创作骏马奖，《云尽处》入选"中国好诗·第七季"。诗人曾在"半个城"同心，高举人文大旗，在龟裂的大地上写诗。如今，从"半个城"来到凤凰城，创作呈井喷状态，俨然塞上诗坛艺术心灵的典型代表。诗人杨梓说："这样的诗人才是自然之子，是守护精神家园的风灯，是捍卫灵魂的真正勇士。"

马骥文、马泽平两位诗人，与马占祥一样，都是宁夏中部同心县人。一个80后，一个90后，比较年轻，但诗歌创作势头很好。值得一提的是，截至目前全区五个参加"青春诗会"的诗人，同心占了三个。马骥文本名马海波，清华大学文学博士，中国作协会员，著有诗集《唯一与感知者》。曾获第六届光华诗歌奖、第三十三届樱花诗歌奖等。诗人虽然大量借鉴了西方诗歌的某些技法，但意象的外观形式和深层内蕴，均是东方的，具有鲜明的传统文化特征。马泽平现居北京，一边写诗，一边为全国各地的诗人编辑诗集，极为活跃，系中国作协会员，作品入选国内多种年度诗歌选本，著有诗集《欢歌》等。马泽平的诗具有犀利的思想锋芒，以现实生活为立足点，以个性化的诗歌语言思考人生，给读者以深刻的启示。

作为宁夏新诗四十多年的亲历者，笔者每次读到这些诗人的精美之作，很激动，也很享受。一个小省区出了这么多在区内乃至全国有影响的诗人，真让人有点小小的骄傲。毋庸讳言，蓬勃发展的塞上新诗也存在一些比较突出的问题，主要表现在现实感不足，语言欠凝练，诗味不够浓等。当然，否定别人是容易的，而肯定却需要胸怀；捧场也是容易的，而批评则需要胆识。真正的批评需要科学的态度，更需要真知灼见，不需要"掉书袋"，更不需要名词

"大轰炸"。这不仅与个人艺术素养有关,更重要的是关乎人格。

总之,一个真正的诗人必须具备时代感、现实感、美感,而人民性、现代性、多元性则是起码的特征。要写诗,诗人必须注重情感、高扬个性、燃烧自己,有独立的思考、独到的见解。即诗要讲真话,有感而发,为人民代言,以此传达高亢嘹亮的时代声音。希望诗人们再接再厉,使自己不断地走向成熟,创作出与我们这个伟大时代同频共振的佳作,不辜负人民的期望和重托。

后记

中国作协第十次全国代表大会后,中国作协紧扣"全力推动新时代文学高质量发展"的重大课题,认真总结文学创作经验,研究探索具有新时代特点的重点创作规划组织模式,决定实施"新时代山乡巨变创作计划"。通过这一计划,培养一批新人,推出一批形态丰富的文化精品。

改革开放以来,宁夏西海固进入了新的发展阶段,特别是近些年先后实施脱贫攻坚和乡村振兴战略,西海固社会经济各方面发生了巨大变化,文学创作也从不同侧面、不同程度地反映出新气象、新生活、新风貌,西海固文学需要重新定义。宁夏文联遂征集新时期以来对西海固文学的评论作品,决定出版《山乡巨变与文学书写》(本书个别作者未联系上,待取得联系后寄送样书并支付稿酬)。

《山乡巨变与文学书写》是对"新时代山乡巨变创作计划"的响应,是对新时期以来西海固文学书写的全面总结,主要收录自1978年改革开放以来,尤其是党的十八大后,书写西海固社会经济、生态生活各方面变化的有关文艺作品的评论文章。内容分"历史与总体""现象与焦点""文学西海固""乡土与书写"四辑。选稿兼具开放性、包容性、时代性和地域性,有宁夏区外作者的,有宁夏本土作者的,有的是研讨会的录音整理,有的是已发论文的转载,有的是尚未发表的新作，它们以不同视角对宁夏文学现象以及作家作品，做了典型性的梳理和分析，让读者能窥见新时期以来宁夏文学的发展情况和成就、地位。

自2023年10月动议以来，本书编委会组织相关人员，做了大量卓有成效的工作。一是遍览改革开放后发表在宁夏三家文学期刊《朔方》《黄河文学》《六盘山》上的评论作品，二是向区内外部分著名评论家和作家发出定向约稿，三是从相关数据库查阅关于西海固文学评论的学术论文，四是从创作者主动投来的稿件中精选关于西海固文学的评论。经过数月的细致准备，共组到高质量稿件百余篇。编委会数次召开讨论会，对书名的拟定，稿件的遴选、排列、组合，不断调整，最终定稿，交与出版社进入编辑程序。需要说明的是，由于所组稿件时间跨度较大，收录本书时，在尊重作者原意的前提下，编辑人员均按最新出版规范及有关要求做了修订。

文学不仅是个人情感的表达，更是对社会与历史的深刻思考。在编辑这部评论集的过程中，我们深感宁夏文学的魅力与力量。每一篇文章、每一段文字，都是评论家和作家们心灵的倾诉与对宁夏的深情打量。同时，我们深知本书在组稿的过程中，存在各种不足和局限，所选作品不能完全反映宁夏文学特别是西海固文学书写的新变化和新面貌，尤其是因为时间跨度较大，时代与语境的变化，加上篇幅的限制等因素，有一些重要作家相关作品的评论文章，无法尽录于内。这是非常遗憾的，但同时也是我们继续努力的动因。未来，编辑出版《山乡巨变与文学书写》续集的想法已在我们心中启动。在此，我们要特别感谢所有参与本书创作与编辑的评论家、作家朋友们，是你们的智慧与才华，让这部作品得以顺利完成。感谢你们在文字中倾注的心血与情感，让我们共同见证了宁夏乡村的巨变与文学的辉煌。每一位作者的努力，都是这部作品不可或缺的一部分，正是你们的奉献，才使得这本书充满了生命的气息。

最后，希望《山乡巨变与文学书写》能够成为读者了解宁夏文学、认识宁夏文学的一扇窗口，让更多人感受到这片土地的魅力与力量；愿我们的城乡在未来的岁月中，继续焕发出新的生机与活力；愿宁夏文学在时代浪潮中，书写出更加辉煌的篇章。

本书编委会
2024年8月